朱长英 著

文学地理视域下的
两宋词坛研究

WENXUE DILI SHIYUXIA DE LIANGSONG CITAN YANJIU

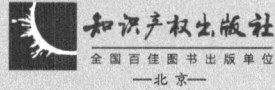

图书在版编目（CIP）数据

文学地理视域下的两宋词坛研究 / 朱长英著 . —北京：知识产权出版社，2020.6
ISBN 978－7－5130－6923－6

Ⅰ.①文… Ⅱ.①朱… Ⅲ.①宋词—诗词研究 Ⅳ.①I207.23

中国版本图书馆 CIP 数据核字（2020）第 081229 号

责任编辑：李学军　　　　　　　　责任校对：王　岩
封面设计：刘　伟　　　　　　　　责任印制：卢运霞

文学地理视域下的两宋词坛研究
朱长英　著

出版发行：	知识产权出版社有限责任公司	网　址：	http：//www.ipph.cn
社　址：	北京市海淀区气象路 50 号院	邮　编：	100081
责编电话：	010－82000860 转 8559	责编邮箱：	752606025@qq.com
发行电话：	010－82000860 转 8101/8102	发行传真：	010－82000893/82005070/82000270
印　刷：	北京建宏印刷有限公司	经　销：	各大网上书店、新华书店及相关专业书店
开　本：	720mm×1000mm　1/16	印　张：	17.5
版　次：	2020 年 6 月第 1 版	印　次：	2020 年 6 月第 1 次印刷
字　数：	275 千字	定　价：	86.00 元
ISBN 978－7－5130－6923－6			

出版权专有　侵权必究

如有印装质量问题，本社负责调换。

序 Preface

朱长英博士的新著《文学地理视域下的两宋词坛研究》即将出版，我为她感到高兴，略书数语，以述其论文写作始末，兼记我们的师生之谊。

长英与山东师大颇有渊源。1998年，她由烟台师院（今鲁东大学）考入山东师大，师从邓红梅教授读研，学位论文为《两宋典雅词派中的梦窗词》。毕业后她到山东经济学院（今山东财经大学）任教，2010年重新考回山东师大随我攻读博士学位，再续与师大的学术前缘。

长英读博的方向仍为唐宋文学，本书即为其完成的博士论文。本文的产生过程颇有点波折。在讨论学位论文选题时，因我个人多年来侧重宋代馆阁、翰林学士制度与文学的研究，文体偏重宋代诗文，因此在讨论论文选题时多少受我的影响，最终确定了"杨亿研究"的题目。开题报告通过之后，长英很快投入前期的资料准备和写作过程。她耗费近一年的时间，搜集了40余万字的《杨亿研究资料汇编》，并撰写发表了《二十世纪以来杨亿研究综述》（《船山学刊》，2012年第1期）。但就在她雄心勃勃地准备按写作计划"各个击破"的关键时刻，突然非常焦虑地向我提出，能否更换题目。原因是其阅读中遇到了瓶颈，严重影响了写作进度。平心而论，这个题目确有难度。杨亿极博学，其近体律诗与四六骈文皆取法李商隐，风格典赡博丽，其为文正如魏了翁所评价，"博极群书，自经史百氏以及于《凡将》《急就》之文，稗官虞初之说，旁行敷落之义，靡不该贯"（《跋杨文公真迹》）。除《西崑酬唱集》外，其所著《武夷新集》尚无注本可据，对其文本的解读确实需要花大工夫，付出不少精力。我相信长英的想法是经过慎重考虑的，更换题目并非能力问题，而是出于更现实的因素，即在规定时间内尽快完成论文。事实上,她对杨亿所做的前期资料准备也并非无用功,对未来的研究也是重要的积累。

另起炉灶并非易事。在重新考虑选题时,长英倾向于所熟悉的宋词领域,最后确定了从地理空间视角解读宋词的研究方向。一旦打开思路,她便很快找到了写作状态。尽管为此延迟了毕业的时间,但还是在规定期限内高质量地完成了学位论文的写作,顺利通过了论文答辩。

宋词研究如何在已有基础上寻求突破和创新?长英试图寻找新的理论方法和视角。这期间,我曾为博士生开过一门"古代文学研究方法论"课,除了一些重要的学术规范和文史研究方法外,也围绕学界的前沿和热点问题,设立若干专题,提供案例供大家讨论,其中一讲为"地域、家族与文学研究"。纪年与系地,本是中国古代文史著述固有传统,前者以郑玄《诗谱》为发端,特点是通过王朝政治盛衰反映文学正变嬗递的历史;后者则由《汉书·地理志》发凡,为反映不同区域人文自然地理的差异创造义例。近现代以来,在西方学科体系理论影响下,"文学史"逐渐固化为单一的线性的王朝史范式,而放弃了空间与地理的叙述传统。自20世纪末以来,地域文化与文学地理相继成为学界关注的理论热点,文学地理学与编年史齐头并进,开疆拓土,成果蔚为大观。长英本文即参取了其中的理论观点,形成自己关于地理与文学关系的研究思路。她没有简单套用当前学界关于文学地理的既有概念和理论框架,而主要使用了"地理空间"的概念,在"空间"视域下,处理理论与研究对象的关系,将宋代词人的创作活动、词学观念等等空间化、动态化,力图从词人的游历仕宦的流动路线还原词人的人生地图,将特定的地理空间转化为词人的文学空间。论文采用上下编分为宏观与个案,也是博士论文常见的结构,但在章节的安排、问题的提炼、词人的选择上,都可见其用心。如上编之"乡土情结"、"恋阙情结"提炼宋代词人基于地理视野的两种典型的情感趋向;下编以柳永、苏轼、周邦彦、朱敦儒、辛弃疾、刘克庄与吴文英分别作为两宋词人代表,具体考察其不同的人生轨迹所呈现的"文学地图",从而立体化、多角度地考察了地理空间与宋词的动态关系。其次,地理空间涉及词人流动的人生行迹,已有的编年笺注或年谱等资料提供了一些重要线索,但某些时地信息的认定,仍需要从文本的细微处甄别索隐,避免主观臆断。在这方面，长英显示了她善于文本细读的长处，能将文献资料的细致解读与作品的审美感悟结合起来，尽量得出合情合理的结论。此外，文笔省净，表达简明晓畅，行文严格遵循学术规范，也是本文值得肯定的优点。

长英在高校从事古典文学的教学科研，她工作勤勉努力，肯读书钻研，在认真完成教学任务之外，仍保持着对学术的热情和追求。希望她能坚持定力，调整状态，平心易气，纾解困难和压力。借其新著出版之机，祝愿她在学术园地里继续耕耘开拓，收获新成果。

陈元锋

2020 年 5 月 8 日

目录 Contents

引　论 ……………………………………………………………… 1

上编　宏观研究

第一章　宋词的题材内容与地理空间 ……………………………… 19
  第一节　怀古咏史词：登临怀古地的分布及特点 ……………… 20
  第二节　风土类题材：展现浓郁的地域民俗文化 ……………… 29
  第三节　写景咏物词：呈现明显的流域文学差异 ……………… 39
  第四节　羁旅仕宦词：空间移位与地域文化交流 ……………… 46

第二章　两宋词风与地理空间 ……………………………………… 52
  第一节　地理空间对宋词整体风格的影响 ……………………… 53
  第二节　地理空间对两宋词人词风的影响 ……………………… 57
  第三节　金源与南宋：南北词风不同论 ………………………… 66

第三章　两宋词学观念与地理空间 ………………………………… 71
  第一节　"词为艳科"观念与蜀地 ……………………………… 71
  第二节　"自是一家"观点与密州 ……………………………… 75

第四章　乡土情结：文学地理视域下的词人心态之一 …………… 81
  第一节　北宋初期词坛的乡土情结 ……………………………… 83
  第二节　北宋中后期词坛的乡土情结 …………………………… 85
  第三节　南渡词坛的乡土情结 …………………………………… 88

  第四节 南宋中兴词坛的乡土情结 …………………………… 90
  第五节 南宋后期词坛的乡土情结 …………………………… 93

第五章 恋阙情结：文学地理视域下的词人心态之二 ………… 98
  第一节 宋词中恋阙情结的丰富内涵 ………………………… 98
  第二节 两宋词人恋阙情结的表达方式 ……………………… 113
  第三节 乡土情结与恋阙情结关系试论 ……………………… 122

下编 个案研究

第六章 心恋魏阙，身在江湖
  ——重绘《乐章集》的文学地图 …………………………… 131
  第一节 文学地图上的"帝京情结" ……………………………… 131
  第二节 从两浙路到淮南东路：选人心绪 …………………… 134
  第三节 长江水运线上的漂泊之苦 …………………………… 137
  第四节 东南形胜：色彩明快的苏杭游宦词 ………………… 144
  第五节 焦灼：文学地图上的思想情感 ……………………… 147

第七章 此心安处是莵裘
  ——文学地理视域下的苏轼词解读 ………………………… 150
  第一节 苏轼乡土情结的变化 …………………………………… 150
  第二节 苏轼词学观念的演变与地理空间之关系 …………… 159
  第三节 苏轼大乡土观念的独特意义 ………………………… 167

第八章 名宦拘检，年来减尽风情
  ——《清真词》中的文学地图及其词风变化 ……………… 172
  第一节 行旅词中的青年漫游 …………………………………… 172
  第二节 由汴京到溧水：词风的转变与成熟 ………………… 179
  第三节 "年来减尽风情"：重返汴京和长安词 ……………… 183
  第四节 清真词风转移与地理空间之关系 …………………… 187

第九章　从洛阳到嘉禾
　　——地理空间对朱敦儒其人其词的影响 ………… 188
　　第一节　《樵歌》中的洛阳情结 ………… 188
　　第二节　旅雁向南飞，风雨群初失——南奔词 ………… 194
　　第三节　朱敦儒的隐逸情结与嘉禾 ………… 206
　　第四节　自在的隐者：对距离的把握 ………… 210

第十章　从齐鲁到信州
　　——地理空间对稼轩词的影响及意义 ………… 213
　　第一节　稼轩词中的齐鲁地域色彩 ………… 213
　　第二节　信州山水与稼轩词 ………… 221
　　第三节　南北文化融合中的稼轩词风 ………… 234

第十一章　后村词与梦窗词
　　——南宋后期词坛的两种文学地理空间范式 ………… 239
　　第一节　立体与单一：两种人生图景 ………… 239
　　第二节　开阔与狭窄：两类文学地理空间 ………… 241
　　第三节　开放与内敛：两种词学观念 ………… 245
　　第四节　不同书写范式与相同生成背景 ………… 248

结　语 ………… 250

主要参考文献 ………… 254

后　记 ………… 270

引 论

一、研究缘起

对文学作品的研究不外乎时间和空间两个基本维度,宋词研究也不例外。目前宋词研究领域的经典著作,如杨海明先生的《唐宋词史》,陶尔夫、刘敬圻合著的《南宋词史》,邓红梅女士的《女性词史》,刘扬忠先生的《唐宋词流派史》等,都是以时间为主线进行编写的,这与中国文学史著作侧重历时性的编写状况是一致的。中国文学的这一书写特点要上溯到"五四"新文化运动时期,其持续时间之长、影响范围之广可见一斑。中国文学偏重时间维度的研究状况并不能否定从地理空间角度研究宋词的科学性。从时间的、历史的视角研究文学作品、文学流派、文学家族等文学现象时往往会遇到很多悬而未决、似是而非的问题,这给变换研究视角重新分析和判断提供了可能性和必要性。当然,基于地理空间维度的文学研究必须注意时空兼顾的整体原则,如若为了强调空间研究视角而否定时间维度上的优秀研究成果,则是过犹不及的行为,势必陷入另一种偏颇中。

地理空间对宋词创作的影响有非常丰富的表现:两宋词柔美婉约的词作风格、多涉南方山水的词作内容、词人籍贯以南方人占绝大多数等词坛现象,为地理空间这一研究视角提供了坚实丰富的研究材料和足够充分的客观理由,这也是本书写作得以进行的最为重要的内在原因。从词的风格内容来看,柔美婉约的词风一直是两宋词坛的主导风格,即使为词坛作出巨大变革贡献的苏轼词、辛弃疾词,除豪放旷达风格之外,柔美婉约的词作同样不在少数,更不用说晏殊、欧阳修、柳永、周邦彦、姜夔、吴文英等以婉约为主要创作风格的两宋词人了。细察这种柔美型风格的成因,与南方多水的自然地理景观以及南方都市富丽享乐的人文地理景观息息相关:"杏花春雨江南"的南国风光造就了烟水迷蒙、幽深柔婉的词境;"骑马倚斜桥,满楼红袖招"的南国都市风貌则促成了"词为艳科"的局面,从而使词体更具一种不同于诗文的"要眇宜修",也即艳丽婉约的特质。从两宋词人的占籍情况来看,宋词作者80%以上都是南方文人,宋词中78%的作品都是由南方词人写出来的。[①] 两宋词坛上南北方作家如此悬殊的占籍情况势必会引起人们的注意,从而更进一步探求独特的南方地理空间对南方词人这个庞大的宋词创作阵营到底产生了什么影响这一类的学术问题。作为宋词研究中最为基本和重要的问题,无论是宋词的风格特质、题材倾向还是作家的地理分布等都是和地理空间紧密相连的。把宋词纳入文学地理的空间视域下进行深入细致的分析研究,会优化宋词研究的格局,在一定程度上推进宋词研究的深广程度。

宋词自身的地理空间印记是深刻而凸显的,这为本书的研究提供了最为坚实的基础和内动力。同时,当前文学研究进程中出现的新方法和新视角,则从外部为本书提供了方法论支持,增强了地理空间对宋词影响这一研究课题的可行性和科学性。

地理空间对人类文化产生影响这一观点早已是世界范围内的共识,针对这一论题的观点、论著汗牛充栋。具体到地理空间对文学创作的影响研究也早已成为文学研究领域的一个热点和重点,王水照先生在2011年第七届宋代文学年会上把地域、党争、科举、家族、传播等宋代文学的五个研究领域戏称为"五朵金花",足见从地理空间角度入手研究中国古代文学包括宋代文学的学术价值和意义。近几年,江西成立文学地理学学会、以曾大兴先生为代表的当代学者呼吁成立与文学史双峰并峙的文学地理学学科等学术行为更是把这一研究体系推向了一个新的高度。在日渐被人们重视的文学地理学研究视域中,宋词的相关研究状况如何?出现了哪些新的研究成果?

[①] 王兆鹏、刘学:《宋词作者的统计分析》,载《文艺研究》2003年第6期。

又存在哪些有待于提升的研究空间？这是本书写作的重要学术背景，是第一个外部原因。

在两宋，虽然宋太祖留下了"用南人为相、杀谏官，非吾子孙"的祖训①，但经济文化重心由北宋而南宋的不断南移是不争的事实。靖康之难后宋室南渡，政治中心从开封、建康一路南迁，最终以临安为南宋都城，政治中心最终也彻底实现了空间南移。两宋政治、经济、文化重心由北向南移动所形成的外部大环境必然引发两宋士子在游历、求学、科举、仕宦等人生行程中的足迹变化，进而带来两宋文学创作在地理空间上的明显移位现象。具体到宋词这一种文学样式，在地理空间上的移位情况表现在哪些方面？地理空间是如何对宋词的题材内容、风格特色、词学思想等方面产生影响的？有无规律可循？具体到不同时期的个体词人呢？这些都是本书要着力解决的问题，是本书写作的重要时代背景，也是本研究得以继续的第二个外部原因。

此外，宋词研究领域的累累硕果也是本书得以站在巨人肩膀上继续深入的一个重要助推力。早在1943年，唐圭璋先生《两宋词人占籍考》从词人籍贯出发对两宋词人进行考证的专题文章，就已经揭开了从地理空间与宋词关系入手进行宋词研究的序幕②。1987年杨海明先生《唐宋词史》进一步从地理空间视角为词体定性，认为"唐宋词在其整体上表现出了相当明显的'南方文学'特色"，并加以较为充分的论证③。从此以后宋词在地理空间视角上的研究成果日渐增多。或者从词人籍贯入手对两宋词坛进行整体的静态研究，或者从词人行踪履历入手进行局部的动态研究；或者从地域特征鲜明的词派入手进行群体性研究，或者从文学家族入手进行群体性研究；或者以某一特定的地理空间为切入点对某一词人进行个案研究；或者以某一特定的地理空间为切入点进行本土词人的群体性研究；或者重视地理空间对词坛格局的影响；或者重视地理空间对词作风格的影响。这些不同的研究视角和研究成果为本书的探讨和深入提供了一个学术平台，同时也显示出这一研究领

---

① （宋）赵彦卫《云麓漫抄》卷四、《道山清话》（清代内府藏本）、（宋）陶毅《开基万年录》等对此均言之甚详。
② 唐圭璋：《两宋词人占籍考》，载《中国文学》1943年第2期。
③ 杨海明：《唐宋词史》，南京：江苏古籍出版社1987年版，第10－12页。

域的不足，对于地理空间和宋词之间关系的研究多侧重在个案研究、局部研究、静态研究方面，相对缺乏建立于个案研究、局部研究、静态研究基础上的整体性研究、动态研究。地理空间对宋词风格、内容的影响有无规律可循？基于地理空间对宋词创作实践的影响力，它对词人的词学观念影响程度又如何？我们对地理空间影响宋词创作这一现象应该如何评价和把握？这些问题的解决将有助于深化我们对文学地理关系的研究，有助于从宏观上把握宋词与地理空间之间的关系，促进宋词研究的进一步深入。这既是促成本书写作的第三个外部原因，也是本书的学术旨归所在。

二、研究现状

在梳理地理空间与宋词关系之前，需要先界定一下"地理空间"这一基本概念。

如果把"地理空间"这一概念与文学地理学研究中的常用概念做一个比较，它较接近"地域"这一概念，却又大于很多学者进行地域性研究时经常运用的"地域文化"这一概念。一般来说，"地域文化"概念包括了某一地域的全部人文地理景观，同时也包含人文化的自然景观，却并不包含全部的自然地理景观，尤其是那些仅仅作为纯自然的山水存在的、没有人文内涵甚至是很少被人注意到的自然景观更不能算在"地域文化"的范围之中。但是"地理空间"这一概念能把某一地域的自然和人文景观都涵盖在内，这也正是本书在考察地理与宋词关系时的视域范围，所以使用了"地理空间"这一概念来展开分析和论证。西北大学李浩先生在《地域空间与文学的古今演变》一文中使用的"地域空间"概念与本书使用的"地理空间"概念内涵基本相同[①]，可以看作当今学者对这一概念的认同和支持。

以文学作品为参照，地理空间首先包括文学作品中的地理空间，我们称为文学地理空间，它与"文学时间"共同构成文学世界的两个基本维度。此外，地理空间也指独立于文学地理空间外的广阔地理空间，包括自然地理空间和人文地理空间两个方面。自然地理空间体现为某一地理空间的山脉河流

---

① 李浩：《地域空间与文学的古今演变》，载《陕西师范大学学报》2005年第3期。

等地貌地理、风雨阴晴等气候地理、虫鱼鸟兽等生物地理等很多方面；人文地理空间则涵盖了某一地理空间独特的生产方式、宗教信仰、风俗习惯、语言、民族构成以及文化积淀等现象。

文学地理空间与文学作品外地理空间的关系比较复杂，有时候这两个地理空间是重合的、一致的，有时候却隔着十万八千里。以李清照词为例，《醉花阴·薄雾浓云愁永昼》一词作于南渡前的青州，词中描绘的重阳景物乃青州居所之景物，作品内外两个地理空间是重叠的、一致的；《永遇乐·落日熔金》一词作于南渡后的杭州，词中却描绘了中州汴京的元宵节盛况，杭州与开封两个地理空间有两千里之遥的空间阻隔，不仅如此，词中还写及杭州的元夕节景况，更增加了文学作品中地理空间的复杂性。

在两宋特定的版图之中，"地理空间"这一概念可以按照两宋道路制的五级行政划分方法来具体化。两宋道路制把全国划分为道路—州军—州府—县—乡五级行政区划，以两浙路为例，两浙路下辖十四州军，杭州作为大都督府乃十四州军之一。杭州大都督府治所在杭州，下辖九县，县下各有数额不等的乡级行政区。我们在研究两宋词人词作与地理空间的关系时，一般会略过道路、县、乡三个过大或过小的行政区，而从州军、州府两级行政区入手来进行地理空间的界定和解读，大致类似于我们现在所说的山东人、济南人这样的提法。如同上面提及的李清照的两首词，我们一般从青州、杭州这一级行政区划入手来进行地理空间的界定。相对来说，这样一个大致的地理空间范围既不像道路一级地理空间因为空间范围过大而失去了独特性和地方性，也不像县、乡地理空间因为空间范围过小陷入琐碎的歧途，而牺牲了一定的完整性。这里提及的独特性、地方性、完整性既指向自然地理空间，也指向人文地理空间。当然，有时候因为学术研究的需要，也会突破这一大致的地理空间范围，而以黄河流域、长江流域、珠江流域等两宋版图内的三大水域来作为地理空间研究的范围。

在此我们不打算把学界关于"地理空间—文化"这一对概念之间关系的研究成果再行综述，因为已经有很多学者对这一组关系进行过综述，为避免重复之嫌，此处暂略。即使把文化这一概念的内涵外延都缩小，最后聚焦在文学这个小小分支上来审视"地理空间—文学"之间的关系，研究成果都已经蔚为壮观了，中国社会科学院的杨义、广州大学的曾大兴、浙江工业大学的梅新林、江西省社会科学院的夏汉宁等学者在文学地理学的基础理论和体系架构方面用力颇多，显示了该领域的理论水平和研究视野。研究文学和书写文学史都应该兼顾时间和空间两个基本的维度，这一观点已是学界共识，也无须再论。相对来说，我们过去对文学的研究还是偏重于时间维度，对空间维度也即人地关系的研究深度和开拓力度还显得有些欠缺。但这种局面自20世纪80年代以来，已经大有改观，尤其是进入21世纪后，文学地理方面的相关研究成果日益丰富，仅21世纪初的这十余年时间里，相关研究成果就已经大大超出了此前所有相关研究成果的总和。近几年，江西还发起了一个全国性的文学地理学学会，并于2011年在江西南昌召开了第一次研讨会，更是把文学地理研究推向了一个新的高度。

就中国古代文学这一学科范围而言，仅对著作这一成果形式进行考察，发现在人地关系研究方面最为突出的成果就是20世纪后期以来一大批区域文学史著作的编写盛况，如《山西文学史》（崔宏勋、傅如一主编，北岳文艺出版社，1993）、《岭南文学史》（陈永正主编，广东高等教育出版社，1993）、《湖北文学史》（王齐洲、王泽龙，华中理工大学出版社，1995）、《福建文学发展史》（陈庆元主编，福建教育出版社，1996）、《临川文学史》（涂木水主编，江西高校出版社，1998）、《贵州汉文学发展史》（黄万机，贵州人民出版社，1999）、《山东文学通史》（乔力、李少群主编，山东教育出版社，2002）、《山东分体文学史》（李伯齐主编，齐鲁书社，2005）、《江西文学史》（吴海、曾子鲁主编，江西人民出版社，2005）、《浙江文学史》（王嘉良主编，杭州出版社，2008）等一大批地域性文学史著作相继问世。事实上，除了通史形式的地域文学史编写外，还存在区域分体文学史等其他编写情况，可以想见其空前盛况。第二个研究成果是，文学史不同时段内的区域文学研究成果也不少，虽然魏晋六朝、唐、宋、明、清等不同时段均有产出，相比较而言，六朝、唐、宋阶段比较集中，其中整体阐述文学与地理环境之关系的著作有《唐代幕府与文学》（戴伟华，现代出版社，1990）、《唐代交通与文学》（李德辉，湖南人民出版社，2003）、《江南文化与唐代文学研究》（景遐东，人民文学出版社，2005）、《地域文化与唐代诗歌》（戴伟华，中华书局，2006)、《齐鲁文人与六朝文风》(王琳，齐鲁书社，2008)、《唐代文学与陇右文化》(汪聚应主编，中国文史出版社，2009)，另外，程杰《北宋诗文革新运动》(内蒙古教育出版社，2000)虽非专门探讨此问题的著作，亦将地域性理念融入北宋诗文革新的分析之中，新见不少，也值得关注；重在研究地域文学家族的著作有《魏晋南北朝江东世家大族述论》(方北辰，文津出版社，1991)、《门阀士族与永明文学》(刘跃进，生活·读书·新知三联书店，1996)、《世族与六朝文学》(程章灿，黑龙江教育出版社，1998)、《东晋南朝的谢氏文学集团》(丁福林，黑龙江教育出版社，1998)、《唐代三大地域文学士族研究》(李浩，中华书局，2002)、《兰陵萧氏与南朝文学》(曹道衡，中华书局，2004)、《唐代关中士族与文学》(李浩，中国社会科学出版社，2003)、《宋代晁氏家族及文献研究》(刘焕阳，齐鲁书社，2004)、《北宋临川王氏家族及文学考论——以王安石为中心》(汤江浩，人民文学出版社，2005)、《吴越钱氏文人群体研究》(池泽滋子，上海人民出版社，2006)、《宋代家族与文学——以澶州晁氏为中心》(张剑，北京出版社，2006)、《兰陵萧氏家族及其文学研究》(杜志强，巴蜀书社，2008)、《吴江沈氏文学世家研究》(郝丽霞，复旦大学出版社，2009)《宋代家族与文学研究》(张剑、吕肖奂、周扬波，中国社会科学出版社，2009)、《两晋士族文学研究》(孙明君，中华书局，2010)、《两宋望族与文学》(张兴武，人民文学出版社，2010)等；对文学家的地理分布状况进行研究的著作有《中国历代文学家之地理分布》(曾大兴，湖北教育出版社，1995)、《魏晋本土文学地理研究》(胡阿祥，南京大学出版社，2001)、《中国古代文学地理形态与演变》(梅新林，复旦大学出版社，2006)、《南宋初期的文学重组与文学新变》(钱建状，厦门大学出版社，2006)、《籍贯的流动：北朝文士的历史地理学研究》(宋燕鹏，河北大学出版社，2011)等。以上研究成果展示了古代文学学科对地理与文学关系研究的现状、方向和水平。整体看来，偏重于对某一地域或某一文学史分期内的文学与地理关系、文学家族、文学家分布状况等的研究，具体到某一种文学样式与地理空间之间的关系研究并不多见，仅戴伟华《地域文化与唐代诗歌》(中华书局，2006)一书在探讨唐诗与地理空间的关系。

探析宋词与地理空间关系的研究专著目前暂时空白，但这并不说明这一研究领域还是块处女地，对此我们梳理相关学界研究成果如下：

首先，看博硕士论文的研究情况。2006年之前有关词与地理空间关系的研究论文主要集中在敦煌词和明清之际区域性词派如云间词派两个方面，王毅博士论文《南宋江西词人群体研究》（华东师范大学，2006）、黄世民硕士论文《宋末元初江西庐陵遗民词人群体研究》（贵州大学，2006）是研究宋词与地理空间关系最早的研究生成果，均是针对江西词人群这一地域性文学群体展开研究。2007年，曹冬雪硕士论文《宋代词人江阴"三葛"研究》（南京师范大学，2007）、王丽煌硕士论文《宋代闽词三论》（厦门大学，2007）、李香珠硕士论文《两宋浙江遗民词人研究》（华东师范大学，2007）三篇论文均是针对某一地域的词学创作展开研究。2008年，陈未鹏的博士论文《宋词与地域文化》（苏州大学，2008）在个案研究的基础上进一步总结了宋词与地域文化之间的整体性关系，从宋词的表述特点、宋词的文体特点、宋词的创作特点以及词人群体四个方面展开论述。2008年，王惠梅硕士论文《唐宋岭南词研究》（苏州大学）对岭南这一特定地理空间的词坛状况进行了研究。2009年，共有姚惠兰博士论文《宋南渡词人群的地域性研究》（华东师范大学）和苏州大学于咏梅、张英、焦佳朝三位的硕士论文《宋代镇江词研究》《唐宋贬谪词研究》《唐宋湖州词研究》四篇论文，于咏梅、焦佳期的文章依然是就某一具体地域的词作展开研究，姚惠兰文章则针对南渡这一特定历史时期的词人群体进行整体研究，张英文章则把词人在地理空间上的特殊移位现象——贬谪作为研究对象展开研究。2011年，刘睿硕士论文《两宋巴蜀词研究》（河北大学）集中对巴蜀地域的词作进行了研究。2012年，朱国伟博士论文《唐宋行旅词研究》（南京师范大学）也是对宋词与地理空间关系进行了动态研究。2013年，钱晓燕硕士论文《地域文化视野下的宋元竹枝词》（河北师范大学）则是对某一类型的宋词从文学地理学视域下进行重新考察。就研究阵地而言，对宋词和地理空间关系的研究论文主要集中在苏州大学、南京师范大学和华东师范大学三个高校，尤以苏州大学为最，这应该与该校学者杨海明先生对宋词地域特点的关注和研究息息相关。就研究方向而言，具体到某一地理空间的宋词研究成果最多，目前已经涉及的地域有江西、江阴、福建、浙江、岭南、镇江、湖州、巴蜀等,从地理位置上看均属南方;从地域角度研究某一个词人群体或某一类型的词也是研究生论文关注的方向;另外,除了上面提及的偏静态研究的成果,研究生论文对两宋词人在地理空间中的动态变化也有一定程度的关注,并取得了一定的成绩,如贬谪词和行旅词的研究。

其次,再看期刊论文的研究情况。在20世纪30年代,宛敏灏先生连续在《学风》上发表数篇关于宋词与地理空间关系的文章,是较早关注宋词的地域性特点的学者,惜于只是提出问题,并没有对地理空间对词人创作产生影响这一现象做更进一步研究①。1943年,唐圭璋先生《两宋词人占籍考》从词人籍贯出发对两宋词人进行考证,凭借其深厚的词学修养为宋词与地理空间之关系的研究打下了坚实的方法论基础(《中国文学》,1943年第2期)。此后两位词学研究专家唐圭璋和夏承焘的《唐宋两代蜀词》(《文史杂志》,1944年第三卷第5、6期合刊本)、《西湖与宋词》(《杭州大学学报》,1959年第3期)两篇文章,则是继续这一研究方向肯定这一研究视角的有力篇章,从而引发了20世纪60年代《江西日报》《福建日报》《光明日报》《安徽日报》《广西日报》等报刊相继发表词人与地域关系文章的热潮,起到了推波助澜的作用。1963年后经过一段时间的沉寂,地理空间与文学关系研究这一领域在八九十年代重新活跃起来,不过此间研究多偏重诗文等文学样式,对词这一文学样式与地理空间关系的研究较少,关涉宋词与地理空间关系的研究更是空白,这一研究状况要等到21世纪才有所改观。

2001年,赵维江《北宋后南北词坛互动关系之考论》(《暨南学报》,2001年第5期)以对地域性文学群体的研究开启了宋词与地理空间关系的研究热潮,吴德岗《地域文化与苏轼词的创作》(《文史杂志》,2001年第2期)、刘乃昌《苏轼的齐鲁情结》(《东岳论丛》,2001年第5期)均对苏轼词的地域性特点进行了专门研究。2002年,巨传友的两篇文章《湖湘古文化对秦观诗词创作的影响》(《湘潭大学学报》,2002年第1期)、《秦观的贬谪诗词与湖湘古文化底蕴》(《萍乡高等专科学校学报》,2002年第1期)对秦

---

① 宛敏灏先生1936年在《学风》第六卷、第七卷上先后发表了《方岳与〈秋崖词〉》《休歙十词人》《词人周紫芝暨吴潜兄弟》等关涉文学与地理环境之关系研究或地域性文学群体研究的多篇学术论文。

观的贬谪词与地域文化间的关系进行了研究。2003 年，刘庆云《宋代闽北词人鸟瞰》(《阴山学刊》，2003 年第 5 期) 对闽北这一特定地理空间的词坛状况进行了梳理与思考，曾大兴《柳永〈乐章集〉与北宋东京民俗》(《中山大学学报》，2003 年第 5 期) 则从节日民俗的角度考量了柳永词作与东京开封之间的关系。2004 年，杨金梅《论词在宋代的地域性接受》(《中国矿业大学学报》，2004 年第 1 期) 从地域性视角考察宋词的接受状况是一个新颖的研究视角。2005 年，许伯卿《论宋词题材演进的新型南方文化背景》(《文学遗产》，2005 年第 6 期) 从地域性视角考察宋词题材的演进也为宋词—地理空间的研究提供了新的研究角度；刘影《论地域文化对宋词创作之影响》(《湖南工业职业技术学院》，2005 年第 1 期) 则从宏观上论证了地理空间与宋词之间的内在关系及地理空间对宋词的影响，主要论及地理空间对词人地理分布及词作风格的影响；此外还有薛伯象《汴京的词学史地位》(《中州学刊》，2005 年第 2 期) 对汴京词的词史地位进行了深入的思考。2006 年，钱建状《南渡词人地理分布与南宋文学发展新态势》(《文学遗产》，2006 年第 6 期) 一文在对南渡词人群的地理分布中探求到南宋文学发展的新态势，有精到之处。2007 年，薛玉坤《试论湖州地域文化对宋词创作的影响》(《兰州学刊》，2007 年第 11 期) 就湖州一地的词作展开分析。2009 年，有关宋代的文学与地理关系研究成果很丰富，是宋词与地理关系研究深入的一个大背景，其中吕肖奂《宋代南丰曾氏家族第四代诗词创作考论》(《广州大学学报》，2009 年第 6 期) 一文虽涉及宋词研究，但重点依然在他的研究领域文学家族研究上，王亚培《从〈山谷词〉看奇异的巴渝风情》(《重庆工商大学学报》，2009 年第 5 期) 是从某一特定地域视角入手解读词人作品的文章。2010 年和 2011 年两年间，文学地理学的研究成果空前，研究范围更加广阔，中国古代文学、现当代文学乃至于外国文学等学科都在运用文学—地理这一研究视角对文学作品、作家、文学家族、文学流派等进行新的审视和研究，并从理论上对这一研究方法的贡献和局限进行了讨论总结。如此兴盛的研究背景下，有关宋词与地理空间关系的研究成果反而少得可怜，吕肖奂相继发表《宋代南丰曾氏家族第三代诗词创作析论》(《淮阴师范学院学报》，2010 年第 1 期) 和《宋代南丰曾氏家族第五代诗词创作叙论》(《广州大学学报》，

2010年第2期)两篇文章算是这方面的成果,但依然侧重于文学家族的研究。2012年,姚惠兰《宋南渡词人群的地域分布与南渡词学的地域特色》(《社会科学家》,2012年第3期)从文人分布分析南渡词地域特色;张文利、张乐《宋词中的长安书写》(《西北大学学报》,2012年第2期)对长安这一具体地理空间进行观照;林松《西域词人李波斯在中国词坛上的地位和对宋词的影响》(《北方民族大学学报》,2012年第3期)则从域外文化对宋词影响的角度展开分析,视角独特;刘云霞、甘鹏飞《论宋词与汴京节日文化——以柳永为例》(《河南科技学院学报》,2012年第3期)从节序风俗入手解读宋词的地域特点。2013年,李金坤《宋词中的镇江魅力》(《苏州科技学院学报》,2013年第3期)、李世忠《宋词中的长安意象》(《长安大学学报》,2013年第6期)、沈松勤《宋词中的"西湖意象"及其文化蕴涵》(《文学遗产》2013年第5期)三篇论文分别针对宋词中的镇江、长安、西湖三个地理空间书写特点展开研究,其中沈松勤先生对宋词中的西湖意象从审美、政治、礼俗等多重文化内涵入手进行梳理和分析,是对1959年夏承焘先生《西湖与宋词》一文的呼应和深化,值得肯定。2014年,在宋词与地理空间关系研究方面成果比较突出的是上海立信会计学院的姚惠兰女士,其《论庐山文化对宋词创作的影响》(《甘肃社会科学》,2014年第3期)、《论唐宋词名山意象的文化内涵及其演变》(《北方民族大学学报》,2014年第6期)分别从点和面两个方面对宋词中的名山这一特殊的地理空间存在物进行了系统的研究和分析,增加了我们对宋词与名山这一文学地理关系的认识。

通过以上梳理可见,宋词与地理空间关系的研究整体上呈现出以下几个特点:

第一,对"宋词—地理空间"关系的研究成果偏重局部研究和静态研究,整体研究、动态研究的成果非常少。局部研究和静态研究又可以分为几个方面:首先是针对某一特定地理空间的局部研究,已经涉及江西、江阴、汴京、齐鲁、长安、西域、福建、浙江、岭南、镇江、湖州、湖湘、巴蜀等地域,整体上对南方地理空间的研究成果明显多于北方;其次是针对某一词人群与地理空间关系的研究,涉及江西词人群、南渡词人群、浙江遗民词人群、南丰曾氏家族词人群、闽北词人群的研究,其中关于江西词人群和南渡词人群的研究成果相对集中；再次是针对某一位词人与地理空间关系的研究，比如苏轼、秦观、柳永、黄庭坚等词人与所在地的关系研究，其中对异域词人李波斯的研究是对传统地域研究范围的突破。整体研究和动态研究成果虽然少，但已经开辟了对贬谪词、行旅词进行动态研究的领域，并已经开始着手总结宋词与地理空间关系的相关研究成果，力图从整体上宏观把握两者之间的关系，虽然刚刚起步，却令人可喜。

第二，在对"宋词—地理空间"关系的研究中，很多独特的研究视角值得重视并有待深入。比如从节日民俗的视角来研究宋词的地域性特征，从题材演进的视角来审视宋词地域性特点的演变规律，从文学接受的地域性特点来考察宋词等都不失为独特而有学术价值的研究视角，但惜于发掘并不充分，值得后学继续深入探讨。

第三，对作家群体或作家个体的研究，往往停留在静止单一的层面上，或者强调词人籍贯或出生地对其词作的影响，或者强调宦游地对其词作的影响，或者强调贬谪地或流放地对其词作的影响，这种局于一隅进行切割式研究的方法容易导致片面的结论和认识，比如对辛弃疾的研究，过分强调出生地齐鲁文化的影响或过分强调宦游地尤其是江西信州地理空间的影响都是十分片面的。跳出这种局限，从词人流动的人生路线中整体上把握地理空间变化带来的词风转移才能避免这种片面和局限。

三、研究价值

对宋词进行整体性研究的经典著作，诸如杨海明《唐宋词史》，陶尔夫、王敬圻《南宋词史》，刘扬忠《唐宋词流派史》等，多是在纵向的、时间的、历史的维度进行书写的，这种考察词坛现象的研究方法对于宋词研究的深入作出了巨大的贡献。当然，这并不意味着学者没有注意到宋词的地域性特点，也不意味着偏重时间维度的宋词研究是全面和科学的。相反，要想对宋词进行通体观照，还原宋词创作的真实图景，就必须增加地理空间的研究维度，在时空共同筑成的创作场景中研究宋词创作的特点和规律，这样才更加科学合理。在相对偏重时间维度的宋词研究背景下，为空间视域下的宋词研究添砖加瓦，加强词人与自然环境之间的联系，也即人与自然的联系，这是本书的第一个价值所在。

当前宋词与地理空间关系的研究正在随着文学地理学理论的不断成熟而日渐完善，整体上呈现出侧重个案研究、局部研究、静态研究的特点，相对缺乏在个案研究、局部研究、静态研究基础上的整体性研究和动态研究。因此，本书在两宋词坛选取了具有代表性的七位词人来深入细致地进行个案研究：北宋初期词坛的柳永、北宋中期词坛的苏轼、北宋后期词坛的周邦彦、南渡词坛的朱敦儒、南宋中期词坛的辛弃疾以及南宋后期词坛的刘克庄和吴文英。在对这七位词人进行个案研究时，避免对词人研究限于某一时某一地的静态研究、局部研究偏颇，力求还原词人完整的人生轨迹、人生地图，用一种动态的、全局性的研究视域来审视词人与地理空间之间复杂多变的关系。然后，在充分的个案研究的基础上，归纳总结地理空间对宋代词人词作发生影响的规律性的东西，并把这种规律上升到理论的高度，从而有助于宏观把握宋词与地理空间的关系，促进宋词空间研究的进一步深入。这是本书的第二个价值所在。

曾大兴《文学地理学研究》对地理空间与文学的关系有这样的表述："一个文学家是否接受一个地方的地域文化的影响，接受哪种类型的地域文化的影响，或者说，在哪个层面、哪种程度上接受一个地方的地域文化的影响，这与他的个人气质、生活经验等是有密切关系的。同理，一个地方的文学在哪个层面、哪种程度上反作用于当地的人文环境，也与当地人文环境的素质，以及当地的文化自觉等有关，对这些问题的充分解答，有赖于大量的实证研究，更有赖于理论上的探讨和概括。"[1] 这段表述具体到地理空间与宋词之间的关系上也是非常适用的。本书就是在大量实证研究、个案研究的基础上来总结地理空间对词人词作影响的层面、程度等规律性的东西的。这样的研究思路旨在深化文学地理学视域下的宋词研究，同时也为文学地理学的理论成熟和发展提供了实证研究的重要实例，这是本书的第三个价值所在。

本论题以上诸方面的价值和意义就是推动笔者继续学术研究的原动力，"路漫漫其修远兮，吾将上下而求索"。

---

[1] 曾大兴：《文学地理学研究》，北京：商务印书馆2012年版，第26-27页。

四、研究思路及方法

本论题旨在探析地理空间对宋词的影响,"地理空间"包括自然地理空间和人文地理空间两个方面。因此,本书首先面临的一个问题就是要准确地把握词人创作某一首词时所处的地理空间,并且要深入了解这一地理空间的自然地理特点和人文地理特点。其次,要注意到"地理空间"并非一个静止的概念,在分析确认词人词作的地理空间时,要注意词人行踪的流动性,把握词作地理空间的流动性特点和趋势。同时要了解这种流动性特点与时代风会之间的密切关系。再次,在以上研究的基础上,进一步分析创作地的地理空间特点在词人词作中的具体表现,也就是地理空间对词人词作题材内容、风格特色乃至于词学观念的影响。最后,要在个案分析的基础上整体观照总结地理空间对宋词影响的规律性的东西,但又要注意地域对文学作品的影响是有限的,会受到多种因素的影响,所以在这一阶段要注意避免环境决定论等过度阐释的偏颇。为此,本书将综合运用以下研究方法展开分析论证:

第一,个案研究与整体研究相结合的方法。地理空间对宋词影响的研究结论必然建立于对两宋词人个案研究的基础之上。但是因时间和篇幅所限,个案研究不可能穷尽所有的宋代词人,选择哪些词人进入研究视野是一个值得反复斟酌的问题。本书依照宋词分为北宋前期、北宋中期、北宋后期、南宋初期、南宋中期、南宋后期的词史六分法,考量各期词坛上词人的贡献和成就大小,最终选择了柳永、苏轼、周邦彦、朱敦儒、辛弃疾、刘克庄和吴文英七位词人进行个案分析,其中考虑到南宋后期词坛的具体情况选取了刘克庄和吴文英两个代表性词人。在深入细致的个案研究基础上,再从宏观上分析总结地理空间对宋词多侧面影响的规律,力求深化宋词与地理关系的研究。

第二,理论研究和具体分析相结合的方法。文学地理学作为一个日渐成熟起来的研究方法,其理论建树和体系架构也日渐完善,这为本书的研究提供了一个很好的理论平台,在这一理论基础上,再具体深入地对两宋词坛存在的文学地理现象进行分析研究,理论和实践相结合,在大方向上保证了论证的正确性、科学性。

第三，静态研究和动态研究相结合的方法。地理空间既包含着静止不动的要素，也存在着动态变化的特点。一般来说，词人的籍贯往往是静止不动的，但是因为游历、求学、科举、仕宦等因素词人的行踪又充满了变化流动的特点。兼顾这两个方面展开对词人词作地理空间特点的研究，才不至于顾此失彼。

第四，空间和时间结合的研究方法。虽然本论题限定在地理空间对宋词影响的范围内，但文学创作行为从来都是从时间和空间两个维度上发生的，如果说此前古代文学研究侧重时间维度的状况不无遗憾，从地理空间角度进行的文学研究同样也不可能忽视时间的维度。词人创作的地理空间特点与时代大环境有着难以割舍的联系，比如辛弃疾词中南北词风的融合现象是无法绕开宋室南渡的历史现实的。对此，在展开分析论证时要注意运用时空结合的科学方法。

第五，以作品为焦点的多侧面、多角度审视的研究方法。地理空间对宋词的影响这一研究课题的焦点在宋词，所以经典的词作编年笺注本是展开研究的第一手材料。围绕这一焦点的是"地理空间"这一个独特的视角，这就需要充分利用诸如历史地图集、各种地志、年谱、传记、史书、宋人笔记、词话等文献资料，广泛阅读文学地理学、人文地理学、历史地理学等方面的著作，以期从文学地理学的视域对宋词创作特点有一个较为宏观深入的了解和把握。

上 编
宏 观 研 究

第一章
宋词的题材内容与地理空间

  题材是指作者在观察社会体验生活的过程中，本着一定的创作意图，经过选择、集中和加工，最后写入作品中的生活事件和生活现象，是文学作品重要的内容要素。华文出版社《中国古代诗词分类大典》将诗词作品分为十五类，依次是山水类、风物类、花木鸟兽类、季节物候类、人事人物类、军旅战争类、乡情类、爱情类、友情类、感伤类、闲适类、艺术类、哲理类、民情习俗类、歌谣类[①]；华夏出版社《华夏古典诗歌分类大系》将古典诗歌分为十大类，依次是田园渔樵、感时抒怀、岁时节令、闺怨情爱、花鸟咏物、山水风光、边塞军旅、咏史怀古、怀远思亲、送别忆旧。以上两种着眼古代诗词的题材分类大致代表了当代人对诗歌类作品的题材意识[②]。许伯卿《宋词题材研究》一书，在梳理前人诗歌题材分类脉络的基础上把宋词分为三十六类，分别是祝颂、咏物、艳情、写景、交游、闺情、节序、羁旅、隐逸、咏怀、闲愁、宗教、宫廷、闲适、怀古、谈艺、风土、游仙、祭悼、隐括、亲情、科举、仕宦、人物、故事、世相、哲理、神话、边塞、军旅、咏史、生活、时事、悯农、家庭、寓言，对宋词题材的概括可谓全面细致。[③] 事实上，任何文学题材的分类都难以尽善尽美，题材之间相互交织渗透的现象也很难避免。在此，本书依据许伯卿的宋词题材分类方法来审视地理空间对宋词题材的影响，发现地理空间对宋词不同题材的影响力有强弱之分，相对而

[①] 鉴晔等主编：《中国古代诗词分类大典》，北京：华文出版社1998年版。
[②] 《华夏古典诗歌分类大系》，北京：华夏出版社1999年版。
[③] 许伯卿：《宋词题材研究》，北京：中华书局2007年版。

言，写景、咏物、羁旅、怀古、风土、仕宦、边塞、咏史等题材内容与地理空间的关系直接密切一些，而艳情、闺情、咏怀、闲愁、家庭、寓言等词的地理空间特点弱一些。这种论断虽然不能涵盖具体篇目上的个别差异，但从整体上来看是大体不错的。本书依据不同题材内容之间的相通性、相似性关系的强弱不同进行题材整合，把写景、咏物、边塞整合为写景咏物一类，把咏史、怀古整合为怀古咏史一类，把仕宦、羁旅整合为羁旅仕宦一类，再加上风土类共计四个题材大类，以此四大类题材内容为研究对象来分析地理空间对宋词题材内容的影响。

第一节　怀古咏史词：登临怀古地的分布及特点

宋词中怀古咏史之作数量颇丰，王安石、苏轼、周邦彦、朱敦儒、辛弃疾、吴文英、汪元亮等大多数词人都有丰富的怀古咏史词创作经验。以唐圭璋先生编纂、孔繁礼先生补辑的五卷本《全宋词》为检阅样本，以此前学人相关研究和判断为参考，以"有明确登临地并含怀古内容"为判断依据，并参校宋代各种地志典籍和谭其骧先生主编的《中国历史地图集》（第六册），共辑得227首有明确登临地的怀古咏史词。最终辑录结果虽然尚存挂一漏万的遗憾，但作为总结两宋咏史怀古词登临地规律和特点的判断依据，依然是科学的，能够大致反映出地理空间对两宋咏史怀古词发生影响的规律特点。

对于怀古词和咏史词的异同，王兆鹏先生、刘扬忠先生均有精到论析，我们取二者"发思古之幽情"之同而将其归为一类。但是一般而言，怀古词多为游览登临而作，咏史词则未必身临其境，这是其不同之处。考虑两者异同以及本书从地理空间分析宋词的独特视角，此处考量的怀古咏史词均限定为词人登临地须是一处有特定历史人文内蕴的地理空间，我们把这样的地理空间称为人文地理空间。如果登临地缺乏这种历史积淀下来的深厚人文内涵，怀古咏史词就失去了存在的理由和根基，李浩指出："空间地域的因素，作为人地关系地域系统中重要的方面，不仅是历史人物的活动舞台、历史事件的演出场所，而且是历史时期文学艺术创作者歌咏的对象、取譬的素材、理想的归宿。"① 这段话精当论述了地理空间尤其是人文地理空间对怀古咏史词的重要意义。

一、登临地的地理分布

227 首怀古咏史词的登临地分布范围极广，北及内蒙古，南至福建，西起四川，东濒长江入海口，就两宋远不及汉唐辽阔的疆域而言，宋词中的登临地已占据了两宋版图的大半。

从流域归属来看，我国境内三大流域均分布有两宋词人的登临怀古地。其中作于长江流域的有 204 首，作于黄河流域的有 19 首，作于淮河流域的有 8 首，珠江流域 1 首。长江流域以绝对优势位居第一，显示出两宋文明由黄河流域南移的发展趋势。珠江流域数量虽少，但也体现出岭南作为僻远之地已经在文学发展流播过程中日渐进入文人视野的态势。

若以省级行政区划来看，江苏省以 114 首登临怀古词名列榜首，浙江以 44 首登临怀古词位居第二名，湖北有 18 首、安徽 11 首，其余省份均在十首以下，依次是湖南 9 首、陕西 8 首、江西 5 首、河南 5 首、山东 3 首、内蒙古 1 首、河北 1 首、福建 1 首、四川 1 首②。江浙地区成为两宋登临怀古词的主要登临地，这进一步表明某一流域文学内部登临地分布依然不均衡、呈现出相对集中的分布特点。

再从地市级行政区划来看，金陵登临怀古词以 46 首居首，苏州（三吴之地）以 30 首位居第二，镇江（京口、润州）以 21 首位居第三，然后桐庐 18 首、杭州 13 首、扬州 13 首、越州（绍兴）10 首、黄州 9 首、西安 7 首，余且不论。排名前七的地市级登临地均分布于长江流域，且在江浙地区这一明确集中的地域范围内。金陵登临怀古词的登临地主要有赏心亭、凤凰台、白鹭亭、乌衣巷、秦淮河、览辉亭、钟山楼、思远楼、翠微亭、雨花台等；苏州登临怀古词的登临地主要有姑苏台、灵岩山（寺）、太湖、吴江（桥）、虎丘、齐云楼、垂虹亭等；镇江登临怀古词的登临地主要有多景楼、北固亭、

---

① 李浩：《地域空间与文学的古今演变》，载《陕西师范大学学报》2005 年第 3 期，第 27－28 页。
② 以流域归属或省级行政区划划分登临怀古词时，会存在同一首词并不局限于一流域或一省的特殊情况，如王奕《贺新郎·有客过东鲁》一词就跨越了长江流域和黄河流域两大水域，涉及江西、安徽、江苏、山东等多个省份，这是统计分类数据时需要注意的现象。

北固山、尘表亭等；桐庐登临怀古词的登临地集中于钓台一地；杭州登临怀古词的登临地有西湖、吴山、钱塘江等；扬州登临怀古词一般较少涉及具体某一地点；古越州登临怀古词所涉及的地点有浣纱石、会稽山、种山等。以排名前七的登临怀古词来看，登临地以湖山及其上的亭台楼阁为主要空间形态，江浙地区乃至于整个中华民族的湖光山色之盛是怀古登临词诞生的一个重要地理条件。

二、咏史怀古词的地理空间特点

（一）登临地多为亭台楼阁等景观类建筑

以排名前三的金陵、苏州、镇江来看，其登临怀古地中赏心亭、凤凰台、白鹭亭、览辉亭、钟山楼、思远楼、翠微亭、雨花台、姑苏台、灵岩寺、虎丘、齐云楼、垂虹亭、多景楼、北固亭、尘表亭等处均属中国传统建筑模式，是登临地中的主要空间样式。咏史怀古词中的亭台楼阁多筑于相对较高处，登临者能够通过有限的建筑空间欣赏到无限空间中的自然景象，游目骋怀，思接千载，对历史、人生乃至于宇宙的无限感慨行诸笔端，进而催生许多咏史怀古的名篇佳作。

"怀古者，见古迹，思古人，其事无他，兴亡贤愚而已"[①]，亭台楼阁便是引发词人怀古幽思的"古迹"之一。这些传统建筑有的本身是拥有悠久历史的名胜古迹，如苏州姑苏台，早在春秋时期就已经作为吴王的离宫别馆而存在了，"阖闾十一年，起台于姑苏山，因山为名，西南去国三十五里，夫差复高而饰之。越伐吴，焚之"。[②]"台上别立春宵宫，为长夜之饮。造千石酒钟，又作天池。池中造青龙舟，舟中盛致妓乐，日与西施为嬉。又于宫中作海灵馆、馆娃阁、铜沟玉槛，宫之楹槛，皆珠玉饰之"。姑苏台是春秋时期吴国辉煌和衰亡的见证，登临姑苏台的词人们借词发抒怀古幽情、兴发今昔之叹是再自然不过的事情，柳永《双声子·晚天萧索》、袁去华《水调歌头·次黄舜举登姑苏台韵》、范成大《三登乐·方帽冲寒》、辛弃疾《江神

[①] （元）方回著，李庆甲集：《律髓汇评》，上海：上海古籍出版社1986年版，第78页。
[②] （唐）陆广微：《吴地记》，同治十二年江苏书局刻本。

子·玉箫声远忆骖鸾》、卢祖皋《贺新郎·姑苏台观雪》等均是登临姑苏台遗迹而凭吊历史兴亡的佳作。但是有的亭台楼阁建筑历史比较短，还不具备成为古迹的历史感和沧桑感，如金陵赏心亭，"下临秦淮，尽观览之盛。丁晋公谓建"①，晋国公丁谓在北宋真宗天禧年间镇守金陵时建造赏心亭，"景定元年亭毁，马公光祖重建"②。北宋初建南宋重建的事实在两宋词人看来不过是眼前事，毫无历史感可言，也就不存在登临怀古的可能性。赏心亭依然作为一个重要登临怀古地的原因何在？赏心亭本身虽不具备成为古迹的条件，但其所处的地理空间金陵是一个历史悠久的所在，六朝古都兴亡成败的历史就在此地发生，金陵城是名副其实的历史遗迹，十里秦淮河见证了这座城市的历史兴衰，建在秦淮河河边的赏心亭因地缘关系成为时人登临怀古的好去处，"我来吊古，上危楼，赢得闲愁千斛。虎踞龙蟠何处是，只有兴亡满目"（辛弃疾《念奴娇·登建康赏心亭》），像辛弃疾一样登赏心亭怀古的还有张舜民、苏轼、王千秋、王奕等很多两宋词人，或发抒兴亡之叹，或表达报国无门、壮志难酬的苦闷，均受赏心亭之助也。

当然，亭台楼阁作为有限空间在提供给登临者无限宇宙视野的同时，自身的审美价值亦不容忽视。建于青山之巅、立于江河之畔的亭台楼阁与自然山水和谐一体，造型别致工巧，风格古朴典雅，是画中画，具有很高的空间审美价值。当这样的建筑空间进入宋词书写中，在抒发思古幽情的同时又增加了宋词的审美效果和艺术感染力。

（二）登临地多为交通便利并具军事价值的地理空间

整体来看，两宋登临怀古词中出现频次较高的登临地绝大部分都在淮河以南的江淮地区，而且相对集中在长江沿线一带，自东向西依次为扬州、镇江、苏州、金陵、黄州以及鄂州等地。长江水运线，既有得天独厚的地理交通价值，又有非常重要的军事价值，因此成为古战场分布较为集中的一条水域，是多个封建历史时期各方政治势力的必争之地。

长江流域在东汉末年发生过赤壁之战，在东晋发生过淝水之战，在南朝

---

① （宋）祝穆：《方舆胜览》上册卷十四，江东路建康府条，第241页。
② （宋）周应合：《景定建康志》卷二十二，四库全书本。

也留下过宋武帝刘裕在京口挥师北伐建立霸业的辉煌历史，在南宋发生过闻名于世的采石大战。这些发生在长江沿岸的著名历史事件及其中涌现出的历史英雄人物，虽然早已随着滚滚东流的长江水走进了历史，但是其历史影响及人文价值积淀下来，为赤壁、淝水、京口、采石矶等长江沿线的地理空间增加了厚重的历史内蕴和人文色彩。这些地名因此而成为人文化了的地理空间，每一个登临此地的文人士子在揽江山形胜的同时往往发思古之幽情。于是两宋词中出现了大量与长江水运线关联着的怀古咏史之作，这一现象在南宋尤为突出，这与南宋政治中心和疆域南移、长江和淮河成为宋金对峙的抗战前线这一特定时代背景有关。在这些地点发思古幽情的词人往往也是胸怀故国、支持北伐恢复的爱国人士，以陆游、辛弃疾、岳珂等词人为代表。一方面因为在南北对峙的特殊时期只有他们才有机会、有胆量到战争前线登临这些曾经作为古战场的地理空间，另一方面这些地理空间中蕴含的关于战争态度、战争魄力、战争策略等的丰富军事内涵也只有处于南宋和战之争中的志士们才能够感同身受、慷慨激昂。相比较而言，北宋文人登临这些地理空间的情况往往与仕宦贬谪经历有关，苏轼与黄州赤壁的密切关系即是一例。他们或者是游历仕宦途中路经此地作稍许停留，或者是贬谪至此而兴发感慨，往往局限于怀古追今、英雄失意的苦闷，较少从战争本身的丰富内涵入手去做更深入更具时代感的表达。

总之，登临怀古之作中的登临地往往在空间维度上拥有着作为军事重镇的地理优势和交通优势，在时间维度上又叠加着绵远厚重的历史兴亡故事，体现出怀古咏史词中的登临地在时空两个维度上趋同的特点来。整体来看，两宋词中怀古咏史题材的地理空间范围并不宽广，黄河作为天然军事要塞的价值正随着宋代政局的变化而日渐衰落，与此同时，长江正日渐体现出其抵御外敌的军事意义，这一时代背景决定着两条河流上发生过的历史战争在两宋词中被提及频率的高低，最终导致两个地理空间中怀古咏史词的创作数量和质量呈现出北衰南盛的特点。

三、词人与登临地：文学与地理的互动关系之一

文学与地理的关系是生动而辩证的，一方面是地理空间对作家作品产生

影响,另一方面是文学对地理空间发生作用。这一辩证关系同样适用于宋词与登临地。

(一) 登临地催生千古绝唱

地理空间对文人的影响古人早有论述,"若乃山林皋壤,实文思之奥府,略语则阙,详说则繁。然屈平所以能洞监风骚之情者,抑亦江山之助乎!"① 刘勰此说堪为古人代表,此以北固亭登临词为例加以论证。

北固亭,又名北固楼,在镇江北固山上。镇江位于长江中下游的长江三角洲,北固山位于镇江东北部,"下临长江,三面滨水,回岭斗绝,势最险固"②,因此被誉为"京口第一山"。雄伟壮丽的自然风光吸引着文人墨客的登临游赏,北宋僧侣词人仲殊在《蝶恋花》中描画晚霞中的北固亭风光:"北固山前波浪远……落日烟霞晴满眼。欲仗丹青,巧笔彤牙管。解写伊川山色浅。谁能画得江天晚。"晴日落霞的光芒照射到北固山和长江波涛之上,给雄壮的山河涂上绚丽的色彩,如此美景简直令画工搁笔。南宋岳珂在《祝英台近·北固亭》中描绘夜色中的北固亭:"淡烟横,层雾敛。胜概分雄占。月下鸣榔,风急怒涛飐。关河无限清愁,不堪临鉴。"夜登北固亭,疏淡烟雾中山河极目无限,劲风掀起滚滚长江的滔天巨浪,月下鸣榔声和怒涛拍岸声合奏出一曲雄浑的旋律,动人心魄。这些北固亭怀古的名篇佳作得江山之助,"满眼风光北固楼"是激发词人登临创作的原动力,亭台楼阁经由登临者的审美观照进入文学世界,成为文学意义上的亭台楼阁。

登临地对文人的影响既表现为自然地理空间对文人创作的影响,还表现为人文地理空间对文人的影响。如上所述,北固亭的地理位置、山川景物、气候变化等自然环境要素是吸引词人登临的重要前提条件。但仅仅如此尚不能催生怀古咏史词中的千古名作。明代杨慎评价岳珂《祝英台近·北固亭》词"感慨忠愤,与辛幼安'千古江山'一词相伯仲"③,这一评语显示,两首怀古词之所以被后人视为北固亭怀古双璧,主要原因并不在于对自然景色描

---

① (南朝)刘勰撰,范文澜注:《文心雕龙注》,北京:人民文学出版社1958年版,第694—695页。
② (清)顾祖禹撰,贺次君、施和金点校:《读史方舆纪要》,北京:中华书局2005年版。
③ (明)杨慎:《词品》卷五,明嘉靖刊本。

画的成就,"感慨忠愤"才是关键所在。感慨源起当与北固亭深厚的人文积淀密切相关:北固亭乃东晋名臣蔡谟所建,用以"贮军实,谢安复营葺之,即所谓北固楼,亦曰北固亭。大同十年,武帝改名北固亭"①。武帝即南朝宋武帝刘裕,早年生活于镇江寻常巷陌,后来据京口削平内乱、建立宋政权,北伐中原,收复失地,立下赫赫功名。与北固亭所在地相关的历史人物还有三国时期的孙权,他在建安十年把将军府由吴地迁至京口,与刘备联合抗击曹操,取得赤壁之战的决定性胜利,最终形成三国鼎立的历史格局。孙权、蔡谟、谢安、刘裕等历史英雄人物累积成了北固亭一带深厚的人文历史内蕴,天下兴亡舍我其谁的英雄主义精神回荡在北固亭上空,激励着一代又一代的英雄志士。辛弃疾和岳珂所处的南宋正处在历史兴亡的十字路口,北伐恢复是南宋人的时代志向。镇江位于南宋抗金北伐的战争前线,北固山因为险峻难攻而具有了天然的军事价值。英雄人物建功立业的历史往事和当今统治者懦弱苟且的现实在北固亭交织碰撞,从而引发了英雄志士的万千感慨,岳珂在"极目万里沙场"中慨叹自己"正霜鬓、秋风尘染",辛弃疾在历数历史风流人物之余反问"凭谁问,廉颇老矣,尚能饭否",或壮志难酬,或振奋精神,一腔忠愤之情溢于言表。

怀古咏史词乃得"江山之助",其中既有自然山川的助力,也有历史山川的助力,历史积淀与自然美景的合力才能够造就意境深远浑厚的千古绝唱。

当然,地理空间对文人的影响力并非一概而论,其程度要受文人的禀赋气质、人生经历等多种因素的制约。同样是北固亭怀古,仲殊《蝶恋花》侧重描绘江山如画,缺少了历史兴亡的厚重感,当从其北宋僧侣词人的身份入手解读;姜夔《永遇乐》抒发古今兴亡之叹,凄婉空灵,没有了辛弃疾词中的英雄气概,当从其清客词人的经历气质入手加以分析。

(二)词人的声名才华提升登临地的知名度

英国文学地理学家迈克·克朗认为,"文学作品不能简单地视为是对某些地区和地点的描述,许多时候是文学作品帮助创造了这些地方"②,可见文

---

① (清)顾祖禹撰,贺次君、施和金点校:《读史方舆纪要》,北京:中华书局2005年版。
② [英]迈克·克朗著,杨淑华、宋慧敏翻译:《文化地理学》,南京:南京大学出版社2003年版,第55页。

人受地理空间的影响并不是完全被动的，反过来说，文人及其文学创作也会对地理空间产生反作用。在此以苏轼与黄州赤壁的关系为例加以说明。

东汉末年赤壁之战的发生地到底在哪儿？学界对此一直持论不同，大致有汉川赤壁、汉阳赤壁、武昌赤壁、蒲圻赤壁和黄州赤壁五种说法。经学界考订，汉川赤壁、汉阳赤壁、武昌赤壁之说纯系附会，以蒲圻赤壁、黄州赤壁说法为多。笔者虽然认同蒲圻赤壁的说法，但对黄州赤壁说的形成也颇感兴趣。

北宋文人王存撰写的重要地志著作《元丰九域志》是北宋中叶的地理总志，代表了北宋人的地理认知水平，《四库全书总目》评价该书"叙次亦简洁有法……自序所抵文直事核，洵无愧其言矣。其书最为当世所重"[1]。其卷五淮南西路"黄州"条下载黄州"治黄冈县"，"望黄冈。十一乡。齐安、久长、灵山、团风、阳罗、沙湖、龙陂七镇。有木陵山、大江"，并没有提及赤壁山。卷六荆湖南路"鄂州"条下载鄂州有八县，其中之一是蒲圻，"中蒲圻。州西南四百一十里。四乡。有赤壁山、蒲圻湖"[2]，明确提及了赤壁山这一地理名词。可见，在苏轼填写《念奴娇·赤壁怀古》之前的宋代地志中并没有三国赤壁在黄州的明确记载。到了南宋理宗嘉熙年间，祝穆撰写《方舆胜览》，"盖为登临题咏而设，不为考证而设，名为地证，实则类书也"[3]。其卷二十八"鄂州"条下"山川"一目中认定赤壁山所在地就是赤壁之战的古战场，并从地理方位的角度予以论证。卷五十"黄州"条下"山川"一目中认为此地的赤壁山本名赤鼻山，"《齐安拾遗》遂以赤鼻山为赤壁山，以三江下口为夏口，以武昌县华容镇为曹操败走华容道，其说乖谬"。在反证了赤壁古战场并非黄州赤壁之后，祝穆用了很长的篇幅附录了苏轼的千古名作《念奴娇·赤壁怀古》和前后《赤壁赋》，认为"苏子瞻《赤壁赋》乃疑似语"[4]。把祝穆在这两个条目中的论述及观点合在一起对照观看，赤壁古战场在鄂州不在黄州的观点非常明确，这一观点与北宋王存之见完全一致，说明

---

[1] （清）永瑢、纪昀主编：《四库全书总目提要》，文渊阁本。
[2] （宋）王存：《元丰九域志》，北京：中华书局1984年版，第206、286页。
[3] （清）永瑢、纪昀主编：《四库全书总目提要》，文渊阁本。
[4] （宋）祝穆撰，祝洙增订：《方舆胜览》，北京：中华书局2003年版，第495、886-888页。

两宋人对此持一致的地理文化观点。

在南宋地质学家祝穆的论证过程中，文学家对登临地的影响力是很显然的。苏轼被贬黄州前也有文人被贬于此，足迹所至自然少不了赤壁矶。赤壁矶位于黄州城西北，因岩石赭赤而屹立如壁故称"赤壁"，壁立千仞，其下长江滚滚东流，是黄州的一处游览胜地。贬谪至此的文人游览赤壁矶时少不了以此地为审美对象的诗文创作。但在苏轼之前并没有哪一个文人的作品能像"赤壁二赋一词"那样如此深远地影响到黄州一地的知名度，究其原因有二：一是此前以赤壁怀古为题材的诗词作品，其登临地多不能确定为黄州赤壁矶，但苏轼的同类作品可以十分肯定作于黄州；二是在赤壁怀古的创作阵营中，苏轼作为宋代文学乃至于宋代文化的代言人，其文学才华和时代影响力是最为卓绝的。所以在苏轼被贬黄州之后，作为一个与三国旧事并无干系的地理名词，赤壁矶与"大江东去、浪淘尽，千古风流人物"的词句一起永久地屹立在文学世界以及世人的脑海中。

苏轼胞弟苏辙、好友潘大临以及南宋文人陆游等文人墨客与苏轼一样认定黄州赤壁就是赤壁之战的发生地。南宋后期词人戴复古在《满江红·赤壁矶头》一词中，直接以苏轼《念奴娇·赤壁怀古》为蓝本，在黄州赤壁矶上凭吊三国人物，足见苏轼赤壁怀古词创作直接地影响到时人及后人的地理文化观点。到了清朝康熙末年，赤壁矶正式更名为"东坡赤壁"，黄州赤壁成了以文人姓名命名某一地理空间的典范，贬谪的苏轼与僻远的黄州完美地结合在一起，充分地表现出文人对地理空间的影响力。

如今，东坡赤壁已经是全国闻名的旅游胜地，其上亭台楼阁林立，二赋堂、雪堂、栖霞楼、涵晖楼、碑阁、留仙阁、放龟亭、睡仙亭、坡仙亭、酹江亭、问鹤亭、快哉亭、览胜亭、望江亭、羽化亭等多与苏轼有关，二赋堂内的大木壁上刻满苏轼的赤壁佳作，留仙阁内还挂着苏东坡游赤壁的全图，碑阁内苏东坡的书法作品有百余块石碑，居全国苏轼书法碑刻之首。黄州赤壁俨然成了苏东坡的赤壁！

登临地的江山风物之美引发词人登临怀古，登临地又借助词人的声名和才华提高了知名度，词人和登临地之间的互动关系会因为创作者的气质禀赋、人生经历等因素变得复杂而生动。词人与登临地之间的互动关系是文学与地理、人与自然等关系命题的一个经典例证，具有重要的文学地理学和文化人类学价值。

第二节　风土类题材：展现浓郁的地域民俗文化

民俗，即民间流行的风俗和习尚，关乎一地的风土人情。丹纳曾说："要了解一件艺术品，一个艺术家，一群艺术家，必须正确地设想他伴随所处的时代的精神和风俗概况。这是艺术品最后的解释，也是决定的基本原因。"① 可见一地的风俗文化对艺术以及文学的发展繁荣也发挥着不容忽视的作用。所到或所居之地的风土民情激发着词人的创作灵感，词人对地方风土民情中使自己印象深刻的部分进行细致的刻画和叙写，从而在词作中描绘出一幅幅社会民俗风情的画卷，展示出不同地域丰富多彩的民俗文化特点，风土词因此成为认识和了解两宋各地民俗的一个独特视角。

一、岁时节日词的地域性差异

《礼记》曰："广谷大川异志，民生其间者异俗。"② 可见，风土民情的地域差异是自古而然的，产生于不同地理空间的风土词的地域差异也是客观存在的。就苏轼的元夕词《蝶恋花》而言，上阕"灯火钱塘三五夜，明月如霜，照见人如画。帐底吹笙香吐麝，更无一点尘随马"是写昔日杭州元夕的节日情景，处处管弦，家家灯火，奢华享乐，热闹非常，俨然一派南国风味；下阕"击鼓吹箫，却入农桑社。火冷灯稀霜露下，昏昏雪意云垂野"写北方密州（今山东诸城）的元夕场景，物产不丰，生活不富，巷空人稀，雪暗四围，只有农家祭神的声声箫鼓才显示出些许节日气氛，相较杭州而言，密州元夕节要寂寞冷落得多。一词之内，风土民情的地域性差异昭然可见，词人离杭州赴密州任后的心境也可见一斑。下面我们分别以中秋词、端午词为例分析节序词的地域性差异。

---

① ［法］丹纳：《艺术哲学》，北京：人民文学出版社1994年版，第7页。
② 《礼记·王制》，文渊阁四库全书本。

中秋佳节是中华民族的一个重要传统节日,把酒赏月的习俗不分南北,无论是苏轼作于密州的《水调歌头·明月几时有》,还是辛弃疾作于江西的《一剪梅·忆对中秋丹桂丛》,均有词人举杯对月的身影。但是创作地的节日习俗在普遍性的习俗活动之外往往还带有地方特点,密州苏轼的中秋节里只出现了把酒赏月的地方习俗,而辛弃疾的江西中秋词与之不同,出现了江淮以南的地方物产桂花树意象,桂花树下饮桂花酒赏月的中秋习俗便是地域性极强的节日习俗,于是出现了"花在杯中,月在杯中"的桂花、月亮和美酒共同营造出的中秋词境。因为桂花树产地的特殊气候原因,这一词境是淮河以北的中秋词中所匮乏的。李纲在福建长乐闲居时所作《念奴娇·中秋独坐》词中"丹桂扶疏,银蟾依约,千古佳今夕"、江西抚州词人谢逸《鹧鸪天》词中"鹊飞影里觥筹乱,桂子风前笑语香"等中秋词均带有这一明显的地域特征。但是这一现象尚需作进一步补充说明的是,除了作为地域性物候因素影响中秋词之外,桂花还因为《酉阳杂俎》中"吴刚伐树"的传说而成为超越地域性因素的人文化意象,"桂花""桂树""桂魄"被用来代指月亮成为文人创作的一种习惯,有时候连月色也被直接美称为"桂影"了,蔡伸《临江仙》中"昨夜中秋今夕望,十分桂影团圆"即是。表面上看来,桂花在中秋词中的这一使用方法似乎超越了地域限制,但细加考量,这一神话传说本身的地域性特点也是十分凸显的,据《山海经》,吴刚乃西河人,西河是长江流域的一个支流,吴刚伐桂是诞生在长江流域一带的传说,正因为这种地域性原因,生长于江淮一带的桂花树才得以在这一神话故事中占有一席之地,并进而成为文人用来指代月亮的一个人文意象。在考量中秋词因为气候物候原因而别具的地域性特点时,也还要留意这一极具地域特色的神话传说的影响。

端午节在魏晋南北朝形成,据《荆楚岁时记》记载:"五月五日竞渡,俗为屈原投汨罗日,伤其死所,故并命舟楫以拯之。舸舟取其轻利,谓之飞凫。一自以为水车,一自以为水马,州将及土人,悉临水而观之。盖越人以舟为车,以楫为马也。"① 可见端午节吃粽子和赛龙舟的风俗活动是有着深远

---

① (梁)宗懔:《荆楚岁时记》,文渊阁四库全书本。

的人文内涵的，对此吴均《续齐谐记》亦有记载。端午节发展流播到两宋时期，已经成为一个全民性节日，并在地理空间上向外蔓延到东南亚一带。此外，荆楚一带的端午节还有"四民并踏百草之戏，采艾以为人，悬门户上，以禳毒气。以菖蒲或镂或屑，以泛酒。……以五彩丝系臂，名曰辟兵，令人不病瘟"[1]等习俗，唐代刘禹锡描绘端午习俗的《竞渡曲》，小序引当地《图经》记载，说明竞渡起源于朗州（今湖南省常德市），与诗人屈原有着密切的地缘关系。也正是因为这种与楚地诗人屈原关联的地缘性因素，即使这一传统节日到宋代已广为传播，但两宋端午词的地域性特点还是十分凸显的。

减字木兰花·竞渡　黄裳

红旗高举，飞出深深杨柳渚。鼓击春雷，直破烟波远远回。　欢声震地，惊退万人争战气。金碧楼西，衔得锦标第一归。

齐天乐·端午　杨无咎

疏疏数点黄梅雨。殊方又逢重五。角黍包金，菖蒲泛玉，风物依然荆楚。衫裁艾虎。更钗枭朱符，臂缠红缕。扑粉香绵，唤风绫扇小窗午。

沉湘人去已远，劝君休对酒，感时怀古。慢啭莺喉，轻敲象板，胜读《离骚》章句。荷香暗度。渐引入陶陶，醉乡深处。卧听江头，画船喧叠鼓。

澡兰香·淮安重午　吴文英

盘丝系腕，巧篆垂簪，玉隐绀纱睡觉。银瓶露井，彩箑云窗，往事少年依约。为当时、曾写榴裙，伤心红绡褪萼。黍梦光阴渐老，汀洲烟蒻。　莫唱江南古调，怨抑难招，楚江沉魄。薰风燕乳，暗雨梅黄，午镜澡兰帘幕。念秦楼、也拟人归，应剪菖蒲自酌。但怅望、一缕新蟾，随人天角。

贺新郎·端午　刘克庄

深院榴花吐。画帘开、束衣纨扇，午风清暑。儿女纷纷夸结束，新样钗符艾虎。早已有、游人观渡。老大逢场慵作戏，任陌头、年少争旗鼓。溪雨急，浪花舞。　灵均标致高如许。忆生平、既纫兰佩，更怀椒

---

[1] （梁）宗懔：《荆楚岁时记》，文渊阁四库全书本。

粽。谁信骚魂千载后，波底垂涎角黍。又说是、蛟馋龙怒。把似而今醒到了，料当年、醉死差无苦。聊一笑，吊千古。

考察端午词的作者如黄裳（福建人）、苏轼（四川人）、赵长卿（江西人）、周紫芝（安徽人）、杨无咎（江西人）、吴文英（浙江人）、姜夔（江西人）、刘克庄（福建人）等，大多都出生成长于江南和荆楚一带，其他两宋端午词人也往往有流寓或仕宦于这一带的经历。集中考察所列端午词中的风物习俗，水草菖蒲和江上竞渡弥漫的氤氲水汽，红丝缠腕与榴花夺目透露出的艳丽香秾气息，召唤楚魂与楚地重淫祀的浓郁民间风习，再加上艾草那浓郁的芳香，种种具有浓郁地方特色的宋词意象叠加在一起，使得两宋端午词风与南国水乡特点、荆楚风俗习惯体现出高度的一致性。及至八九百年后的今天，端午的节日习俗依然是南方盛于北方的。

《晏子春秋》说："古者百里而异习，千里而殊俗"，信然。习俗的地域差异在岁时节令词中的表现恰好证明了这一论断。

二、钱塘观潮词：独特地理优势造就的风土词经典

如上所述，即使存在地理空间差异，元夕、仲秋等节日往往并不局限于一时一地，而带有举国同庆的普遍性，如李清照在《永遇乐·落日熔金》词中回顾青年时代居北宋汴京时的元夕节盛况与辛弃疾《青玉案·元夕》所写杭州元夕节的境况相比，灯火辉煌的街道、盛装打扮的青年男女一直是节日的主角，并无明显的南北差异。但有些民俗活动因独特的地理优势而为某地所独有，地理空间的特殊性显而易见，这一现象在宋词中也有突出表现，最具代表性的就是钱塘江观潮词的大量涌现。

晋人顾恺之在其《观涛赋》中这样描写钱塘江潮："临浙江以北眷，壮沧海之洪流，水无涯而合岸，山孤映而若浮，既藏珍而纳景，且激波而扬涛……"对钱塘江潮发生的地点、规模、状貌等都有形象的描绘，虽然借此可以看出观潮习俗由来已久，但六朝时期的观潮之作尚不免零星不成规模的遗憾。随着南方城市经济的不断发展，尤其是南宋朝廷定都临安以后，杭州城市经济更是迅猛发展，市民文化不断丰富，两宋时代钱塘江观潮已经成

为具有相当影响力的时代风尚,甚至南宋朝廷确定八月十八日为观潮节,引发了众多文人前来观潮并付诸笔墨吟咏形容。周密《武林旧事·观潮》中对此盛况记载颇详:"浙江之潮,天下之伟观也,自既望以至十八日为最盛。方其远出海门,仅如银线,既而渐近,则玉城雪岭,际天而来,大声如雷霆,震撼激射,吞天沃日,势极雄豪……吴儿善泅者数百,皆披发文身,手持十幅大彩旗,争先鼓勇,溯迎而上,出没于鲸波万仞中,腾身百变,而旗尾略不沾湿,以此夸能。而豪民贵宦,争赏银彩。江干上下十余里间,珠翠罗绮溢目,车马塞途,饮食百物皆倍穹常时,而僦赁看幕,虽席地而不容间也。"[1] 潮来时的壮观景象、弄潮儿令人叹服的技能、熙熙攘攘的观潮场面都足见一时之盛况,宋人笔记中多有此类记载。这一颇具时代性和地域性的民俗活动使得观潮词应运而生,成为值得注意的两宋词坛现象,潘阆、柳永、苏轼、辛弃疾、陆游、陈人杰、王之道、赵鼎、吴琚、史达祖、周密等词人均有钱塘观潮佳作问世,目前能看到的两宋观潮词不下二十首。

钱塘江潮乃世界三大涌潮之一,其形成主要与杭州湾所处的独特地理位置及喇叭口状的特殊地形有关。潮头由远而近,潮峰耸起时形成一面三四米高的水墙,垂直于江面,势如万马奔腾,非常壮观。因为这一景观独具的壮观特点,钱塘观潮词虽然出现在婉丽的江南水乡,但整体风格偏向豪迈一路,乃特殊地理位置、地貌特点使然。如吴琚《酹江月》一词:

> 玉虹遥挂,望青山隐隐,一眉如抹。忽觉天风吹海立,好似春霆初发。白马凌空,琼鳌驾水,日夜朝天阙。飞龙舞凤,郁葱环拱吴越。
> 此景天下应无,东南形胜,伟观真奇绝。好是吴儿飞彩帜,蹴起一江秋雪。黄屋天临,水犀云拥,看击中流楫。晚来波静,海门飞上明月。

词写江潮来势之迅猛、潮峰冲天之壮观、吴儿弄潮之惊险,必须用健笔才能表达出"东南形胜,伟观真奇绝"的江潮奇观留给人的强烈印象,豪放壮阔是钱塘江观潮词的整体性特点,是江南旖旎词风中的变调,给以婉约为

---

[1] (宋)周密:《武林旧事》卷三"观潮",北京:中华书局2007年版,第49页。

主偏柔弱的江南词坛注入了一股刚健之气。

除了自然地理景观的壮观奇伟，钱塘江上弄潮的吴儿为这一自然景观增加了人类挑战自然、战胜自我的精神意义：

瑞鹧鸪·观潮　苏轼

碧山影里小红旗，侬是江南踏浪儿。拍手欲嘲山简醉，齐声争唱浪婆词。　　西兴渡口帆初落，渔浦山头日未欹。侬欲送潮歌底曲？尊前还唱使君诗。

在滔滔大浪中，弄潮儿的身影只能通过依稀可辨的小红旗来加以捕捉和定位，在波峰浪谷间自由穿梭的踏浪儿迎来了观潮人的喝彩，也引发了无数文人的赞叹。苏轼笔下"碧山影里小红旗。侬是江南踏浪儿"（《瑞鹧鸪·观潮》）、"飞升元不用丹砂，住在潮头来处、渺天涯"（《南歌子·八月十八日观潮》）、辛弃疾笔下"谙惯得、吴儿不怕蛟龙怒。风波平步。看红旆惊飞，跳鱼直上，蹴踏浪花舞"（《摸鱼儿·观潮上叶丞相》）等对弄潮儿的精彩刻画，都是以惊奇和赞叹的眼光来进行审美观照的，同时在惊奇和赞叹中又流露出对人类自身能力的自我肯定和欣赏。

再者，钱塘江观潮习俗中还蕴含着浓郁的人文内涵。《吴越春秋内传》云："吴王赐子胥死，乃取其尸，盛以鸱夷之革，浮之江中。子胥因随流扬波，依潮来往，荡激堤岸。"① 《太平广记》卷二九一"伍子胥条"、《史记》卷三十一"吴太伯世家"均有伍子胥死后化成钱塘江潮的相关记载。这类神话传说产生在古人科学认识水平较低的时代，传递出来的是古人对大自然的敬畏之情以及对忧念国事的英雄的纪念之意。因此，两宋钱塘江观潮的习俗因为一千多年前这个带有神话意味的历史故事而平添了几分人文内涵。这一人文内涵也引发了观潮文人的今昔之叹，如辛弃疾的观潮词：

摸鱼儿·观潮上叶丞相

望飞来、半空鸥鹭。须臾动地鼙鼓。截江组练驱山去，鏖战未收貔虎。朝又暮。谙惯得、吴儿不怕蛟龙怒。风波平步。看红旆惊飞，跳鱼

---

① （宋）吴自牧：《梦粱录》卷十二，转引自《吴越春秋内传》，知不足斋丛书本。

直上,蹙踏浪花舞。 凭谁问,万里长鲸吞吐。人间儿戏千弩。滔天力倦知何事,白马素车东去。堪恨处。人道是、子胥冤愤终千古。功名自误。谩教得陶朱,五湖西子,一舸弄烟雨。

词的上阕主要写钱塘江潮奇绝的自然景观和弄潮儿的高超技艺。下阕转用典,一者是与钱塘江潮密切相关的吴国志士伍子胥典,一者同样作为吴越战争中的著名人物范蠡的典故。吴国忧国而殁的伍子胥和越国功成身退的范蠡,都是与杭州一地相关的历史人物,一个因冒死谏言而身死,另一个却能在成就大业后逍遥江湖,两种人生范式引发了辛弃疾对个体人生处境的思考,从而赋予自然意义上的观潮词以厚重的时代感和丰富的人文内涵。

这里需要对钱塘观潮词与上文所提及的怀古咏史词区别开来。因为钱塘江潮在风土词中主要作为一个自然景观出现,这一独特的自然景观之所以上升到节日风俗的层面主要是因为特殊地理位置和地貌特点造成的极具观感的景物特点,而不像赤壁作为登临地主要源于战争等人文历史原因。即使钱塘江潮也因为带有神话性质的历史故事而具有了人文内涵,但这并不是钱塘江潮吸引众人前来观看的主要原因,而只是文人墨客在观赏江潮之余联系个人身世的喟叹,并不具备赤壁景观在文人间的广泛性和普遍性。

除钱塘江观潮词之外,刘克庄《贺新郎·题蒲涧寺》一词写粤地游蒲涧寺的习俗,苏轼《少年游·玉肌铅粉傲秋霜》词对黄州迎紫姑神民俗的饶有趣味的描绘,都具有比较突出的地域性民俗活动特点。宋词中的这类风土词往往是偶尔之作,不似观潮词数量多,但也同样说明,习俗活动的地域性特点越突出,就越容易引发异域词人的创作冲动,进而成为两宋词坛上颇具特色的存在。

三、各地社会习俗对词人创作的影响

产生于不同地理空间的风土词,其地域差异性并不仅仅体现在节日习俗差异一个方面,其表现极为丰富多样,不一而足。祝穆《方舆胜览》为南宋江山社稷作文立传,在各地州府军一级地域的介绍条目中专辟"风俗"一栏,足见地志编纂者对各地风俗的重视。仅就南宋的地域而言,《方舆胜览》

中就记录下近二百个地方的不同风俗，而且具体到每一地而言，其风俗也呈现出多样化的特点。以此推断，在远远大于南宋的北宋版图上，各地风俗的多样化丰富性更可见一斑。两宋词人因为游学、科举、仕宦、贬谪、迁居等各种不同原因而驻足他乡土地时，不同地域的社会习俗必然会给词人以强烈的刺激和印象，这种种刺激又会进一步影响词人的创作。

　　杭州"其习俗工巧，邑屋华丽。俗尚侈靡，米珠薪桂。以舟楫为车马，商贾并凑，五方杂处"①，这种奢侈享乐之风的形成与杭州城市经济的发展关系密切。此外，杭州佛教盛行，"九厢四壁，诸县境内，一王所建，已盈八十八所，合十四州悉数数之，不能举目矣"②，"俗尚浮屠，归施无节"③。淮海人秦观对杭州尚奢靡享乐及崇尚佛教的习俗有集中的表达："其俗工巧，羞质朴而尚靡丽，且事佛为最勤。故佛之宫室，綦布于境中者，殆千有余区。其登览宴游之地，不可胜计。"④ 这些杭州习俗对两宋词人产生影响的最直接表现，就是杭州词的题材内容多涉及繁华享乐的城市生活、多描写佛寺的建筑特点，如宋初潘阆《酒泉子》组诗其三写西湖艳游，"吴姬个个是神仙，竞泛木兰船。楼台簇簇疑蓬岛，野人只合其中老"，其二写佛寺之盛，"长忆钱塘，临水傍山三百寺。僧房携杖遍曾游，闲话觉忘忧。栴檀楼阁云霞畔，钟梵清宵彻天汉。别来遥礼只焚香，便恐是西方"；柳永《望海潮》歌咏钱塘都市生活，"烟柳画桥，风帘翠幕，参差十万人家……市列珠玑，户盈罗绮，竞豪奢……千骑拥高牙，乘醉听箫鼓，吟赏烟霞"；张先《破阵乐》中对杭州夜景的描绘，"簇簇繁星灯烛，长衢如昼，瞑色韶光，几许粉面，飞甍朱户。和煦。雁齿桥红，裙腰草绿，云际寺、林下路。酒熟梨花宾客醉，但觉满山箫鼓"，都可见出杭州作为东南第一都市的重视享乐和佛教盛行的地方特点。苏轼、周邦彦、吴文英等词人笔下写杭州习俗的词作数量都很多，词作对杭州风俗的记录描绘为后人研究杭州发展历史提供了一个独特的文学视角。杭州奢侈享乐的地方习俗对宋词风格的影响也是显而易见的，两宋杭

---

① （宋）祝穆：《方舆胜览》卷一，北京：中华书局2003年版，第2页。
② （宋）潜说友：《咸淳临安志》，文渊阁四库全书本。
③ （宋）蔡襄：《端明集》卷二十八，文渊阁四库全书本。
④ （宋）秦观：《淮海集》卷三十八《雪斋记》，文渊阁四库全书本。

州词的整体风格轻快艳丽，轻歌曼舞的杭州歌女更是增加了词作的香艳风格，把两宋词人的杭州词与其他地域词放在一起进行比较时，这种地域化的词风特点会更加突出。

密州一带野阔风长，北宋将其作为防御州的行政划分与其地悠久的狩猎习俗不无关系。苏轼任密州太守前后两年，其间曾上书论及密州多贼盗现象，"（密州）民事甚简。但风俗武悍，特好强劫，加以比岁荐饥，椎剽之奸，殆无虚日"①。狩猎习俗与密州人"武悍"的性格特点相关，这一地方习俗对东坡词产生了非常重要的影响，催生了两宋词坛上颇具词史意义的一首猎词《江城子·密州出猎》，倾城出动围观太守狩猎的盛大场面、"左牵黄，右擎苍"英姿勃发的英雄形象和"会挽雕弓如满月，西北望，射天狼"的豪情壮志共同合奏出一曲雄壮的豪放词，为两宋词坛增添了精彩的一笔，开拓出一个宋词发展的新空间。

以上所举乃地方风习对客籍词人的影响，这种影响力远没有地方风习对本籍词人的影响深远。朱敦儒的籍贯地是洛阳，洛阳一地有"尚齿不尚官"②的地方风俗，在唐代武宗时期，七十四岁的白居易居洛阳履道里，与胡杲等年龄在七十岁以上的年高德重者悠游卒岁，组成"九老会"，并有"九老图"传世。九人者，不论官位高低，以年长者为尊，即"尚齿不尚官"。白居易"雪作须眉云作衣，辽东华表暮双归。当时一鹤犹希有，何况今逢两令威"③的诗句表现出自适闲逸的自得和满足。这一风俗在北宋前期文坛更是兴盛，《韵语阳秋》记载有文彦博洛阳"耆英会""同甲会""五老会"，司马光洛阳"真率会""耆英会"。④《邵氏闻见录》中记载钱惟演、欧阳修、梅尧臣等组成的洛阳"八老会"⑤也是继承这一流风遗韵的显例。洛阳"尚齿不尚官"的社会习俗有文人雅兴的特点，这对颇有文采的朱敦儒产生了影响，其《樵歌》中有些词篇就流露出这一思想，如《好事近·生长西都逢化日》回

---

① （宋）苏轼：《上文侍中论强盗赏钱书》，见《苏轼文集编年笺注》第294页。
② （宋）司马光：《洛阳耆英会序》，见《温国文正司马公文集》卷六十八，四部丛刊本。
③ （唐）白居易：《九老图诗》，见（清）汪立名编：《白香山诗集》卷四十，清康熙汪氏一隅草堂刊本。
④ （宋）葛立方：《韵语阳秋》卷十九，文渊阁四库全书本。
⑤ （宋）邵伯温：《邵氏闻见录》卷八，北京：中华书局1983年版。

忆词人居洛阳时沉醉于"花间相过酒家眠，乘风游二室，弄雪过三川"的自适生活，竟然宣称"谁闲如老子，不肯做神仙"；《好事近·清明百七日洛川小饮，和驹父》中"引满瘿杯竹盏，胜黄金凿落"是"尚齿不尚官"风习的另一种表达。这一地方风习对朱敦儒产生的影响是深远的，居洛阳时他过着隐居的生活，宋室南渡后在不得已出仕一段时间后他最终又回到了悠游自在的隐居生活方式中，"朱希真居嘉禾，尝有朋侪诣之。闻笛声从烟波间起，问之，曰：此先生吹笛声也。顷之榜小舟至，则与俱归。室内悬琴、筑、阮咸之类，平时所留意者，檐间蓄珍禽，皆目所未睹，室中篮缶贮果实脯醢，客至挑取奉客。"① 这种注重人性的自适而忽略仕途功名的人生态度与"尚齿不尚官"的洛阳习俗两相呼应，并且催生了以《好事近》为词牌的渔父词系列以及诸多表达隐逸潇洒风致的词作，如《感皇恩》：

> 一个小园儿，两三亩地。花竹随宜旋装缀。槿篱茅舍，便有山家风味。等闲池上饮，林间醉。　都为自家，胸中无事。风景争来趁游戏。称心如意。剩活人间几岁。洞天谁道在，尘寰外。

"称心如意"的人生才能使人年齿增加，"人间几岁"的奢望也因此变成了可能，在洛阳词人眼里，官位的大小又有什么要紧呢。由此可见，故乡风习对一个人的熏染是十分深远的。

辛弃疾的故乡济南地处齐鲁大地之一隅，重农轻商的传统悠久而浓厚，这一地方风习对词人的影响，首先，体现为辛弃疾"人生在勤，当以力田为先，北方之人，养生之具不求于人，是以无甚富甚贫之家；南方多末作以病农，而兼并之患兴，贫富斯不侔矣"②的思想表达。久居江南西路的辛弃疾依然难以认同南方人轻视农业生产的"病农"思想，认为北方人重视农业生产的态度是值得推崇的；其次，体现在辛弃疾退职江西上饶修建带湖新居的建筑规划上。在建筑设计带湖新居时，除了亭台楼阁外，辛弃疾还特别"荒左偏以立囿，稻田泱泱，居然衍十弓。意他日释位得归，必躬耕于是，故凭

---

① （宋）丁传靖：《宋人轶事汇编》卷十六，北京：中华书局1981年版，第895页。
② （元）脱脱：《宋史》卷四百一《辛弃疾传》，北京：中华书局1977年版，第12165页。

高作屋下临之，是为稼轩。而命田边立亭曰植杖，若将真秉耒耨之为者"。①专门辟十弓之地用来耕种，专门建放农具的植杖亭，专门临田建一稼轩，并因此自号稼轩居士，甚至给自己的八个儿子起名也专门选用稹、秬、稏、穮、穰、𥢶、秸、襃等以"禾"字做偏旁的字，农耕思想之浓厚可见一斑。这一地方习尚影响到词人在上饶带湖、铅山瓢泉的闲居躬耕生活，这一段闲居生活成为词人的创作高峰，辛弃疾农村词的质量和数量成为南宋农村词的最高成就，甚至堪称整个中国词史上农村词的杰出代表。不难见出，稼轩词中优秀农村词的诞生离不开齐鲁大地重农勤耕社会习尚的熏染和助力。

丰富多彩的地方习尚影响着本土词人的成长，吸引着外籍词人的目光。当某地的某一习俗观念与词人气质禀赋中的某些特质产生共鸣时，就会给词人留下深刻的印象，进而影响词人的思想观念和创作实践，为词坛带来丰富多彩的题材内容和迥异多样的风格特色。

第三节 写景咏物词：呈现明显的流域文学差异

刘勰《文心雕龙·物色》篇云："若乃山林皋壤，实文思之奥府……然屈平所以能洞鉴风骚之情者，抑亦江山之助乎？"② 较早地关注到了自然地理空间对作家创作的影响。

我国幅员辽阔，山水景物存在着明显的地域性特点，"骏马秋风冀北，杏花春雨江南"③ 就是概括南北景物地域差异的名句。事实上，仅以南北地域的不同来审视宋词中所写景物的地域差异还远远不够。在人类文明的孕育成长中，江河发挥着极其重要的作用，两宋版图上的黄河、长江、珠江三大天然河流自北而南分布，灌溉着自北向南的广袤大地，从而形成黄河流域、长江流域和珠江流域三大水域，并在这气候不同、物产各异的三大水域中孕育出不同的文化以及文学作品。自然景物的流域差异在两宋词中有着丰富而形象的表现。

---

① （宋）洪迈：《稼轩记》，见《事文类聚》前集卷三十六，文渊阁四库全书本。
② （南朝）刘勰著，范文澜注：《文心雕龙注》，北京：人民文学出版社1958年版，第694-695页。
③ （元）虞集：《风入松·寄柯敬仲》词，见虞集：《道园学古录》卷四，四部丛刊影印本。

一、写景词呈现出明显的流域差异

黄河流域写景咏物词的特点可以以下列两词为例加以说明：

渔家傲·秋思　　范仲淹

塞下秋来风景异，衡阳雁去无留意。四面边声连角起。千嶂里，长烟落日孤城闭。　　浊酒一杯家万里，燕然未勒归无计。羌管悠悠霜满地。人不寐，将军白发征夫泪。

江城子·东武雪中送客　　苏轼

相逢不觉又初寒。对尊前。惜流年。风紧离亭，冰结泪珠圆。雪意留君君不住，从此去，少清欢。　　转头山下转头看。路漫漫。玉花翻。银海光宽，何处是超然。知道故人相念否，携翠袖，倚朱阑。

北宋康定元年（1080）八月，范仲淹任陕西经略安抚副使兼知延州（治所在今陕西延安），庆历元年（1041）四月又被调知耀州（治所在今陕西省铜川市耀州区）。范仲淹经历了前后四年的戍守边塞生活。延州和耀州在北宋版图上的西北边陲一带，位于宋夏交界处，地广人稀，物产不丰，多沙少雨，气候条件较为恶劣，再加上边塞连年的征战，致使西北边陲一带民生凋敝。范仲淹在西北边陲这一独特地理空间前后四年的生活体验催生了一首颇具西北地域特点的边塞词《渔家傲·塞下秋来风景异》，起句"塞下秋来风景异"就把边地秋季异常萧瑟荒凉的景物特点抓住了。"四面边声连角起，千嶂里，长烟落日孤城闭"的景物描写视野极其开阔，风光满目苍凉、边塞战争不断、边关寂寥苍茫、战地一片肃杀的地域特点跃然纸上，词风苍凉悲壮。如若没有延州、耀州等地的西北风光对词人长时间的视觉刺激和熏染，北宋初期词坛上就可能失去一首别具特色的边塞词。可见，词人生存地理空间范围的向外延展催生了宋词新题材内容的出现。

北宋词坛对北方自然景物的书写较有代表性的词人还有苏轼。在北方的密州苏轼创作有数量不少的词作，《江城子·东武雪中送客》堪为代表，典型地展现了北方的风物特点："风紧离亭，冰结泪珠圆。雪意留君君不住，从此去，少清欢。　　转头山下转头看。路漫漫。玉花翻"所描绘的北风凄紧、冰天雪地的北国风光呈现出独特的北方自然气候特点。与前此的杭州词相比，苏轼密州词在题材内容上呈现出完全不同的面貌，这一转变与词人所处地理空间的转换有着必然的联系。此外，柳永和周邦彦的长安词也体现出北方地理空间的典型特点，词境往往呈现出萧瑟寂寥的特点。

以上作于延州、耀州、密州等地域的词描绘出的北方景物往往带有辽阔、刚健、质朴的地域特点和天寒地冻、漫天飞雪的气候特点。考察诸地所处的气候带，竟然都在北温带这一相同的气候带上，且均为内陆型气候，黄河自西向东灌溉着这一片绵远广阔的土地，冬季冰封，夏季炎热，四季分明。雨量相对南方要少很多，尤以西北地区降水量更少，因此会有风沙天气出现。独特的气候、物候条件为诞生于该区域的词作打上了鲜明的黄河流域烙印和北方色彩。

长江流域的写景咏物词具有明显不同于黄河流域的地理空间特点。上面提及的柳永、苏轼、周邦彦等南方词人均有过游历或仕宦于长江沿岸城市的经历，甚至李清照、辛弃疾等北方词人也都有过较长一段时间流寓或仕宦于江浙一带的特殊经历。仅从词人籍贯来看，浙江、江西、江苏词人分居第一、第二、第四的数量统计结果[①]，亦可说明两宋词人频繁游走于长江流域的词坛现象。宋词创作在地域上相对集中于以江浙为代表的长江流域一带，创作于这一地理空间中的词作数量蔚为壮观。兹选取极具代表性的三首杭州词为证：

望海潮　柳永

东南形胜，三吴都会，钱塘自古繁华。烟柳画桥，风帘翠幕，参差十万人家。云树绕堤沙，怒涛卷霜雪，天堑无涯。市列珠玑，户盈罗绮，竞豪奢。　重湖叠巘清嘉，有三秋桂子，十里荷花。羌管弄晴，菱歌泛夜，嬉嬉钓叟莲娃。千骑拥高牙，乘醉听箫鼓，吟赏烟霞。异日图将好景，归去凤池夸。

行香子·过七里濑　苏轼

一叶舟轻，双桨鸿惊。水天清、影湛波平。鱼翻藻鉴，鹭点烟汀。

---

① 王兆鹏、刘学：《宋词作者的统计分析》，载《文艺研究》2003 年第 6 期。

过沙溪急,霜溪冷,月溪明。　重重似画,曲曲如屏。算当年、虚老严陵。君臣一梦,今古空名。但远山长,云山乱,晓山青。

好事近·西湖　辛弃疾

日日过西湖,冷浸一天寒玉。山色虽言如画,想画时难邈。　前弦后管夹歌钟,才断又重续。相次藕花开也,几兰舟飞逐。

柳永《望海潮》极写杭州自然风光之美、物产之丰、人民生活之富足快乐,以至于引发一场金主完颜亮"渡江投鞭"①南侵宋朝的历史战争。历史真相虽未必如此,但柳永词中对杭州景物及富足社会生活的描画引人神往却是不争的事实,此词明显打上了长江流域多水多雨、物产丰富的气候物候特点。苏轼守杭期间也写下了很多词作,《虞美人·有美堂赠述古》《江城子·湖上与张先同赋》《行香子·过七里濑》等词把杭州一带湖光山色之美一一描绘下来,并被这"重重似画,曲曲如屏"的人间美景吸引着发出"湖山信是东南美""钱塘风景古来奇"之类的由衷赞叹。辛弃疾在《好事近·西湖》一词中,从一个北方人的视角欣赏西湖美景时,发出了"山色虽言如画,想画时难邈"的叹息,杭州的优美景色直接引发了词人画不尽意的感慨。

以上作于长江流域的写景词显示,长江一带多水,除却浩浩荡荡的长江,还有众多的湖泊江浦星罗棋布,柳永笔下的钱塘江、苏轼笔下的七里濑、辛弃疾笔下的西湖就是这些湖泊江浦中的一员。此外,长江沿岸尤其是以杭州为代表的东部一带城市属海洋性亚热带气候,温暖湿润多雨是其突出的气候特点。多雨多水的江南,温润着南方的山山水水,南方山川褪尽了北方山川的质朴粗犷而变得秀美明丽。温山软水的江南,投影到写景词中,必然会出现舟楫相通、烟雾迷蒙、风光秀丽的内容特点和旖旎婉丽的风格特点,"杏花春雨江南"就是对江南地貌特点的最传神写照。

南宋词人朱敦儒因靖康之难避地岭南,进入珠江流域,先后在南雄州、韶州、南海等地生活约计四年时间。朱敦儒所在的岭南地区在地理位置上远不如苏轼的贬谪地儋州荒远、严酷。但是在西都洛阳的繁华享乐生活中突遭社会巨变的朱敦儒,国破家亡后被迫一路南奔走进岭南地区,这种落差极大

---

① (宋)罗大经:《鹤林玉露》丙编卷一,涵芬楼藏本。

的人生境遇直接带来了岭南词中压抑、阴暗、寂寥的情感色彩。朱敦儒的岭南词中不乏对岭南景物的形象描写：

卜算子

山晓鹧鸪啼，云暗泷州路。榕叶阴浓荔子青，百尺桄榔树。　　尽日不逢人，猛地风吹雨。惨黯蛮溪鬼峒寒，隐隐闻铜鼓。

醉落魄

海山翠叠，夕阳殷雨云堆雪。鹧鸪声里蛮花发，我共扁舟，江上两萍叶。　　东风落酒愁难说，谁教春梦分胡越。碧城芳草应销歇，曾识刘郎，惟有半弯月。

岭南地区拂晓时不绝于耳的阵阵鹧鸪啼鸣，险峻群山中各种岭南树木遮天蔽日，榕树枝叶繁茂、荔枝树果实青涩、桄榔树枝干高耸。山路之中人迹罕至、山深云厚、阴暗潮湿，而且岭南天气变化令人猝不及防，朱敦儒从一个避地岭南的北人视角来打量岭南这一特殊地理空间，这些颇具地域特色的岭南景物显示出极强的视觉冲击力。与朱敦儒同一时期、因为主张抗战而被贬谪岭南的李光、胡铨也有岭南写景词存世，"风定潮平如练，云散月明如昼，孤兴在扁舟。笑尽一杯酒，水调杂蛮讴"（《水调歌头》李光）、"崖州何有水连空。人在浪花中。月屿一声横竹，云帆万里雄风"（《朝中措》胡铨）等词句侧重写岭南面海、水域辽阔无际的地理特点，因个性使然，李光、胡铨词取景开阔，一扫朱敦儒笔下的阴暗压抑，旷达豪迈之情溢于纸上。

珠江是两宋最南端的交通大动脉，珠江流域属热带地区，降水量极其充沛，物产很丰富。在地理位置上，北有五岭与中原地区万里阻隔，南面大海，视野又极开阔。大山、盆地穿插纵横其间，交通并不太方便。因为特殊的地理位置原因，珠江流域的文化发展在两宋尤其是北宋时期相对滞后，两宋人对其的印象依然停留在"南蛮之地""化外之邦"层面，因此也成为重要的流贬地。在珠江流域这一地理空间上，不同时期、不同个性的异域词人们以各自的方式描绘着岭南的自然风光和人文风光，苏轼以新奇喜爱的笔触记录下岭南地区的种种物产之美，朱敦儒以阴暗压抑的情绪描绘着岭南景物的与众不同，李光、胡铨则用旷达豪迈的词境书写着岭南水域的辽阔，多样化的书写方式在题材内容上补足了两宋词坛对珠江流域的书写欠缺,词史意义巨大。

二、咏物词表现出独特的流域特点

对地理空间进行划分和研究时,土地是举足轻重的空间要素,它给人类的衣、食、住、行提供最基本的物质资料。鸟兽草木等土地上的物产早就出现在《诗经》这部先秦诗歌总集中了,可见咏物类文学作品是中国文学中源远流长的题材类型,两宋时期的咏物词不下3000首,是宋词中的第二大题材类型,体现出明显的地域特点。

作为两宋咏花词的冠军,咏梅词的南北地域界线似乎还不够鲜明,因为两宋词人的咏梅词创作所涉及的地理空间贯穿了大江南北的广大地域,无论是居齐鲁的词人李清照还是居福建的词人刘克庄均有创作于本土的咏梅词传世,可见咏梅词的地域性特征并不十分凸显。

相比较而言,江南地区出现的木犀词已带有明显的地域特点。南宋绍兴四年在江南西路临江军所辖三县之一的清江芗林,南渡词人向子諲发起了有陈与义、苏庠、徐俯、蔡伸、朱敦儒等人参与的同题唱和,要求以木犀为唱和对象。木犀,即向子諲所称的"岩桂",也就是桂花,是一种典型的南方花木,清可绝尘,幽香沁远,是中秋时节赏花的好对象。咏桂花词可上溯至北宋的《清平乐·小山丛桂》,作者刘敞也是江南西路清江人。清江文人杨无咎咏木犀词多达七首,向子諲更是以十九首之多位居两宋咏桂花词人榜首。宋词中咏桂花词合计一百八十余首,乃咏花词亚军,除两首作于北宋外,其余全部作于南渡以后。《周礼·考工记序》有云:"橘逾淮而北为枳,鹦鹆不逾济,貉逾汶则死,此地气然也。"木犀词多作于南渡后且作者多为江南文人的文学现象说明木犀词有着非常强烈的江南地域特点。靖康之难宋室南渡后,宋代文人进行文学创作的地理空间亦随之南移,分布在秦岭淮河以南山区的南方植物如桂花才有更多的机会进入北方文士的审美视野之中,从而平衡了梅花词独领风骚的咏物词坛格局。虽然桂花词在数量上依然逊色于梅花词,但能够夺得咏花卉词的亚军,仍是咏物词发展史上一个非常可喜的新特点。

在地理空间上继续向南推进到珠江流域,写景咏物词又呈现出了独特的岭南地域特点。在文学创作方面,创作主体依然是因为仕宦、贬谪、避乱、游历等原因来到岭南的非本土文人。试以贬谪词人苏轼、流寓词人朱敦儒的岭南咏物词为例析之。苏轼在近六十高龄之际因元祐党争先后被贬至惠州、儋州等岭南地区，前后长达六年之久。也许是与年龄和心境有关，也许是岭南乃蛮荒之地景色本无足取的客观原因，岭南贬谪期间东坡词创作数量明显减少，写景词更是少得可怜。作为一个北来岭南的词人，异乡风光虽无足取，新鲜的物产倒也值得吟咏，于是苏轼笔下出现了《浣溪沙·几共查梨到雪霜》《浣溪沙·咏橘》《减字木兰花·西湖食荔支》《西江月·梅花》等吟咏岭南物产的咏物词。两首《浣溪沙》歌咏岭南特产柑橘，柑橘乃广州特产，苏轼自英州赴惠州途中路经广州时，初次品尝到这一地方水果，于是填词记录下自己的新鲜感受。据韩彦直《橘录》载："真柑在品类中最贵可珍，其柯木与花实皆异凡木。木多婆娑，叶则纤长茂密，浓荫满地，花时韵特清远，逮结实颗皆圆正……始霜之旦，园丁采以献，风味照座，擘之则香雾噀人，北人未之识也。"[①] 作为一个"未之识"的北来之人，苏轼词从色香味诸方面描绘着柑橘这一广州特产："北客有来初未识，南金无价喜新尝。含滋嚼句齿牙香""香雾噀人惊半破，清泉流齿怯初尝。吴姬三日手犹香"，不难见出词人对这一从未谋面的地方物产的喜爱之情。《减字木兰花·西湖食荔支》咏的是惠州荔枝，"轻红酿白，雅称佳人纤手擘。骨细肌香，恰是当年十八娘"这类摹写荔枝细致入微的词句与苏轼"日啖荔枝三百颗，不辞长作岭南人"的乐观诗句对看，从荔枝的果肉颜色写到荔枝的绝美味道，从吃荔枝的行为写到对荔枝产地的强烈认同感，苏轼对荔枝这一岭南"尤物"在情感上产生了强烈的亲近感。《西江月·梅花》咏惠州之梅，梅花本非限于惠州一隅的特产，但是在惠州瘴雾中绽开的梅花就显得与众不同了。唐代诗人韩愈在潮州贬所曾经写过"好收吾骨瘴江边"（《左迁至蓝关示侄孙湘》）的诗句，可见瘴雾的危害极大，这种危害性不限于人类生命，对于自然界的梅花同样具有一定程度的危害性。于是惠州瘴雾与绽放的梅花之间形成了强烈的矛盾冲突，极具危害性的瘴雾对冰清玉洁的梅花却无能为害，只能成为凸显

---

① （宋）韩彦直：《橘录》卷上"真柑"条，影刊咸淳本。

梅花神仙风致的映照和陪衬，再加上"倒挂绿毛么凤"这种"岭南珍禽"①在花丛间与盛放的梅花一动一静相映成趣，惠州梅花独具的岭南地域特色就凸显出来了。无论是广州柑橘，还是惠州荔枝、梅花等岭南物产，在词人被贬谪岭南蛮荒之地时，都以自己独具的物产特点滋润着词人伤痕累累的内心世界，给岭南词涂上了一抹明亮的颜色。

相比较而言，黄河流域的写景咏物词在数量和规模上都呈现出明显的衰落趋势，所写景物具有刚健质朴、辽远开阔的特点；长江流域的写景咏物词乃为一时之盛，词作数量和质量、词人数量和水准都非常可观，所写景物体现出秀美艳丽、柔婉别致的特点；诞生于珠江流域的写景咏物词可视为两宋词坛上一个新的题材增长点，与黄河流域写景咏物词的衰落形成鲜明对比，因其作为蛮荒之地的空间距离阻隔，所写景物呈现出强烈的视觉冲击效果，无论热带物产、热带风光还是岭南习俗，都给词坛注入了一种无比新鲜、独特的内容和感受。

第四节　羁旅仕宦词：空间移位与地域文化交流

深受儒家文化影响的中国封建文人一直把进入封建官僚体系"致君尧舜上"作为政治理想和人生目标，为此文人士子四方游学、孜孜科举、勤勉仕宦，游走在封建官制的庞大体制之中。两宋时期科举制度的完善、文官治国的基本国策为这一图景提供了更为强大的外部条件支持，反映在宋词这一文学样式上，就是羁旅仕宦词成为宋词创作中的重要题材类型。

羁旅仕宦词的地理分布与政治中心所处的地理位置关系密切。五代十国时期北方战乱，文化重心在地理空间上已逐渐南移。北宋一统天下定都汴京，中原地区成为政治中心区域，南方的文人士子开始成规模地北上汴京科举仕宦。宋初三馆典籍、教坊乐工以及文学之士的主要来源是"文物最盛处"②

---

① （宋）庄绰：《鸡肋编》卷下载："广南有绿羽丹嘴禽，其大如雀，状类鹦鹉，栖集皆倒悬于枝上，土人呼为'倒挂子'。而梅花叶四周皆红，故有'洗妆'之句。二事皆北人所未知者。"北京：中华书局1983年版。

② 无名氏：《钓矶立谈》，文渊阁四库全书本。

的南唐，李煜、徐锴、徐铉、高越、江文蔚、汤悦、潘佑、史虚白、张洎、陈鹏年、郑文宝、乐史、周惟简、舒雅、吴淑、樊若水、丘旭等著名的南唐文士悉皆为北宋朝廷所用。相比较而言，以儒道自命的北方文人在诗文辞赋的文学创作才华方面远不及南唐、西蜀、福建等南方地区的文士。南方文士北上科举入仕的人生选择客观上给相对寂寥的北方文坛注入了新鲜血液。及至靖康之难宋室南渡，政治中心南移至长江以南的临安。北方文士纷纷南下，又将北宋时期涵养孕育成熟的北方文化带至南方，北方文化的种子随着文人漂泊不定的仕宦辗转路线而播撒，南方地区的文化发展又深深地打上了北方的烙印。

袁行霈先生在《中国文学概论》中提及："中国幅员辽阔，各地的自然条件、风俗习惯和文化渊源，都呈现出一定的差异。中国文化的地域性，主要表现为南北两个地区的差异。东部和西部虽然也有明显的差异，但相对于南北说来不那么突出。文物考古的大量资料已经证明：黄河流域的中原文化和南方长江流域的荆楚、吴越文化，是互相关联而又各具特色的两种主要文化。此外，岭南文化也有一定的特点。"① 两宋时期文人仕宦经历的空间移位就是以南北方向为主要流动趋势的。文士们羁旅仕宦的南北方向流动推动了南北文化的交流和融合趋势，这在羁旅仕宦词中有具体而充分的体现。

一、南方词人北上与南北文化交流

北宋政治中心已经由西安沿着黄河向东横移到汴京，同时，洛阳作为陪都，与汴京形成东西相守的政治布局。北宋定都黄河沿线城市汴京这一政治形势吸引着大批南方文人才士北上。定型于西蜀的艳科词随着南方文士北上的步伐而扩大了地理空间视野，北宋羁旅仕宦词中开始出现了对北方地理空间的描写，试以柳永、苏轼、周邦彦三位北宋词人的羁旅仕宦词说明之。

柳永，福建崇安人；苏轼，四川眉州人；周邦彦，浙江钱塘人。三人均占籍长江以南，在北宋都于汴京的特定时代背景下，三人均有在长江以北的广大地区羁旅仕宦的人生经历，映射到羁旅仕宦词中，使这类题材内容带上了非常鲜明的北方地域特点。

---

① 袁行霈：《中国文学概论》，北京：高等教育出版社2006年版，第40－41页。

被西安这一历史名都的遗风遗韵所吸引，三位南方词人的足迹都曾至西北关陇一带，并在古都风物的刺激下写下许多以长安为空间中心的关陇词。柳永的《引驾行·红尘紫陌》《临江仙·上国》《少年游·长安古道马迟迟》等关陇词不下八首之多，周邦彦的《蝶恋花·桃萼心香梅落后》《渡江云·晴岚低楚甸》《西河·长安道》《早梅芳近·缭墙深》等关陇词数量更是在十首之上，但苏轼有编年可考的关陇词仅《华清引·平时十月幸莲汤》一首，这首词是苏轼结束陕西凤翔府任职回汴京路经长安时偶然的创作，与柳、周二人青年时期长安游学的有意停留稍有不同。比较来说，柳永、周邦彦的关陇词不仅在数量上远远多于苏轼词，而且在情感浓度上也远远超越了苏轼，但这并不能否认长安作为古都对苏轼的强大文化吸引力，否则东坡词中有时间可考的第一首词作也不可能诞生于宋英宗治平元年的古都长安。不难看出，在北宋时期，西部的关陇地区依然有着难以抗拒的历史文化内蕴和吸引力，词人通过运用"长安道""灞陵桥""官桥""宫墙""缭墙"等与古都昔日雄风有密切联系的意象来描画长安的遗风遗韵，展示其厚重的人文内涵。但是古都长安在北方风沙和漫长历史中早已黯淡了辉煌的色彩，词人的今昔之感跃然纸上。因为政治中心位居中原而导致南人离开故土北上的时代背景，南方词人笔下的关陇词整体上还笼罩着一层浓浓的异乡漂泊感。

同样是这三位词人，词作中汴京词的数量却几倍于长安词。从词作数量上来看，羁旅仕宦词中的文学地理空间沿黄河流域东移的现象还是较为明显的。汴京具有一代京都的特殊政治地位，它的地域特点已经不同于其他普通的北方地方城市，帝都的皇家气派和繁华热闹是独一无二的。正因为如此，词人作于汴京的羁旅仕宦词才会因其明丽的色彩、香软的艳情、繁华的生活、自信的表达等诸多特点令其他地域的羁旅仕宦词黯然失色，也无怪乎籍贯福建的词人柳永在《乐章集》中直接视汴京为故乡一遍遍地惦念与追忆，反而置福建于不顾了，他甚至还利用自己创调制曲的才华创制了"忆帝京""梦还京"等自制曲，为汴京词增加了精彩的一笔。由政治中心汴京向周边辐射，密州、徐州等其他北方城市也成为羁旅仕宦词的创作地，苏轼《江城子·老夫聊发少年狂》《满江红·东武城南》《永遇乐·明月如霜》等词描绘的就是密州、徐州风物，但与词人们羁旅仕宦于汴京的词作相比，这些作于地方性城市的羁旅仕宦词已褪去了很多富丽香软的色彩，多了几分质朴和粗犷的色调。

柳永、苏轼、周邦彦是众多南方文士北上的缩影，他们笔下的羁旅仕宦词以异乡人的视角打量着北方地区新鲜的风土人情，又凭借南方词人的敏感和文采用词体加以形象表达，是北宋时期南北文化交流的一个侧影。

二、北方词人南下与南北文化融合

金人南下宋室南渡，汪藻、徐俯、范致虚、胡寅等宦居北方的文人回到了南方故土，朱敦儒、吕本中、赵鼎、韩驹等占籍北方的文士也被迫南迁，南宋的政治版图明显缩小，偏安一隅的家国处境导致文人们仕宦空间相应南移，其空间范围也明显缩小到江淮以南。与此相应，南宋羁旅仕宦词中对北方地理空间的独特感受和细致描绘几乎消失殆尽，南方风物以新颖的面貌频频出现，仕宦于南方的北方籍词人作为异乡人其感受会更加新鲜而强烈，其羁旅仕宦词中的南方书写会更具有代表性。

辛弃疾，山东济南人，靖康之难后成长于战火频仍的中原地区。23岁起义南归后，辛弃疾进入南宋官僚体制之中，在江淮两湖以及福建的广大南方地区辗转仕宦，频繁的调动迁徙体现出南宋朝廷对这位归正人的不信任。孝宗淳熙四年南归16年后，35岁的词人依然没能如愿前线杀敌，再一次从湖北江陵被调往江西隆兴，紧接三个月后又被从隆兴召回临安，离开江西时词人发出了"但觉平生湖海，除了醉吟风月，此外百无功"（《水调歌头·我饮不须劝》）、"宦游吾倦矣"（《霜天晓角·旅兴》）、"江头未是风波恶，别有人间行路难"（《鹧鸪天·送人》）等一声声壮志难酬的仕宦厌倦感。这种英雄失意、仕宦漂泊的感伤情绪是贯穿稼轩羁旅仕宦词始终的。一位志在北伐的齐鲁男儿频繁奔走在江南的温山软水之间，连江南山水间的鱼鸟都"笑我往来忙"。在辛弃疾仕宦奔走的过程中，一方面词人在齐鲁大地涵育成的忠君爱国情怀给江南秀丽的山水注入了一股豪情，"马作的卢飞快，弓如霹雳弦惊"的壮词、"了却君王天下事，赢得生前身后名"的壮志给萎靡不振的南宋词坛注入了一股飒爽英雄气；另一方面江南山水又用其温婉秀美的景色抚慰着失意英雄痛苦的内心世界。中原文化与江南文化叠加在辛弃疾的羁旅仕宦词中，既不乏江南山水的秀丽景致，又充溢着一股英雄豪气，南北文化的交流融合以失意英雄的苦闷为介质表现出来。

作为南宋四名臣之一的赵鼎（1085—1147），占籍山西解州，是地道的北方词人。词人因反对秦桧和议而被罢相，出知泉州后，又谪居兴化军（今福建莆田），移漳州、潮州安置，后又移吉阳军（崖州，今海南）。《宋史》称"其词'清刚沈至，卓然名家'"。① 贬谪作为文人仕宦生涯的低谷阶段，是羁旅仕宦词中的低音区，贬谪岭南"鬼门关"更是封建文人的大不幸，几等于死罪。"五岭之南，人杂夷獠，不知教义"②，岭南远离朝廷，文化落后，气候条件恶劣，对于仕宦贬谪至此的文人而言，在物质和精神层面都是一个极大的挑战。"天涯万里，海上三年。试倚危楼，将远恨、卷帘看。举头见日，不见长安。谩凝眸、老泪凄然"（《行香子》），赵鼎的贬谪岭南词较之前此的词作更为凄苦怨慕，流露出非常浓重的悲观情绪，这种悲观情绪一方面来自秦桧一党营造的狠辣严酷的政治环境，另一方面来自岭南落后贫瘠的文化环境。最终赵鼎不食而卒，年六十三。词人自杀的动力主要不是来自对岭南文化环境的不适感，而是政治环境逼迫的结果。赵鼎之死用忠君爱国者的决绝形象给岭南地区带来了潜移默化的影响，"近年风俗稍变，盖中原文人谪居者相踵，故家知教子，士风浸盛。应举终场者凡三百人，比往年几十倍。三郡并试时，得人最多"。③ 北方文士的学养和人格魅力日渐熏染着岭南人，进而提升了蛮荒之地岭南的文化层次。

赵鼎之外的南宋四名臣还有胡铨（江西吉州人）、李光（越州上虞人）、李纲（江苏无锡人），三人占籍在江浙一带，并非真正意义上的北方人。但从三人求学入仕的时间基本在宋室南渡前来看，三人深受中原文化的影响。宋室南渡中原文化南迁，江浙一带较之岭南亦可算作北方文化的大范畴了。其中李光、胡铨也因为反对秦桧而遭贬岭南，李光居琼州八年之久，胡铨居岭南竟至十八年。李光给胡铨写信说："儋耳，天下至恶之地，吾二人居之，能不以为陋，内有黄卷圣贤，外有青衿士子，或一枰之上，三酌之余，陶然自乐，是非荣辱，了不相干。故十五年之间，虽老而未死，盖有出于生死之

---

① （元）脱脱等：《宋史·赵鼎传》卷三六〇，北京：中华书局1977年版，第11294页。
② （唐）杜佑：《通典》卷一八四，北京：中华书局1988年版，第4961页。
③ （宋）李光：《儋耳庙碑》，见《庄简集》卷十六，文渊阁四库全书本。

外者。"① 与赵鼎不同，二人的岭南词体现出旷达超然的精神，"坐想稽山佳处，贺老门前湖水，欹侧钓鱼船。何事成淹泊，流转海南边。……行尽荒烟蛮瘴，深入维那境界，参透祖师禅。宴坐超三际，潇洒任吾年"（李光《水调歌头》），"从古将军自有真。引杯看剑坐生春。扰扰介鳞何足扫。谈笑。纶巾羽扇典刑新"（胡铨《转调定风波》），出入佛老而不忘北伐恢复之志，李光、胡铨贬谪岭南词的思想境界和艺术造诣是岭南文化荒漠上的一片绿洲，灌溉之功亦不可没。

无论是北宋时期南方词人的北上羁旅仕宦词，还是南宋时期北方词人的南下羁旅仕宦词，都强有力地说明羁旅仕宦词中的地理空间是一个流动性极强的动态开放空间，词人在地理空间上的迁移和流动在扩大词人词学视野的同时，带动着两宋时期不同地理空间之间的文化交流，进而呈现出南北文化日趋融合的大趋势。

除了南北文化的宏观区域划分和交流外，两宋版图上还存在着无数个具有独特地域特点的微观地理空间，是研究地域文化交流融合不可忽视的重要内容。词人离开故乡羁旅仕宦于他乡，所至的每一处他乡都是一个陌生而新奇的地理空间。这些他乡转化成为词人词作中的文学地理空间后，就是独特的"这一个"，柳永笔下的汴京、苏轼笔下的黄州、朱敦儒笔下的嘉禾等都是两宋词史上的"这一个"。词人笔下"这一个"地理空间的数量越多，词人的词作内容就会越丰富，风格特点也就越具有多样性和交融性。两宋词坛的辉煌成就正是由无数的"这一个"地理空间共同交织碰撞而成的。从这个角度来说，两宋词坛芬芳竞艳的繁荣局面正是文学地理空间的多样性和局部地域文化交流融合的结果。

---

① （宋）李光：《与胡邦衡书》，见《庄简集》卷十五，文渊阁四库全书本。

第二章
两宋词风与地理空间

文学风格是作家的创作个性有机地融入文学作品并通过作品整体表现出来的独特风貌和格调。作家作品风格是文学风格的核心，以此为基础还包括时代风格、民族风格、地域风格、流派风格等内涵。文学风格与作家的生活经验、审美趣味、心理结构、性格气质等要素关系密切，这些要素的形成又与自然地理环境有着密切的联系。因为自然地理环境不仅仅是人类外在的生活环境，更是造就人类性格气质、审美趣味、心理结构等不可或缺的重要因素。魏征"江左宫商发越，贵于清绮；河朔河义贞刚，重乎气质。气质则理胜其词，清绮则文过其意。理深者便于时用，文华者宜于咏歌。此其南北词人得失之大较也"[①]的概括，就以江左和河朔两地为例阐述了文学风格与地理空间之间的这一密切关系。

从大环境与民族性格的关系来看，农耕民族依赖平原土地生存，故而安土重迁，平和稳健，知足常乐；游牧民族生活于水草丰美的广阔草原上，故而奔放好动，粗犷勇猛，能征善战；海洋民族面海而居，故而乐于冒险，不喜欢平凡的生活，从而充满创新精神。具体到两宋时期，同样存在因地理环境差异造成作家创作风格不同的现象。对此我们既可从宏观上简单划分为南北两种不同文风和东西两种不同文风，又可更细致地划分出黄河流域、长江流域以及珠江流域的文风差异，甚至更进一步，区分为关中地区、燕赵地区、河洛地区、齐鲁地区、吴越地区、巴蜀地区、岭南地区等更为具体的地理空

---

① （唐）魏征：《隋书·文学传序》，北京：中华书局1973年版，第1730页。

间上的文风差异。这种地域间文学风格的差异甚至还可以作进一步的考察，诸如齐鲁文风内部存在着的东西差异也是一个客观事实，东西差异的具体表现也是一个值得探讨的问题。不难看出，"地形和季风的差异导致气候的差异，气候的差异导致物候的差异，气候和物候的差异导致自然地理景观和人文地理景观的差异，最终导致文学作品的地域差异"①，文学风格的地域差异正是"文学作品的地域差异"的重要表现。

具体到地理空间对宋词风格的影响，可以从两个方面来看：一方面是地理环境对宋词整体风格的影响，这主要取决于宋词产生的地理环境特点；另一方面是地理环境对具体作家风格的影响，这主要取决于作家填词行为发生地的地理环境特点。具体到南宋词坛，与金源词坛的南北词风比较，也能够从地理空间的角度找到合理的解释。

第一节 地理空间对宋词整体风格的影响

袁行霈先生在讲到中国文学发展的不平衡现象时，特别指出了"地域的不平衡"现象，并指出"所谓地域的不平衡包含两方面的意思：一是在不同的朝代，各地文学的发展有盛衰的变化，呈现此盛彼衰、此衰彼盛的状况。例如建安文学集中于邺都，梁陈文学集中于金陵；河南、山西两地在唐朝涌现的诗人比较多，而明清则比较少；江西在宋朝涌现的诗人特别多，此前和此后都比较少；江苏、浙江两地在明清两朝文风最盛，作家最多；岭南文学在近代特别值得注意。二是不同的地域有不同的文体孕育生长，从而使一些文体带有不同的地方特色，至少在形成后相当长的一段时间内是如此。例如《楚辞》带有明显的楚地特色，五代词带有鲜明的江南特色，杂剧带有强烈的北方特色，南戏带有突出的南方特色。中国文学发展中所表现出来的地域性，说明中国文学的发源地不止一个"。②五代词呈现出"鲜明的江南特色"这一文学现象，正是文体孕育与地理环境之间密切关系的生动反映。

---

① 曾大兴：《文学地理学研究》，北京：商务印书馆2012年版，第55页。
② 袁行霈：《中国文学史》第一卷"总绪论"，北京：高等教育出版社2005年版，第8页。

在中国文学发展的宏阔视域下，杨海明先生把词体与地理环境的关系继续推进一步，把"南方文学和柔美文学"作为唐宋词的一个重要特点单列出来，并从词的产地、词人的籍贯和经历、词与前代文学的承继关系三个方面论证了词与南方地理环境之间密不可分的关系；又指出南方多水、斜桥红袖的富丽旖旎以及江南山水过于秀气等地域特点造成了词的柔美型风格特征。①杨先生的这一论断对此后词体的地域性研究有着根本性的指导意义，但直接从南北地域的二分法入手来展开论证，将两宋时期的地域性差异归结为南北相对的地域文化差异，还是一种比较概括的说法。我们可以更进一步探究两宋词中地域文化差异形成的深层原因。

地域差异是对地貌、水文、生物、气候等多个方面差异的总结和概括，正如法国启蒙思想家孟德斯鸠所言，"气候的影响是一切影响中最强有力的影响"②，涵括气温、湿度、降雨、节气等要素的气候对人类生活的影响远远超过了地貌、水文、生物等其他方面的影响，刘勰《文心雕龙·物色》就特别论及了气候变化和人类主观感受间的密切关系："春秋代序，阴阳惨舒，物色之动，心亦摇焉。盖阳气萌而玄驹步，阴律凝而丹鸟羞；微虫犹或入感，四时之动物深矣。"这种密切关系进而会影响到文学表达，"岁有其物，物有其荣；情以物迁，辞以情发。一叶且或迎意，虫声有足引心。……故'灼灼'状桃花之鲜，'依依'尽杨柳之貌，'杲杲'为日出之容，'瀌瀌'拟雨雪之状，'喈喈'逐黄鸟之声，'喓喓'学草虫之韵"。③气候影响四时物候，四时物候直接引发文人的审美感受及文学表达。

我国幅员辽阔，自北向南分布着高原气候带、寒温带、中温带、暖温带、亚热带和热带六个不同的气候带。相较高原气候带、寒温带和热带而言，中温带、暖温带和亚热带是最适合人类居住的气候带，因为无论是向南的热带气候带还是向北的寒温带气候带均因过热或过冷的极端恶劣气候而不利于文明产生和人类居住，此外，"高原气候带低压缺氧，寒冷干燥，气温的日较

---

① 杨海明：《唐宋词史》第一章，南京：江苏古籍出版社1987年版，第12—23页。
② [法]孟德斯鸠：《论法的精神》上册，北京：商务印书馆1963年版，第372页。
③ （南朝）刘勰：《文心雕龙·物色》，见范文澜：《文心雕龙注》，北京：人民文学出版社1958年版，第693页。

差又很大，尤其不利于文明的生长。"① 曾大兴先生绘制的《隋唐五代辽北宋文学家的气候带分布图》《金南宋文学家的气候带分布图》② 告诉我们，两宋时期中温带分布的作家数量非常少，文学家们主要集中在暖温带和亚热带两个气候带。优越的气候环境孕育美丽的自然风光和丰富的物产资源，对社会经济的发展进步发挥着非常重要的作用。两宋时期经济重心的不断南移已是一个非常凸显的现象，宋词中对杭州一带城市经济进行吟咏的词篇数量之多即是明证。与经济发展相适应，两宋的政治重心较之前代也呈现出不断由西北向东南移动的趋势，从唐代都城长安到北宋都城汴京再到南宋的临安，政治发展的地理空间方向与社会经济发展的方向呈现出大体一致的特点。可见气候环境因素影响和改变的不仅仅是自然地理环境，还对人文地理环境间接地发挥着指挥棒的影响力，宋金对峙以及蒙古族南侵的政治史又何尝不是人类争夺适合自己居住的气候带的历史：居于中温带的金人因为气候带及自然环境恶劣才不断地南下侵宋，以期改变自己的居住环境；更强大的蒙古人从更远的中温带甚至寒温带南下灭金灭宋亦可从气候环境这一角度进行原因分析。这种分析并非以偏概全的气候决定论，在自然、人文双重地理环境中孕育发展的文学创作，如若置气候的重要作用于不顾，实在难言全面客观。分析两宋词的风格问题，更要注意气候和地理环境的双重影响。

具体到两宋词人而言，"两宋有籍贯可考的（词）作者为 880 人，其词作量为 17933 首。其中南方浙江、江西等 11 省市有 746 人，占籍贯可考的作者总人数的 84.8%；其词作量为 13939 首，占词作总量（17933 首）的 77.7%。北方河南、山东等 6 省市为 134 人，占总人数的 15.2%；其词作量为 3994 首，占词作总量的 22.3%"。"再细加观察，宋词作者地域分布的密集区是在南方的浙江（含上海）、江西、福建、江苏、四川、安徽和北方的河南、山东八省。这南北八省的词作者共有 813 人，占作者总人数的 92.4%；其词作量为 16774 首，占作品总量的 93.5%。几乎可以说宋词并不是宋代全境的人写出来的，而是宋代八省的人写出来的，作者地域的分布极

---

① 曾大兴：《文学地理学》，北京：商务印书馆2012年版，第95页。
② 曾大兴：《文学地理学》，北京：商务印书馆2012年版，附图14、附图15。

不平衡"。① 南方浙江、江西等 11 省市和北方河南、山东等 6 省市的地理分布与曾大兴先生总结的文学家多分布于暖温带、亚热带的分布规律完全吻合；具体到王兆鹏先生和刘学先生关于宋词集中于浙江、江西、福建、江苏、四川、安徽、河南、山东八省市的最终论断，更是符合这一"文人—气候带"分布规律，而且更加集中，相对集中于暖温带和亚热带偏近东部沿海地带上，这一带气候更加湿润宜人，雨量充沛，生物资源丰富，非常适合农林耕作，物产也十分丰富，因此这一带的城市经济也就发展得非常迅猛，以上提及的浙江、江苏、江西、福建、四川、安徽以及河南等省市在两宋时期城市经济都获得了高速的发展，杭州、开封、扬州、建康、南昌、武昌、成都、福州等城市的发展速度都非常快。流行于歌台舞榭、出自歌妓伶工的词体对社会经济尤其是城市经济发展的要求相对较高，这一特点使词体像个孩子一样频频出现在这些风景优美、经济富足、娱乐业繁荣的城市舞台上。

王兆鹏、刘学还进一步指出，"在上述八省中，尤以浙江、江西、福建和江苏四省的词作者为最多，共有 606 人，占两宋籍贯可考的作者总人数的 68.9%。这四省也是当时人口最密集之区"。② 人口密集程度恰恰是衡量城市经济繁荣与否的一个重要指标，浙江、江西、福建、江苏四省相邻形成一个规模较大的经济发达地带，宋室南迁后更是得天独厚，发展迅猛。这一经济发达区处在暖温带和亚热带交接地带偏南方向，东临大海，避免了夏季过热、冬季过冷的气候缺憾，海洋性气候使四时十分宜人，"杏花春雨江南"是对这一带自然地理环境的最典型的概括。"杏花"一词代表了这一气候带在花草植物方面"万花为春"的环境特点。据许伯卿考察，作为宋代题材第二大类的咏物词，其咏花词占咏物词总数的百分之七十还多③，所咏之花达 58 种之多，梅花、桂花、荷花、海棠、牡丹、桃花、杏花、石榴花等竞相绽放，四时不断。花的香气、花的艳丽、花的娇弱等特征入词，使宋词呈现出一种柔弱婉丽的词体风格特征。"春雨"一词说明这一气候带多雨湿润的特点。

---

① 王兆鹏、刘学：《宋词作者的统计分析》，载《文艺研究》2003 年第 6 期，第 54–59 页。
② 王兆鹏、刘学：《宋词作者的统计分析》，载《文艺研究》2003 年第 6 期，第 54–59 页。
③ 许伯卿：《宋词题材研究》，北京：中华书局 2007 年版，第 121 页。

烟雨蒙蒙的自然景观是词人爱情、别离、伤怀等人生情感发生的外部环境，为宋词打上了一层朦胧含蓄的色彩。此外，与多雨的气候特点相关，这一气候带也是多水的，大到长江、淮河，小到西湖、五湖，还有那些星罗棋布的津浦、溪河，造成了这一区域多水湿润的地貌特点，在水路交通便利的同时，这些江河湖泊溪泉津浦与烟雨一起进驻词中，连同兰舟画船一起构成了宋词柔美的词境。此外，这一地域城市经济的发达更加助长了两宋的享乐之风，"骑马倚斜桥，满楼红袖招"（韦庄《菩萨蛮》），青楼林立、游人如织、歌管繁弦的城市是爱情和享乐生活的温床，给宋词注入一道绮艳富丽的色彩。

整合来看，"杏花春雨江南"既是对江南地区这一宋词发达地带自然环境的形象写照，又是对这一区域人文发达的社会环境的肯定，以气候、物候的大手笔为宋词定下了"婉约为正宗"的词体基调，《四库全书总目》标举的56家词人中有39家词人的词风呈现出清丽柔婉的大致风格[1]，即使被目为"别格""变调"的东坡词、稼轩词，词作中或豪放或旷达的变调并不占大多数，相反，婉约风格的作品数量非常可观，这亦可视为宋词南方化的一个有力证明。

第二节　地理空间对两宋词人词风的影响

现代著名文学家冰心在谈文学家的养成时有一段非常著名的论述："文学家要生在气候适宜，山川秀美，或是雄壮的地方。文学家的作品，和他生长的地方，有密切的关系。如同小说家的小说、诗人的诗、戏剧家的戏剧，都浓厚的含着本地风光——他文学的特质，有时可以完全由地理造成。这样，文学家要是生在适宜的地方，受了无形中的陶冶熔铸，可以使他的出品，特别的温柔敦厚，或是豪壮悱恻。与他的人格，和艺术的价值，是很有关系的。"[2] 这段话探讨的并非某一文体的整体风格，而是关乎每一位作家风格的形成与其生长生活的地理空间之关系的问题，同样适用于宋词作者的风格形

---

[1] 陈未鹏：《论文宋词与地域文化》，苏州大学2008年博士论文，第99页。
[2] 谢婉莹：《文学家的造就》，载《燕大季刊》第1卷第4期，1920年12月。

成过程。正如冰心所言，每个作家的成长地都会以日复一日的时间变量影响作家的性格气质进而影响他（她）的作品风格，地理空间对作家风格"无形中的陶冶熔铸"的力量是不可忽视的。中国诗歌源头处的《诗经》和《楚辞》，分别以质朴无华的中和之美和铺排华美的感伤情调奠定了中国诗歌风格的两种最基本范式，显示出黄河流域文明和长江流域文明迥异的地域特点，成为不同地理空间影响形成不同文学风格的最为经典的实例。

具体到宋词而言，我们在分析词人风格形成的地理空间影响时，一方面要重视词人出生成长地对他（她）的性格气质、词作风格的影响力，另一方面也不能忽视词人长大以后的仕宦游历地尤其是其中生活时间较长的地理空间对词人词风带来的影响。相比较而言，前者属于静态研究，是探讨本籍地理环境对词人的影响，是主要方面；后者属于动态研究，是探讨客籍地理环境对词人的影响，是次要方面。两者之间并非相互隔绝，而是在保持地域独立性的前提下还有明显的交流和互动，彼此渗透和影响，体现出地域文化的开放性特点。我们以北方词人李清照和辛弃疾为例来分析地理空间在词人词风形成过程中的影响力。

一、本籍地理空间对词人词风的影响

李清照和辛弃疾被合称为"济南二安"，是两宋时期齐鲁大地孕育出来的两位著名词人。如前所言，两宋词人中北方词人的数量是明显少于南方的，宋词的创作主体是南方词人，创作的地理空间自然主要在江淮以南，因此，宋词清丽婉约风格中的南方地域特点才如此突出。但这并不意味着北方词人这一股力量有多么弱小，相反北方地区"骏马秋风冀北"的地理空间孕育出来的词风是刚健有力的，一扫"杏花春雨江南"环境孕育出来的软媚词风。

"骏马秋风冀北"是对江淮以北广大地区地理环境的形象描绘，虽然说这种概括以牺牲北方各地的地方性特点为前提，但大致相同的地理纬度、大致相同的暖温带气候必然带来整体上相近的地理环境特点，这一点不容置疑。"骏马"这一意象主要着眼于北方广大地区多平原、少水流的地理特点而言，相较江南多水多雨的温润气候北方大部分地区是少水少雨的,"土厚水深"①,这一地貌特点带走了江南词作中的那种灵动柔弱的水气,带来了一种缘于广袤厚重的土地的质朴之气。没有了江南水乡的水路纵横,在地理交通上自然不可能以舟楫为主要交通工具,四通八达的旱路天然地选择了马匹为主要交通工具。征鞍、征骖、征辔、征骑、征鞭一类的马意象和马嘶、马跃、白马游缰、飞骑、骄马、马踏春风等描绘马匹动态的语词在宋词中频繁地出现,这一现象恰恰是和当时以马匹为主要交通工具的客观现实有着密切关系。除此之外,"西北徼之中亚细亚、西伯利亚诸区,夙为群蛮所产育出没,其人生苦寒之域,习于勇悍,而常思觊觎内地之温沃富殖,狡焉思逞。"② 中国的北方地区在地理位置上更靠近宋代的边防重地,西夏、金、蒙古等北方游牧民族南侵两宋最先受敌的就是北方地区。这一特殊地理位置使居于此地的人们必生自我防御之心和强烈的忧患意识,所以"北方的文明,特别是西北的文明,仍以鲜明的特点向前发展。它具有与众不同的尚武精神色彩,不论汉人或是'夷狄',都崇尚武功,喜爱狩猎,喜欢良马和猎犬猎鹰"。③ 可见,除了作为旱路交通最为合适的交通工具之外,骏马意象还与北方地区因地近边关而生的尚武精神息息相关,还是重要的作战工具和军事意象。与此相关,北方词往往于质朴之外更多一种刚健气、丈夫气以及一种忧国忧民的忧患意识。

"秋风"意象说明北方地区的气候变化不似江南那样缓慢,北方的四时是分明的,秋冬之际北风呼号,来得迅猛,吹得凛冽,冷得漫长。秋风带来的地貌变化直接而迅猛,北雁南飞,大地萧条,荒凉苦寒。北宋的边塞词对此有形象的描绘,如蔡挺于仁宗朝知渭州时作《喜迁莺》,上阕就描写了北方秋冬之际的环境特点:"霜天秋晓,正紫塞故垒,黄云衰草。汉马嘶风,边鸿叫月,陇上铁衣寒早。剑歌骑由悲壮,尽道君恩须报。"北方朔风强劲的气候特点必然在北方人的性格里播下劲直的种子,宁折不弯、不事修饰、少温婉尚刚直的性格里有北温带季风性气候的影子。

---

① 刘师培:《南北文学不同论》,载《国粹学报》1905 年第 9 期。
② 梁启超:《地理及年代》,1922 年清华大学演讲。
③ [英]崔瑞德、[美]费正清:《剑桥中国隋唐史》,北京:中国社会科学出版社 1990 年版。

对"冀北"一词，《左传》中记载："冀之北土，马之所生。"①《南齐书》则曰："秦西冀北，实多骏骥。"② 可见，这一地域性称谓与良马产地相关。在地理方位上来看，冀指至古九州之一的冀州，在汉代以前包括今山西全省、河北省西北部、河南省北部、辽宁省西部。汉以后范围逐渐缩小，后仅包括河北、河南北部。可见，当元代文人虞集把"冀北"一词与"江南"对举之时，它大致的地域范围不出黄河中下游流域一带，而并没有局限于河北、河南等相对狭窄而具体的地理范围内。

济南二安所生活的齐鲁大地是黄河中下游流域的重要组成部分，大致属于"骏马秋风冀北"概括的广阔地理范围，与"杏花春雨江南"的广大南方地区尚隔着一定的空间距离。作为礼仪之邦，齐鲁大地上的词人们生活在"骏马秋风"的典型北方气候和地理环境之中，刚健质朴的词风明显打上了地理环境的烙印。同时，齐鲁词人李清照和辛弃疾还深受以孔孟为代表的儒家思想影响浸润，关怀国事的责任感和忧患意识也是十分强烈的。辛弃疾的词篇虽然全部诞生在江淮以南"杏花春雨"的地理环境中，但是北方大地上刚健质朴的集体性格和关怀国事的忧患意识却深深地根植于稼轩词中，无论是"醉里挑灯看剑，梦里吹角连营……马作的卢飞快，弓如霹雳弦惊"（《破阵子·为陈同甫赋壮词以寄》）、"倚天万里须长剑"（《水龙吟·过南剑双溪楼》）、"更千骑弓刀，挥霍遮前后"（《一枝花》）、"却笑将车三羽箭，何日去定天山"（《江神子》）等词倾力描绘的一个个刀光剑影的军事世界，还是"千古江山，英雄无觅，孙仲谋处"（《永遇乐·京口北固亭怀古》）、"风流酷似，卧龙诸葛"（《贺新郎》）、"东北看惊诸葛表"（《满江红·送李正之提刑入蜀》）、"挥羽扇，整纶巾。少年鞍马尘"（《阮郎归·耒阳道中为张处父推官赋》）、"少年横槊，气凭陵，酒圣诗豪余事"（《念奴娇·双陆，和陈仁和韵》）、"当年众鸟看孤鹗。意飘然横空直把，操吞刘攫"（《贺新郎·韩仲止判院山中见访，席上前韵》）等词反复提及的一个个历史英雄人物，都反映出辛弃疾出生成长的齐鲁大地给他的文学创作打上了深深的地理环境烙印，直接影

---

① （战国）左丘明：《左传》"昭公四年"，见（清）阮元校刻：《十三经注疏》，北京：中华书局1980年版。

② （南朝梁）萧子显：《南齐书》卷四十七"王融传"，文渊阁四库全书本。

响着稼轩词风的形成和基本品格。"公（辛弃疾）所作大声镗鞳，小声铿鍧，横绝六合，扫空万古，自有苍生以来所无"①，可以肯定地说，辛弃疾词中被刘克庄称扬的豪放刚健词风和英雄气概绝不是江南的柔山软水所能孕育出来的。

如果说辛弃疾豪放刚健的词风还有男性性别因素的影响在内，那么李清照词中的"丈夫气"就更足以说明地理环境对词人词风的影响力了。1127年宋室南渡之前，李清照一直生活在远离江南的北方地区，成长于济南、汴京，婚后随着丈夫赵明诚的仕宦变化而辗转于汴京、青州、莱州等齐鲁各地。作为一个闺阁女子，李清照既不会被安排与辛弃疾一样学而优则仕的人生道路，也不会被赋予和他一样治国平天下的人生理想，闺阁庭院便是她主要的生活空间，婚姻家庭就是她全部的生活内容，伤春怨别就是她主要的情感类型，女性的性别存在决定了女性词的词境更狭窄，感情更深细，表达更婉曲，风格更柔婉，李清照词中这种本色化的性别书写特点也是鲜明突出的。需要特别指出的是，于本色当行之外李清照词中还别具一种自然率真、豪放洒脱的气质，清人沈曾植称为"丈夫气"。最具有"丈夫气"的词篇是《渔家傲》：

渔家傲·记梦

天接云涛连晓雾，星河欲转千帆舞。仿佛梦魂归帝所。闻天语，殷勤问我归何处？　我报路长嗟日暮，学诗谩有惊人句。九万里风鹏正举。风休住，蓬舟吹取三山去！

这首词境界极其开阔，景象极其壮丽，气势极其磅礴，描绘出一幅辽阔壮美的海天一色图。梁启超评价此词"绝似苏辛派，不类《漱玉集》中语"。②这样一首豪放飘逸风格的词作出于两宋时期的闺阁女词人之手，无怪乎让人如此诧异。这种词风在李清照词中并非绝无仅有，甚至在李清照的少女词中就已经露出了端倪，《如梦令·常记溪亭日暮》即是一例：

常记溪亭日暮，沉醉不知归路。兴尽晚回舟，误入藕花深处。争渡，争渡，惊起一滩鸥鹭。

---

① （宋）刘克庄：《辛稼轩集序》，见《后村先生大全集》卷98，四部丛刊影印本。
② 梁启超：《艺蘅馆词选》，见唐圭璋：《词话丛编》第五册，北京：中华书局2005年版，第4308页。

词写青春少女李清照和同伴外出郊游,在溪亭中饮酒赏景。饮酒的词人已经有些醉意朦胧,湖光山色之美更加使人沉醉,颇有些"醉翁之意不在酒"的文士雅兴,因此,宋代黄昇《花庵词选》还给这首词加了"酒兴"的题目。李清照词中是充满了酒香的,不独此词为然,"昨夜雨疏风骤,浓睡不消残酒"(《如梦令》)、"共赏金尊沉绿蚁"(《渔家傲》)、"酒意诗情谁与共"(《蝶恋花》)、"断香残酒情怀恶"(《忆秦娥》)、"酒阑歌罢玉尊空"(《好事近》)、"东篱把酒黄昏后,有暗香盈袖"(《醉花阴》)、"夜来沉醉卸妆迟,梅萼插残枝"(《诉衷情》)、"醉莫插花花莫笑,可怜人似春将老"(《蝶恋花》)、"三杯两盏淡酒,怎敌他、晚来风急"(《声声慢》)等词句,早已把彰显文人风流和英雄气概的酒意象种植在女性词的庭院中。美酒美景令词人乐而忘返,暮色降临不得已而归,竟然迷路"误入藕花深处",此时的李清照毫无娇弱女子的抱怨和失望,而是奋力划桨"惊起一滩鸥鹭",意趣横生。饮酒而醉、醉于美景而不归、归时天色已晚、迷路而不恐慌抱怨等一系列的行为和心理勾勒出一位自然率真、豪爽洒脱的少女形象。再如其咏物词《渔家傲·雪里已知春信至》,歌咏雪中寒梅的傲霜绽放,"此花不与群花比"的结句是如此自信、傲然,词人耶?梅花耶?早已难分彼此。要探析清照词自然率真、豪放洒脱的"丈夫气"的成因,社会因素、性别因素都难以解释得通透,从地理环境因素入手考量似更合理。因为地理环境积淀成的人类集体无意识较少受性别因素左右,我们说的地域南北差异自然包括女性在内,齐鲁大地上吹拂的那股刚健质朴之风会对辛弃疾的词风产生直接而强烈的影响,必然也会对李清照的词风产生影响,即使因性别因素这种影响不似男性词人那么强烈和直接,也会间接地为李清照的女性词注入一股阳刚之气,使其表现为或自然率真或豪爽洒脱的词风,也就是沈增植所说的"易安倜傥,有丈夫气,乃闺阁中之苏、辛,非秦、柳也"。[①] 实际上,李清照的丈夫气在其诗文中表现得更为鲜明突出,那首有名的五言绝句《乌江》中"生当作人杰,死亦为鬼雄"的诗句,以古讽今,是何等掷地有声!

唐代魏征曰:"江左宫商发越,贵于清绮;河朔词义贞刚,重乎气质。

[①] (清)沈增植:《菌阁琐谈》,见唐圭璋:《词话丛编》,北京:中华书局2005年版,第3605页。

气质则理胜其词；清绮则文过其意。理胜者便于时用，文华者宜于咏歌。"①以济南二安的词作观之，诚为确论。

二、外籍地理空间对词人词风的影响

同为齐鲁词人，李清照和辛弃疾都经历了或仕宦或流寓江南的人生变化，而且这段人生经历的时间长度都超过了二十年。不仅如此，他们南行之后也都再没有回到过自己在北方的故乡。

在江南，济南二安是以客者的身份生活交游的。这种身份和视角使词人心境已经根本不同于他们在北方成长生活时的心境。但超过二十年的时间长度似乎足以使南方的山文水脉浸润词人的笔墨，给北方文人的词作打上一层南方地理空间的色彩，从而使他们的词作呈现出南北文风融合的趋势和面貌来。朱熹曾以吕祖谦为例印证了这一观点：

> 某尝谓气类近，风土远。气类才绝，便从风土去。且如北人居婺州，后来皆出婺州文章，间有婺州乡谈在里面者。如吕子约（祖谦）辈是也。②

对李清照而言，女性性别存在已奠定了其词"婉约正宗""当行本色"③的词史地位，再加上其《词论》中坚守词"别是一家"的传统词学观念，李清照词的整体风格依然是婉约清丽的。这种婉约清丽的词风与"杏花春雨"的南方地理环境是吻合的，原则上似乎不存在风格转变的问题。但是靖康之难后，国破家亡的严酷现实加上丈夫去世的人生变故，巨大的苦难接踵而来，让封建时代的一位弱女子如何抵挡得住！这种时代背景下的地理空间转移实在不能简单地理解为不存在风格转变的问题，即便是一个柔美的女性来到一个山清水秀的优美自然环境中。优美的自然环境是陌生的他乡，词人又是孤苦无依、日渐苍老的弱女子，异乡感、孤独感、不安全感十分强烈而真实，这种种感觉让词人对江南优美的景物和繁荣的城市经济变得审美迟钝，根深

---

① （唐）魏征：《隋书·文学传序》，北京：中华书局1973年版，第1730页。
② （宋）黎靖德：《朱子语类》卷140《论文》下，北京：中华书局1986年版。
③ （清）沈谦：《填词杂说》，见唐圭璋：《词话丛编》，北京：中华书局2005年版，第631页。

蒂固的故乡情结也阻碍着词人对新环境的地缘认同感,所以,此时的人地关系由南渡前"水光山色与人亲"(李清照《怨王孙》)的和谐关系变成了南渡后"试灯无意思,踏雪没心情"(《临江仙》)的背离关系,美好的水光山色不再是引发词人诗兴的触媒,而成为牵惹词人伤心怀抱、提醒词人客居身份的罪魁祸首。细读黄墨谷先生《重辑李清照集》中收录的十七首南渡后词作①,这种背离的人地关系是非常凸显的。首先,十七首南渡词没有一首呈现出明快轻松的风格。满纸呜咽的感伤和痛楚使全部南渡词都沉重无比,即使是那首创作地为南宋最为发达的城市杭州、创作时间是热闹异常的元宵佳节的《永遇乐·落日熔金》词,词人也不过是在今昔对比后选择了"向帘儿底下、听人笑语"的逃避,一个人在角落里咀嚼随节日而来的痛苦。其次,十七首南渡词没有一首不强调词人的客籍身份。从"仲宣怀远更凄凉"的典故运用,到"雁过也,正伤心,却是旧时相识"的外物暗示;从"空梦长安,忆取长安道"的梦回故乡,再到"今年海角天涯,萧萧两鬓生华"的年老思归,词人一遍遍地提醒自己异乡人的处境,即使有意去忘却也会很难,真正是"故乡何处是?忘了除非醉"。李清照和江南地理环境之间背离的人地关系告诉我们,词人原有的词风与流寓地之间能否形成良好的交流互动关系,有时候并不取决于流寓地的地理环境是否优美,也不取决于流寓地的地理环境特点与词人原有词风是否吻合,而是在于词人的主体情感是否强烈以及强烈程度如何。当创作主体的主观情感强烈到难以安静理性地审视周围环境和自己处境的时候,地理环境的优美与否已经变得意义不大了,它们不再是"屈平所以能洞鉴风骚之情"的"江山之助"或"文思之奥府",而只是被拿来与词人熟悉的故乡进行对比的参照物而已。所以江南秀美的自然环境并没有为婉约清丽的李清照词风增加相得益彰的助力,相反却给她的婉约词抹上了一层厚厚的沉痛悲哀的颜色。

对辛弃疾而言,异乡感、孤独感、不安全感等个体情感远没有李清照那样强烈。一者是因为辛弃疾出生于靖康之难发生十三年后,他根本没有李清照南渡时流离失所和疲于奔命的痛苦人生经历;二者是作为封建时代的男性

---

① 黄墨谷:《重辑李清照集》,北京:中华书局2009年版。

词人，他并没有像闺阁女子那样被拘束在闺阁庭院的狭小天地中日复一日地咀嚼个人的痛苦和不幸，二十二岁聚众抗金、深入虎穴的英雄壮举和北伐恢复、实现国家统一的英雄壮志冲淡了他南归后的种种不适。辛弃疾是一个时代的失意英雄，使命感和忧患意识让他在频繁的仕宦调动中来不及更多地叹息和咀嚼一己的得失，甚至连填词抒怀的闲暇和兴致都是缺失的。当辛弃疾被落职罢归后，他闲居江南东路的上饶和铅山前后达二十年之久，两个闲居地共创作四百余首词，占全部词作的百分之七十还多，成为词人的两个创作高峰。与疲于奔命的李清照不同，闲居上饶和铅山不是词人被动的选择，而是词人考察比较之后主动选择的两个颇为满意的闲居地，选择的标准又与词人对家乡济南的环境记忆不无关系，这使他对信州的上饶、铅山两地有一种天然的亲近感。在这两地词中我们能看到作为齐鲁男儿的辛弃疾在江南乡村长期生活的状貌，并能从中发现词人南归后与南方地理环境之间形成了一种较为和谐的人地关系：一方面词人立足信州，既向泉州、婺州等周围地区的文人雅士、爱国志士发出唱和的邀约，又与以韩元吉为代表的信州文人志士以词唱和，生活呈现出开放的姿态；另一方面词人对南方的山文水脉的态度并不似李清照那样排斥和疏离，相反，他以审美的心态游赏上饶及其周围的山水风光，博山、鹅湖、黄沙等地的四时风景在辛弃疾词中都有细致的描写和由衷的赞赏，更以深情融入的心态欣赏着瓢泉新居的每一个角落、每一处风景。"我见青山多妩媚，料青山见我应如是"是辛弃疾与江南地理环境关系的最好注脚，他们之间的关系是和谐的人地关系，山水景物成为词人的创作源泉，也是抚慰词人内心创伤的朋友，词人发现了江南山水之美，并用自己的词笔记录下来传诸后世。江南秀美的地理环境为辛弃疾这个北方词人的豪放刚健词风拂上了一层温柔婉丽的颜色，"稼轩词，豪放师东坡，然不尽豪放也。其集中，有沉郁顿挫之作，有缠绵悱恻之作，殆皆有为而发。其修辞亦种种不同，焉得概以'豪放'，二字目之"。[①] 稼轩词亦刚亦柔、亦豪亦婉的多样化风格的形成与南北地理环境的交互影响有非常密切的关系。

[①] 蔡嵩云：《柯亭词说》，见唐圭璋：《词话丛编》，北京：中华书局2005年版，第4913页。

三、余论

地理空间对词人词风的影响并不是一个静态的现象。随着词人人生足迹的不断变化和丰富，这一现象也就变得丰富复杂起来。不同的地理空间对词人创作的影响深浅有别，即使同一个地理空间对词人创作的影响也因为居住时间的长短而呈现出差异来。所以地理空间对词人词风的影响不可一概而论，这是一个动态变化的过程，影响的深浅程度受多种因素制约，词人在某地居住时间的长短、词人到达某地的特殊背景、词人与某地双向交流顺畅与否等因素都会影响到这一动态变化过程。

以济南二安为例所做的分析告诉我们，客籍地理环境对词人词风的影响远不及本籍地理环境的影响深远（当然，这一结论需要一个大致的前提，即词人在本籍地理环境中的居住时间必须有一定的长度，这个时间长度应该不少于一个人从出生到成人的时间）。但是词人流动迁徙到一个新的地方，又必然会受到新的地理环境也即客籍地理环境对词人词风的影响，并进而把这种影响表现在词作之中。客籍地理空间对词人的影响程度会因为创作主体间的各种差异而千差万别，虽然千差万别，但有一点是值得肯定的，那就是创作主体在客籍地创作之前，已经以乡土记忆为原则把客籍地的地理环境主观地过滤一遍了。也就是说，客籍地理环境对词人词风的影响要首先受制于本籍地理环境对词人先入为主的印象，在此基础上再表现出深浅不一的个体差异来。无论词人与客籍地理空间的交流顺畅与否，客籍地理环境会从一定程度上影响词人词风的发展变化这一点是无疑的。

第三节 金源与南宋：南北词风不同论

南北地理环境的差异决定了南北方人的性格差异，《礼记·中庸》孔颖达疏曰"南方谓荆扬之南，其地多阳。阳气舒散，人情宽缓和柔""北方沙漠之地，其地多阴，阴气坚急，故人刚猛，恒好斗争"①，宋代庄绰则云"大

---

① 孔颖达：《十三经注疏》，北京：中华书局1980年版。

抵人性类其土风。西北多山，故其人重厚朴鲁；荆扬多水，其人亦明慧文巧，而患在清浅"①，均表达了这一观点。地理环境造就的性格不同进而会带来文风的不同，刘勰《文心雕龙·乐府》就按东南西北的地域划分把上古诗歌划分为东南西北四种类型；魏征探讨南、北朝文学风貌的异同时说："江左宫商发越，贵乎清绮，河朔词义贞刚，重乎气质。气质则理胜其词，清绮则文过其意。理深者便于时用，文华者宜于咏歌，此南北词人得失之大较也。"②刘师培也认为，由于南北语言、地域环境、民俗习尚的不同，中国南北文学各自有着独特而显著的特点③。南北地理环境影响下的南北文学在文学风格上存在着质朴刚健与藻饰婉丽之分，"南秀北雄"已经成为人们对南北文风的共识。

宋室南渡，金人占据北方大部分地区，此后进入宋金对峙的历史时期，南宋词和金源词也形成了双峰并峙的词坛状貌。以历史的眼光来看，金词和南宋词有着共同的母体——北宋词。但是由同一母体孕育出的南宋词和金源词却有着明显的风格差异，"金源人词伉爽清疏，自成格调""姑以词论，金源之于南宋，时代攸同，疆域之不同，人事为之耳，风会曷与焉。……南宋佳词能浑致，金源佳词近刚方。宋词深致能入骨，如清真、梦窗是。金词清劲能树骨，萧闲、遁庵是。南人得江山之秀，北人以冰霜为清。南或失之绮靡，近于雕文刻镂之技；北或失之荒率，无解深裘大马之讥"。④清代词学家况周颐对金源和南宋词风异同的地域性原因分析，切中肯綮。近人陈匪石亦有相类的判断："金据中原之地，郝经所谓歌谣跌宕，挟幽、并之气者，迥异南方之弱。国势新造，无禾油麦秀之感，故与南宋之柔丽者不同。"⑤江南水乡培育出的南宋雅词风格内敛含蓄、幽咽婉转，金源词却雄放豪爽、以清劲疏朗为主要特征，同一文学母体孕育出南北两种迥异的词风，探究其原因，也应该以孕育词人词作的不同创作环境即南北地理环境差异的角度为主要切

---

① （宋）庄绰：《鸡肋编》卷上，北京：中华书局1983年版。
② （唐）魏征：《隋书·文学传序》，北京：中华书局2008年版。
③ 刘师培：《南北文学不同论》，载《国粹学报》1905年第9期。
④ （清）况周颐：《蕙风词话》卷三，见唐圭璋主编：《词话丛编》，北京：中华书局1986年版，第4456页。
⑤ 陈匪石：《声执》卷下，见唐圭璋主编：《词话丛编》，北京：中华书局1986年版，第4961页。

入点去寻找问题的答案。

　　因地缘关系金代词人多出自北方，以山西、河北即幽并一带词人为主，辽宁、陕西、山东、河南等地也诞生了一部分词人。在汉族词人为主的同时，少数民族词人如完颜亮、完颜雍、完颜璟、耶律履等也不断成长起来，鲜卑后裔元好问更是成为金代最杰出的词人。刘祁说："金朝名士大夫多出北方……余戏曰：'自古名人出东、西、南三方，今日合到北方也。'"① 金代词人居住的北方地区纵跨中温带和暖温带两个气候带，属大陆性季风气候，少雨干旱，土厚水深，冬季时间长温度低，多劲风大雪。丛山峻岭、雪原大漠、辽阔平原并存的复杂地貌决定了游牧狩猎和农耕并存的生产方式。这种气候和地理特点造就的地理环境，较之李清照和辛弃疾居住的齐鲁大地更典型地体现出"铁马秋风冀北"的环境特点。疆域辽阔、物产不丰、环境恶劣的生存条件带给北方词质朴粗犷慷慨豪放的风格特点，女真族作为狩猎民族的尚武彪悍性格则强化了这一风格特点，静夜待月被他们写得急不可耐、霸气外露："停杯不举，停歌不发，等候银蟾出海。不知何处片云来，做许大、通天障碍。虬髯捻断，星眸睁裂，唯恨剑锋不快。一挥截断紫云腰，仔细看，嫦娥体态"（完颜亮《鹊桥仙·待月》）；行军水上被他们写得极富奇情壮彩和豪迈气势："山倚断霞，江吞绝壁，野烟萦带沧洲。虎旆拥貔貅。看阵云截岸，霜气横秋"（折元礼《望海潮·从军舟中作》）；三门峡风光更是雄奇壮美、不容错过："黄河九天上，人鬼瞰重关。长风怒卷高浪，飞洒日光寒。峻似吕梁千仞，壮似钱塘八月，直下洗尘寰。万象入横溃，依旧一峰间。仰危巢，双鹄过，杳难攀。"（元好问《水调歌头·赋三门津》）；动人心魄的狩猎场面"平原千骑，星流电转。路断飞潜，雾随腾沸，长围高圈"（元好问《水调歌头》）和风雷激荡的战争场景"遥想朱旗回指，万里风云奔走，惨淡万年兵。天地入鞭棰，毛发懔威灵"（元好问《水调歌头》）更是金源词坛的主旋律。此外，独具北国特色的"冰雪意象"也带给金词以独特的遒劲高寒之风，以蔡松年词为例，"高会端思白雪，清泾远泛红尘"（《雨中花》）、"好风归路软红尘、暖冰魂"（《江城子》）、"便归来，招我雪霜魂"（《满江

---

① （金）刘祁：《归潜志》卷十，北京：中华书局1983年版。

红》）、"吾老矣、不堪冰雪，换此萧闲。传语明年晓月，梅梢莫转银盘"（《雨中花》）等词意词境在南宋词中是极难见到的。清人贺裳云，"元遗山集金人词为《中州乐府》，颇多深裘大马之风"[1]，无论是元好问《中州乐府》词集的命名还是贺裳"深裘大马之风"的经典评价，都指向了金词中非常凸显的北方地理空间特点。

南宋词人除了以辛弃疾为代表的少部分北方词人外，主要是以南方人为主。即使是南来的北方词人，因为长期生活在江南水乡也逐渐被南方山温水软的自然环境柔化了。所以南宋词坛虽然有少部分豪放词人在振臂高呼，用词章书写出北伐恢复的壮志和忧国忧民的衷心，合奏出铁板铜琶的阳刚节奏，但是绝大多数词人依然沿北宋婉约为宗的填词传统创作着柔婉艳丽的"女儿词"。即使所谓的豪放词人其词风也并非纯粹的豪放，"词中巨龙"辛弃疾词作中的壮志豪情日渐消泯在江南的山山水水中，带有不平之气的闲居词在稼轩词中的数量远远超过了豪放词。直至南宋灭亡，以张炎为代表的词家依然坚持传统的婉约路子，而视辛弃疾等具有豪放气概的北方词人以及受辛弃疾词风影响的南方本土词人是"戏弄笔墨，为长短句之诗耳"[2]。这固然与南宋政治局势以及传统词学观念的影响有关，相比较而言，地理空间因素是这一现象形成的更为深层和重要的原因。江山风物之富美，吸引多少南北词人沉迷于宴游享乐、浅斟低唱的生活中，也就无怪乎南宋后期词人陈人杰发出一声"东南妩媚，雌了男儿"（《沁园春·记上层楼》）的慨叹。继承北宋婉约正宗的词学观念，再加上江南水软山温的自然环境熏染，南宋词的软化弱化乃是情理之中的文学现象。这一点在前面探讨宋词整体风格形成时已经详加论证，此处从略。

南北地理环境的差异影响南北文风的不同，就宋词这一文学样式而言，在南宋时期主要表现为金源词和南宋词的南北词风差异。同样导源于北宋词风的金源词和南宋词在逐渐分道扬镳的过程中，必然经历了一个在北宋已经定型的传统词风与南北方地理环境之间双向选择的过程，北宋词从范仲淹到

---

[1] （清）贺裳：《皱水轩词筌》，见唐圭璋编：《词话丛编》，北京：中华书局1986年版，第703页。
[2] （宋）张炎：《词源》卷下，见唐圭璋编：《词话丛编》，北京：中华书局1986年版，第267页。

苏轼词中一直延绵不断的雄豪自然的词风，虽非词坛主流，却如一股潜流，从来也没有断绝过。金人南侵后，这股词坛潜流与金统治的江淮以北广大北方地区"铁马秋风冀北"的地理环境间形成了某种默契和互动，从涓涓细流日渐发展为清劲方刚的金词主旋律。与此同时，北宋词风中从《花间集》开始一直主宰词坛的"词为艳科"观念并未能在北方地理环境以及女真尚武勇悍的社会风习中找到适合的土壤，虽然金词中不乏柔婉之作，却并未能成为主流。在北方水土不服的"词为艳科"观念却在江南水乡中找到了合适的温床，江南秀丽的风光、江南享乐的生活、江南美艳的红袖一起滋养着婉约为正宗的词学传统，塑造出南宋词婉丽含蓄的风格特点，与此同时，北宋词中的雄豪之风却在江南山水中水土不服，并随着南宋局势的式微而渐近于无了。

第三章
两宋词学观念与地理空间

任何词学观念的形成和产生都有一个过程,在这一过程中起助推作用的因素丰富复杂,既有继承前贤的历史轨迹,也受彼时词坛风气的时代影响;既有词人自身气质禀赋的影子,也会受到其他词人词学观念的影响;既有社会环境的熏陶,也会有地理环境的投射。可见,地理空间对词学观念的影响远没有对题材内容和风格的影响那样直接和鲜明,当我们去考察地理空间对宋代词学观念的影响这一现象时,过分夸大地理环境对词学观念形成的影响是尤其要注意避免的研究误区。

第一节 "词为艳科"观念与蜀地

"词为艳科"是形成于晚唐五代并深远地影响两宋乃至元明清词坛的重要词学观念。所谓"艳科"至少包含两层意思:一者与色彩有关,晚唐五代词多涉及百花和女子意象,无论花之色彩缤纷还是女子衣饰之艳丽,均和色彩相关,中国文学中美人如花、花似美人的悠久传统更是强化了这类意象的审美特性,使晚唐五代乃至两宋词坛呈现出万花为春的整体面貌;二者又与艳情有关,百花和女子意象的频繁使用是和唐宋词以春花秋月、男欢女爱为主的题材内容特点紧密联系在一起的,才子佳人留恋徘徊于花前月下,增加了爱情的浪漫色彩和唯美感觉。色彩和艳情互相依存,相映成趣,"艳情的题材和细腻的风格,就给它(指宋词)的辞藻带来了'粉红'的颜色和脂粉的光彩"①。

"词为艳科"观念的形成与《花间集》这本词选集息息相关。在1900年敦煌莫高窟藏经洞重见天日之前,《花间集》一直取代《云谣集》而被认为是最早的词集,在两宋时期得以广为流传的词集非《花间集》莫属。宋人直接视《花间集》为词体之祖,陈振孙《直斋书录解题》就持此说"《花间集》十卷……此近世依声填词之祖也"②,评价晏几道词"追逼《花间》,高处或过之"③。宋人评价柳永词说"较之《花间》,韵终不胜"④,评价欧阳修词"婉约风流,直接五代,乃《花间》之正派"⑤,李之仪及其友人吴思道等作词更是以《花间集》为准则,足可见出《花间集》在宋代词人眼里作为标准和尺度的词史价值。

《花间集》作为宋代词人们广泛运用的评词标准,树立了一种影响深远的"词为艳科"观念。首先,在欧阳炯的词序中对这一词学观念已有非常明确的表达,杨海明先生视之为"关于'艳词'的一篇'宣言'或'自供'",⑥"西园英哲,用资羽盖之欢,南国婵娟,休唱莲舟之引"说明其娱宾遣兴的创作目的,"自南朝之宫体,扇北里之娼风"概括其侧艳的词风特点。其次,这一词学观念更通过西蜀词人为主体的词人创作实践体现出来,内容上多写艳情和表达上多用艳词是其中最为突出的特点。五百首花间词中有将近四百首涉及男欢女爱的艳情,有的甚至有些露骨;藻饰华美的语词更是比比皆是,尤其是那些形容女子容貌衣着及身姿的词,更是极尽艳丽之能事。收入《花间集》中作品最多的温庭筠虽非蜀人,也没有仕宦于蜀地,但其富丽香艳的词风与《花间集》中占绝大多数的蜀地词人词风是高度一致的,甚至因此被奉为"花间鼻祖",这恐怕是赵崇祚在选温庭筠词入集时非常看重的一点。

《花间集》虽非最早的一部词集,但确实是第一部文人词的总集,由五

---

① 杨海明:《唐宋词史》,天津:天津古籍出版社1998年版,第109页。
② (宋)陈振孙:《直斋书录解题》,上海:上海古籍出版社1987年版。
③ (宋)陈振孙:《直斋书录解题》,上海:上海古籍出版社1987年版。
④ (宋)李之仪:《跋吴师道小词》,见《姑溪居士文集》卷四十,文渊阁四库全书影印本。
⑤ (宋)曾慥:《乐府雅词序》,四部丛刊本。
⑥ 杨海明:《唐宋词史》,天津:天津古籍出版社1998年版,第118页。

代后蜀赵崇祚编选，辑录温庭筠、韦庄等十八家共五百首词作，其中任职或生活于巴蜀的词人有十五位之多，占全部词人总数的百分之八十多；作品有三百多首，占全部作品的百分之六十以上。序言由欧阳炯写就，他同时也是十八家词人之一，亦为蜀人。整部词集从编选者到作序者再到词作者，无不与蜀地关系密切，简直可以视为一部地方性词集。蜀地与《花间集》"词为艳科"词学观念之间到底存在着怎样一种关系，这是一个非常具有学术价值的问题。

学界在研究分析"词为艳科"观念的成因时，往往侧重于享乐的社会环境因素分析，这一点并没有错。但是由上可知，享乐的社会风气在晚唐五代的特定历史时期是限定在具体的地理空间范围内的，即西蜀和南唐两地，并不具有地理空间的普遍性。于是从地理空间的独特性来审视这一词学观念的形成有更为充分的合理性，但这一研究视角往往被研究者忽略。

提起蜀地，极易让人联想到李白的千古名作《蜀道难》，"蜀道难，难于上青天"表达出人们视蜀道为畏途的共识，甚至书写"蜀道难"已经成为中国古代文学的一个创作传统。被视为畏途的蜀道，同时又作为天然屏障保护着四川盆地免遭唐五代时北方战乱的纷扰，五代时期王建和孟知祥先后建立前蜀、后蜀，统治蜀地长达六十年之久，为蜀地的经济和文化发展提供了绝佳的客观环境。中晚唐时已有"扬一益二"的民谚称颂蜀地城市经济的发达，甚至唐宣宗时期的蜀人卢求对成都屈居第二不服气，认为"今之推名镇为天下第一者，曰扬、益。以扬为首，盖声势也。人物繁盛，悉皆土著，江山之秀，罗锦之丽，管弦歌舞之多，伎巧百工之富，其人勇且让，其地腴以善，熟较其要妙，扬不足以侔其半。"[①]。宋人张唐英著《蜀梼杌》载，广政十二年（949）八月，"（孟）昶游浣花溪。是时蜀中百姓富庶，夹江皆创亭榭游赏之处。都人士女倾城游玩，珠翠绮罗，名花异香，馥郁森列。昶御龙舟观水嬉，上下十里，人望之如神仙之境。昶曰'曲江金殿锁千门'，殆未及此"[②]。两则记载中花团锦簇、美女如云，足以呈现蜀地在晚唐五代时期城

---

① （唐）卢求：《成都记序》，见（宋）袁说友等编：《成都文类》卷三十二，北京：中华书局2011年版。

② （宋）张唐英：《蜀梼杌》卷下，文渊阁四库全书本。

市经济的发达程度和享乐之风的兴盛局面。繁荣的城市经济为词人填词提供了最好的温床。

除了城市经济的高度发达外，蜀地还为词人填词提供了绝佳的自然地理环境。蜀地处于西南部的四川盆地之中，属亚热带温润型季风气候，冬季寒风不容易侵入，四季皆暖，风少雨多，气候湿润，利于植物生长。蜀地被誉为"天府之国"，拥有平原、高原、丘陵、山地、草地等丰富各异的地理景观，富于蜀锦、嘉鱼、海棠、桐花凤等丰饶的物产资源，为人们富足无忧的生活提供了坚实的物质保障。《方舆胜览》记载说成都府"地险物侈，国富民殷，工商结驷，宝薮珍藏，乐国丰壤"①，足资说明其自然环境的优越性。蜀地的气候条件利于各种植物的繁荣生长，词人荟萃的益州（成都）更是繁花似锦，素有"锦城"之美誉。《漫叟诗话》记载曰："蜀主孟昶令罗城（指成都）上尽种芙蓉，盛开四十里，语左右曰：'自古以蜀为锦城，今观之，锦城也。'"② 不仅《花间集》的命名当与此有关，集中词作还频频出现丰富的"花"意象，有时花作为爱情的背景和见证出现，"记得那年花下，深夜，初识谢娘时"（韦庄《荷叶杯》）、"还似花间见，双双对对飞"（张泌《蝴蝶儿》）、"历历花间，似有马蹄声"（和凝《江城子》）；有时花作为比兴手法出现用以衬托美人的美貌，"见好花颜色，争笑东风，双脸上，晚妆同"（欧阳炯《献衷心》）、"照花前后镜，花面交相映"（温庭筠《菩萨蛮》）。于是，花前月下、男欢女爱构成了《花间集》的主要题材内容。

得天独厚的地理位置，得天独厚的自然条件，孕育出了高度发达的城市经济，吸引北来的文人骚客驻足于此，享受着"绮筵公子，绣幌佳人，递叶叶之花笺，文抽丽锦；举纤纤之玉指，拍按香檀。不无清绝之词，用助妖娆之态"的歌舞筵席之乐。眼前所见之繁花如锦、美人冶艳、文人风流的歌舞享乐之盛被词人不遗余力地纳入新兴的词体中，出之以艳笔来写艳情，供妙龄歌妓歌唱以"资羽盖之欢"，成为一时之盛。《花间集》的结集流传和"词为艳科"观念的形成都离不开蜀地这一特殊地理空间的滋养之功。

---

① （宋）祝穆，《方舆胜览》卷之五十一，北京：中华书局2003年版，第905页。
② （宋）佚名，《漫叟诗话》，文渊阁四库全书本。

"词为艳科"的词学观念是在蜀地得天独厚的地理条件中涵育而成的，《花间集》中花团锦簇的自然美景、男欢女爱的享乐内容被一"艳"字概括殆尽。"词为艳科"词学观念恰好与两宋喜宴饮重享乐的社会风气不谋而合，最终突破西蜀的地理边界广泛流行起来，成为具有时代性和普遍性的词学观念，两宋词坛上晏殊、欧阳修、张先、柳永、秦观、黄庭坚、周邦彦等人莫不受其影响，词尚婉约已经成为两宋词坛的主流意识。在西蜀一隅孕育而成的"词为艳科"观念对后世文人的影响并不局限于两宋时期，明代王世贞认为"词须宛转绵丽，浅至儇俏，挟春月烟花于闺幨内奏之，一语之艳，令人魂绝，一字之工，令人色飞，乃为贵耳"[1]，沈际飞说"词贵香而弱，雄放者次之"[2]，清代彭孙遹亦认为"词以艳丽为本色"[3]，可见这一词学观念在明清之际的影响力。

第二节 "自是一家"观点与密州

"词为艳科"的词学观念影响深远，北宋初期词坛晏殊、欧阳修、张先、柳永诸词家莫不处在这一观念的笼罩中。此后力图超拔于这一词学观点之上并发表了明确词学观点的词家则非苏轼莫属。

宋神宗熙宁七年（1074）十二月到熙宁九年（1076）十二月，苏轼任密州知州达两年之久，填词二十首，其中《水调歌头·明月几时有》《江城子·密州出猎》《江城子·十年生死两茫茫》等均是词史上卓绝千古的名篇，代表了密州词的水平和特点，词学专家夏承焘先生曾给予这三首词高度的评价："猎余豪气勒燕然，月下悼亡忆弟篇。一扫风花出肺腑，密州三曲月经天。"[4]

"密州三曲"中《江城子·密州出猎》作于"熙宁八年乙卯，冬，祭常

---

[1] （明）王世贞：《艺苑卮言》，见唐圭璋编：《词话丛编》，北京：中华书局1986年版，第385页。
[2] （明）沈际飞：《草堂诗余四集》正集卷二，明万历翁少麓刊本。
[3] （清）彭孙遹：《金粟词话》，见唐圭璋编：《词话丛编》，北京：中华书局1986年版，第723页。
[4] 夏承焘著，吴无闻注：《瞿髯论词绝句》，北京：中华书局1983年版。

山回,与同官习射放鹰作诗《和梅户曹会猎铁沟》……又作《江神子》"。①苏轼因密州干旱曾去常山祈雨,后得雨,故再往常山祭谢。归途中与同官梅户曹会猎于铁沟,故而有《和梅户曹会猎铁沟》诗作问世,诗云:"山西从古说三明,谁信儒冠也捍城。竿上鲸鲵犹未掩,(近枭数盗。)草中狐兔不须惊。东州赵叟饮无敌,南国梅仙诗有声。不向如皋闲射雉,归来何以得卿卿。(是日惟梅、赵不射。)"与此同时,苏轼还写有《祭常山回小猎》诗一首:"青盖前头点皂旗,黄茅岗下出长围。弄风骄马跑空立,趁兔苍鹰掠地飞。回望白云生翠巘,归来红叶满征衣。圣朝若用西凉簿,白羽犹能效一挥。"以诗庄词媚的传统文体观念视之,两首抒情言志诗叙写打猎场景、发抒英雄情怀是诗歌这一文体样式的应有之义,但《江城子·密州出猎》作为一首猎词刚健豪放,一扫绮罗香泽之传统词风,实在是出人意表:

江城子·密州出猎

老夫聊发少年狂。左牵黄,右擎苍。锦帽貂裘,千骑卷平岗。为报倾城随太守,亲射虎,看孙郎。 酒酣胸胆尚开张,鬓微霜,又何妨!持节云中,何日遣冯唐?会挽雕弓如满月,西北望,射天狼。

较之北宋初期词坛上范仲淹创作豪放词的不自觉行为,苏轼更进一步,借此猎词提出了"自成一家"的词学观念,明显透露出有意为之的词体改革意识,功莫大焉。"自成一家"的词学观念出自猎词创作后不久的《与鲜于子骏书》:

> 所惠诗文皆萧然有远古风味,然此风之亡也久矣,欲以求合世俗之耳目,则疏矣。但时独于闲处开看,未尝以示人,盖知爱之者绝少也。所索拙诗,岂敢措手,然不可不作,特未暇耳。近却颇作小词,虽无柳七郎风味,亦自是一家。呵呵!数日前猎于郊外,所获颇多。作得一阕,令东州壮士抵掌顿足而歌之,吹笛击鼓以为节,颇壮观也。②

---

① (宋)傅藻:《东坡纪年录》,四部丛刊本。
② (宋)苏轼:《与鲜于子骏书》,见孔凡礼校点:《苏轼文集》,北京:中华书局1986年版,第1559—1560页。

苏轼在《江城子·密州出猎》词中塑造了一位豪气直冲云霄的饱满太守形象，千骑围猎的宏阔场面、边塞立功的宏大理想均跳脱了"词为艳科"的传统观念而自成一体；在写给朋友的《与鲜于子骏书》中谈到了此壮词可以"东州壮士抵掌顿足而歌"的唱词方式，与"词为艳科"传统观念下歌妓在酒楼宴席间的唱曲形式更是相去万里。一词一书共同构筑起苏轼"自成一家"的词学观念。

对于苏轼"自成一家"词学观念的成因，相关研究已经很多，多从词体发展规律、苏轼所处的社会外部环境、苏轼自身的气质禀赋等方面入手，其中王启鹏《苏轼的豪放词为何成熟于密州》一文认为"苏轼在密州猎词中所表现出来的狂喜、豪情，主要不是为常山谢雨、铁沟围猎之事，而是他反对新法胜利的狂喜，是他想到不久就会返回朝廷的亢奋高歌"①，这种忽视地理空间对文学影响的研究方法并不科学，却带有一定的普遍性。试想，如若把密州这一特定地理空间换成之前苏轼任通判的杭州，即便设若苏轼在杭州已经取得所谓新旧党争的胜利，恐怕江南水乡的温软柔媚无论如何也催生不了这样一首豪放刚健的猎词，更无法促成苏轼"自成一家"的词学思想。所以，密州这一特定地理空间对苏轼词学观念的催生之功是必须要加以承认和重视的。

密州，乃现今山东诸城所辖的广大地区。隋朝以前称胶州，隋开皇五年改称密州，唐、宋、元三朝相沿未改，明代才始称诸城。宋代密州所辖属县有安丘、胶西、莒、诸城、高密五县。地处胶莱平原的密州，土层深厚，自古便以农业为主要生产方式，农桑并举。因为北宋定都开封的原因，密州的发展较之此前有了一定的地理优势，尤其是州东南的板桥镇成为重要的海上交通港口后，经济发展更为快速。当然，这种快速发展只是一种相对的说法，较之于杭州鱼米之乡的繁荣富庶，密州一带的经济发展依然是落后的，再加上苏轼赴密州任时正面临旱灾、蝗灾的双重灾害，所以他叹息说"密真陋邦也"②，甚至还有因"斋厨索然，日食杞菊"③ 的不得已之举。

---

① 王启鹏：《苏轼的豪放词为何成熟于密州》，载《惠州大学学报》2001年第2期，第74—79页。
② （宋）苏轼：《苏轼文集·苏轼佚文汇编卷二》，北京：中华书局1986年版，第2441页。
③ （宋）苏轼：《超然台记》，见《苏轼文集》卷十一，北京：中华书局1986年版，第351页。

野阔风长、物质匮乏的陋邦有着古朴、淳厚、豪壮的民风。《隋书》记载"大抵数郡（北海、东来、高密、齐郡）风俗与古不殊，男子多务农桑，崇尚学业……东莱人尤朴鲁"①。豪壮的民风与密州民间盛行的狩猎习俗有关，苏轼当年出猎的黄茅冈及铁沟一带就是诸城有名的猎场。狩猎习俗本与物质匮乏的生活现实有关，物质匮乏的窘迫现实在带来狩猎习俗的同时也引发了密州多盗贼的社会现状，苏轼到密州后屡有如此表达，"今中民以下，举皆阙食，冒法而为盗则死，畏法而不盗则饥，饥寒之与弃市，均是死亡，而赊死之与忍饥，祸有迟速，相率为盗，正理之常。虽日杀百人，势必不止"②；"（密州）民事甚简。但风俗武悍，特好强劫，加以比岁荐饥，椎剽之奸，殆无虚日"③。"武悍"的民风与喜欢狩猎的习俗之间互为因果，给这一片野阔风长的贫瘠土地注入了一股豪壮之风。这种豪壮之风浸入苏轼的词中，就呼唤出了一首极为写实的《江城子·密州出猎》词，"为报倾城随太守""千骑卷平冈"的狩猎场面和当地人的观看热情与密州一地的"武悍"民风与喜狩猎习俗的关系极为密切。文学地理学的核心即人地关系，两年的密州任职生活对苏轼词风的影响是显然的，密州的"武悍"民风既因助长盗贼之势让作为地方长官的苏轼感到头疼，又因催生狩猎习俗而给词人苏轼带来强烈的审美直觉和创作冲动。这两个方面给苏轼以深刻的印象，前者被苏轼写进了一篇篇议论煌煌的书状里，后者被苏轼捕捉进了一首首意气风发的诗词中。因异乡风物的强烈刺激而写成的词章，尤其令苏轼感到自豪，所以才会写信给好友特别提及此事，"数日前猎于郊外，所获颇多。作得一阙，令东州壮士抵掌顿足而歌之，吹笛击鼓以为节，颇壮观也"，并且以风靡词坛的柳永婉约词为参照，提出了"自是一家"的词学观点，显示出有意在柳永的艳情之外独辟阳刚壮美风格的勇气和胆识。此时的苏轼俨然一位北宋词坛上的"东州壮士"，以刚健之气扫荡轻歌曼舞的婉柔之风，开时代风气之先。

---

① （唐）魏征：《隋书》卷三十，《地理志》，北京：中华书局1973年版，第273页。
② （宋）苏轼：《论河北京东盗贼状》，见李之亮：《苏轼文集编年笺注》，成都：巴蜀书社2011年版，第682页。
③ （宋）苏轼：《上文侍中论强盗赏钱书》，见李之亮：《苏轼文集编年笺注》，成都：巴蜀书社2011年版，第294页。

杭州的山水能催生东坡词中"携手江村，梅雪飘裙。情何限，处处销魂"（《行香子》）、"今年春尽，杨花似雪，犹不见还家"（《少年游》）、"佳人千点泪，洒向长河水。不用敛双蛾，路人啼更多"（《菩萨蛮》）一类柔婉艳丽的传统题材，却绝对不能带给苏轼"老夫聊发少年狂"的豪迈和"自是一家"的自信。僻远贫瘠的密州洗去了杭州的都市繁华和脂粉气，古朴淳厚与彪勇强悍的地域特点带给词人的是不同的人生思考和文学观念，超然物外的达观让词人安然于僻陋淳朴的环境之中，一介文人也会在喜好狩猎的密州民风中做一场"西北望，射天狼"的英雄梦。地理空间对词学观念的影响通过词风转移也可窥见一斑。"东州壮士"和"江南红袖"是截然不同的美，自然也会带来词人词学观念的相应变化。

对苏轼词学观念的地域性成因的关注亦可以作词史脉络上的前后延伸。陈师道说"子瞻以诗为词，如教坊雷大使之舞，虽极天下之工，要非本色"[①]，"要非本色"的评价同样适合北宋初期词坛的范仲淹和南宋中后期词坛的辛弃疾及辛派词人。这些苏轼前后的词人笔下被视为变调的非本色词以及潜在或显在的非艳科非正统词学观念，其产生亦离不开"江山之助"。范仲淹《渔家傲·塞下秋来风景异》一词写戍守边塞之苦，词境苍凉辽阔，词风雄壮，在婉约词风席卷下的北宋初期词坛上实在是一首"变调"之作，究其原因，与范仲淹戍守西北边塞长达四年的特殊经历有着必然联系；辛弃疾《破阵子·醉里挑灯看剑》等豪词虽诞生于江南，却与他长期生长生活于北方而形成的豪壮慷慨气质有着密切的关联，在烽火连天的沦陷区抗金斗争中成长起来的辛弃疾，深入金军大营擒拿叛徒归案的青年壮举一次次以追忆的方式出现在他的刚性词中，如果没有齐鲁大地及北方地理空间的濡染浸润之功，辛弃疾的豪放词风将从何而来，同声唱和的豪放词派又何以闪耀词坛？

地理空间对词学观念的影响并非仅限于蜀地和密州两地，但两地的地理环境影响词人词学观念的模式却具有代表性。蜀地对"词为艳科"词学

---

① （宋）陈师道：《后山诗话》，见吴文治主编：《宋诗话全编》第二册，南京：江苏古籍出版社1998年版，第1022页。

观的涵养之功是显而易见的，其独特的地理位置、自然气候、社会风气等对这一词学观念的产生起着决定性的作用；密州对苏轼"自是一家"的词学观念的促成作用却容易被研究者忽略，人们更多地从词人自身思想变化、外部政治环境的变化等方面去寻求答案，而很少考虑地理空间的催生之力。地理空间影响词学观念的两种情况在宋词中并非绝无仅有，这有待今后进一步的研究。

第四章
乡土情结：文学地理视域下的词人心态之一

在中国古代文学的版图上，文人群体并不会停留在某一处地理空间呈静止不动的状态。相反，因为求学、应试、仕宦、流贬、游历、迁居、隐逸等种种原因，在不同地理空间中不停地流动反而成了最为平常的事情，在路上成为文人们的人生常态，"安土重迁"的传统观念在封建文人的人生实践层面并没有得到真正的贯彻。仔细审视这条几成模式的人生道路，求学与应试性质相同，属于进入封建仕宦体制前的准备阶段；流贬和隐逸往往是仕宦经历的附属品，与仕宦经历交错并存，属于进入仕宦体制后的不同状态；游历、迁居的偶然性和随意性较大。除去随意性大的游历、迁居状况，考虑求学、应举、仕宦的地理空间指向的一致性，这条"学而优则仕"的人生道路可以浓缩为"离开故乡—向往京都—老于他乡或故乡"的地理空间表述。"向往京都"的表述，既包括入仕之前文人士子都曾经梦想以京都为平台实现自己的雄心壮志，并为之奋力读书应举的情形；也包括入仕之后几乎每一个士子都曾经在京都有或短或长的停留和仕宦经历，并为之自豪的情形；还包括曾经在京都做官的文人士子因为不同的原因离开京都去做地方官，并为之叹息的情形。在这条人生道路上，故乡是每一个文人士子的人生原点和起点，故土难离却又不得不离开，叶落归根却终老他乡未必回得去；京都是每一个文人士子的人生梦想和舞台，心向往之却未必身在魏阙，身在魏阙内心却往往伤痕累累。故乡和京都成为每一个文人士子最难以割舍的地理空间，其重要性和特殊性是其他地理空间难以比肩的。乡土情结和恋阙情结成为文学作品中带有普遍性的人文情结，一遍遍回荡在文学园地中。具体到两宋词坛，依然如此。第五章、第六章将分别探讨这两种典型的人文情结。

首先来看乡土情结。乡土情结是中国古代文人普遍存有的一种心理，是文人对故乡深厚而强烈的感情，紧连着文人在故乡的生活经历及其对故乡的情感体验。故乡是文人的出生和成长地，是作家的"文化母体"，再加上叶落归根的传统思想影响，故乡就具有了生命源泉和生命归宿的双重内蕴。文人笔下的乡土情结其实是一种特殊的人地关系，作为个体生命的发源地，故乡这个特定的地理空间与个体之间形成了一种天然的亲密关系，人类在故乡出生成长的童年印象经过时间和情感的过滤考验之后，变成了大脑中最鲜明、最深刻、最难以磨灭的记忆，沉淀在情感的深处。当个体生命因求学、科举、仕宦、游历等种种生存原因结束了在故乡的成长过程"少小离家"时，大脑中对故乡的记忆就会从沉睡中醒来，强烈而鲜明，引发无数文人一遍遍地回望故乡，沉淀成文学长河中浓郁的乡土情结，或者如李白"举头望明月，低头思故乡"一样，因为异乡风物中与故乡相同的事物如月亮而引发了思乡情绪；或者如王维"来日绮窗前，寒梅着花未"一样，因思乡情切迫切想知道家乡风物的消息，而家乡风物又是他乡所没有的，同样会引发诗人的思乡之情。可见异乡有与没有与故乡相同的风物并不重要，文人与故乡之间无法消弭的距离阻隔才是引发乡土之思的重要因素，文学世界里的乡土之情一直以来都根深蒂固。甚至因为乡土情结根深蒂固这一特点，游走他乡的个体生命面对新的地理环境时都会产生一种异乡感、漂泊感甚至是不安全感。这种种不适反过来又强化了人们对乡土的依恋之情、不舍之意。随着客居他乡时间的不断拉长，一旦个体生命战胜了客居异乡的种种不适感，也就意味着孤独的异乡客已经融入一个新的环境，他乡也就变成另一个故乡了。

两宋词的创作主体是男性，接受了主流价值观的男性词人也经历了青少年时期读书漫游、成年以后参加科举进入仕途、中年时代宦海浮沉、老年以后归耕闲居等不同的人生内容，虽然具体到每个细节必然会因人而异、千差万别，但大致相同的人生过程并无太大出入。离开故乡在路上依然是两宋词人最为普遍的人生状态，像北宋词人苏轼，足迹几乎遍布北宋版图，自从青年时期应举离开故乡眉州，直至生命结束，除了亲人去世，几乎就没有真正回到过故乡，魂牵梦绕的乡土情结最终也只能停留在生命起点的层面，并没有到达生命归宿这个终极层面，终老于他乡是很多两宋词人的最后生命状态。这种情况甚至引发了清代王士禛的疑问和叹息：学养最深、最讲礼法的两宋士大夫，往往"仕宦卒葬，终身不归其乡"，实乃"不可解"之事。① 我们试从两宋词人的乡土情结入手来解答王士禛的这一困惑。

第一节　北宋初期词坛的乡土情结

　　北宋初期词坛上活跃着的词人以南方人士为主，晏殊、欧阳修、柳永等初期词坛健将的故乡均在长江以南，晏殊与欧阳修是江西人，柳永是福建人。因为北宋政治中心文化中心在汴京的缘故，三人都早早地离开了南方的故乡北上，成为北方土地上的异乡客。比较而言，晏殊在汴京为官时间最长、职位也最高。自十四岁离开故乡江西抚州赐同进士出身，晏殊就开始了平坦的仕宦生涯。虽偶有地方任职经历，但主要还是在汴京为官，被誉为"太平宰相"，最后卒在汴京。欧阳修的仕途远没有晏殊显达平坦，四岁丧父的他随母亲郑氏离开故乡江西庐陵，投奔在湖北随州为官的叔父，在随州读书科举直至22岁。23岁在汴京的考试掀开了欧阳修在京城为官的序幕。欧阳修的仕宦以汴京为中心不断向外辐射到夷陵、滁州、颍州、亳州、青州、蔡州等地，然后又一次次向内聚拢到汴京这个政治核心，除了护母丧归葬吉州，他再也没有回过江西故乡。最后，欧阳修终老于颍州西湖之滨。柳永的仕宦经历是三人中最为不显的，四十多岁后才中进士进入仕宦体制之中，大部分时间是在江浙一带做职位较低的地方官，晚年才回到汴京。但这并不说明柳永在汴京的时间短，因为柳永除了童年时期是在故乡福建崇安度过的外，九岁他就随着在汴京为官的父亲走进了汴京，四十多岁入仕前以汴京为中心的游历生活长达三十多年，最后终老于汴京。总览三位宋初词人的词作，竟然找不到一首明确的思念故土之作，乡土之情在宋初词坛何以如此稀薄？

　　原因之一，北宋初期结束了长达百年的分裂割据、战乱频仍局面，采取了重文抑武的基本国策，在政治稳定、经济发展的同时，给予文化建设相当

---

① （清）王士禛：《香祖笔记》，上海：商务印书馆1934年版。

的重视,"宋兴七十余年,民不知兵,富而教之,至天圣、景祐极矣"①。这一时代背景下的都城汴京,作为一时代的政治、经济、文化中心对世人具有普遍的感召力和吸引力,文人士子们纷纷通过游历、求学、科举、仕宦等多种方式奔赴汴京寻求一席之地。一旦驻足汴京,政治升迁的机会多、游赏享乐的环境好、物质生活条件也较一般城市优越,乐不思蜀之意油然而生。北宋初期重北轻南的用人观念也强化了这一安居北方、乐不思归的社会心理。

原因之二,晏殊、欧阳修、柳永诸词人依然秉持"词为艳科""婉约正宗"的词学观念,把词视为娱宾遣兴、宴饮享乐的工具,男欢女爱、花前樽下、伤春怨别是其主要内容,类型化特点较为严重,自我化抒情特点并不十分突出,尤其是晏殊、欧阳修的词作更是如此。这种词学观念限制了词人抒发自我真实情感的自由,乡土之情的真实表达也因此受到了限制。

原因之三,宋初百废待兴的局面激发了文人士子的责任感和忧患意识,范仲淹"先天下之忧而忧,后天下之乐而乐"的观念具有鲜明的时代特点。积极科举入仕的文人士子,秉持儒家的入世观念,锐意进取,范仲淹发起的"庆历新政"就是北宋前期通变救弊思想在实践层面的表现。在这一宏大的时代思潮左右下,个人的思乡怀归之情就显得微不足道了,在词作中自然也就难觅踪影。

实际上,欧阳修词中虽无对故土江西这一特定地域空间的思念之作,却用《采桑子》词调来歌咏颍州西湖,词作数量达十首之多。颍州城西"十顷碧玻璃"的西湖莲荷吐香、水阔鹭飞,美丽的自然风光消解着词人宦海险恶的重累,给词人留下了深刻的印象。以至于词人累章告老之后就回到了颍州西湖之滨安度余生,直至去世。颍州西湖成为词人生命的最终归宿和精神故乡,和词人真正的故乡庐陵在词人生命的首尾遥相呼应。

柳永是宋初词坛自我化抒情最为突出的词人,其坎坷的仕宦经历极易引发词人的思归之情,但柳永词中缺乏对故乡崇安的书写。与此同时,柳永的《乐章集》中频繁出现了"帝京""帝里""仙乡""神京"等指向一致的地理名词。这类地理名词在词人游历仕宦于汴京之外时频频出现,魂牵梦绕。

---

① (宋)苏轼:《六一居士集叙》,见《苏轼文集》卷一〇,北京:中华书局1986年版。

当柳永反复追念汴京生活的时候,"帝城""仙乡""帝里""神京"等地理名词引发的是一种怀土思归之情。甚至词人有时干脆直接以"故乡"指代汴京,如《归朝欢》"一望乡关烟水隔。转觉归心生羽翼"、《八声甘州》"不忍登高临远,望故乡渺邈,归思难收"等登高临远词即此。柳永词中故乡退场、汴京反作故乡的乡土情结固然有上面提及的三个方面原因,主要还和柳永在故乡崇安居住时间短、印象不深刻有直接关系,同时青少年时期成长成熟的记忆都定格在汴京这一特殊的他乡,汴京浓缩了柳永快乐、安逸、青春、爱情、梦想等和成长、故乡密切相关的美好记忆,出现"汴京即故乡"的柳永式乡土情结也就不难理解了。

第二节 北宋中后期词坛的乡土情结

北宋中后期的词坛主将非苏轼莫属,同时并存的还有以周邦彦为主的大晟词人。苏轼是四川眉州人,周邦彦是钱塘人。苏轼于嘉祐元年二十一岁时离开故乡和弟弟苏辙随父亲苏洵赴汴京应举,周邦彦在熙宁九年十九岁时开始离开故乡漫游荆州。苏轼、周邦彦进入仕宦体制后的北宋政坛正是新旧党争日渐展开并趋于激化的时期。苏轼被目为新党,周邦彦往往被视为旧党中人,他们的仕宦浮沉恰好和新旧党争的此消彼长相一致。不管谁主沉浮,苏轼和周邦彦的仕宦经历都充满了起伏不定的曲折,尤其是率直敢言、不吐不快的苏轼,其仕宦经历尤其坎坷。苏轼自二十一岁离开故乡,除了奔丧原因暂归故乡外,就再也没有回到过眉州,卒于遇赦北还途中的常州,葬于汝州。周邦彦二十四岁入汴京为太学生以后逐步入仕,此后也只是偶尔有机会再回钱塘,约计三次假归。最后家于四明(今浙江宁波),最终卒于南京(河南商丘)鸿庆宫。

苏轼对故乡眉州的情感一直处在不断变化中。熙宁年间因王安石变法苏轼主动离开京师外任杭州,于是政治失意引发了词人的乡土之情,"无可奈何新白发,不如归去旧青山"(《浣溪沙·感旧》)、"此生飘荡何时歇?家在西南,长作东南别"(《醉落魄》)等词句流露出浓浓的怀土思归之情。经过苏州他叹息"苍颜华发,故山归计何时决"(《醉落魄》);在润州他感伤

"西望峨眉，长羡归飞鹤"（《醉落魄》），西望眉州的怀土之情与词人在北方大地仕宦漂泊的客观现实形成了强烈的矛盾冲突，如何解决冲突带来的痛苦成为苏轼此时必须面对的问题。在密州苏轼劝解自己"休对故人思故国，且将新火试新茶"（《望江南·超然台作》），在徐州苏轼甚至开始怀疑乡土之情的合理性："天涯倦客，山中归路，望断故园心眼"（《永遇乐》）、"此身如传舍，何处是吾乡"〔《临江仙》（忘却成都来十载）〕，故园不可回，人生如逆旅，到底哪里才是真正的故乡？是出生成长永远回不去的起点，还是能够抚慰创伤、安顿心灵的他乡？从守望地理意义上的故乡到追寻精神意义上的故乡，苏轼的乡土之情正在逐渐发生着蜕变。这种变化与王安石罢相后变法依然如火如荼的政治形势有关，苏轼由杭州而密州再徐州的仕宦漂泊似乎看不到尽头，"归去旧青山"的声音越来越微弱，"何处是吾乡"的声音也就越来越强烈了。

在黄州贬所，苏轼终于找到了答案。在词人眼里，黄州这个僻陋之所成为"江山如画"的人间胜境，培养了他超然物外的人生态度并凭此来超越贬谪之痛，这是远在万里之遥的故乡眉州难以骤然做到的。"此心安处是菟裘"（《浣溪沙·自适》）就是苏轼超越一般意义的乡土观念的最好表达，它随着苏轼仕宦经历的坎坷波折不断发展成熟，成熟于黄州，并相伴终生。离开黄州赴汝州任途中，苏轼在常州置田产并上书《乞常州居住表》，在《菩萨蛮》词中用"从来只为溪山好"解释归老常州的原因；再任杭州他叹息"人生如逆旅，我亦是行人"（《临江仙》）；在到达儋州贬所前，他在给弟苏辙的诗中说"他年谁作舆地志，海南万里真吾乡"；六十六岁他遇赦离开儋州北还，作《自题金山画像》总结一生说"问汝平生功业，黄州、惠州、儋州"；最后他死于常州。每一处他乡的词作表达无一不体现着词人大乡土观念的日渐成熟。

周邦彦的故乡是钱塘，他在《睦州建德县清理堂记》的文尾署名是"钱塘周某记"，在《祷神文并序》中以"胥山子"自称（钱塘县南六里有胥山），都可见出他对自己钱塘身份的强烈认同感。据《元丰九域志》载：钱塘是大都督府杭州府首屈一指的望县[①]，柳永歌咏"钱塘自古繁华"的《望

---

① （宋）王存：《元丰九域志》卷第五"两浙路"条，北京：中华书局1984年版，第208页。

海潮》词就可见一斑。自幼生长于钱塘都市繁华中的周邦彦，真正作于钱塘的词作却少得可怜，孙虹校注、薛瑞生订补的《清真集校注》中所附的"周邦彦编年词一览表"确定作于钱塘的词篇约有七首，较之一百八十多首的清真词集而言，这个比例实在不算多，何况其中半数以上是缺乏有力证据的。当然这只说明周邦彦在钱塘居住的时间不长，却不能证明其乡土之情的浓淡。周邦彦词中有一个特别凸显的现象，那就是词人"客"的意识非常强烈，"关河迥，楚客惨将归"（《风流子·荆州归来》)、"谁识、京华倦客"（《兰陵王·柳》)、"定有残英、待客携尊俎"（《琐窗寒·寒食》)、"恨客里、光阴虚掷"（《六丑·蔷薇谢后作》)、"憔悴江南倦客"（《满庭芳·风老莺雏》)、"赖有峨眉能缓客"（《渔家傲》)、"楚客忆江蓠"（《红罗袄》)，无论是游学荆州还是仕宦汴京，无论是游学长安还是教授庐州，周邦彦词都流露出强烈的异乡为客意识，这种意识体现出词人对客居地的地理环境存在着融入的困难，阻碍词人融入异乡的恰恰是词人"钱塘周某"的乡土情结。这种情结根深蒂固，无处不在。当周邦彦结束十载汴京生活远赴庐州教授之任时，路途中作词《锁阳台·怀钱塘》，客中再度为客的孤独感、漂泊感非常浓重，就在词人情绪非常低落时，远在千里之遥的苏小小墓、钱塘江潮、名娃美酒等有关钱塘的记忆一一涌到词人眼前，来安慰这个他乡的游子。浓浓的乡土之情如此亲切温暖，已然把钱塘这个纯粹的地理概念转变为词人的精神故乡和心灵归宿了。

总之，北宋中后期词坛的思乡怀归之情明显浓厚起来。"北宋文人因国事而群体结党，相互交争，始于仁宗朝的庆历党争，盛于神宗熙宁以后的新旧党争。庆历党争因范仲淹主持以整顿吏治为中心的新政而起，为时不长，论争的范围也不广；新旧党争缘王安石推行以理财为中心的新法而起，延续了长达半个世纪之久，为北宋后期政治斗争的主要表现形式。"[①] 延续半个世纪的新旧党争对苏轼和周邦彦等北宋中后期词人均有不同程度的影响。党争中北宋党人喜同恶异、党同伐异的特点日益凸显，进而兴治文字狱，以文字来排挤异党。因此陷于新旧党争旋涡中的文人，仕宦命运变得不可把握，升

---

① 沈松勤：《北宋文人与党政》，北京：人民出版社1998年版，第1页。

迁和贬谪有时就在朝夕之间。险恶的政治环境极易打击文人士子胸怀天下、力求有所作为的积极性，同时也容易引发他们的思乡怀归之情。经过前期的百年涵养，北宋中后期的思想领域已经达到儒释道三家思想互为补充的浑融境界，北宋中后期文人也达到了政治主体、文学主体与学术主体三位一体的融通人格，这种思想背景和自身修养指引着屡受政治打击的词人积极调整自己的内心，不执着于已有的乡土之情，随着外界环境的变化做出相应的改变。苏门词人黄庭坚是洪州分宁（今江西修水）人，卒葬宜州（今广西宜山县），秦观是江苏高邮人，卒葬潭州（今湖南长沙一带），与卒葬汝州的苏轼一起印证了"仕宦卒葬，终身不归其乡"的清人断语。北宋中后期词中虽然颇多怀土思归之情，但并不偏执，相反，还出现了超越一般意义的乡土情结，以"此心安处是吾乡"的大乡土情怀赋予了传统的乡土情结以新的意义和境界。

第三节　南渡词坛的乡土情结

靖康之难，北人南渡，经历了时代巨变的词人们倍感民族屈辱和颠沛流离之苦，南渡词坛的时代感和现实感空前。以李清照、朱敦儒为代表的南渡词人有不同于以往的乡土情结。

如前所言，李清照南渡后的异乡感、孤独感、不安全感十分强烈，她和江南地理环境之间形成了非常不和谐的人地关系，美好的江南山水成为提醒词人客居身份、引发词人思乡之情的罪魁祸首，"伤心枕上三更雨，点滴凄清，点滴凄清，愁损北人不惯起来听"（《添字采桑子》）、"故乡何处是？忘了除非醉"（《菩萨蛮》），雨打芭蕉的诗意成为"愁损北人"的恼人之物，时时处处都是思乡难归的伤悲情绪，较之于苏轼的旷达，李清照的乡土情结未免显得偏执。

词人朱敦儒亦复如此。家在洛阳的朱敦儒与万千南渡人一起离开故乡，再也没有回去，最终选择了在秀州岩壑隐居，终老于江南。朱敦儒在故乡洛阳生活了四十多年之久，比之其他词人在故乡居住的时间算是长久的，词人对故乡的记忆也就更深刻。在其词集《樵歌》中，能够确定作于洛阳的词篇为数不少，主要有祝寿、男女欢爱、望幸颂扬、书写疏狂个性、节序友朋唱酬等内容，词风明亮轻快，狂放自信，即便是辞官归隐洛阳，发出"诗万首、酒千觞，几曾着眼看侯王"的自我宣言，也并不因辞官归隐而有丝毫的落寞感伤气息，这就是故乡留给词人的印象。当朱敦儒离开洛阳南奔淮河、长江乃至于珠江流域的岭南地区时，洛阳生活戛然而止，朱敦儒只能在南渡词中以追忆甚至梦境的方式来一次次地走近洛阳：至淮阴，词人回忆"当年五陵下，结客占春游"的盛况和"不管插花归去，小袖挽人留"的洛阳习俗（《水调歌头》）；至吴越，词人怀念在洛阳登嵩山访"伊嵩旧隐，巢由故友"的适意生活（《水龙吟》）；在江西，看到梅花词人就不由想起"洛阳醉里曾同摘"（《忆秦娥》）的雅事；因江西被金人占领不得已南奔岭南的路上，词人禁不住回忆当年在洛阳"弹铗五陵间，行处万人看。雪猎星飞羽箭，春游花簇雕鞍"（《朝中措》）的射猎盛况以及"伊川雪夜，洛浦花朝，占断狂游"（《雨中花》）的友朋雅趣。在动荡的年代和流离失所的境况下，朱敦儒对故乡不断追忆亦如李清照一样执着得近乎偏执，今昔之感到底是作为一种刺痛来提醒词人现实的不堪，还是作为一种温暖来抚慰词人脆弱的心灵？抑或兼而有之？

根深蒂固的乡土之情并不会因词人境况的好转而有稍许淡薄，绍兴年间南宋社会中兴，词人还是会一再地追忆洛阳："草草园林作洛川，碧宫红塔借风烟。虽无金谷花能笑，也有铜驼柳解眠"（《鹧鸪天》）、"极目江湖水浸云，不堪回首洛阳春"（《鹧鸪天》），金谷园、铜驼街等见证了洛阳繁盛的地理名词、洛阳春等产自洛阳的名酒以及洛阳人爱花赏花的习俗都已深深地印在词人的记忆深处。即使年老归隐后，他还会不时地梦回洛阳：或回忆"乘风游二室，弄雪过三川"（《临江仙》）畅游洛阳名山大川的人生经历，或追忆"曾为梅花醉不归，佳人挽袖乞新词"诗酒风流的享乐生活，即使在其绝笔之作《西江月》中，作者依然以"元是西都散汉"开篇，最后一次强调洛阳作为其生命之根的重要性。

不难看出，南渡词坛上的乡土之情较北宋浓郁得多，南渡后的词作中故乡风物扑面而来，无处不在，浓郁得近乎偏执。之所以如此，最为主要的原因是，南渡词人经历了北宋覆亡的历史惨痛，国破家亡、仓皇奔逃的现实深深刺痛了每一个士子的内心，这种痛楚会渗透到他们的作品中，甚至影响到他们对事物的审美判断。即使那些曾经在北方做官的南方文人回到阔别的江南乡土，词作依然缺乏久别重逢的喜悦，巨大的沦落感和不安全感笼罩着他们的词作。南渡的士子们在南宋狭小的版图上一遍遍地回望中原，思念故乡，故乡的内涵突然间变得丰富深沉，除了一般意义上的桑梓之恋，更饱含覆亡之痛、黍离之悲。这种家国之痛让故乡与故国的边界变得有些模糊，李清照、朱敦儒追忆的昔日故乡既是词人南渡前安稳幸福的个人生活的象征，也是一个时代曾经繁荣辉煌的明证，叹今抚昔让词作多了几分厚重的历史感。不独词一种文学样式为然，南宋绍兴十七年孟元老撰成《东京梦华录》一书，极写汴京昔日繁华，用不同于词的表达方式书写着南渡人对一个时代共同的缅怀。

第四节　南宋中兴词坛的乡土情结

南宋中期词坛的领军人物是辛弃疾。作为一个齐鲁词人，南归宋朝廷的辛弃疾故乡在金军的沦陷区。自二十二岁南归后他一直在江南一带为官，罢官闲居后选择的是江南西路的信州上饶和铅山，直至去世，最后葬于铅山。辛弃疾所处的时代，国家覆亡的剧痛已不像当初那么强烈，偏安江南一隅已经成为既定事实，虎视眈眈的金国依然是一个极大的威胁，和战之争是此时政坛上的主要矛盾。辛弃疾是主张北伐恢复的英雄志士的代表，但频繁任职调动让他难受重用，长期闲居乡里让他梦想成空。故乡在失意英雄的词作中又是怎样一种表达？

淳熙五年（1178）词人游都城临安冷泉亭，填词《满江红》一首：

直节堂堂，看夹道、冠缨拱立。渐翠谷、群仙东下，珮环声急。闻道天峰飞堕地，傍湖千丈开青壁。是当年、玉斧削方壶，无人识。　山木润，琅玕湿。秋露下，琼珠滴。向危亭横跨，玉渊澄碧。醉舞且摇鸾凤影，浩歌莫遣鱼龙泣。恨此中、风月本吾家，今为客。

辛弃疾在隐居信州之前，曾三度在临安做官，此词就作于临安任职时。冷泉亭在杭州灵隐寺前的飞来峰下，白居易《冷泉亭记》载："东南山水，余杭郡为最；就郡言，灵隐寺为尤；由寺观，冷泉亭为甲。亭在山下水中央，寺西南隅，高不倍寻，广不累丈，而撮奇得要，地搜胜概，物无遁形。"① 冷泉寺靠近灵隐寺和飞来峰，而且就近登山，还能游览三天竺、韬光寺、北高峰等名胜。词的上阕从附近林木和流泉曲涧写起。高大挺拔的树木倒戟而出，气势突兀雄伟；溪谷中的流泉，声音铮铮淙淙，如仙人环珮叮当悦耳。下面四句，写飞来峰像仙人用"玉斧"削成的神山一样，峭壁直立，经历了沧桑变幻。下阕写亭边的山木郁郁葱葱，美石如玉润泽。秋天的冷泉亭流水澄清如碧玉，风景如画。就在作者畅游冷泉亭周围景致之时，突然间被触动，"醉舞且摇鸾凤影，浩歌莫遣鱼龙泣"，醉舞的词人竟然感泣泪落，原因就在于"恨此中、风物本吾家，今为客。"辛弃疾家乡在济南历城，"家家泉水，户户垂杨"的济南也有名为冷泉的名泉；大明湖、趵突泉周围亭台也甚多，如历下亭、观澜亭、水香亭、水西亭等。王辟之《渑水燕谈录》记载了济南的园林之美："齐州城西张意谏园亭有金线泉，石甃方池，广袤丈余，泉乱发其下，东注城濠中，澄澈见底。池心南北有金线一道隐起水面，以油滴一隅，则线纹远去；或以纹乱之，则线辄不见。水止如故，天阴亦不见。"② 金代的著名文学家元好问在《济南行记》中这样描述济南风光："（历下亭）旁近有亭曰环波、鹊山、北渚、岚漪、水香、水西、凝波、狎鸥，台与桥同曰百花、芙蓉，堂曰花，轩曰名士，水西亭之下湖曰大明，其源出于舜泉，其大占城府三之一。秋荷方盛，红绿如绣，令人渺然有吴儿洲渚之想。"③ 泉水竞发、园林依泉、花木丰秀、湖水可鉴的济南引发了文人们对江南水乡的联想，足见其环境之优美。当辛弃疾在杭州这一典型的江南水乡驻足游赏时，与故乡美景相仿佛的冷泉寺风光怎能不让词人想起故乡济南？泉水淙淙、山木苍翠、亭台横跨、潭水深碧的冷泉寺风光与辛弃疾记忆中的故乡山水有太多相似处，恍惚间似乎忘记了自己北人南归处境的词人，猛然间醒悟过来，

---

① （唐）白居易：《冷泉亭记》，见朱金成笺校：《白居易集笺校》卷四十三，上海：上海古籍出版社1988年版。
② （宋）王辟之：《渑水燕谈录》佚文，北京：中华书局1981年版，第132页。
③ （金）元好问：《济南行记》，见《元好问全集》卷三十四，太原：山西人民出版社1990年版，第713页。

风景优美的故乡济南早已沦陷于异族统治下，眼前优美的风光属于客居的他乡，不禁恨从中来，不胜悲慨。

像《满江红》词一样明确追忆故乡济南、写及故乡风光的词篇在稼轩词中并不多见。更多情况下，辛弃疾在用一种特殊的方式抒发着自己的乡土之情：

要挽银河仙浪，西北洗胡沙。 ——《水调歌头·千里渥洼种》
袖里珍奇光五色，他年要补天西北。 ——《满江红·鹏翼垂空》
凭栏望，有东南佳气，西北神州。 ——《声声慢·征埃成阵》
西北望长安，可怜无数山。 ——《菩萨蛮·郁孤台下清江水》
此老正当兵十万，长安正在天西北。 ——《满江红·湖海平生》
长剑倚天谁问，夷甫诸人堪笑，西北有神州。
——《水调歌头·日月如磨蚁》
贱子亲再拜，西北有神州。 ——《水调歌头·相公倦台鼎》
举头西北浮云，倚天万里须长剑。 ——《水龙吟·过南涧双溪楼》
登楼更谁念我，却回头西北望层栏。 ——《木兰花慢·旧时楼上客》

"西北"这一方位词在稼轩词中频繁出现。从南宋都城临安的地理位置望去，济南恰在西北方向，即使辛弃疾很多时候并不在临安任职，但人们以帝都位置所在来作方位判断的习惯却带着相当的普遍性，其《新居上梁文》中"稼轩居士，生长西北，仕宦东南"[①]的表达已非常明确。虽然如此，我们却发现辛弃疾以"西北"代指家乡的表达中，西北一词的含义并不仅仅局限于济南一隅。因为词人往往把"西北"一词与"神州""长安"等概念对举，地域范围远远超过了齐鲁之地，而包含有更为广阔的北宋故国的意味。这一点与其他南渡的北方词人如李清照、朱敦儒等是一样的。在辛弃疾等南渡词人的思想中，故国和故土是紧密地连在一起的，但是"西北洗胡沙""要补天西北"等表达北伐恢复的壮语又是李清照、朱敦儒的词中所缺乏的，这些壮语既表达了一个爱国志士对国家命运的忧患意识和使命感，也表达了

---

① （宋）辛弃疾：《新居上梁文》，见曾枣庄、刘琳编：《全宋文》第275册，上海：上海辞书出版社2006年版，第58页。

一个游子对故土的强烈思念和怀归之情。在南宋中期词坛上，不独辛弃疾为然，家在浙江婺州的陈亮、家在江西吉州的刘过等南方本土词人也在词中不断地回望中原、北望神州，来表达自己北伐恢复的爱国情怀。

南宋中期词坛对小我的乡土情怀进行了改造提升，过滤掉南渡初期词人笔下初遭离乱的惶恐和不安，将一种舍我其谁的英雄主义精神和国家兴亡匹夫有责的担当精神浇灌到个体的乡土情怀之中，使之上升到家国一体的层面，思乡怀归与恢复故国达到了空前一致的程度，这种思想影响所及，连南方的士子文人也不苟且于故乡一隅的安稳，"西北望长安"成为一个时代的剪影。

第五节 南宋后期词坛的乡土情结

南宋后期，北伐恢复梦已经渐行渐远，南宋朝廷的命运脉搏越来越微弱，爱国志士们的天地越来越逼仄，被目为辛派词人的刘克庄，八十三年的人生竟有五十年是在故乡度过，多少人心中盼望的思乡归乡梦在他身上成为现实。这种归乡愿望的实现会给南宋后期词坛带来怎样的改变？这是一个值得探讨的问题。

刘克庄生于福建莆田。太平兴国八年（983）之后莆田为兴化军治所，"山川清淑，风俗醇美，民生其间，率多秀异""闽越江山，莆阳为灵秀之最""三家两书堂"，[①] 莆田既有优美的自然风光，又有着良好的文化氛围，这些美好的印象会引发多少在外游子的思想怀归之情！一旦得以归乡又会是怎样一种惊喜！可是在后村词中刘克庄归乡里居的词篇中绝少有"漫卷诗书喜欲狂，青春作伴好还乡"的惊喜和放纵，恰恰相反，多有远离庙堂后的疏狂不平之气和被放逐的愤懑与痛苦，如绍定元年（1228）秋刘克庄结束建阳县令任期，但因宝庆三年（1227）的"梅花诗案"并无新的任职而被解任归里，在返归莆田路经福清时怀念亡妻，连作两首悼亡词，在抒发对亡妻的悼念之情时，明显加进了个人仕途受挫的现实之悲，"归鞍尚欲小徘徊，逆境难排。人言酒是销忧物，奈病余、辜负金罍。萧瑟捣衣时候，凄凉鼓缶情

[①] （宋）陈谠：《莆阳比事序》，见（宋）李俊甫：《莆阳比事》，宛委别藏本。

怀"（《风入松·福清道中作》），既有在捣衣季节对夫妻情深的林夫人的沉痛悲叹悼念，又有因诗句得祸被罢归里居的不满，这双重打击与萧瑟秋天的凄凉之景相互映衬，情景交融，万端悲慨，丝毫不见回归故乡的喜悦；再如嘉熙元年（1237）刘克庄在江南西路袁州任上再一次被罢归乡里，作《一剪梅》词："陌上行人怪府公，还是诗穷，还是文穷。下车上马太匆匆，来是春风，去是秋风"，从"路上行人"对自己这么快就罢官的强烈反应来侧面烘托了被无理由罢官的不平之气，"下车上马太匆匆"极写任期之短暂，匆忙的上任、匆忙的卸任，官员任免大事竟如同儿戏。虽然全词语调颇显轻松幽默，实际上是反笔出之，轻松背后的牢骚和沉痛是显然的；再如淳祐元年（1241）秋刘克庄在广东提举任上任职近两年后再一次得到被解任的消息，写下了《水调歌头》组词六首，其二题为"解印有期戏作"，是词人得到具体的解任日期后填写的一首词，"老子颇更事，打透利名关。百年扰扰于役，何异入槐安。梦里偶然得意，醒后才堪发笑，蚁穴驾车还。恰佩南柯印，仿佛毂曾丹"，首句以游戏笔墨出之，表达出词人在屡经官场浮沉后才开始"颇更事"，认为淡泊名利、心系国事的人却三番五次地被罢官闲居，正如南柯一梦，让人心生厌倦、意兴阑珊。下阕"寄语抱朴子，候我石楼山"的结语似乎在表达词人下定决心过一种清静悠闲的退隐生活，可是这种风平浪静又带有几分克制的语言表达实在掩盖不住词人思想情感深处的感慨和失望。纵览刘克庄被罢官时创作的词篇，全然找不到陶渊明《归园田居》中"久在樊笼里，复得返自然"的欣喜，词人忧国忧民的性格和积极进取的仕宦之心使他不可能做一个不问世事的闲居者，否则何必一次次地遭受几起几落的仕宦折磨呢？

当刘克庄实实在在地站在故乡莆田的土地上时，他的内心依然是不平静的，依然缺乏陶渊明"采菊东篱下，悠然见南山"式的安然自适，他焦灼、纠结，并不能真正低下头去感受田园生活之美，他的视野呈开放的状态，放眼天下的情怀不时出现在他的里居词中：第三次罢官里居莆田时，刘克庄听闻淮西制置副使兼转运使杜杲与蒙古军大战的庐州之捷，他喜出望外，欣然作《贺新郎·杜子昕凯歌》表示热烈祝贺；与同乡挚友王实之往来唱和，关怀岌岌可危的国运，提出了"未必人间无好汉，谁与宽些尺度"（《贺新郎》）的用人建议，旨在为国家复兴搜寻救国良才。刘克庄的回乡闲居词并没有安然于乡土这有限的地理空间中，他放眼南宋衰微的天下局势，焦点总在那些有外敌入侵的边关前线。他闲居莆田，内心却焦灼不安，在出处行藏的人生选择中犹豫不决，这种矛盾的心路历程在其自寿词中展现得脉络清晰：从52岁自寿词中"南岳后，累任作祠官。试说与君看"（《最高楼·戊戌自寿》）的愤懑不满，到57岁自寿词"儿时某丘某水，到如今、老矣可渔樵"（《木兰花慢·癸卯生日》）的自我宽解，再到72岁自寿词中"拣人间、有松风处，曲肱高卧"（《解连环·戊午生日》）的优游度日，归乡里居的刘克庄需要用多少时间来慢慢安抚那颗忧国忧民、胸怀天下的焦灼心！需要用多少时间让自己广阔的视野渐渐回收到莆田的有限天地中！

与刘克庄同时的吴文英词中并没有这种回乡里居带来的痛苦与焦灼。家本浙江四明（今宁波）的吴文英，布衣终生，以一个游士词人的身份活动于苏州和杭州两地，以杭州所居最久。在南宋后期，杭州作为政治中心、经济中心和文化中心，其发展是飞速的，宋人吴自牧《梦粱录》载："自高庙车驾自建康幸杭，驻跸几近二百余年，户口蕃息，近百万余家。杭城之外城，南西东北各数十里，人烟生聚，民物阜蕃，市井坊陌，铺席骈盛，数日经行不尽，各可比外路一州郡，足见杭城繁盛耳。"[1]《武林旧事》"西湖游幸"条载："西湖天下景，朝昏晴雨，四序总宜。杭人亦无时不游，而春游特甚焉。"[2] 与杭州比，历史悠久、人文荟萃、山水清嘉的苏州也毫不逊色，小桥流水的园林之胜直超越杭州，范成大"上有天堂，下有苏杭"[3] 的断语足见苏杭两地在整个南宋地理空间中举足轻重的优越性。吴文英笔下的节序风光词几不出苏州、杭州范围，苏州的馆娃宫、姑苏台、沧浪亭等名胜古迹、杭州的西湖和都城节序风俗反复出现在梦窗词中，却不曾流露出异乡漂泊感。相反，沉浸于苏杭湖光山色之美、歌儿舞女之艳、城市经济之富中的词人，十分投入，俨然以此中人自居了。试看其两首苏杭词：

---

[1] （宋）吴自牧：《梦粱录》卷十九，文渊阁四库全书本。
[2] （宋）周密：《武林旧事》卷三，北京：中华书局1991年版，第48页。
[3] （宋）范成大：《吴郡志》，1921年影印《墨海金壶》本。

西子妆慢·湖上清明薄游

流水麹尘,艳阳醅酒,画舸游情如雾。笑拈芳草不知名,乍凌波、断桥西堍。垂杨漫舞。总不解、将春系住。燕归来,问彩绳纤手,如今何许。　　欢盟误。一箭流光,又趁寒食去。不堪衰鬓著飞花,傍绿阴、冷烟深树。玄都秀句。记前度、刘郎曾赋。最伤心、一片孤山细雨。

点绛唇·有怀苏州

明月茫茫,夜来应照南桥路。梦游熟处。一枕啼秋雨。　　可惜人生,不向吴城住。心期误。雁将秋去。天远青山暮。

两首词均与艳情有关,且均为追忆之作。第一首词追忆杭州事,第二首词追忆苏州事。追忆杭州事的词作,重点写西湖游赏乐事:春日暖阳高照,和风拂柳,词人和意中人坐在彩色的游船中共赏西湖美景,在"断桥西堍"处游玩时意中人"笑拈芳草"的天真娇憨模样还清晰在目。给词人留下美好记忆的并非只有断桥、西湖,孤山也一样见证了词人的情事。正因为景色秀丽的杭州山水见证了词人的美好爱情,词人才会忍不住一遍遍地追忆杭州。第二首词追忆苏州情事,南桥路上一定留下了词人和苏州姬妾许多美好的往事,词人顺着这条路在梦中不厌其烦地回到那个两人都极为熟悉的地方:词人和苏州姬妾同居的西园。梦回西园,泪湿枕头,旧情不长在、苏州不长居的憾恨带给词人巨大的痛楚,不由得词人发出一声"可惜人生,不向吴城住"的叹息。杭州和苏州,虽非故乡,却因其承载的美好情感和记忆而胜似故乡。吴文英在词中一遍遍地追忆苏杭、梦回苏杭,恰如一个他乡的游子一次次地追忆故乡、梦回故乡!

总之,南宋后期词坛上的乡土情结并不浓郁。当北伐恢复的政治呼声渐行渐远时,南宋后期词坛上的爱国志士如刘克庄的活动空间变得非常逼仄,赋闲里居成为他们的主要生存状态,但是归乡里居并没有带给词人"青春作伴好还乡"的狂喜和满足,疏狂和失落的情绪笼罩着闲居的词人,故乡这个曾经被万千词人吟咏向往的地理空间,此时却成为禁锢词人豪情壮志的地方,莆田的山川景物见证了词人被放逐的痛苦,也日渐生发着词人隐遁乡间的思想,词人在莆田里居的过程充满了这种矛盾焦灼。而吴文英这样以词章干谒侯门的江湖词人，游走的范围不出苏杭两地，与故乡四明的距离相去不远，久居苏杭的词人被繁华都市中轻歌曼舞、游赏山水的享乐生活吸引着，被苏姬杭妾的爱情生活滋润着，代表着一个时代"暖风熏得游人醉，直把杭州作汴州"的主流状态，乡土之思、国家命运等均在干谒享乐的生活里沉默了。

综观两宋词坛，乡土情结变化的脉络是比较清晰的，在北宋初期词坛，词人的乡土之情并不浓郁，那些北上为官的词人笔下都没有对南方的故乡表示出特别的思念，只是用词来书写着伤春怨别、男欢女爱的传统题材内容；北宋中期词坛，新旧党争的激化带来词人的频繁升迁和贬谪，词人笔下频频出现了对故乡的思念和不如归去的情绪，在儒释道三家思想融通的时代背景下，这一时期的乡土情结显示出旷达的面貌；因为靖康之难的外部刺激，南渡词人，尤其是那些南渡的北方词人，在南方风物的刺激下其乡土情结突然间狂烈得近乎偏执，国破家亡的巨变使怀乡之情陡然间变得痛苦而深沉；伴随着南宋朝廷定都临安中兴局面的出现，南宋中期词坛上的思乡之痛比之南渡初期要理性许多，北伐恢复的政治呼声把思乡怀归和北伐恢复融合在一起，因此思乡之情变得有些慷慨激昂，超越了个体之悲；到了南宋后期，在国事衰微、北伐无望的局势下，爱国志士多投闲置散，归乡闲居的现实并没有带给宋词惊喜，在乡土这个朝思暮想的地理空间上诞生的词作反而充满了理性破灭的苦闷和疏狂；很多江湖词人更是沉浸于安适享受的城市生活中，家国之思在词中缺乏相应的关怀和位置。由此可见，乡土概念绝非简单意义上的地理概念，它也是一个人文概念，更是一个精神概念，当词人不如意时，故乡会变成一个吸纳创伤、抚慰心灵的精神庇护所。乡土之情既是词人内心最个人化、最隐秘的情感，又与时代风云变化息息相关。离开生长的故乡在路上依然是两宋词人最为普遍的人生状态，但是两宋的政治风云裹挟着每一个词人身不由己地前行，怀乡思归的人终老于他乡，胸怀天下的人投闲里居，归与不归的选择权并非完全掌握在个人手里，政治体制、时代风云都是操控者。清人王士禛关于学养最深、最讲礼法的两宋士大夫往往"仕宦卒葬，终身不归其乡"的疑问，何尝不是每一个两宋词人的困惑。

第五章
恋阙情结：文学地理视域下的词人心态之二

中国古代文学作品中写及都城的作品最早可追溯至《诗经》，既有对周人筑都城和贵族宴飨的描写，也有经过西周旧都镐京时发出的"黍离"之叹。到了东汉，班固、张衡先后游历当时的西都长安和东都洛阳，写下《两都赋》《二京赋》两篇歌咏都城的佳作，用铺张扬厉的手法夸耀都城的繁华富丽与享乐生活。唐代都城长安以其国际大都市的规模和气势雄视天下，唐诗中对长安的眷恋和颂扬之作非常多，长安已经成为带有象征意义的一个地理空间，其象征意义主要与文人的政治生命和政治前途相关。两宋时期城市经济得到了高速发展，都城这一特殊的地理空间在两宋文学中有举足轻重的地位，神京、皇州、宫阙、帝京、仙乡、瑶京、紫禁、帝城、未央宫、黄金阙、九重城、天宫、白玉京、汉家陵阙、玉宇琼楼、长安等用来指代宋代都城的名词频频出现在宋词之中，表现出有宋一代恋阙情结的日益丰富。

第一节 宋词中恋阙情结的丰富内涵

两宋词中有五百多首词写及京都意象，占全宋词的 1/5 强，共计有 150 多位词人写及京都，可以说在两宋词坛上恋阙情结是带有普遍性的一种情感内容。与宋以前文学作品中的恋阙情结多偏重政治情感不同，宋词中的恋阙之情内涵是丰富复杂的，展示出新的时代特点。

一、恋阙情结体现着词人对都市享乐生活的热爱和眷恋

柳永在即将离开汴京赴地方任时曾作词《凤归云》一首，上阕写道：

"恋帝里，金谷园林，平康巷陌，触处繁华，连日疏狂，未曾轻负，寸心双眼。况佳人，尽天外行云，掌上飞燕。向珠宴，一一皆妙选。常是因酒沉溺，被花萦绊。"可以看作宋代词人为何迷恋京都生活的最好注脚。

其一，"金谷园林，平康巷陌，处处繁华"说明京都的城市经济发展水平是其他都市所难以企及的。宋初百余年，结束五代割据局面，政治安定，生产持续不断地发展，经济达到了高度繁荣。造船、冶金、印刷、纺织、制瓷、制盐等行业取得了前所未有的技术创新，在农业发展的同时，手工业、商业发展也非常迅猛，尤其是北宋取消都市中坊、市界限和不限夜市的重大举措，大大刺激了城市经济的发展繁荣，北宋都城汴京成为当时首屈一指的大都市，"当时作为一座国际型的大都市，是全国的经济中心，其商业尤为繁荣，人口最多时超过26万户，再加上10多万名常驻军队及大批流动人口，总人口超过130万，是我国历史上第二个突破百万人口的大城市，也是当时世界上人口最多的城市"[1]。南宋虽然偏安东南一隅，但自1138年定都临安到灭亡前的一百多年间，虽然和战之争不绝于耳，但统治者一直坚持以和为贵，苟且偷安，把主要精力放在了国内建设上，临安作为南宋的都城其繁华热闹甚至超过了北宋都城汴京，以至于南宋人"暖风熏得游人醉，直把杭州作汴州"了。汴京和临安的繁华热闹程度在宋人笔记《东京梦华录》（孟元老）、《都城纪胜》（耐得翁）、《武林旧事》（周密）、《梦粱录》（吴自牧）中有十分详尽的描绘，此不赘言。高度发达的城市经济为人们的生活提供了极度便利和非常优越的物质生活条件。词人笔下歌颂两宋都市繁华的作品数量很多，汴京、临安、成都、建康等都是人口超过十万的大都市，其繁华富足引发了游历或仕宦至此的文人们的赞赏。仅以柳永为例，汴京、临安、成都等都市繁华都被词人纳入笔端歌咏过，但是比较而言，柳永对北宋都城汴京的歌咏无论是数量上还是情感上都是最为突出的，足以见出作为都城的汴京在物质生活条件方面的得天独厚处。因此，宋词中写及都城意象时往往会用宫阙、金阙、黄金阙、白玉京、紫禁城、皇都、金銮龙辇、琼楼玉宇等富丽壮观的名词来代指都城，来凸显其独一无二的皇家气象，"凭栏瑞烟深处，

---

[1] 陶思炎：《中国都市民俗学》，南京：东南大学出版社2004年版，第20页。

望皇居，遥识蓬瀛"（曹组《声声慢》）、"遥指白玉京，望断黄金阙"（柳永《塞孤》）、"龙阙前瞻，凤楼背耸，中有鳌峰见"（晁元礼《金人捧露盘》）、"鳌山宫阙倚晴空"（向子諲《鹧鸪天》）、"玉京知好在，金阙尚崔嵬"（王庭《临江仙》）等比比皆是，足见京都给词人们留下的"触处繁华"的整体印象。

其二，"况佳人，尽天外行云，掌上飞燕。向珠宴，一一皆妙选"显示京都的娱乐业是高度发达的。京都拥有着繁华丰厚的物质生活，在此基础上，宋初统治者重文轻武、提倡官员"多积金，市田宅以遗子孙，歌儿舞女以终天年"①的享乐生活，终宋一世未曾改变。于是宋代文人的纵情享乐之风盛行一时，歌儿舞女、舞榭歌台成为士大夫文人生活的主要内容。两宋时期的主要娱乐场所是勾栏瓦舍，据孟元老《东京梦华录》载，北宋末年汴京的瓦舍已经发展到九处，有新门瓦子、朱家桥瓦子、保康门瓦子、州西瓦子、桑家瓦子和州北瓦子等②。据周密《武林旧事》卷六"瓦子勾栏"条记载，南宋都城临安的瓦舍竟有二十三处之多③。瓦舍是一种有着固定演出场地的综合性娱乐场所，以勾栏演出为主要形式，一处瓦舍中勾栏数目从十几处到几十处不等，规模大的勾栏可以容纳数千观众，可以想见两宋娱乐业之盛况。勾栏瓦舍里可供观赏的节目种类繁多，诸如傀儡戏、杂手伎、弄虫蚁、舞旋、唱曲、神鬼、讲史、说经、说诨话、小说、诸宫调、叫果子、乔影戏等表演形式，各自以技艺的精湛、情节的曲折、歌喉的婉转、舞姿的曼妙吸引着数以万计的观众，带给他们愉悦和享受。在都城取消夜市后这种精彩的娱乐活动是不分昼夜、不畏寒暑的。在这些让词人们流连忘返的京都娱乐活动中，茶楼酒肆、平康巷陌中的歌儿舞女吸引了词人的目光，其声色技艺刺激着词人的创作欲望，其婉转歌喉极大地扩张了词的传播范围，对词的发展而言功不可没。两宋时期歌妓的活跃与商业经济的发展密切相关，经济越发达的都市歌妓的活跃程度越高，两宋时期的汴京和临安更是如此。汴京城内的妓馆

---

① （元）脱脱：《宋史》卷二百五十"石守信传"，北京：中华书局1977年版，第8810页。
② （宋）孟元老：《东京梦华录》卷二"酒楼"条，北京：中华书局2007年版，第174-176页。
③ （宋）周密：《武林旧事》卷六"瓦子勾栏"条，杭州：浙江古籍出版社2011年版，第125-126页。

遍地都是，据《东京梦华录》记载，汴京仅大型酒楼就有七十二家之多，"凡京师酒店，门首皆缚彩楼欢门，唯任店入其门，一直主廊约百余步，南北天井两廊皆小子，向晚灯烛荧煌，上下相照，浓妆妓女数百，聚于主廊檐面上，以待酒客呼唤，望之宛若神仙"。① 南宋都城临安也是歌妓云集之地，故有"花阵酒地"之称，《武林旧事》记载都城临安城内仅私立酒楼就有十五座，"每处各有私名妓数辈，皆时妆炫服，巧笑争艳"，"歌管欢笑之声，每夕达旦，往往与朝天车马相接。虽风雨暑雪，不少减也"。② 这些"尽天外行云，掌上飞燕。向珠宴，一一皆妙选"的佳人给诗酒风流的文人们以深刻的印象，晏殊称其为"玉京仙子"、柳永称其为"盈盈仙子"、欧阳修称其为"乐府神姬"、苏轼称其为"长安佳丽"、周邦彦称其为"美人"。在杭州生活日久且纳杭姬为妾的吴文英提及杭姬总是要把她放在"仙坞""仙溪"这样美如仙境的环境中才觉得合适。舞姿曼妙、歌喉婉转、姿容绝伦的京城歌妓带给词人美好的视觉、听觉、感觉享受，满足了词人的声色之娱，丰富了宋词的题材内容，促进了词的创作和传播活动，也极大地激发了词人对京都的热爱和眷恋之情，从这一视角来看，柳永为人诟病的"暇日遍游妓馆"的少年放浪行为也就有了一个合理的时代原因。

其三，都市享乐生活还离不开热闹非凡的岁时民俗生活。《东京梦华录》记载："时节相次，各有观赏。灯宵月夕，雪际花时，乞巧登高，教池游苑。举目则青楼画阁，绣户珠帘。雕车竞驻于天街，宝马争驰于御路，金翠耀目，罗绮飘香。新声巧笑于柳陌花衢，按管调弦于茶坊酒肆。八荒争凑，万国咸通。集四海之珍奇，皆归市易；会寰区之异味，悉在庖厨。花光满路，何限春游；箫鼓喧空，几家夜宴。"对京都的岁时民俗有详细的描绘，两宋词亦复如此。

元宵节。即上元节，又称灯节，是汴京的三大节日之一。宋代元宵节自正月十四日到正月十八日共放灯五天，较之唐代延长两天。据孟元老《东京梦华录》卷六："正月十五日元宵，大内前自岁前至冬至后，开封府绞缚山

---

① （宋）孟元老：《东京梦华录》卷二"酒楼"条，北京：中华书局2007年版，第174页。
② （宋）周密：《武林旧事》卷六"酒楼"条，杭州：浙江古籍出版社2011年版，第127页。

棚，立木正对宣德楼……灯山上彩，金碧相射，锦绣交辉。"① 此间灯烛照耀如白昼，男女老幼倾城出游观灯，全民狂欢，"金吾不禁六街游"（柳永《玉楼春》）、"紫府东风放夜时"（贺铸《思越人》）、"帝城放夜，望千门昼"（周邦彦《解语花》）、"东风夜放花千树"（辛弃疾《青玉案》）等词句都是对都城元宵节盛况的生动描绘。《武林旧事》记载宋人观灯时，"妇人皆戴珠翠、闹蛾、玉梅、雪柳、菩提叶、灯珠、销合金、蝉貂袖、项帕，而衣多尚白，盖月下所宜也"。② 盛装出游是宋代妇女元夕之夜外出观灯的习俗，李清照在绍兴年间描绘临安元宵节的词《永遇乐》（落日熔金），就追今忆昔，写眼前临安"香车宝马"来相召的热闹，也回忆了昔日"中州盛日，闺门多暇，记得偏重三五。铺翠冠儿，捻金雪柳，簇带争济楚"的汴京热闹景象。全民狂欢的节日、青年男女的盛装打扮为年轻人的恋爱行为提供了一个浪漫空间。"更阑烛影花阴下，少年人，往往奇遇"（柳永《迎新春》）、"鬓惹乌云，裙拖湘水，谁家姝丽"（万俟咏《醉蓬莱》）、"众里寻他千百度，蓦然回首，那人却在，灯火阑珊处"（辛弃疾《青玉案》）等词都是元夕月夜下青春恋情的赞歌。并非所有都市的元宵节都有这样的盛况，这也正是都城之所引人神往的原因之一。苏轼元夕词《蝶恋花》上阕回忆杭州元夕的节日情景是："灯火钱塘三五夜，明月如霜，照见人如画。帐底吹笙香吐麝，更无一点尘随马"，处处管弦，家家灯火，热闹非常；下阕写密州元夕则是"击鼓吹箫，却入农桑社。火冷灯稀霜露下，昏昏雪意云垂野"，物产不丰，生活不富，巷空人稀，雪暗四围，只有农家祭神的声声箫鼓才显示出些许节日气氛。在北宋时期，杭州经济发展已经比较凸显，作为京都的汴京城盛况更可见一斑。孟元老《东京梦华录》中对元宵节"万街千巷，尽皆繁盛浩闹""城圃不禁"盛况的记录和描绘并非适合汴京之外的其他都市。

寒食清明节。寒食在冬至后的一百零五日，寒食第三日即清明节。宋词中有一百多首清明寒食词，内容涉及斗草、踏青、禊饮、炊熟、荡秋千、伤春等，可知这一属于春天的节日有着丰富多彩的习俗活动。以柳永作于汴京

---

① （宋）孟元老：《东京梦华录》卷六"元宵"条，北京：中华书局2007年版，第540－541页。
② （宋）周密：《武林旧事》卷二"元夕"条，杭州：浙江古籍出版社2011年版，第40页。

第五章　恋阙情结：文学地理视域下的词人心态之二

的《木兰花慢·拆桐花烂漫》为例：

> 拆桐花烂漫，乍疏雨、洗清明。正艳杏烧林，湘桃绣野，芳景如屏。倾城。寻胜去，骤雕鞍绀幰出郊坰。风暖繁弦脆管，万家竞奏新声。
>
> 盈盈。斗草踏青。人艳冶、递逢迎。向路傍往往，遗簪坠珥，珠翠纵横。欢情。对佳丽地，信金罍，罄竭玉山倾。拼却明朝永日，画堂一枕春醒。

词上阕写清明的风光之美和富贵人家的出游盛况，下阕重在写士女狂欢的景象。笔涉踏青游赏习俗、斗草游戏、车马喧腾、竞奏新声等节物乐事。据孟元老《东京梦华录》载："（寒食）前一日谓之'炊熟'，用面造枣䭅飞燕，柳条串之，插于门楣，谓之'子推燕'。子女及笄者，多以是日上头。寒食第三日，即清明节矣。凡新坟皆用此日拜扫。都城人出郊。禁中前半月发宫人车马朝陵，宗室南班近亲亦分遣诣诸陵坟享祀。……士庶阗塞诸门，纸马铺皆于当街用纸衮叠成楼阁之状。四野如市，往往就芳树之下，或园囿之间，罗列杯盏，互相劝酬。都城之歌儿舞女，遍满园亭，抵暮而归。各携枣䭅、炊饼、黄胖、掉刀、名花异果、山亭戏具、鸭卵鸡雏，谓之'门外土仪'。轿子即以杨柳杂花装簇顶上，四垂遮映。自此三日，皆出城上坟，但一百五日最盛。"[①] 可见，宋人的寒食清明词过滤掉了这个节日跟祭祀相关的庄重严肃的习俗内容，保留了节日中欢快热闹的成分，体现出这个节日与春天美好风光间的和谐。

金明池争标。清明节过后就是金明池争标。金明池在东京顺天门外，与琼林苑南北相对，又称西池或天池，为东京四大园林之一。本来用以水战练习的金明池在北宋仁宗朝日渐实现了从实用功能向娱乐功能的转化，每年的三月一日到四月八日都会对外开放，举行水戏表演和龙舟争标，热闹异常，在两宋词坛描写金明池争标盛况的词作以柳永的《破阵乐·露花倒影》最负盛名：

> 露花倒影，烟芜蘸碧，灵沼波暖。金柳摇风树树，系彩舫龙舟遥岸。

---

① （宋）孟元老：《东京梦华录》卷七"清明节"条，北京：中华书局2007年版，第626页。

千步虹桥,参差雁齿,直趋水殿。绕金堤、曼衍鱼龙戏,簇娇春罗绮,喧天丝管。雾色荣光,望中似睹,蓬莱清浅。　时见。凤辇辰游,鸾麟禊饮,临翠水、开镐宴。两两轻舫飞画楫,竞夺锦标霞烂。罄欢娱,歌鱼藻,徘徊宛转。别有盈盈游女,各委明珠,争收翠羽,相将遥远。渐觉云海沉沉,洞天日晚。

词人上阕泛写金明池上景象,从春日的自然风光写到游乐的热闹;下阕重点写皇帝临幸金明池赐宴和争标的场景,并详写士庶游赏的神态和情景。与孟元老《东京梦华录》的相关记载比较,即可以见出柳永此词所富于的突出的写实精神:"每日教习军驾上池仪范。虽禁从士庶许纵赏,御史台有榜不得弹劾……入池门内南岸西去百余步,有面北临水殿,车驾临幸观争标,锡宴于此。……五殿正在池之中心,四岸石甃向背,大殿中坐,各设御幄,朱漆明金龙床,河间云水戏龙屏风,不禁游人。殿上下回廊,皆关扑钱物、饮食、伎艺人作场,勾肆罗列左右。桥上两边,用瓦盆内掷头钱,关扑钱物、衣服、动使、游人还往,荷盖相望。桥之南立棂星门,门里对立彩楼。每争标作乐,列妓女于其上。门相对街南有砖石甃砌高台,上有楼观,广百丈许,曰宝津楼。前至池门,阔百余丈,下阚仙桥、水殿,车驾临幸观骑射、百戏于此。池之东岸,临水近墙皆垂杨,两边皆彩棚幕次,临水假赁,观看争标。街东皆酒食店舍,博易场户,艺人勾肆质库。"① 金明池争标作为北宋盛大的节日习俗,显示出仁宗朝社会安定繁盛的状况。词人秦观在新旧党争中被贬出京时写有《江城子·西城杨柳弄春柔》一词,词中"西池"即金明池,词人追忆文人雅士春日游赏金明池的热闹快乐场景,来反衬遭贬离京的苦闷心情;在处州贬所作《千秋岁》一词依然会"忆昔西池会,鹓鹭同飞盖",金明池游赏的一时之盛让词人念念不忘,足见金明池游赏给北宋人带来的难以磨灭的快乐记忆,体现出两宋都市经济发展的高度。金明池游赏盛况在《金明池吴清逢爱爱》《志诚张主管》《闹樊楼多情周胜仙》等宋元话本小说中也有形象的写照,可与宋词相互参照来看。

---

① (宋)孟元老:《东京梦华录》卷七,北京:中华书局2010年版,第643页。

西湖游赏。在南宋都城临安，可以与汴京金明池夺标相媲美的全民性娱乐活动是西湖游赏。杭州西湖，乃天下胜景，历来不乏文人对四时自然风光的咏叹赞赏。南宋定都临安后，西湖在临安的都市化进程中更加热闹繁华，自然风光之美反而要让位于世俗热闹的西湖游春了。周密《武林旧事》对此有非常详尽的记载："淳熙间，寿皇以天下养，每奉德寿三殿，游幸湖山，御大龙舟。宰执从官，以至大珰应奉诸司，及京府弹压等，各乘大舫，无虑数百。时承平日久，乐与民同，凡游观买卖，皆无所禁。画楫轻舫，旁午如织。至于果蔬、羹酒、关扑、宜男、戏具、闹竿、花篮、画扇、彩旗、糖鱼、粉饵、时花、泥婴等，谓之'湖中土宜'。又有珠翠冠梳、销金彩缎、犀钿、髹漆、织藤、窑器、玩具等物，无不罗列。如先贤堂、三贤堂、四圣观等处最盛。或有以轻桡趁逐求售者。歌妓舞鬟，严妆自炫，以待招呼者，谓之'水仙子'。至于吹弹、舞拍、杂剧、杂扮、撮弄、胜花、泥丸、鼓板、投壶、花弹、蹴、分茶、弄水、踏混木、拨盆、杂艺、散耍、讴唱、息器、教水族飞禽、水傀儡、鬻水道术（宋刻无'水'字）烟火、起轮、走线、流星、水爆、风筝，不可指数，总谓之'赶趁人'，盖耳目不暇给焉。御舟四垂珠帘锦幕，悬挂七宝珠翠，龙船、梭子、闹竿、花篮等物。宫姬韶部，俨如神仙，天香浓郁，花柳避妍。"[1] 从最高层统治者的西湖出游到全民性的西湖狂欢，从湖边的商贩如织到种类丰富的娱乐活动，周密不厌其烦地还原着西湖游赏这个全民性狂欢的节日盛况。南宋词人也用自己的词笔描绘出了这一节日习俗的特点：

念奴娇　黄人杰

西湖胜绝，有栖云楼观，蟠空丘壑。玉鉴光中天不老，人在蓬壶行乐。画舫藏春，垂杨系马，幽处笙簫作。京华狂客，也忘身世飘泊。行时载酒寻芳，湖湾堤曲，放浪红尘脚。借景留欢排日醉，不负莺花盟约。忍缓东风，耐烦迟日，休恁匆匆著。温存桃李，莫教一顿开却。

风入松　俞国宝

一春长费买花钱，日日醉湖边。玉骢惯识西湖路，骄嘶过、沽酒楼

---

[1] （宋）周密著，钱之江校注：《武林旧事》卷三，杭州：浙江古籍出版社2011年版，第47页。

前。红杏香中箫鼓,绿杨影里秋千。　　暖风十里丽人天,花压鬓云偏。画船载取春归去,余情付、湖水湖烟。明日重扶残醉,来寻陌上花钿。

这两首西湖游赏词可与林升《题临安邸》"山外青山楼外楼,西湖歌舞几时休。暖风熏得游人醉,直把杭州作汴州"诗句对看,一个时代的繁华享乐尽显眼前。

总而言之,两宋都城就是词人最为理想的"温柔富贵乡",无论因为什么原因离开都城,词人都会视之为人生的不幸,因为这种离开首先预示着富贵享乐生活的结束,所以柳永才会在游历汴京之外的地理空间时,一遍又一遍地提及诗酒风流的汴京生活:"帝城当日、兰堂夜烛,百万呼庐,画阁春风,十千沽酒"(《笛家弄》)、"秦楼凤吹,楚馆云约,空怅惘,在何处"(《西平乐》)、"追念年时,正恁凤帏,依香偎暖"(《阳台路》)、"览景想前欢,指神京,非雾非烟深处"(《竹马子》)、"帝里,风光当此际。正好恁携佳丽。阻归程迢递"(《内家娇》)……词人甚至还引汴京一地入词牌创制了"忆帝京""梦还京"等自制曲,给宋代词牌创制添上了颇富地域色彩的一笔。黄庭坚在边远之地叹息"八年不见,清都绛阙"(《鹊桥仙》)、贺铸在流落江南时叹息"长安不见使人老"(《望长安》),与柳永对汴京生活的眷恋有相同之处。

二、恋阙情结饱含着词人极高的政治热情

恋阙情结也是一种政治情结。"宋承唐制"[①],在神宗元丰间、哲宗元祐间、徽宗崇宁、政和间、南宋初年、孝宗乾道八年等不同历史时期,两宋朝廷对官制不断进行改革,形成了一套具有宋代特点的官僚制度。但无论封建官僚制度如何沿革,能够进入中央官制体系中、跻身京朝官之列成为无数文人士子的人生理想,两宋时期日渐完善的科举制度又为这一理想的实现提供了可能和保障。于是入京都在皇帝身边任职成为多少文人士子一生的奋斗目标。作为皇都所在的京都大舞台对天下士子产生了极强的吸引力、凝聚力,京都也就成为国家最高权威"皇权"的象征。"万人回首望长安"(晁补之

---

① (元)马端临:《文献通考·职官考》1"官制总序",北京:中华书局1986年版。

《渔家傲》）成为两宋词人恋阙情结的集中写照。

  事实上,历朝历代中央官制的职数都是有限的,能够科举及第已是莫大的荣耀,及第后能够位居京朝官之职的更是凤毛麟角,宋词中"太平宰相"晏殊就是这凤毛麟角中的一员,富贵闲雅之余"无可奈何花落去,似曾相识燕归来"的生命叹息恐怕只能诞生于晏殊这样的京朝官笔下。绝大多数文人并没有晏殊的幸运,只能在科举入仕后先从地方幕职州县官等最底层官员一点点做起,走由选人升迁改京朝官之路,如柳永从景祐元年(1034)至庆历三年(1043)"吏部不放改官",九年时间柳永官阶从第二等第四阶到第一等第三阶选人仅仅升了一级。北宋中后期的周邦彦从元祐三年(1088)初仕外任做庐州教授、溧水县令始,到绍圣四年(1097)还京为国子主簿,前后也是九年时间。可见,初仕及选人外任九年时间乃正常的升迁履历,如若朝中无人,宋初选人陷于"选海"、永沉下僚、仕进无望的情况是非常普遍的,除非改为京官仕途不能通达。视远离京都在地方任职为人生不幸的词人,其京都之外地方幕职州县官任上的词作风格整体上是低沉感伤的,因为所到之处的景色都会被这种恋京阙的心理过滤一遍,往往留下的是萧瑟孤寂的风景,这在柳永的两浙路做选人期间的词作,周邦彦的庐州词、溧水词中均有不同程度的体现。久沉下僚的词人往往把这种升为京朝官的希冀通过酬赠别人表达出来,柳永的《望海潮》祝愿杭州太守"异日图将好景,归去凤池夸"、《玉蝴蝶》祝福赠主"凤池归去,那更重来",都表现出归去凤凰池、回到京朝官之列是文人士子共同的价值观念。

  除了因沉沦下僚难以进入京都为官,两宋党争导致词人由京朝官被贬为地方官或者流放更远处从而离开京都也成为比较常见的社会现象。周煇《清波杂志》说:"放臣逐客,一旦弃置远外,其忧悲憔悴之叹,发于诗什,特为酸楚,极有不能自遣者。"[①] 被贬离京的政治心理在文学史上屡有表达。早期代表非屈原莫属,《离骚》中去留之际的徘徊、回望郢都时的不舍以及最终选择自沉汨罗江的决绝行为都说明屈原是一个政治热情极高的诗人;到了

---

  ① (宋)周煇:《清波杂志》卷四,见《宋元笔记小说大观》,上海:上海古籍出版社2001年版,第5050页。

唐代，《晋书》中"日与长安孰远"的一次讨论①生发出用"长安"指代帝京的文学表达，这一层意思与唐代都长安的现实正相吻合，"日近长安远"用来表达处于京都之外的文人对帝京的向往之意则成为一时文坛风尚，叹息"总为浮云能蔽日，长安不见使人愁"的李白就是长安情结的代言人，代表了唐代文人极高的参政热情；宋词中的汴京情结也是这一脉络上非常重要的一环。两宋党争现象非常突出，北宋围绕王安石变法而起的新旧党争、南宋围绕和战之争而起的党争最具有代表性。党同伐异的党争特点导致了士大夫仕宦贬谪的频繁，被贬离京意味着文人士大夫在政治上的被放逐被疏离，会油然而生一种被主流政治抛弃的失落感，回望京都、追忆京都成为贬谪文学中最为平常的情景。欧阳修因庆历党争被贬滁州，用"记得金銮同唱第，春风上国繁华。如今薄宦老天涯"（《临江仙》）追忆京都；苏轼因新旧党争贬谪儋州，用"一万里，斜阳正与长安对"（《千秋岁》）遥想京都；晁端礼"暗魂断，天涯望极长安远。"（《金人捧露盘》）、秦观"忆昔西池会。鹓鹭同飞盖。携手处，今谁在。日边清梦断，镜里朱颜改"（《千秋岁》）、黄庭坚"尽道黔南，去天尺五，望极神州，万里烟水"（《醉蓬莱》）和"去国十年老尽、少年心"（《虞美人》）、晁补之"使人愁，长安远，在何处"（《迷神引》）等词句都表达了被贬之人对重回京都政治舞台的希望或失望情感。元丰年间被贬的张舜民，《全宋词》仅收录他四首词，均是贬谪词，其中三首词中都有回望京都的情景："千古斜阳，无处问长安"（《江神子》）、"回首夕阳红尽处，应是长安"（《卖花声》其一）、"自是长安日下影，流落江湖"（《卖花声》其二），被贬谪文人政治上失意带来的失落感和绝望情绪分外强烈。

在南宋，靖康之难、汴京失守成为一道抹不掉的时代印痕，深深地影响着南宋词坛创作。即使南宋已定都临安，忧国忧民的词人却依然会心念故都，

---

① （唐）房玄龄：《晋书》，北京：中华书局1974年版，第213页记载："明皇帝讳绍，字道畿，元皇帝长子也。幼而聪哲，为元帝所宠异。年数岁，尝坐置膝前，属长安使来，因问帝曰：'汝谓日与长安孰远？'对曰：'长安近。不闻人从日边来，居然可知也。'元帝异之。明日，宴群寮，又问之。对曰：'日近。'元帝失色，曰：'何乃异间者之言？'对曰：'举目则见日，不见长安。'由是益奇之。"

把目光投射到汴京所在的中州方向，此时的恋阙情结与南宋政坛上北伐恢复的政治主张紧密地连在了一起，胡世将"神州沉陆，问谁是、一范一韩人物。北望长安应不见，抛却关西半壁"（《酹江月》）、袁去华"长安知在何处，指点日边明。看取纶巾羽扇，净扫神州赤县，功业小良平"（《水调歌头》）、崔与之"万里云间戍，立马剑门关。乱山极目无际，直北是长安"（《水调歌头》）、张元干"怅秋风、连营画角，故宫离黍。底事昆仑倾砥柱，九地黄流乱注"（《贺新郎》）、刘过"北望帝京，狡兔依然在"（《六州歌头·题岳鄂王庙》）、陈亮"凭却长江，管不到、河洛腥膻无际"（《念奴娇》）等触目皆是思念故国的情绪和北伐恢复的壮志。把恋阙情结和政治理想紧密连在一起融入词章之中的最具代表性词人非辛弃疾莫属，"渡江天马南来，几人真是经纶手？长安父老，新亭风景，可怜依旧"（《水龙吟》）、"郁孤台下清江水，中间多少行人泪。西北望长安，可怜无数山"（《菩萨蛮》）、"此老自当兵十万，长安正在天西北"（《满江红》）等关怀国事、壮怀激烈，"长安"或"神州"意象的地点指向同为汴京，却包含着更为复杂的情感内容，恋阙之情和故国之思、乡土之念以及政治理想融合在一起，足见南宋时期的归正人对沦陷区的京都有一种难以言说的复杂情感。

1278年元军铁蹄踏碎南宋的偏安梦，都城临安也成了昨日故都，见证了一个时代的覆亡。遗民词人笔下的临安意象一如辛弃疾笔下的汴京意象，饱含着亡国之痛和故国之思，只是少了恢复故国的壮怀激烈，多了许多漂泊无依的凄楚悲凉，汪元亮《念奴娇·钱塘元夕》、刘辰翁《永遇乐·登月初晴》《兰陵王·丙子送春》《烛影摇红·丙子中秋泛月》、周密《献仙音·吊雪香亭梅》《探芳讯·西泠春感》、张炎《高阳台·西湖春感》等词都是追怀故都临安、思念故国之作，沉痛而凄凉。

总而言之，两宋词人恋阙情结的表现形态是多种多样的，或者是任职京都之外沉沦下僚时渴望入京都为官，或者因为党争等原因被贬谪流放边远之地而遥望京都，或者京都陷落时壮怀激烈立志要收复故都，或者国家覆亡时飘零无依追怀京都，不一而足。无论何种表现，两宋文人关心国家政治和国家命运的主体意识、担当精神是高度一致的。

三、恋阙情结透露出词人较强的地域文化意识

恋阙情结还是一种地域文化情结。京都在作为政治中心、经济中心的同时，还是时代的文化中心，是名流聚集、人文荟萃之所。尤其是那些屡经易代却一直作为京都之选的长安、洛阳、金陵等帝都，更是承载着悠久而厚重的人文历史，成为文化的象征。恋阙情结因此而成为一种普遍性的文化趋同心理，可以朱敦儒的恋阙情结为例来加以说明。

朱敦儒乃洛阳人，宋室南渡之前在洛阳已经生活了四十多个年头。洛阳作为北宋的陪都，与东都汴京东西相守，成为中国历史上空间距离最近的双都模式，洛阳在地理位置上可谓得天独厚。与东都汴京开阔平坦的平原地势不同，洛阳以嵩山为塞，以伊河洛河为池，形势险固，易守难攻，这是其作为历代京都或陪都的地理优势所在，也为其地域文化增添了自然景观优美引人的筹码，从而成为文人聚会游赏的一个绝佳地理空间。朱敦儒《望海潮》词的上阕对洛阳山水之胜有非常集中的描绘：

> 嵩高维岳，图书之渊，西都二室三川。神鼎定金，麟符刻玉，英灵未称河山。谁再整乾坤，是挺生真主，浴日开天。御归梁苑，驾回汾水凤楼闲。

词人对洛阳的山山水水怀有非常深厚的感情，徽宗朝用了六年时间修建西都大内城，受乡人之约，朱敦儒作词咏此事。开篇就从洛阳独居的山川风物之盛入手，一一拈来，津津乐道，足见生于斯长于斯的自豪感。嵩山，《史记》称为"嵩高"，《史记正义》曰："括地志云：嵩山亦名曰太室，亦名曰方外也，在洛州阳城县西北二十三里。"[①] 太室乃嵩山主峰，西有少室山与之呼应，统称嵩山，因其群山耸立、层峦叠嶂、高大雄伟的形象成为五岳之一。"三川"指流经洛阳一带的三条河流，伊河、洛河、黄河三水奔流，浩浩荡荡，奔流不息的山川中更有河图洛书和龙门石窟的悠久历史文化沉淀其间：相传，上古伏羲氏时，洛阳东北孟津县境内的黄河中浮出龙马，背负

[①] （唐）张守节：《史记正义》，文渊阁四库全书本。

"河图"，献给伏羲，伏羲依此而演成八卦，后为《周易》来源；大禹时，洛阳西洛宁县洛河中浮出神龟，背驮"洛书"，献给大禹，大禹依此治水成功，遂划天下为九州治之；夹伊河有香山和龙门山两山东西对峙，形如门，有龙门石窟存焉，是一座举世闻名的艺术宝库，既是文化胜地，又兼山水之妙。雄伟壮丽的自然景观之美引发了词人的诗情和诗才，洛阳山川风物一遍遍出现在词人的笔下，无论居洛阳期间还是离开洛阳南渡之后，"洛阳""洛川""伊嵩""金谷""铜驼""三川"等这些在地图上能找得到的洛阳地名符号频频出现在朱敦儒的词作中，映带出了一幅幅壮丽山河的画图，同时也是一幅幅还原词人故乡风光的鲜活图画。

除自然风光之外，洛阳更富于深厚的人文历史文化积淀。鲁迅说："籍贯之都鄙，固不能定本人之功罪，居处的文陋，却也影响于作家的神情，孟子曰：'居移气，养移体'，此之谓也。"[1] 可见，所居之地历史文化积淀的深浅厚薄对文人性情和创作的影响是不容忽视的。在中国的古都之中，从西周到秦汉经隋唐五代及至北宋，洛阳作为京都或陪都的悠久历史是其他古都难以企及的。作为陪都的洛阳繁盛于唐代，唐代帝王出于政治、军事、文化等考虑都很推重长安之外的东都洛阳，在洛阳设立科举考试以及国子监等文化机构，吸引天下才子汇聚洛阳，人文荟萃，增强了洛阳的文化氛围。此外，洛阳居于中华版图的中心地带这一特殊地理位置，恰好契合了中国人对于"天下之中"的崇拜心理，《周礼·大司徒》中云："日至之影，尺有五寸，谓之地中，天地之所合也，四时之所交也，风雨之所会也，阴阳之所和也；然则百物阜安，乃建王国焉。"[2] 尤其是《周易·系辞上》中言"天生神物，圣人则之；天地变化，圣人效之；天垂象，见凶吉，圣人象之；河出图，洛出书，圣人则之"[3] 的河洛图书一说，更是从文明本源上给予洛阳以厚重的文化内蕴，从而使居于此地的文人产生强烈的文化认同感和归宿感。唐宋时期许多非本土文人都喜欢生前居住在洛阳、死后安葬于洛阳，从而把桑梓之

---

[1] 鲁迅：《花边文学·"京派"与"海派"》，见《鲁迅全集》，北京：人民文学出版社1973年版，第491页。
[2] （汉）郑玄注，（唐）贾公彦疏：《周礼》卷十《地官司徒第二·大司徒》，内府藏本。
[3] （魏）王弼等注，（唐）孔颖达疏：《周易》卷七《系辞上》，内府藏本。

情移情别恋到了洛阳，不能不说这一行为与他们对洛阳地域文化的认同感关系密切，唐代以白居易为首的"九老会"，宋代欧阳修、梅尧臣等人组成的"七友会"，司马光等人的"耆英会"等洛阳文人团体的交游之盛就是对这一地域文化认同感的折射。

此外，洛阳在拥有作为陪都的各种优越和便利条件的基础上，因为远离汴京政治中心而获得了相对宽松自由的政治空间和生活空间，这也是唐代很多文人主动离开长安仕宦于洛阳的重要原因。白居易居洛阳前后达五年之久，过着亦官亦隐的"中隐"生活，死后安葬于此。仕宦于洛阳既没有"小隐入邱樊"的冷落寂寞及贫瘠冻馁之苦，又远离了"大隐住朝市"的喧嚣和政治忧患，诗酒风流、自由闲适。唐后期日渐形成的这种诗酒风流、自由闲适的文人风习在文人待遇优厚的宋代得以承传和发扬。生长于洛阳的朱敦儒从小就浸润于这种地方风气之中，在其心理上既有以洛阳为豪的优越感，又容易产生安享洛阳得天独厚的自然人文环境、不求仕宦升迁的自足感，诗酒风流，狂放自信，这在朱敦儒一系列的洛阳词中有充分表现：《满庭芳》里尽享男欢女爱的享乐生活气息、《望海潮》中嵩山的太室少室诸峰巍峨、伊水洛水黄河诸水奔流、河图洛书源远流长的自然人文景观之壮美、《好事近》中清明七日友朋畅饮洛川、往来无白丁的诗酒风流均如此。《鹧鸪天·西都作》中"诗万首，酒千觞，几曾著眼看侯王。玉楼金阙慵归去，且插梅花醉洛阳"的人生宣言更是对这一特殊地域文化风习的最为集中鲜明的阐释。

宋中后期文人李格非著有《洛阳名园记》一书，张琰在序文曰："夫洛阳，帝王东西宅，为天下之中。土圭日影，得阴阳之和；嵩少瀍涧，钟山水之秀。名公大人，为冠冕之望；天匠地孕，为花卉之奇。加以富贵利达，优游闲暇之士，配造物而相妩媚，争妍竞巧于鼎新革故之际，馆榭池台，风俗之习，岁时嬉游，声诗之播扬，图画之传写，古今华夏，莫比观文叔之记可以致近世之盛。"①揭示出了洛阳这座城市何以吸引文人士大夫的原因：自然景观之灵秀加上人文风物之丰厚是主要原因。这种以生长生活于洛阳为荣的心理已经成为一种沉淀在朱敦儒心灵深处的个体无意识，进而沉淀升华为一

---

① （宋）张琰：《洛阳名园记序》，见（宋）李格非：《洛阳名园记》，文渊阁四库全书本。

种时代的集体无意识，既是一种恋阙情结，又是一种典型的地域文化情结。

当金军南下宋室南渡，朱敦儒被迫离开洛阳一路南奔淮河、长江乃至于珠江流域的岭南地区时，洛阳这个特殊的地理文化空间就消失在朱敦儒真实的生活里，却作为一种情感补偿，洛阳频频出现在他的南渡词中，词人频频回望洛阳，以追忆甚至梦境的方式来走近洛阳，"当年五陵下，结客占春游""不管插花归去，小袖挽人留"（《水调歌头》）、"念伊嵩旧隐，巢由故友"（《水龙吟》）、"洛阳醉里曾同摘"（《忆秦娥》）、"弹铗五陵间，行处万人看。雪猎星飞羽箭，春游花簇雕鞍"（《朝中措》）、"伊川雪夜，洛浦花朝，占断狂游"（《雨中花》）"乘风游二室，弄雪过三川"（《临江仙》）……绍兴七年，韩肖冑上书宋高宗说："江北士民流离失所，江南士民多忌且恶之，若无所容者。"[①] 可见像朱敦儒一样仓促南奔的北方士子，除了面临物质生活条件上的窘迫，还要面对异乡和故乡之间较大的地域文化差异。从某种程度上来说，朱敦儒词作中频频出现的洛阳意象，就是对"诗千首，酒万觥"的洛阳地域文化的追忆，也是对已经消逝的一代文化的缅怀。

总之，两宋词人的恋阙情结具有独特的时代性，与两宋的时代特点密切相关。高度发达的城市经济带给恋阙情结一种对京都物质生活的热爱和留恋之情，两宋党争的频繁和宋室南渡的历史耻辱使宋词中的恋阙情结少了几分狂热、多了几许理性。恋阙情结所蕴含的地域文化认同感传递出来文化传承的历史感和厚重感。宋词中的丰富多样的恋阙情结是地理空间对文学影响的一个典型例证。

第二节 两宋词人恋阙情结的表达方式

恋阙情结虽然具有时代性，却会因为词人的人生经历不同、审美方式不同而体现为不同的表达方式。表达方式的差异性使得恋阙情结在宋代词坛上并不以雷同乏味的面目示人，相反，表达方式的多样性为宋词增添了不少色彩。

---

① （宋）徐梦莘：《三朝北盟会编》，上海：上海古籍出版社1987年版，第1272页。

一、极尽形容之能事的正面铺叙模式

在曾经久居京都并且非常迷恋和享受京都繁华生活的词人笔下,京都形象并不抽象,相反,因为有充足的时间做保障、有足够的热情做指引,京都给词人留下了丰富鲜活的印记,所以他们笔下的京都形象才会具体可感,京都建筑的风格、规模,京都岁时节序的风俗、盛况,京都歌妓的美貌、歌舞,无一不给词人以深刻的印象,并引发词人用词笔加以形容歌咏。要把这些深刻的印象表达到位,离不开词人铺叙直陈的才华:

> 露花倒影,烟芜蘸碧,灵沼波暖。金柳摇风树树,系彩舫龙舟遥岸。千步虹桥,参差雁齿,直趋水殿。绕金堤、曼衍鱼龙戏,簇娇春罗绮,喧天丝管。雾色荣光,望中似睹,蓬莱清浅。　时见。凤辇宸游,鸾麟禊饮,临翠水、开镐宴。两两轻舫飞画楫,竞夺锦标霞烂。罄欢娱,歌鱼藻,徘徊宛转。别有盈盈游女,各委明珠,争收翠羽,相将遥远。渐觉云海沉沉,洞天日晚。
>
> （柳永《破阵乐》）
>
> 正波泛银汉,漏滴铜壶,上元佳致。绛烛银灯,若繁星连缀。明月逐人,暗尘随马,尽五陵豪贵。鬓惹乌云,裙拖湘水,谁家姝丽。　金阙南边,彩山北面,接地罗绮,沸天歌吹。六曲屏开,拥三千珠翠。帝乐口深,凤炉烟喷,望舜颜瞻礼。太平无事,君臣宴乐,黎民欢醉。
>
> （万俟咏《醉蓬莱》）
>
> 佳胜古钱塘。帝居丽、金屋对昭阳。有风月九衢,凤皇双阙,万年芳树,千雉宫墙。户十万,家家堆锦绣,处处鼓里笙簧。三竺胜游,两峰奇观,涌金仙舸,丰乐霞觞。　芙蓉城何似,楼台簇中禁,帘卷东厢。盈盈虎貔分列,鸳鹭成行。向玉宇夜深,时闻天乐,绛霄风软,吹下炉香。惟恨小臣资浅,朝观犹妨。
>
> （杨泽民《风流子》）

以上所举诸词,或描写金明池游赏之乐,或记载元夕节日盛况,或咏唱钱塘都会的繁华,从不同角度盛赞了两宋都城的繁荣。从外在体式上来看,多长调慢词,少用小令;从表现手法来看,多铺叙形容,而很少用比兴。长调慢词为咏唱都市繁华提供了充分的形式条件,只有足够的篇幅才能够盛得下都市生活中的热闹场面和繁华程度；有了长调慢词的形式，还需要词人有高超的铺叙展衍能力，因为热闹的节序场面或盛大的都市繁华均为外在事物，而非内隐的心绪，直笔形容远胜于曲笔传递。铺叙手法也即赋法，远绍《诗经》，铺张扬厉的汉大赋运用铺叙手法已经非常成熟，班固的《两都赋》、张衡的《东京赋》《西京赋》以及左思的《三都赋》都是运用赋法吟咏京都的名篇，对宋词中描写京都节序风物的词篇都有深远的影响。

陈新璋《诗词鉴赏概论》说："铺叙指铺陈叙事，包括两个要点：一是直接地写，不必先言他物，以引起联想而及于本物，或借他物作比，表现本物；二是铺张地写，不是单一而止，而是一而再，再而三，摆开阵势，有一种气派。"[1] 以柳词为例证之。柳永《破阵乐》写北宋金明池游赏的风俗。上片"直接地写"金明池上景象，连用三个四字句"露花倒影，烟芜蘸碧，灵沼波暖"，描写含露的鲜花在池中投下清晰的倒影、碧绿的池水和烟霭笼罩的草地融合无迹、金明池中春水荡漾着一派春光的美好景象，写景如画，笔调明丽。接着写金明池岸边的人工胜景：垂柳嫩黄的柳条随风拂动，岸树上系着的龙舟画船色彩艳丽。然后用飞虹之状作比，形容仙桥的雄跨金明池上、直通水殿的凌波而起之势。把金明池的风光形容曲尽之后，转写金明池上的游乐场面：以百戏之一的鱼龙戏为点传递出金明池上演的百戏花样之多、变化之丰；又通过歌舞伎人色彩绚丽的服饰和响彻云天的器乐声，渲染出金明池上罗绮成群、花光满路、鼓乐喧天的繁华热闹场景。层层铺叙、重重描绘的手法"一而再，再而三，摆开阵势，有一种气派"，使身临其境的人恍惚间仿佛进入了人间仙境。如此极尽铺叙形容之后，似乎已无内容可写。可词人在下片用"时见"二字起笔，柳暗花明，开始转向对金明池皇帝赐宴群臣和观看龙舟竞渡争标场面的描写。"凤辇""鸾舸""镐宴"等词语华美典雅，把赐宴的皇家气势衬托出来。"两两轻舠飞画楫，竞夺锦标霞烂"两句生动地再现了参赛龙舟双桨齐飞、奋力夺标的情景。然后词人又把目光投向普通百姓，写游春女子把明珠赠所爱、用翠羽饰自己的情态，非常传神。最后在一片似仙境的暮色中结束了金明池游赏。如此看来，全词写金明池游赏

---

[1] 陈新璋：《诗词鉴赏概论》，广州：广东人民出版社1991年版，第181页。

盛况正如近人夏敬观在其《手评乐章集》中的评价："层层铺叙，情景兼融，一笔到底，始终不懈。"从金明池的自然美景到人工胜景，从精彩纷呈的金明池百戏演出到熙熙攘攘服装艳丽的游赏人群，从皇帝赐宴的皇家气势写到龙舟竞标的激动人心，再从龙舟竞标的紧张激烈场面到游春女子的情态描写，犹如一篇游记散文，有点有面，景、情、人、事诸端铺叙形容殆尽，对宋仁宗时的金明池游赏盛况进行了翔实的记录，千百年后的人们再读此词依然能够还原那个热闹繁华的京都游赏场景。

柳永这种用铺叙手法来正面形容的表达方式不仅体现在其京都词中，杭州、苏州、成都等大都市的繁华景象也被他用这种方式形容曲尽，《望海潮·东南形胜》《瑞鹧鸪·全吴嘉会古风流》《一寸金·井络天开》等词即是。柳永的同乡福建黄裳给予此类词极高的评价曰："余观柳氏乐章，能道熹（应为嘉字形误）祐中太平景象……呜呼，太平气象，柳能一写于乐章，所谓词人盛世之黼藻，岂可废也！"[①] 北宋范镇亦有"仁庙四十二年太平，吾身为史官二十年，不能赞述，而耆卿能尽形容之"[②] 的赞语，足见柳永捕捉时代发展脉搏入词并进行充分表达的行为在当时的影响力。

在两宋词坛上，柳永不过是运用正面铺叙模式的一个代表性词人。用这种表达方式进行创作的两宋词人数量很多，南宋吴文英对西湖的吟咏也属于这一类表达方式，如《莺啼序·丰乐楼》：

> 天吴驾云阆海，凝春空灿绮。倒银海、蘸影西城，西碧天镜无际。彩翼曳、扶摇宛转，雩龙降尾交新霁。近玉虚高处，天风笑语吹坠。　清濯缁尘，快展旷眼，傍危阑醉倚。面屏障、一一莺花。薜萝浮动金翠。惯朝昏、晴光雨色，燕泥动、红香流水。步新梯，藐视年华，顿非尘世。　麟翁衮舄，领客登临，座有诵鱼美。翁笑起、离席而语，敢诧京兆，以役为功，落成奇事。明良庆会，赓歌熙载，隆都观国多闲暇，遣丹青、雅饰繁华地。平瞻太极，天街润纳璇题，露床夜沈秋纬。　清风观阙，丽日耒恩，正午长漏迟。为洗尽、脂痕茸唾，净卷鞠尘，永昼低垂，绣帘十二。高轩驷马，峨

[①] （宋）黄裳：《演山集》卷三十五《书〈乐章集〉后》，文渊阁四库全书本。
[②] （宋）谢维新：《古今合璧事类备要》文渊阁四库全书本。

冠鸣佩,班回花底修禊饮,御炉香、分惹朝衣袂。碧桃数点飞花,涌出宫沟,溯春万里。

全词用二百四十字的篇幅来吟咏作为西湖楼阁之最的丰乐楼,第一阕极写楼之高,第二阕集中叙述登楼所见的西湖美景,第三阕记述楼主人大宴宾客的丰盛热闹,第四阕补足宴会结束后众宾客酒醉入睡、宴罢归去的情景,一气呵成,用足够的篇幅施展铺叙的才能,用散文化的笔法描绘出一幅孝宗朝临安城繁华享乐生活的风俗画。

二、以追忆手法出之的双城对比模式

对于那些曾经生活于京都的繁华丰厚之中,后来却因突然的变故离开京都,并且此生都可能无法再回到京都的词人而言,回望京都,以追忆或梦境的方式重温京都生活成为他们词作中最为常见的表达方式。这种追忆的方式往往是以词人如今所在地的生活为参照的,双城生活的对比之中表达出词人的今昔之叹。

运用这一类表达方式表达自己的恋阙情结的词人中身份最高的非帝王莫属。靖康二年,宋徽宗赵佶、宋钦宗赵桓和皇后等三千多人被俘北上,十万普通百姓也被迫一起北上,汴京皇室中有价值的东西早已被洗劫一空。两位皇帝到达金都城上京后,用词笔咀嚼这一段悲惨屈辱的历史,金人的都城上京和陷落的旧都汴京之间形成了一组极富张力的矛盾冲突,曾经的熟悉与眼前的陌生、曾经的繁华与眼前的凄凉、曾经的故国与眼前的异域,对比如此强烈,亡国之君难言的沉痛跃然纸上:

宸传三百旧京华,仁孝自名家。一旦奸邪,倾天折地,忍听琵琶。如今在外多萧索,迤逦近胡沙。家邦万里,伶仃父子,向晓霜花。

(赵桓《西江月》)

玉京曾忆昔繁华,万里帝王家。琼林玉殿,朝喧弦管,暮列笙琶。花城人去今萧索,春梦绕胡沙。家山何处?忍听羌笛,吹彻梅花。

(赵佶《眼儿媚》)

如果说帝王作为创作主体尚不具有代表性和普遍性的话，李清照作为万千南渡人的缩影，其易安词中这类表达方式的频频运用，则可以视为宋词中颇具普遍性和代表性的创作方式了，以《永遇乐》为例：

> 落日熔金，暮云合璧，人在何处？染柳烟浓，吹梅笛怨，春意知几许？元宵佳节，融和天气，次第岂无风雨？来相召、香车宝马，谢他酒朋诗侣。　中州盛日，闺门多暇，记得偏重三五。铺翠冠儿，捻金雪柳，簇带争济楚。如今憔悴，风鬟霜鬓，怕见夜间出去。不如向、帘儿底下，听人笑语。

此词作于李清照南渡后，写南宋都城临安元宵节的热闹场景。此时宋金双方都已暂停交战，南宋京都临安呈现出一片升平景象。元宵佳节天气晴朗、梅开柳绿。人们呼朋引伴，衣着艳丽地坐上香车宝马走上街头赏灯。宋室南渡后，南北文化交流融合进程加快，在节日习俗方面更是如此，宋史专家张家驹曾将孟元老《东京梦华录》与吴自牧《梦粱录》的内容进行过对比，发现北宋都城汴京和南宋都城临安的社会风俗"几乎看不见这两者之间有什么很大的区别。说明经过长期的杂糅以后，南北风俗已趋于融合"。[①] 可见，南宋时期北方文化对以临安为中心的江南地区的影响是十分巨大的。此时李清照身在临安，眼前的节日风俗和盛况与昔日汴京的节日习俗与热闹程度并没有太大差异，并不似徽钦二帝北上至金都上京时所看到景象那样，与故都风物的差异非常悬殊。因此，词人的今昔之感似乎应该淡泊许多，事实并非如此。今日临安和昔日汴京在节日习俗差异不大的前提下照样刺激词人敏感的神经，因为今日的词人已不复是昨日的词人了，昨日的青春时光已消逝，昨日的中州繁盛已消逝，连同昨日那些可亲的人们也已不在了，词人面对元夕节的心情怎会不发生变化！不同的心境拉大了双城之间的距离，词人透过表面相似的繁华热闹看到了双城之间难以逾越的历史鸿沟，于是在"融合天气"里她担心"次第岂无风雨"，在元宵节的丝竹管乐里她听到了"吹梅笛怨"的哀伤旋律，一切在别人看来充满节日的祥和欢乐的事物在词人眼里都

---

① 张家驹：《两宋经济重心的南移》，武汉：湖北人民出版社1957年版，第60页。

变得低沉伤感，辞却朋友的相招，躲向帘儿底下咀嚼自己的孤独和凄凉，满腹辛酸，一腔凄怨，几许沉重！双城对比叙事模式的表达效果并不因双城之间风俗习惯的相近、享乐生活的相似而大打折扣，相反，依然产生了强烈的对比，达到了很好的抒情效果。

1275 年秋，元军逼近临安，次年二月南宋投降，帝后三宫均被虏获北迁至元大都。因为南宋灭亡时值初春，恰在元宵节前后，所以每当元宵节来临，词人自然而然地会想到临安的陷落，借此表达亡国之痛和故国之思。如刘辰翁的《永遇乐》：

> 璧月初晴，黛云远淡，春事谁主？禁苑娇寒，湖堤倦暖，前度遽如许！香尘暗陌，华灯明昼，长是懒携手去。谁知道，断烟禁夜，满城似愁风雨！　宣和旧日，临安南渡，芳景犹自如故。缃帙流离，风鬟三五，能赋词最苦。江南无路，鄜州今夜，此苦又谁知否？空相对，残釭无寐，满村社鼓。

此词题序这样写道："余自乙亥（注：1275 年）上元诵李易安《永遇乐》，为之涕下。今三年矣，每闻此词，辄不自堪。遂依其声，又托之易安自喻。虽辞情不及，而悲苦过之。"该词对李清照《永遇乐》今昔对比的双城书写模式的模仿是很显然的。实际上，李清照词出现了临安和中州汴京两个都城，形成了明显的双城对比模式，在刘辰翁笔下，于临安和汴京的双城对比之外，还隐含着一组对比关系，而且这组新的对比关系所指均是同一个都城临安。同一个都城本无法归入双城对比的书写模式。但深入探究词意，会发现双城对比模式在刘辰翁笔下已经发生了变化，词人所咏虽是同一个地点临安，但词中出现了两个临安形象：一者是昔日南宋未亡前之临安，二者是今日南宋投降元朝后之临安。昔日之临安"香尘暗陌，华灯明昼，长是懒携手去"，正是李清照笔下繁华热闹却懒于携手出游的临安景象；今日之临安"断烟禁夜，满城似愁风雨"，在元人宵禁的政策下，临安城冷落不堪，人们想出游已不可能，呈现出一种没落萧瑟的感伤气氛。刘辰翁笔下今日临安与昔日临安的对比，与当年李清照笔下临安和汴京的对比如出一辙，今昔之感中熔铸亡国之痛，所不同之处刘辰翁伤悼的是南宋沦陷、李清照追怀的是北宋覆亡而已。

三、作为符号和象征的京都虚写模式

以上所举恋阙情怀的书写模式都出自那些曾经在所描写的都城中生活过一段时间的词人之手。但是在南宋时期，很多南方词人如陈亮（浙江永康人）、刘过（江西太和人）、刘克庄（福建莆田人）、崔与之（广东增城人）等均未曾有过在北宋汴京生活游历的经历，但他们依然习惯于提及北宋的汴京，在客观上汴京生活经历的缺失使他们对汴京的书写呈现出虚化的倾向，在词中的表现就是虽然在词中提及汴京，却并不展开笔墨去描写与汴京有关的城市景观，即使稍有提及也纯然凭借来自他人口耳相传或者来自书籍资料的信息加工而成，带有几分想象虚构的成分。更多情况下，汴京是作为一种符号和象征，与词人的政治理想捆绑在一起出现在词中，成为眷恋故国、北伐恢复的政治理想在地理空间上的一个象征性符号。

老去凭谁说，看几番、神奇臭腐，夏裘冬葛。父老长安今余几，后死无仇可雪。犹未燥、当时生发。二十五弦多少根，算世间、那有平分月。胡妇弄，汉宫瑟。　树犹如此堪重别，只使君、从来与我，话头多合。行矣置之无足问，谁换妍皮痴骨。但莫使、伯牙弦绝。九转丹砂牢拾取，管精金，只是寻常铁。龙共虎，应声裂。　　　（陈亮《贺新郎》）

中兴诸将，谁是万人英？身草莽，人虽死，气填膺，尚如生。年少起河朔，弓两石，剑三尺，定襄汉，开虢洛，洗洞庭。北望帝京，狡兔依然在，良犬先烹。过旧时营垒，荆鄂有遗民。忆故将军，泪如倾。说当年事，知恨苦；不奉诏，伪耶真？臣有罪，陛下圣，可鉴临，一片心。万古分茅土，终不到，旧奸臣。人世夜，白日照，忽开明。衮佩冕圭百拜，九泉下、荣感君恩。看年年三月，满地野花春，卤簿迎神。

（刘过《六州歌头》）

万里云间戍，立马剑门关。乱山极目无际，直北是长安，人苦百年涂炭，鬼哭三边锋镝，天道久应还。手写留屯奏，炯炯寸心丹。　对青灯，搔白首，漏声残。老来勤业未就，妨却一身闲。梅岭绿阴青子，蒲涧清泉白石,怪我旧盟寒。烽火平安夜,归梦绕家山。

(崔与之《水调歌头》)

以上三首词中均出现了指向北宋汴京的意象,即"长安"和"帝京"。陈亮词作于浙东,是与辛弃疾唱和的词章;刘过词作于游湖北武昌鄂王庙时;崔与之词作于任职成都登剑阁时。三首词均作于南宋偏安的疆域之中,表达的都是南宋抗战派抗金北伐的心声。陈亮词中对汴京的描写是"父老长安今余几,后死无仇可雪。犹未燥、当时生发。二十五弦多少根,算世间、那有平分月。胡妇弄,汉宫瑟",南渡数十年后老一辈已经先后谢世,新一辈已日渐习惯南北分立的局面,汴京宫殿中的贵重器物被洗劫一空的悲痛却依然刺痛着词人。这些有关汴京的描写是南宋人有关靖康之难的共识,靠常理推断或史书记载均可获知,无须居住汴京才能获得。刘过词中对汴京的描写有"北望帝京,狡兔依然在,良犬先烹",是针对岳飞抗金因莫须有罪名被杀这一史实进行的阐发,帝京一带依然陷落在金人铁蹄之下的国家形势亦是朝野共知的事实,亦非居住汴京而得的印象。崔与之词中"直北是长安,人苦百年涂炭,鬼哭三边锋镝"的汴京印象亦是想象之词,词人在遥想沦陷区百姓的生活之苦。总览三人词作中对汴京的描写,都带有想象和推断的成分,并非对汴京的真实写照。这种靠想象和推断得来的种种令人担忧的汴京印象是激发词人报国之志的原动力,在抒发北伐恢复的词作中必不可少。

虽然词人对以汴京为代表的沦陷区生活的叙写存在虚化的特点,但并不说明这些写照不真实,相反,在靖康之难过后的北方沦陷区确确实实地呈现出这种种的社会现状来。这种虚写的故都场景,以其确实的存在刺痛着每一个爱国志士,而南宋朝廷的避战就和主张又一直打压着爱国志士们的政治理想,所以这类词作都呈现出愤激不平的风格。

宋词园地里的京都形象在词人笔下的不同表现方式往往与词人和京都之间的空间距离相关,与京都距离为零的词人(仕宦或生活于京都的词人)往往以正面铺叙的表达方式对京都的繁华热闹进行充分的形容;曾经久居京都如今却远在他乡的词人通常会采取双城对比的表达方式来追今忆昔,表达出对往日生活的眷恋和不舍,甚至还饱含着对故都故国的深痛悼念之情;而那些从来也没有去过故都的词人只能用遥想虚写的方式来想象旧京都种种令人忧心的现状，进而申述自己的政治情怀和报国之志。

第三节　乡土情结与恋阙情结关系试论

故乡和京都是文学世界中一组关系非常奇特复杂的地理空间，相互矛盾却又相映成趣，共同映照出文人微妙复杂的内心世界。

首先，乡土情结和恋阙情结在空间上形成了互为反方向的关系。

城市是人类文明的成果和标志，在两宋时期形成了以汴京为核心、由一批不同规模、等级、职能的城市共同组成了道路制下的五级城市分布网络。如果把北宋版图上词人的故乡和汴京两个地理空间用直线一一连缀，就会在地图上形成一个以汴京为核心呈发散状分布的射线群，在众线交会点的京都因其得天独厚的政治、经济、文化优势向周边城市发出最强大的吸引力，这种吸引力如石投湖，由近及远地辐射到京都之外的城市，力所不及的偏远蛮荒之地，政治、经济、文化的发展自然落后，京都辐射力所不及的偏远之地往往产生的词人数量也少得可怜或几近于无，岭南地区就是一例。古代"五服""九服"观点与这一现象正可相互印证。

在北宋五级城市分布网络图上，各级地方城市的综合实力都要弱于京都，故乡的天空只能孕育词人，却不能给词人一个更加美好的前途，于是词人被京都强大的吸引力召唤着进京应试或仕宦，离开故乡就成为一种必然。一个个文人士子离开故乡奔赴京都的路程就形成一条条发散状分布的射线，京都是路程的终点，词人留给故乡的是背影，晏殊、欧阳修把背影留给了江西，柳永把背影留给了福建，苏轼把背影留给了眉州，周邦彦把背影留给了钱塘。故乡和京都成为词人必须离开和面对的两个地理空间，形成了互为反方向的空间关系，非此即彼，除非这个词人就是京都中人，京都和故乡在他的世界中重叠。毕竟，相较绝大多数词人而言，这种情况的概率实在是太小了。实际上，发散分布的射线群也有相对密集的区域，江浙、江西、福建、四川等地就是盛产词人的射线密布区，也就是词人故乡的重叠区，在京都和故乡的反方向关系中，词人作为中间媒介赋予这种反方向关系以相互补充的双向交流：把故乡的文化风俗带入京都，把京都的主流文化又传播到故乡。因为词人地域分布的不均衡性，这种双向交流也呈现出地域性差异来，这种由来已久的地域差异日渐形成传统，于是以江浙词人群、江西词人群、福建词人群、四川词人群为代表的地域文学和文化发展明显表现出地域不平衡的趋势，并且影响久远。

南宋的都城南移至临安，疆域范围变得扁狭，乡土与京都之间的距离缩短，但是"乡土—京阙"这一互为反方向的空间关系却是相似的，此不赘述。

其次，乡土情结和恋阙情结在情感层面形成了既相互矛盾又相互依存的关系。

《诗经》中有百分之十六的诗篇曾经直接或间接地表达过思恋乡土的情怀，产生思乡之情的原因可以分为婚姻、流浪、政治、征戍、徭役等多个方面。但在我们谈及"故乡—京都"这一空间反方向关系时，词人的政治欲望是形成这一关系的最主要驱动力，也就是说，此章节所探讨的乡土情结的主体范围已经远远小于《诗经》中乡土之情的主体范围，同时这一创作主体的社会身份却又大大提升了，由《诗经》中多为社会底层普通百姓的思乡主体提升为宋词中以封建官僚体制中的文人士大夫为主的创作主体。宋词中乡土情结的发出者往往也兼怀恋阙之情，离开故乡的原动力往往是科举和游学等与京都密切相关的缘由，因此乡土情结和恋阙情结有时会成为词人个体情感的两个方面，彼此矛盾又相互关联。试以苏轼为例析之。

与大多数文人一样，苏轼与父亲、弟弟进京科考之前，一直生活在故乡眉州。他在眉州出生、成长、问学、结婚直到二十岁，收获着宝贵的亲情、友情、爱情等诸种人生情感。然后北上汴京科举考试，名动京师，进入仕途之中，不断穿梭在京都和地方任上，除了扶亲人灵柩归葬等短暂回乡，几乎可以说离开故乡后就再也没有真正地回去过。浓缩着人间真情的故乡成为苏轼感情上的依赖和支撑，父母亲、第一任妻子去世后灵柩都安葬在眉州，更是引发词人在一遍遍地回望故乡中获得情感的慰藉和调适。熙宁变法给苏轼带来了政治上的失意，让这个初入仕途不久的文人颇感困惑和失落，主动离开京师后所作的词篇中乡土之情频频流露，无论是在杭州、密州、润州还是徐州。乡土之情有时表现为对故乡"旧青山"的留恋,有时又表现为对故乡亲人的思念,密州任上一首《江城子·十年生死两茫茫》就是宦海失意时强烈思念亡故妻子的词篇,"小轩窗,正梳妆"的轻松欢快和"明月夜,短松冈"的凄凉孤独都是故乡眉州这一特定地理空间留给词人的无比深刻的印象,轻松欢快的是词人曾经美满的爱情和婚姻生活,凄凉孤独处是对逝去亲人的无比思念。触发怀乡之情的深层原因,一者是对孕育自己生命的那片土地的眷恋,二者是对宗族血缘关系中的亲人、乡人的思念。前者给词人提供了一种最贴近自然的安静平和的田园式生活,后者赋予词人一种最为真诚天然的人伦关系和最为本真自然的情感体验,苏轼念念不忘的就是这种不加雕饰的天然生命之美,带有一种民族化的留恋童真的集体情感印记。

  乡土上的词人是父辈的孝子贤孙、妻儿的良人慈父、土地田园的忠实主人。这种人与人、人与环境的天然关系往往不会带给词人焦灼感和紧张感,相反,自由、闲适、真诚的人生往往是由乡土赐予的。当词人离开故乡进入仕宦之中,他的身份就由孝子贤孙、良人慈父、田园主人变换成帝王的臣子、朝廷的官员,成为封建官僚体制中的一员,被庞大的体制裹挟着前行。曾经在京都为官的词人们,任职京师的欣喜短暂得如昙花一现,政治主张之别带来的政治斗争体现出来的党同伐异、打击报复等现象让词人对京都政治生活产生了恐惧和厌倦,尤其是在文字狱兴盛的宋代,更是如此。词人欧阳修、苏轼等都有过主动请求离开千万人趋之若鹜的京都而外任地方的上书行为,并且也最终成行,甚至朱敦儒完全放弃了在汴京开封做官的人生,主动选择了归隐洛阳的生活,这些事例都显示出恋阙情结的狂热是一时的,真正进入京都政治圈以后的文人心态往往会发生极大的变化,促使他们离开故乡的政治热情被政治斗争和尔虞我诈的人际关系消磨殆尽,初至京师时"有笔头千字,胸中万卷,致君尧舜,此事何难"(苏轼《沁园春·赴密州早行马上寄子由》)的自信昂扬变成了眼前"此生飘荡何时歇?家在西南,长作东南别"(苏轼《醉落魄》)的失意低沉,恋阙之情变成了惧阙之心,于是留恋故乡和厌惧官场共生成为经历宦海浮沉后的词人的典型心态。

  美国心理学家马斯洛认为:假如人的生理需要与安全需要都很好地得到了满足,爱、感情和归属的需要就会产生。处于这一需要层次的人,把友爱看得非常可贵,希望能拥有幸福美满的家庭,渴望得到一定社会团体的认同、接受,并与同事建立良好和谐的人际关系。如果这一需要得不到满足,个体就会产生强烈的孤独感、异化感、疏离感,产生极其痛苦的体验。① 应该说故乡就是这样一个能够给人以归属感和安全感的独特地理空间,而官场则很难成为这样一个空间,相反,官场往往会因为自身多变无据的特点带给人孤独感、疏离感、异化感等极其痛苦的情感体验。于是,对故乡的留恋和依赖与对京都政治的厌倦和畏惧在情感上形成一组矛盾关系,构筑成词人仕宦奔波中的焦灼心态。这组矛盾关系在词人最初离开故乡时并非如此,仕宦京都离不开词人在故乡的成长问学过程,它们构成一种前后相继的因果关系,没有"笔头千字,胸中万卷"的前期积淀,何来"致君尧舜,此事何难"的气魄和胆识!也只有"致君尧舜"才能够不辜负故乡曾经的抚育之功,才能够衣锦还乡荣耀宗祖!但是当政治环境按照自身的运行规律把词人裹挟到政治纷争之中而难以自拔之时,这种前后依存的关系日渐发生着变化,离开险恶的政治环境回到最宁静平和的田园生活成为词人内心最大的渴望。有时因为故乡遥远,词人会在他乡选择一处类似故乡的土地筑巢安居,来满足情感深处对故乡无比眷恋的渴望。这时故乡的概念已经由最初偏重地理意义日渐转变为侧重精神意义的故乡概念了,颍州之于欧阳修、常州之于苏轼、嘉禾之于朱敦儒、带湖瓢泉之于辛弃疾均亦如此。

最后,乡土情结和恋阙情结在思想层面构成了词人出世与入世的矛盾。词人在情感上对故乡的眷恋和对官场的厌惧,真实地反映出其思想世界的矛盾状态。

乡土情结是词人寻根意识的表现,怀恋田园是中国悠久的农耕生产方式日益沉淀而成的情怀,象征人类无忧无虑的童年。恋阙情结是词人发展意识的表现,向往京都乃是封建集权制社会政治权力日益集中下的产物,"学好文武艺,售与帝王家",在京都的大舞台上实现自我价值是人类成年后的追求和梦想。无虑的童年意味着自由和真实,成年的追逐则以牺牲自由和童真

---

① [美]亚伯拉罕·马斯洛著,许金声等译:《动机与人格》(第三版),北京:中国人民大学出版社2007版,第26-27页。

为前提。如何处理两者关系一直是思想领域的宏大命题，儒释道三家思想在不同的向度上思考解答这个命题。

北宋勤读书求功名的浓郁社会氛围深深地激发着词人柳永的功名欲。即便是青年柳永口出过"才子词人，自是白衣卿相"的狂言，也并不能真正做到对功名的波澜不惊。柳永在青年时期用尽各种办法进入仕途而不得，备尝被政治舞台疏离的煎熬和痛苦。五十岁左右才入仕的他，一直在长江沿线一带做职位较低的地方官，将近二十年宦海漂泊之后才得以回到汴京任职。柳永的宦海漂泊词中满是对"名缰利锁""蜗角功名"的牢骚不满，入世的痛苦深深折磨着柳永，他却并不会用释道思想的融通达观来抚慰内心。如柳永一样的文人士子，仅仅用积极进取的儒家思想来对待仕宦的起伏和波折，结果只能是焦灼甚至绝望。

苏轼步入仕途时政治环境已经有了很大的变化，北宋党争日益激烈。名动京师的苏轼在仕宦中积极进取、忠君爱民，却因忠直敢言而屡受打击，被贬黄州、惠州、儋州等政治灾难均是灭顶之灾，非常人所能承受，所以他词中的怀乡之情才日益浓烈。怀乡而无法归去的矛盾令词人痛苦不堪，积极调整心态的词人最终以"此心安处是吾乡"的达观拯救了自己的心灵，"问汝平生功业，黄州、惠州、儋州"的人生境界就是词人儒释道三家思想融通后达到的思想高度。

朱敦儒对仕途的热情并不高涨，在北宋宣和年间任职汴京七年之后选择退乡归隐，过着"诗万首、酒千觞，几曾着眼看侯王"的风流狂放生活。在宋室南渡后虽也曾有过一段时间的仕宦经历，但归隐嘉禾才是他真正想要并且付诸实践的生活。在词人朱敦儒身上已经很难找到柳永对于京都政治的那份狂热了，超拔于尘世之外、回归自由自在的精神故乡、过着出世隐居的生活成为他一生中最为重要的人生状态。

从柳永、苏轼、朱敦儒三位词人来看，回望故乡和眷恋京都的情绪都曾经出现在他们的词作之中，出世和入世的矛盾也正是他们要面对和解决的思想问题。偏执如柳永者，在宦海中漂泊着、焦灼着，儒家思想的积极入世让他倍感痛苦；融通如苏轼者，既能够做一个儒家思想所倡导的忠君爱民的臣子，在不同的任职上积极有为地实现自己的人生价值，又能够用释道的达观和超然来开解自己，乐观面对政治倾轧和有家难归的痛苦，从而为文人士子树立了一种进退自如、宠辱不惊的人生范式；自在如朱敦儒者，主流的价值观念并不能束缚他，年轻时的疏狂放浪、老年时的逍遥自在都显示出主流之外悠然自得的一种人生存在。

故乡和京都，这两个在宋词中频频闪现的地理名词，在空间上构成了互为反方向的关系，离开故乡奔赴京都是很多词人的人生选择。互为反方向首先意味着在情感上的矛盾，对故乡的眷恋和对京都政治的厌倦甚至恐惧是这种情感矛盾的两端，但这并非全部，因为这种情感上的矛盾状态往往出现在词人仕宦不如意的情形中。当初词人离开故乡雄心勃勃地奔赴京都时，故乡和京都之间就像接力赛的两个端点，故乡是起跑线，京都是终点，两地之间的传递关系和合作关系使得两地关系很和谐，并不存在后来的紧张关系。一旦久居京都，备尝官场政治的各种复杂况味，词人就会在厌倦京都、回望故乡时陷入出世和入世的思想矛盾之中，或身心痛苦，或达观面对，便构成了各个不同的生存方式和人生态度。

还有一个特殊情况需要注意：在经历过靖康之难的词人眼中，国破家亡的惨痛现实使得家、国之间的界限变得模糊，怀念故乡与追念故国变得一致起来，怀乡之情和恋阙之情也就取得了罕见的一致，当李清照作为一个齐鲁人在杭州回忆"中州盛日，闺门多暇，记得偏重三五"的汴京元夕节盛况时，当朱敦儒作为一个洛阳人在岭南追怀"伊川雪夜，洛浦花朝，占断狂游"（《雨中花》）的洛阳文雅生活之时，怀乡抑或恋阙的界限实在是难以判然两分的。

下 编
个案研究

第六章
心恋魏阙，身在江湖
——重绘《乐章集》的文学地图

在《乐章集》中，柳永用词绘制出一幅广阔的人生地图：南起武夷，北及华阴，西至成都，东濒定海，就北宋版图而言，柳永足迹所至已经遍及大半个北宋领土了。对于一个科举踬蹶、仕宦偃蹇的文人而言，"在路上"是他主要的文学创作状态。游历足迹无疑会被作者捕捉进文学作品之中，增加其作品的纪实性。从这个角度来看，地理交通对解读凝结着柳永人生经历和思想情感的《乐章集》而言，无疑是一个重要而独特的视角。进一步说，从地理交通的角度去解读《乐章集》，我们或许能够为柳永这一封建文人绘制出一幅生动的人生地图。

第一节 文学地图上的"帝京情结"

翻开柳永家世的第一手资料，即王禹偁《小畜集》卷三十《建溪处士赠大理评事柳府君（柳永之祖父）墓碣铭并序》、卷二十《送柳宜通判全州序》、卷十《柳赞善写真赞并序》、卷十一《和国子柳博士喜晴见赠》四篇，可知柳永祖籍福建崇安（今武夷山市），宋制崇安属建州管制。柳永留存至今的一首《题中峰寺》就是描绘建州风物的。据明嘉靖《建宁府志》卷三山川及卷十坊巷条记载，中峰寺在崇安县东三里处，位于中峰山麓，中峰山是武夷山群之一，但《中峰寺》是一首七律。遍阅整部《乐章集》，没有一首词描绘福建风物，而词恰恰是柳永最擅长也是留存最多的文学样式，这不免让人稍觉遗憾。有人认为《巫山一段云》（六六真游洞）涉及崇安武夷山的三十六洞和九曲溪胜景，此说不确。其实首两句所指乃道教仙境的三十六洞天，分布遍及多个州府境内，武夷山洞仅其中之一而已，况且作为一首游仙词，也没有体现出独特的福建地貌特点。

考察个中原因，首先与柳永在福建所居时间甚短有关。柳永出生时父亲柳宜已经远离福建在京东西路的济州任县令①。考察柳宜仕宦经历，除了柳永幼年时柳宜有五年时间任全州（广西桂林）通判外，在柳永成长的大部分时间里柳宜都是在汴京为官，所以柳永对于福建崇安的记忆是少之又少的。何况柳永编年词所述内容大都是他少年以后的人生经历，即使那些无法编年的词章就内容多写艳情羁旅的特点而言，也非童年柳永所能驾驭。此外，唐宋时期位于东南一隅的福建在全国的地理位置恐怕也是一个重要原因。据《宋史》，凡在四川四路、荆湖南北路、广南东西路所谓边远八路为官者，出朝外任均不许携家室而往，违者必有重罚，甚至斩首②。福建盖古闽越之地，恰在边远八路之列，远离政治经济中心汴京，地处蛮荒偏远之所，所以，柳永青年时期前后三年的漫游，走向的是经济发达人文荟萃的江浙两湖一带，并没有越过这一带再向南推进到岭南的福建，所以词中缺乏对福建地理风物的描绘。入仕以后，柳永的仕宦经历中也缺乏出任福建的记载。总之，在用词绘制的文学地图上，柳永对家乡崇安的书写是空白的。

与故乡风物的缺席同时存在的一个地理书写特点，就是在《乐章集》中频繁出现了"帝京""帝里""仙乡""神京"等指向一致的地理名词。而且，这类地理名词在词人游历仕宦汴京之外时频频出现，魂牵梦绕，凝结了关于故乡和成长的所有情感内容：快乐、安逸、青春、爱情等。所以，我们说，《乐章集》中并不缺乏怀乡一类的情感内容，只是在柳永笔下，这类情感的地理指向发生了变化，柳永的故乡概念已经不能想当然地等同于福建崇安这一地理名词了，他已经明确地把故乡概念置换为汴京了："别久。帝城

---

① 据薛瑞生先生《乐章集校注》（北京：中华书局2012年版）考证，因父亲任职全州不能携家眷，柳永大约在幼年时期回福建居住过四年左右的时间，九岁左右回到汴京就再也没回去的记载。
② （元）脱脱：《宋史》卷一百五十九《选举五》"远州铨"条，北京：中华书局1977年版，第3721页。

当日、兰堂夜烛,百万呼庐"(《笛家弄》)①、"指归云,仙乡杳、在何处"(《迷神引》)、"览景想前欢,指神京,非雾非烟深处"(《竹马子》)。当柳永反复追念汴京生活的时候,"帝城""仙乡""帝里""神京"等地理名词引发的情感纯然是一种怀土思乡之情。甚至有时词人干脆连"帝京"等字样也一并略去不用,而直接以"故乡"指代汴京了,《归朝欢》"一望乡关烟水隔。转觉归心生羽翼"、《八声甘州》"不忍登高临远,望故乡渺邈,归思难收"等登高临远词即此。之所以能把此处的"故乡"作"汴京"理解,是因为同一时期同类作品中,汴京这一地理名词无一例外地都打上了柳永汴京爱情生活的烙印:"再三追思、洞房深处,几处饮宴歌阑,香暖鸳鸯被"(《浪淘沙慢》)、"秦楼凤吹,楚馆云约,空怅惘,在何处"(《西平乐》)等男欢女爱场景都是汴京记忆的重要内容,"汴京"与"佳人"所指一致,均代指故乡安逸温暖的生活。所以说在柳永的人生词典里,他人笔下的恋阙情结又揉进了乡土情结,汴京这一地理名词直接等同于故乡这一情感内涵丰富的概念了。

《乐章集》中有编年可考的二百余首词作中,明确作于汴京的词作大约有二十首。有的作于柳永青年时期居汴京时,有的作于他入仕后从地方任上回到汴京时。比较而言,这种只把汴京作故乡的书写特点在青年漫游词中最为明显。

青年时期因父亲为官汴京而居汴京的柳永,还是个未入仕的十五六岁的少年郎,《避暑录话》载"柳永,字耆卿。为举子时多游狭邪,善为歌辞。教坊乐工每得新腔,必求永为辞,始行于世,于是声传一时"。② 风流倜傥的柳永在繁华的汴京城里,凭借自己的文学与音乐才华出入歌楼妓馆,所作词章往往与男欢女爱有关,即使有专家考证柳永少年时期的艳情词多是写新婚后的夫妻生活,但因为柳永这种"暇日遍游妓馆"的少年放浪行为,他的很多艳情词还存在赠给歌妓的可能性,让人不敢认定就是写给新婚妻子的文字。无论如何,"嘉景。况少年彼此,争不雨沾云惹"(《洞仙歌》)、"争如这多

---

① 本书引用柳永词皆以薛瑞生《乐章集校注》(北京:中华书局2012年版)为准,下同。
② (宋)叶梦得:《避暑录话》(卷下),明津逮秘书本。

情，占得人间，千娇百媚"（《玉女摇仙佩》）的汴京生活毕竟是充满青春活力和两情相悦的欣喜的，这种明亮安逸的生活色调深深地烙在柳永的印记里，历久弥新。于是当青年柳永离开汴京漫游江淮一带时，这种明亮丰富的汴京印象便和游历地的寥廓静寂的自然景物形成鲜明的对比，引发词人在游历词中一遍又一遍地追忆诗酒风流的汴京生活，"帝城当日、兰堂夜烛，百万呼庐，画阁春风，十千沽酒"（《笛家弄》）、"秦楼凤吹，楚馆云约，空怅惘，在何处"（《西平乐》）、"追念年时，正恁凤帏，依香偎暖"（《阳台路》）、"览景想前欢，指神京，非雾非烟深处"（《竹马子》）、"帝里，风光当此际。正好恁携佳丽。阻归程迢递"（《内家娇》）……词人甚至还引汴京入词牌创制了"忆帝京""梦还京"等自制曲，给宋代词牌创制添上了颇富地域色彩的一笔。

总之，青年时期的柳永尚未有入仕不第的坎坷经历，漫游江浙淮楚一带所作的词情感内容还较为单纯，对汴京生活的追忆以留恋爱情难耐他乡寂寞为主要内容，因此柳词对江浙淮楚一带地理风物的描写也体现出明显的选择性，多选择偏僻、荒凉、孤寂类景物入词，与汴京安逸热闹的生活形成强烈反差。

《乐章集》中只把汴京作故乡的现象是一个颇值得注意和研究的文学现象。词人的乡土情结不再指向空间意义上的实体地理概念，取而代之的是一个永不消退的情感记忆场景，较之实体地理的故乡指向，这一记忆场景烙上了强烈而深刻的成长和生活印记，上升为一种等同于故乡内涵的精神性地理概念。

第二节　从两浙路到淮南东路：选人心绪

景祐元年（1034）五十多岁的柳永中了进士。入仕后出为睦州团练推官、余杭县令、监昌国晓峰盐场、泗州判官等，再一次离开汴京，仕宦范围大致不出江淮、两浙范围。据《元丰九域志》，北宋时期，睦州和余杭县所在的杭州以及昌国县所在的明州均在两浙路所辖十四州之列，睦州偏西，明州偏东，余杭在北，三地大致呈三角形。泗州在淮南东路范畴，淮南东路与京畿路紧邻。①

《乐章集》中《满江红》（暮雨初收）、《留客住》（偶登眺）两首词分别作于睦州和定海两地。柳永所到之处自然景色优美，桐江畔的睦州远山如削、近江鹭飞鱼跃；定海晓峰盐场视野开阔，潮涨潮落的壮阔景象和绿树掩隐下的渔村院落相映成趣。景物虽有或江畔或海边的地域差异，大致都是水乡景色，并且这水乡绝非《望海潮》中赞赏的杭州一类的富庶都市，而是相对僻远一些的州县所在，所以自然景色虽然优美，人文风物并不繁华富庶，柳永词中描写更多的是辽阔空旷的郊野景色，"伤漂泊""惆怅旧欢何处"等表达流露出孤寂消沉的情感特点。

作为一个以"第三甲为初等幕职官"②身份初入仕途的选人，柳永还只是一个"京朝官以下者"，要想一步步从选人改为京官乃至于朝官，他需要按照宋代的磨勘转官制度一步步改官。磨勘制度是真宗咸平四年（1011）四月确立的官员"考绩法"，"帅以法计其历任岁月、功过而序迁之"。正如范仲淹所言"今文资三年一迁，武职五年一迁，谓之磨勘"③，在磨勘制度中最起作用的已经不是政绩，而是资历。北宋前期选人四等七阶为：

第一等：两使职官。含三阶：1. 三京府判官、留守判官、节察判官；2. 节度掌书记、观察支使、防御判官、团练判官；3. 京府留守推官，节度、观察推官，军事判官。

第二等：初等职官。含一阶：4. 防御、团练推官、军事推官，军、监判官。

第三等：令录。含两阶：5. 县令、录事参军；6. 试衔知县、知录事参军。

第四等：判司簿尉。含一阶：7. 三京军巡判官，司理、司户、司法、户曹、法曹参军，县主簿、县尉。

---

① （宋）王存等撰：《元丰九域志》卷第五，北京：中华书局1984年版。
② （宋）李焘：《续资治通鉴长编》卷一一四景祐元年条，四库全书本。
③ （元）脱脱：《宋史·职官志》3《吏部·考功郎中》《范文正公政府奏议》上《答手诏条陈十事》，北京：中华书局1977年版。

对照可知，柳永初入仕途所任团练推官大致位于北宋前期四等七阶选人的第二等第四阶。因为北宋前期选人制度实际情况非常复杂，或止作官阶而另有差遣，或官阶与职事合一，以至于被南宋史家讥讽为"杂丛可笑"①，再加上柳永史传资料的缺乏，所以柳永为选人的情况不够清晰具体，只能大致判断在第二等第四阶。真宗大中祥符三年正月选人磨勘年限被定为"三任六考"，其中一任以三周年为限，合计应该是九年。柳永侄子柳淇《宋故郎中柳公墓志》残文载："（柳永）为泗州判官，改著作郎"②，也就是说，泗州通判是柳永改京官前的最后一任幕职官。对照宋初四等七阶选人制度，泗州判官已升为第一等两使职官的第三阶。从景祐元年（1034）至庆历三年（1043）"吏部不放改官"，九年时间柳永官阶从第二等第四阶选人到第一等第三阶选人仅仅升了一级。北宋中后期的周邦彦从元祐三年（1088）初仕外任作庐州教授、溧水县令始，到绍圣四年（1097）还京为国子主簿，前后也是九年时间。看来，初仕及选人外任九年时间乃正常履历。但也可以看出，若朝中无人，宋初选人陷于"选海"、永沉下僚、仕进无望的情况是非常普遍的。九年的消磨使得柳永"改官"前的词章缺少了初入仕途的喜悦，而更多空旷寂寥之景和仕宦漂泊、他乡孤寂之情。这些地理风物和情感特征十分吻合宋初选人位卑人众、非改为京官仕途不能通达的特点。

此间柳永还做过余杭县令。清乾隆年间修《浙江通志》卷四十载："玩江楼，《余杭县新志》：在通济桥南面，瞰苕溪，宋令柳耆卿建。"清嘉庆间修《余杭县志》载："柳永字耆卿，仁宗景祐间余杭令，长于辞赋，为人风雅不羁，而抚民清净，安于无事，百姓爱之。建玩江楼于南溪，公余啸咏，有潘怀县风。"③知柳永景祐年间在余杭任过县令，景祐年共计五年，具体何年任职不确，但应在睦州之任满后无疑。柳永在余杭建玩江楼一事可以见出他此间政事清明、公事之余吟啸兴致颇高，《玉山枕》（骤雨新霁）写余杭风物，其中"讼闲时泰足风情"的表达是柳永为选人期间较少有的风格明快之作，或许与余杭县的位置和状况有关。查《元丰九域志》，余杭县乃望县，

---

① （元）马端临：《文献通考·职官》18，北京：中华书局1986年版。
② （宋）王应麟：《镇江府志》卷三十六，引柳淇：《宋故郎中柳公墓志》，万历影印本。
③ 清嘉庆间修《余杭县志》卷二一《名宦传》，引旧《志》。

位于两浙路，余杭郡，属杭州所辖九县之一，距离杭州仅七十二里，即使步行，也能当日到达，余杭县紧邻杭州如此要冲之地，地理位置明显优于睦州、定海等地，而杭州在两浙路十四州中又是最繁华的都市，柳永任职余杭县令，心情会有一时的轻松明快倒也可理解。

余杭任后，柳永又有何任职我们不得而知。但确凿的是柳永结束选人生涯是在泗州通判任上。《过涧歇近》（淮楚。旷望极）就是作于泗州、形容淮泗一带风光的词篇。此时的柳永已经从两浙路移任到距离汴京更近的淮南路。在地理位置上，泗州是汴河的入淮河口。由泗州沿汴河溯流向西北方向而去，经虹县（今泗县）、宿州、永城、宋城（今商丘）、宁陵、襄邑（今睢县）、陈留，可直达汴京。汴河"漕引江湖，利尽南海，半天下之财赋，并山泽之百货，悉由此路而进"[①]，这是北宋真正的交通大动脉，其便捷可想而知。据柳淇《墓志铭》所记，柳永就是在泗州任上结束了选人生涯改官成功的。

仁宗嘉祐之后，京朝官磨勘迁转概不必皇帝引见，选人磨勘改官则仍需皇帝引见[②]。所以柳淇《宋故郎中柳公墓志铭》谈及柳永"为泗州判官，改著作郎"时就记录了他"既至阙下，召见仁庙"的行为，与选人磨勘转官的制度正相吻合。

第三节 长江水运线上的漂泊之苦

在《乐章集》的文学地图上，柳永曾经沿长江一线行走，或顺流而下或逆流而上，行踪清晰地显示出长江水域在北宋时期作为水路交通路线的重要性。这条水运线的一端连着柳永改官之初任职的关陇地区，一端连着长江中下游的苏杭地区和荆湖一带更寥廓的区域。绵延数千里的长江水运线见证了柳永在封建官僚体系内的游走和无奈，见证了一代代封建士子的人生漂泊之苦。

---

① （元）脱脱：《宋史》卷九十七"河渠志·汴河上"，北京：中华书局1977年版，第2321页。
② （清）徐松等撰：《宋会要辑稿·选举》24之14，北京：中华书局1997年版。

一、关陇漂泊

宋代张舜民《画墁录》卷一有这样一则记载：

> 柳三变既以词忤仁庙，吏部不放改官，三变不能堪，诣政府。晏公曰："贤俊作曲子么？"三变曰："只如相公亦作曲子。"公曰："殊虽作曲子，不曾道'彩线慵拈伴伊'坐。"柳遂退。

吴熊和先生根据晏殊仕宦经历考证这条材料，推断柳永在庆历三年（1043）"诣政府"时尚未改官，但若按正常程序柳永"三任六考"也该到期了[1]，否则他不会采取冒着风险请求改官的行动。所以说柳永由选人改为京官离开泗州任，应该就在庆历三年"诣政府"后不久。《宋史·选举志》所载选人改官之制中有一条："两使推官、军事判官，令、录事参军，进士授著作佐郎，余人大理寺丞。"泗州任上的柳永改官适用这一条，改官之初柳永应为著作佐郎。此后，由著作佐郎到著作郎再到太常博士，柳永在京官一途上逐级上升，按照景德四年定立的京朝官三年一磨勘转官的制度，柳永升任到太常博士也大致经历了前后九年的时间。

《宋史·职官志七》规定，"初改官人必作县，谓之'须入'"，据此柳永改官后的首任差遣即为县令一职。至今关于柳永为县令的记载有三处：其一即前所述仁宗景祐间曾任余杭令，因在改官之前为选人时，故此略；其二见柳淇《宋故郎中柳公墓志》："叔父讳永，博学，善属文，尤精于音律。为泗州判官，改著作郎。既至阙下，召见仁庙，宠进于庭，授西京灵台令，为太常博士。"；其三见宋代罗烨《醉翁谈录》："柳耆卿宰华阴日，有不羁子携仆从游妓，张大声势。妓意其豪家，纵其饮食，仅旬日后，携妓首饰走。妓不平，讼于柳，乞判执照状捕之。"[2] 查《元丰九域志》，灵台县位于秦凤路，安定郡，属泾州所辖三县之一，在州东九十里，境内有汭水、细水。泾州距离东京一千七百里，向西至渭州一百三十里，向南至凤翔府一百一十里，东南至凤翔府一百里，西南至陇州一百五十里。华阴县位于陕西路，华阴郡，

---

[1] 吴熊和：《从宋代官制考证柳永的生平仕履》，载《文学评论》1987年第3期。
[2] （宋）罗烨：《醉翁谈录》庚集卷二，上海：古典文学出版社1957年排印本。

属华州所辖五县之一,在州东五十里,境内有太华山、松果山、黄河、渭水、潼关。华州距离东京一千一百里,西至京兆府一百里。

"西京灵台"地名所指不明确。因为北宋西京乃洛阳,《元丰九域志》等地志所载西京河南府河南郡条下,所辖十三县并无灵台县之名。吴熊和先生由此判断说"遍检《元丰九域志》,不见灵台县之名",恐不确,因为《元丰九域志》卷三秦凤路泾州下,明确记载所辖保定、灵台、良原三县。但问题在于,泾州所辖灵台县与西京并无关系。一般来说,在宋代无论地志类记载还是人们的使用习惯,西京洛阳已经是一个非常流行和普遍的地理概念,吴熊和先生"西京"用汉唐旧称指西安的说法也就有些不妥。按常理,既然为某地县令,所辖之县的名字应该是谈及最多也最不易弄混或忘记的,倒是在这个郡县的归属地上更容易出错,所以"灵台县令"应该和"余杭县令"的提法一样,是比较准确的任职经历。

按照宋代郡县的等级划分,华阴县乃紧县,即三千户以上的县;灵台县乃上县,即二千户以上的县。宋前期,赤县令正五品,三京畿县令正六品上,诸州上县令从六品上,中县令正七品上。也即此时柳永官职乃从六品上。柳永在灵台、华阴两地为官的经历在《乐章集》的文学地图上踪迹明晰,《引驾行·红尘紫陌》《临江仙引·上国》两首词即作于此一时期,"斜阳暮草长安道""长安古道绵绵"所涉及陆路交通意象一致,写别离兼及男女恋情的情感表达一致。"迢迢匹马西征"所言行程是过长安继续陆路西行。据《元丰九域志》卷三陕西路条记载,长安距离东京开封一千二百五十里,身在长安路上的词人所言"别来千里重行行"乃是指离开汴京千里之遥,故"凤城"非指代长安,而是指汴京。所以词人此行过长安乃是离别汴京来赴关陇之任,如此恰好吻合北宋改官需要皇帝亲自引见的定制,选人柳永改官时进京朝见仁宗皇帝在先,而后才有"初改官人必作县,谓之'须入'"的地方县令之任。华阴县在长安以东,由汴京来赴任不需过长安,所以柳永此次赴任并非华阴县令,而是要"迢迢匹马西征",到长安以西的泾州灵台县任县令。

大概一年后,词人结束泾州灵台县令之任,赶赴长安以东的华阴县。《定风波》(伫立长堤)、《少年游》其一(长安古道马迟迟)、其二(参差烟树灞陵桥)、《戚氏》(晚秋天)、《塞孤》(一声鸡)等词篇就作于此行过长安的路上,词中"长安道""霸陵桥""陇水""塞柳"等意象表明,词人再一次走在了这条经陇水、过长安道、走霸陵桥的陆路交通线上。"奈泛泛旅迹,厌厌病绪,迩来谙尽,宦游滋味""狎兴生疏,酒徒萧索,不似去年时""遥指白玉京,望断黄金阙"等语句说明,此行乃是自西向东的返程,但虽一路向东,目的地并非政治中心汴京,仕途也并无升迁迹象,所以除了失望和厌倦漂泊之感是没有一丝欣喜的,由此断知词人在赶赴长安以东的华阴县。而且这次赴任连去年离汴京赴灵台时尚存的一丝升迁希望也消退了,所以兴味索然,"不似去年时"。

　　柳永的关陇仕宦经历有记载的至少有灵台、华阴两处,经陇水、长安古道、霸陵、渭南是华阴县和灵台县的交通必经之地,乃秦凤路、永兴军路辖区和交会地带,长安虽为故都,但经历过安史之乱早已今非昔比,尚且长安也不过是经过地,所以作于关陇地区的词章充满了仕宦漂泊感和厌倦感。

　　《乐章集》中的关陇词显示,柳永往返于渭南、霸陵桥至长安、陇水的交通线上,多是去往灵台、华阴两地,但也有例外。《轮台子》(一枕清宵好梦)依然是走在这条"自古凄凉长安道"上,但目的地并非东西方向的灵台、华阴,而是要离开关陇地区南下。"满目淡烟衰草。前驱风触鸣珂,过霜林、渐觉惊栖鸟"表明词作于秋天,"自古凄凉长安道。行行又历孤村,楚天阔、望中未晓"说明词人在一路南行。楚天,即楚地的天空。因为楚在南方,此乃泛指南方天空,大致指荆楚之地,是与关陇河朔文明迥异的长江文明所在地。由长安南下,唐朝以来一般会从长安东南出发,出蓝关,经商州,出武关,经由邓州之内乡、南阳,直抵襄阳、宜城,连接秦楚凡一千一百余里。柳永《雪梅香》就是描绘楚天风物的:"动悲秋情绪,当时宋玉应同。渔市孤烟袅寒碧,水村残叶舞愁红。楚天阔,浪浸斜阳,千里溶溶。"词用宋玉典故,且非仅用其悲秋之意。晋朝习凿齿的《襄阳耆旧传》说"宋玉者,楚之鄢郢人也,故宜城有宋玉冢"。郦道元《水经注》卷二八也有同样记载。鄢郢,在湖北宜城一带。词中的楚天水乡风物正好吻合湖北宜城一带的地理特点。柳永经由襄阳到宜城,访寻文人宋玉冢也在情理之中。宋玉《九辩》的悲秋情怀和文人寻求出路而不得的生存困境,令仕宦不如意的柳永惺惺相惜。

二、漫长的长江水运线

曾敏行《独醒杂志》载,"(柳永)既死,葬于枣阳县花山。远近之人,每到清明日,多载酒肴,饮于柳永墓侧,谓之吊柳会"①,祝穆《方舆胜览》载:"(柳永)卒于襄阳,死之日,家无余财,群妓合金葬之于南门外,每春月上塚,谓之吊柳七。"② 枣阳属随州,襄阳属襄州,两州紧邻,均在自西安南下楚天途中,柳永葬于两地与否并不可考,但是柳永足迹经由两地以至于由此引发了当地人的凭吊纪念活动却是可信的。

过了襄阳、宜城之后,柳永何去何从,我们暂推测如下:柳永或者一路南下,再经由汉水、湘水水路去往更僻远的荆湖南路一带,若此,"楚天"就可确定为潇湘一带了,而且自关陇地区南下潇湘也不外乎这样一条以水运为主的交通线路;也或者是去往苏州赴任,若此,"楚天"就可确定为吴越一带,在楚地绵远而广阔的历史图景之下,这两地作为"楚天"的外延都是合理的。如若去往苏州,词人由宜州南下,在转从长江水运至苏州即可。但这并非唯一交通线路。柳永也可以采取由华阴一路东行取道京畿路,再由汴河水运去往苏州一路,比之由长安南下再走长江水运甚至更节省时间。

柳永《瑞鹧鸪》词"全吴嘉会古风流。渭南往岁忆来游"一语,说明柳永苏州之任应在关陇宦游之后,由此我们暂定柳永南下的目的地是去往苏州。

过宜城之后的柳永,已经进入长江流域,也即"楚天",长江水运在宋代文人的仕宦漂泊之旅中发挥了非常重要的作用,柳永即是一例。《洞仙歌》(乘兴)作于春天,词人由水路逐渐进入苏州。《凤归云》(向深秋)应该作于次年或再转过年来的秋季,词人在苏州任上,格调低沉,颇有厌倦名利不如归去的意味。

《竹马子》(登孤垒荒凉)作于初秋季节,经薛瑞生先生考证,"江城"所指乃湖北武汉,此说已被学界接受。《迷神引》(一叶扁舟轻帆卷)作于秋

---

① (宋)曾敏行:《独醒杂志》卷四,上海:上海古籍出版社1986年版。
② (宋)祝穆:《方舆胜览》卷十一,北京:中华书局2003年版,第197页。

季,"楚江"即长江,查谭其骧《中国历史地图集》(宋辽金时期卷),柳永所至的长江沿岸城市,只有湖北鄂州江夏是在长江南岸的,由"寒林簇""年光晚"等可推知作于暮秋时节。《甘草子》(秋暮)写于暮秋,继续沿长江一线西进至湖北监利县,据《明一统志》,"鸳鸯浦在慈(监)利县治北",也是长江中游沿岸的交通要点之一。《卜算子》(江枫渐老)写于经由湖北秭归时,暮秋时节。"翠峰十二"即巫山十二峰。范成大《吴船录》卷下云,"又过夔峡三十五里至神女庙,庙前滩尤汹涌,十二峰俱在北岸"。巫山在川鄂交界处,是沿长江东西向出入川的必经之路。

《一寸金》(井络天开)乃酬赠益州守将之作。《宋史》卷八九《地理志》云:"成都府,次府,本益州,蜀郡。剑南西川节度。"作于春季。

把上面这些创作地点明确、地理风物鲜明的词篇连缀在一起,连接吴蜀之间长达六千里的长江水运线就会完整清晰地呈现在我们面前,或者是自东向西:苏州—鄂州江夏—监利县—秭归—巫山巫峡—成都,或者是自西向东:成都—巫山巫峡—秭归—监利县—鄂州江夏—苏州。北宋时期,虽然最为重要的水运路线是大运河,但长江干流的航运作用也是非常重要的,江汉平原的物资会从鄂州沿江东下,到达扬州、楚州、泗州,再经汴河转运到汴京,蜀中的物资也会沿水路运至江陵府,然后继鄂州一线沿江东运至汴京。虽然也可以走陆路经荆门、襄州进汴京,但相对于陆路交通的苦辛而言,人们更倾向于水路交通运输,而且唐宋是我国古代造船业发展的一个高峰期,也使水运更加便捷。

据严耕望先生考证,汴河顺流日航约七十里,逆水航行四十里至五十里;黄河顺流日行约一百五十里,逆水日三十里[①]。长江水运要远远复杂,仅取一个大致的平均数六十里而言,数千里的长江水运行程,考虑天气、交通等外在原因,仅仅在路上的时间就可能超过一年,一个仕宦偃蹇的文人在漫长的行旅中写下的文字,自然缺少了发现优美奇异风景的驱动力,柳永笔下的羁旅行役词季节多选择萧瑟的秋天,色调多是萧瑟、低沉、晦暗的冷色调。

---

① 严耕望:《唐代交通图考》第六卷第八章"隋唐通济渠在交通上的功能",上海:上海古籍出版社2007年版。

北宋水运线的重点并非长江水运线,但是对于柳永的人生而言,这条水运线却是非常重要的,记载了他仕宦漂泊的重要内容。

三、荆湖路上的仕宦之苦

柳永行迹有时还会越过长江水运线一路南去,去往更偏远的荆湖路一带。宋代的荆湖南北路属边远八路之一,按照宋制,在此地出朝外任为官者,均不许携家室而往,违者必有重罚,甚至斩首。此外,唐宋时期的荆湖路一带还是政治犯贬谪流放的重点区域。

在交通条件上来看,唐代都城在长安,湘江水路在沟通两京驿路连接岭南岭北交通上的地理作用比较大。到了宋代,都城东移到汴京,沿着运河沿线取道江西过岭反而更容易,湖南湘江水路交通的作用就弱化了。只有与湖南境内有往来的时候才不得已通过湘江。柳永《玉蝴蝶》(望处雨收云断)词写于秋天,由"海阔山遥,未知何处是潇湘"知乃柳永由北而南取由潇湘水路赶赴荆湖南路一带途中作。词人一边绝望于即将开始的孤寂凄冷生活,一边眷恋着往昔文期酒会的热闹风流场景,今昔对比中传递出深深的伤感和悲哀。

词人继续一路南行到了潇湘一带,词中出现了荆湖南路一带的地理风物,《乐章集》中《轮台子》(雾敛澄江)一词,"九疑山畔才雨过,斑竹作、血痕添色"就描绘了九疑山和舜陵这些道州最具地域色彩和文化积淀的地理名物。九疑山在湖南宁远县南六十里,属道州。斑竹是妃娥皇女英伤心舜帝之亡的洒泪之物。舜陵就在九疑山女英峰下。即使此前柳永曾经游历过荆湖南路一带,其文化重心应在道州以北的潭州,那里有位列全国四大书院之一的岳麓书院,按照文士游历的习惯传统,柳永青年时期游历此地大致是为追寻潭州那样的文化重心而去的。但是此词词境孤寂愁苦:"正老松枯柏情如织。闻野猿啼,愁听得""恨因循阻隔。路久沉消息""干名利禄终无益。念岁岁间阻"等句传递出此行并非以游历为目的,词人迫不得已久滞于此地,想离开又苦于被名利牵绊无法离开。这种低沉的情绪不会因道州春天的到来而有稍许的改变。所以可以肯定地说,这次道州之行乃柳永晚年仕宦漂泊经历。

道州在荆湖南路诸州中乃是次于潭州、衡州的中州之一,更是僻远之地中的僻远之所。再参照此地出朝外任为官者均不许携家室而往的宋制，更可推知柳永南下道州应该是仕宦生涯中沉重的一笔。

第四节　东南形胜：色彩明快的苏杭游宦词

漫长的长江水运线及其延长线潇湘水路带给《乐章集》的色调是灰暗的，明显缺乏明快的色彩。位于水运两端的吴蜀两地稍稍弥补了这一不足。但作于蜀地的词章仅《一寸金》（井络天开）一首酬赠词，写蜀地之胜，量太少，相较于西南之词，吴地之作数量上、质量上更为可观。

《乐章集》中明确作于苏州的词不下五首：《洞仙歌》（乘兴）、《双声子》（晚天萧索）、《风归云》（向深秋）、《瑞鹧鸪》（全吴嘉会古风流）、《永遇乐》（天阁英游）等，其中《永遇乐》（天阁英游）是一首酬赠词。这几首苏州词无论缘于自我化抒情，还是为了投赠他人，词人往往一方面用才人之笔把苏州这个水乡的静谧安逸和富饶描绘出来，另一方面和其他到此一游的文人一样，津津乐道于吴越相争的历史掌故，并露出登临凭吊的历史感喟。整体而言，柳永的苏州词感情色彩虽偶有"蝇头利禄，蜗角功名，毕竟成何事"的牢骚表达，但整体格调还算是轻松明快的。安史之乱后，社会经济发展向东南倾斜，尤其北宋定都汴京后，东南地区的经济重心地位更是凸显。在长江下游地区，吴地的富饶是较为凸显的，"绿芜平畹，和风轻暖，曲岸垂杨，隐隐隔、桃花圃。芳树外，闪闪酒旗遥举"（《洞仙歌》）、"全吴嘉会古风流，渭南往岁忆来游"（《瑞鹧鸪》）、"吴王旧国，今古江山秀异，人烟繁富"（《永遇乐》），柳永用词笔记录下了苏州的安逸富足景象，这种景象在关陇地区以及长江沿岸其他城市是很少看到的。

在两浙路十四州中，苏州还不是最繁华的都市。大都督府杭州以主一十六万四千二百九十三、客三万八千五百二十三的户口数量位居东南地区繁华都市的榜首，镇守杭州的多为京朝要员。《乐章集》中酬赠杭州守帅的词作至少有《瑞鹧鸪》（吴会风流）、《早梅芳》（海霞红）、《望海潮》（东南形胜）、《少年游》（铃斋无讼宴游频）四首，侧重描摹杭州作为大都市的繁华富庶，"万井千闾富庶""下临万井""参差十万人家"盛赞杭州户口蕃庶，

"触处青蛾画舸，红粉朱楼""金碧楼台相倚""市列珠玑，户盈罗绮竞豪奢""铃斋无讼宴游频，罗绮簇簪绅"则极写杭州声色享乐之盛，再加上对投赠对象守杭期间讼少政清的称颂，无怪乎同为福建人而稍后的黄裳给予柳永此类词以极高的评价："余观柳氏乐章，能道熹（应为嘉字形误）祐中太平景象……呜呼，太平气象，柳能一写于乐章，所谓词人盛世之黼藻，岂可废也！"①柳永对社会生活感知敏锐，并能诉诸笔墨，把仁宗一朝的承平气象用词这样一种新的文学样式淋漓尽致地表达出来，对宋代词坛视野的开拓有着很大的贡献。

此前笔者一直认为这类投赠词作于柳永为选人任职余杭县令期间，因为余杭乃杭州的属县，柳永投赠长官以求荐举升迁自在情理之中。但由上面黄裳的评价可知，柳永此类词作并非作于景祐年间的余杭县任上，而是作于嘉祐年间。北宋范镇有"仁庙四十二年太平，吾身为史官二十年，不能赞述，而耆卿能尽形容之"②的断语，定柳永咏钱塘繁华的词章并非景祐年间而是嘉祐年间更切合。

柳永酬赠杭州帅守的词中有"归来吾乡我里"的表达，据《北宋经抚年表》，嘉祐年间（1056—1063）先后帅杭的有六位：孙沔、何中立、梅挚、唐询、施昌言、沈遘，其中孙沔为会稽人，唐询、沈遘为钱塘人，均属两浙路，符合"吾乡我里"的身份定位。孙沔知杭州是以枢密副使、给事中加资政殿学士的身份，唐询知杭州是以礼部郎中、知制诰的身份，沈遘则是以起居舍人、知制诰为尚书礼部郎中的身份。据"方面委元侯，致讼简时丰""汉元侯，自从破虏征蛮，峻陟枢庭贵""千骑拥高牙""铃斋无讼宴游频"等赠主身份的形容可知，这位赠主应有枢密仕履经历，且有过"破虏征蛮"的战功，三人之中符合这些条件的就只有孙沔一人，据《宋史》卷二八八《孙沔传》载："（孙沔）历知陕西、河东都转运使，又知庆州，聚战亡遗骸葬祭之，军中感泣。"且孙沔有定侬智高西南叛乱之功，所以"帝问劳，解御带赐之，以知杭州"。孙沔知杭州的具体时间是在仁宗至和二年（1055）

---

① （宋）黄裳：《演山集》卷三十五《书〈乐章集〉后》，影印文渊阁四库全书本。
② （宋）谢维新：《古今合璧事类备要》，文渊阁四库全书本。

二月至嘉祐元年（1056）八月，柳永若非身在杭州是很难写出这样富于浓郁城市生活气息的词章的。此时的柳永已近七十岁的致仕年龄，仍然游身在汴京之外却是事实。

关于《望海潮》（东南形胜）一词，尚有宋杨湜《古今词话》、罗大经《鹤林玉露》认定为柳永于元祐初年赠杭州知守孙何之作。然赠孙何之说并不可信，似应为"孙沔"之笔误，原因至少有三：其一孙何的卒年（1004）尚在宋真宗景德年间，也就不符合范镇所谓"仁庙四十二年太平"云云，此时的柳永不过一不足二十岁的青少年；其二《宋史》卷三〇六《孙何传》载孙何并无枢密使武职仕履的生平经历，不吻合"千骑拥高牙""汉元侯，自从破虏征蛮，峻陟枢庭贵"的身份定位；其三《宋史》载孙何乃"蔡州汝阳人"，蔡州汝阳属京西北路，非两浙路，不符合"吾乡我里"的地理定位。

柳永笔下东南形胜的词章敏锐捕捉到了宋代经济发展重心南移的现实，但文字之外似乎还有某些寄希望于这些朝廷要员的心理诉求，对于一个即将致仕却一直漂泊在政治中心之外的文人而言，这是情理之中的事情。

于此很容易让人想起柳永因《醉蓬莱》一词得罪宋仁宗一事：

> 皇祐中，久困调选，入内都知史某爱其才而怜其潦倒。会教坊进新曲《醉蓬莱》，时司天台奏老人星见，史乘仁宗之悦，以耆卿应制。耆卿方冀进用，欣然走笔，甚自得意，词名《醉蓬莱慢》。比进呈，上见有渐字，色若不悦。读至"宸游凤辇何处"，乃与真宗挽词暗合，上惨然。又读至"太液波翻"，曰："何不言'波澄'？"乃掷之地，永自此不复进用。①

宋胡仔《苕溪渔隐丛话》后集卷三十九、陈师道《后山诗话》均有类似记载。皇祐年前后计六年（1049—1054），皇祐中距离庆历三年（1043）左右柳永改为京朝官著作佐郎也过了大约九年的时间。按照真宗景德四年（1007）定立的京朝官三年一磨勘转官的制度，柳永从著作佐郎到著作郎再

---

① （宋）王辟之：《渑水燕谈录》卷八，北京：中华书局1981年版。

到太常博士逐级上升，也大致需要九年时间。也就是说这个事件发生的时候，按照正常程序，柳永应该已经升任为朝官屯田员外郎，但此后柳永得罪了宋仁宗而"自此不复进用"，就像大多数材料记载的那样，柳永仕宦最终就是屯田员外郎了，所以后世有"柳屯田"之称。

屯田员外郎全称工部屯田员外郎，元丰改制前无职事，为文臣京朝官叙禄官阶，从六品。《古今合璧事类备要》载："擅小词名柳永，字耆卿，识音律工小词，游诸内侍门，为屯田员外郎，未有差遣……天下称为'柳屯田'云云。"① 这里所谓的"未有差遣"是指柳永只有屯田员外郎这一领取俸禄的官阶，而没有实际的差遣任职。或者可以理解为，此时的柳永已经六十七八岁了，离七十岁的致仕年龄相去不远。他自己对于仕途升迁的热情依然在，所以会先后发生诸如进献《瑞鹧鸪》（吴会风流）、《早梅芳》（海霞红）、《望海潮》（东南形胜）、《少年游》（铃斋无讼宴游频）等词给知杭州的京朝高官，进献《醉蓬莱慢》词给最高皇帝的事件。但是最高统治着已经彻底放弃了柳永，柳永只能无差遣而终老于屯田员外郎一职，如此而已。

当然事实上，也许柳永至死也没有能够实现官汴京的梦想，《镇江府志》载有柳永葬丹徒（镇江）一说，也许正说明柳永其时出官在外，不得已就地安葬于丹徒也未可知。

第五节　焦灼：文学地图上的思想情感

德国美学家伽达默尔说过："所有被经历的东西都是自我经历物，而且一同组成该经历物的意义，即所有被经历的东西都属于这个自我的统一体，因而包含了一种不可调换、不可替代的与这个生命整体的关联。"② 在《乐章集》中，柳永用词篇绘制了一份广阔丰富的"自我经历物"：南起武夷，北及华阴，东濒定海，西至成都的大半个北宋领土。这些所到之处、所经之地"包含了一种不可调换、不可替代的与这个生命整体的关联"，舍此我们无法

---

① （宋）谢维新：《古今合璧事类备要》后集卷32《屯田郎中·事类》条，上海：上海古籍出版社1991年版。

② ［德］伽达默尔：《真理与方法》上卷，北京：商务印书馆2007年版，第86页。

接近这个词人的内心和思想。

在这些"自我经历物"上，我们发现，汴京之外是柳永生活的主要地理空间。无论是青年时期的漫游，还是中年以后的仕宦漂泊，柳永对这种汴京之外的地理空间的书写带有强烈的主观选择性，远离汴京的仕宦游历地的景物总是表现出萧瑟而晦暗的情调，与汴京生活的享乐而明亮的印记形成鲜明对比，从而表明词人一直处于一种时时焦灼而无法自拔的精神状态，甚至当他想通过种种努力来超拔于这种焦灼时，他的精神反而会处于一种更加焦灼的境地。若有例外，那就是作于蜀地和苏杭的游宦词，呈现出了少有的明亮色彩，之所以如此，是因为这些地域的经济富足和社会生活安逸的面貌在某种程度上类似于词人的汴京印记，稍稍安慰了词人那颗焦灼的心。

柳永的汴京情结与北宋文人治国的基本国策息息相关。宋太祖"杯酒释兵权"，鼓励文臣武将"多积金帛田宅以遗子孙，歌儿舞女以终天年"①，并在财政上给予充分的支持，北宋歌儿舞女安逸享乐的社会生活氛围浓厚。晏殊、寇准、张先等词人都拥有歌舞享乐的宴饮生活经历，这也是词在宋代取得硕果的重要原因之一。少年柳永随父居住汴京，生活在歌舞繁华之中，填词制曲，沉浸其中。这一段经历打上了鲜明的时代烙印，成为柳永最向往的生活方式。当他游离在汴京之外，割断了与这种生活的联系时，失去的焦灼就会油然而生。

入仕后的柳永不断辗转漂泊在淮楚、关陇、长江沿线、川蜀甚至荆湖南路等广阔地理空间中，汴京生活更加遥不可及。为了真正意义上的走进汴京，柳永"诣政府"拜访晏殊、写颂扬任职地方的达官显贵的酬赠词、通过内侍献词于最高皇帝，种种努力过后，他没能实现任职汴京、倚红偎翠的梦想，甚至因此而得罪了权贵和最高统治者，此时他的焦灼感更加强烈，词中满是"名缰利锁""蜗角功名"的牢骚和不满。北宋统治者极力宣扬"学而优则仕"的封建人生道路，宋真宗的劝学诗、宋仁宗每日阅读《太平御览》的佳话以及那些科举入仕飞黄腾达的典型都深深地激发着柳永们的功名欲。即便是青年柳永口出过"才子词人，自是白衣卿相"的狂言，在北宋勤读书求功

---

① （元）脱脱：《宋史》卷二百五十《石守信传》，北京：中华书局1977年版，第8810页。

名的浓郁社会氛围中，他也无法做到真正地对功名波澜不惊。宋代逐步完善的科举取士制度又在制度层面保证了士子入仕的可能性、公平性。柳永即使科举经历坎坷却仍然积极入仕也就在情理之中。进入仕途却沉沦下僚，游走在汴京这个政治中心之外的柳永也会受到宋代重朝官轻外任的仕宦观念影响，所以他才会更加焦灼。柳永的时代，党争之祸才刚刚开始，对于一直游走在政治重心之外的柳永而言，他还没有机会和能力参与到党争中去，自然也就缺少了像欧阳修、苏轼等文人那样成熟于巨大的仕宦挫折之后的机会。柳永的思想体系中缺少了释道思想的旷达和安然，仅用儒家的积极进取来对待仕宦挫折，结果只能是焦灼甚至绝望。

在北宋不及汉唐但相较于南宋尚算辽阔的地图上，《乐章集》中的柳永不过是一粒微小的尘埃，他被制度、社会和命运之流裹挟着，游走于偌大的版图之上，欲罢不能。每游走一处，眼前的景物就会不断冲击这个颇富文才的士子之心，连同旅行游走的疲惫和人生困惑一起构成他笔下丰富的词境，词心便是生存意义这样一个宏大的命题和困惑。

第七章
此心安处是苋裘
——文学地理视域下的苏轼词解读

据邹同庆、王宗棠《苏轼词编年校注》，苏轼第一首有时间可考的词《华清引》作于宋英宗治平元年（1064），当时词人结束了凤翔府签判任回汴京，途经长安作了这样一首咏史词[①]。如此看来，苏轼填词的创作行为较之诗文等文学样式起步要晚，在地理空间上来看，填词创作始于苏轼结束了在家乡眉州的成长问学过程之后，发生于他北上汴京科举入仕途经长安之时，是在古都风物的刺激下进行的新的文学创作。这种创作现象与此前的柳永和同时稍后的周邦彦均有所不同：柳永出生成长的绝大部分时间都不是在故乡福建，成年以后仕宦漂泊也绝少涉足福建，而周邦彦填词的初始就是在家乡钱塘，而且他的游历仕宦也多以钱塘为起点或经过钱塘。苏轼的不同之处在于，科举入仕之前他一直生活在四川眉州，科举入仕之后，除非亲人去世安葬守丧，足迹所至又绝少涉及故土眉州。东坡词的创作起点从地理空间的角度就有与众不同之处，如果从地理空间的视角来解读苏轼词作又会有怎样的收获？这是一个饶有趣味的问题。

第一节 苏轼乡土情结的变化

眉州这一乡土概念在苏轼词中的情感意义是处在不断变化中的。

[①] 邹同庆、王宗棠：《苏轼词编年校注》，北京：中华书局2002年版，第3页。

第七章　此心安处是莵裘

熙宁年间苏轼因王安石变法而外任杭州，政治失意的苦闷引发苏轼不如归去的叹息，这期间创作的词篇中开始出现了眉州这一地理概念，如作于熙宁五年（1072）的《浣溪沙·感旧》（徐邈能中酒圣贤）一词，上阕以徐邈、刘伶、潘岳等古之善饮狂饮者为参照，表达自己欲借酒浇愁而酒力微薄的叹息；下阕出以"无可奈何新白发，不如归去旧青山"来表达自己仕宦不如意时的归隐之情。作于同时的五言诗《答任师中次韵》堪为此词最熨帖的注脚，"已成归蜀计，谁借买山资？"正可与词句对读，"归去旧青山"与"归蜀计"相通，在此时的东坡词中，青山绿水的眉州与汴京、杭州等仕宦繁华地是对举的地理概念。眉州"介岷峨之间"，乃"山秀水清，通衢平直"之地，"俗近古者三：学者独盛，以诗书为业，以名节相尚"①，位于肥沃的四川平原，同时又远离政治中心，是一个蕴含着安闲、平静、怡情、彬彬有礼等情感意蕴的地理名词，是苏轼仕宦失意时的情感寄托，也是他杭州通判时期归隐之情的具体情感指向；而汴京、杭州等则不同，这是一类暗喻着漂泊、宦海浮沉、焦灼、低沉等情感意蕴的地理名词，是苏轼仕途失意的直接明证，也正是牵绊着他归隐之情难以实现的地理空间。熙宁七年，也就是任杭州通判的第三年，苏轼在词中频繁表露着自己的乡土情意："蜀客到江南，长忆吴山好。吴蜀风流自古同，归去应须早"（《卜算子》）、"一纸乡书来万里。问我何年，真个成归计。白首送春拼一醉，东风吹破千行泪"（《蝶恋花》）、"此生飘荡何时歇？家在西南，长作东南别"（《醉落魄》）。

王安石变法让初入仕途的苏轼初尝官场险恶，雄心勃勃的政治热情和现实政治的复杂多变交织碰撞，使年轻气盛的苏轼陷于思想的困顿与矛盾之中，在此背景下苏轼才不得已通判杭州。杭州一任迎来了苏轼填词的第一个小高峰，词作内容较多涉及歌舞宴饮之乐，赠别友朋歌妓之作比比皆是，而同期诗歌中反映现实、关心民瘼与方外交往等广阔的思想内容在词中却绝少出现。这说明苏轼填词行为的发生，要受制于词体合乐可歌、娱宾遣兴的娱乐性文体特点。况且在此期间他交往的张先、杨元素等人均是作词高手、风流文人，人际交往影响所致，苏轼在杭期间也开始蓄养歌姬。友朋聚会送别之际填词

---

① （宋）祝穆：《方舆胜览》，北京：中华书局2003年版，第946页。

相赠乃文人自然之举，歌妓因慕苏轼盛名而索词也会引发词人的填词行为。同时东南形胜的杭州其繁华富庶的城市生活本身就是宴饮享乐生活的温床，所以苏轼杭州通判期间词作数量才会明显增多。虽然此间词作内容上以宴饮酬赠为主，但是受词体抒情性强的特点影响，东坡词却更能于诗文之外传递其幽微的个人情绪，以上种种对西南眉州的遥望和表达就是苏轼仕宦失意之时内心消沉情绪的最强烈表达。虽然杭州的湖光山色之美也会令词人折服，发出"湖山信是东南美"（《虞美人》）、"钱塘风景古来奇"（《诉衷情》）之类的赞叹，但"人情同于怀土"的乡土之思并没有消失在异乡美景之中。苏轼杭州通判期间人际交往十分活跃，各州的名人政要多有来往，友朋之间的宴饮游赏有时会补救词人内心的低沉情绪，但有时也会强化词人的乡土之思，比如同时期在杭州为官、同样家在成都府路、同样因变法而仕宦失意的杨元素，就在带给苏轼喜悦的同时又加深了苏轼的消沉情绪，"何日功成名遂了，还乡。醉笑陪公三万场"（《南乡子》），仕宦失意之感、漂泊沦落之悲、怀乡归去之情充溢在苏轼和杨元素的杭州交游词中。

熙宁七年九月结束杭州通判任，苏轼远赴密州任。由杭州而湖州、苏州、润州、楚州、海州，苏轼一路北上，于年底至密州。这一路北上的行程也是与眉州越来越远的过程，苏轼的眉州情结也因为这种空间距离的拉长而渐浓渐深了，行经苏州时苏轼叹息自己"苍颜华发。故山归计何时决。旧交新贵音书绝"（《醉落魄》）；在润州与即将还朝的杨元素分别时他感伤"同是天涯伤沦落。故山犹负平生约。西望峨眉，长羡归飞鹤"（《醉落魄》）；在距密州仅四百多里的海州，词人遇到了曾在四川眉州任过县令的陈海州，欣喜之情溢于言表，挥毫作得一首《浣溪沙·长记鸣琴子贱堂》相赠，词中用《吕氏春秋》中宓子善任人和《汉书·循吏传》中朱邑善治桐乡的典故赞颂陈海州在眉州任上的政绩，苏轼对故乡浓浓的思念之情通过热情颂扬为家乡作出贡献的父母官得以尽情挥洒。

由海州将至密州的途中，苏轼马上得《沁园春·孤馆青灯》一词，据王文诰《苏诗总案》："公时由海州赴密州，不复绕道至齐一视子由，故其词如此耳。"① 苏轼和齐州任上苏辙的手足情谊一直引人关注,甚至苏轼请求出知密州一事也与苏辙在齐州任上不无关系。其实,这种兄弟情义也是苏轼乡土意识的一种表现。苏轼和苏辙一起成长于西蜀的青山碧水间,又一起千里迢迢走出西蜀到汴京应试,然后才各自拥有了不尽相同的仕宦经历。可以说在广阔的人生地图上,苏辙是唯一一个与苏轼的乡土情结完全一致的他者:经历过共同的成长、接受过相同的教育、养成了相近的价值观,一生之中相互惦念、相互扶持,在对方身上既能体会到血缘亲情又能拥有来自同一片乡土的默契和信任,这是一种其他任何人无法替代的情感。这首《沁园春》可以说是苏轼对兄弟二人入仕以来仕宦经历的一个总结,由眼前寒冬时节的羁旅行役之苦起笔,回顾兄弟二人年少应试、名震京师的辉煌开端和致君尧舜、匡时济世的政治理想,又陡然回到政治失意仕宦漂泊不能团聚的现实,最后以"身长健,但优游卒岁,且斗尊前"的旷达乐观语收束,在乐观旷达的背后,却是眉州这方水土孕育出来的少年郎面对以汴京为代表的政治风云时那种难以抑制的失意和苦闷情绪,表面上看苏轼用徙知密州贴近苏辙的方式远离了故土眉州,实际上却是苏轼的乡土之情与胞弟苏辙难解难分,徙知密州在地理空间上看来是远离故土,对内心感受而言却是变相地接近了眉州,让手足亲情来温暖那颗经历仕宦挫折的心。创作这首《沁园春》大约三个月之后苏轼的千古绝唱《江城子》(十年生死两茫茫)问世,这首悼亡词以梦回故乡的方式展现了苏轼内心浓浓的归乡之情和身世之感,与《沁园春》词相同,苏轼在情感上通过亲近安葬在故土的妻子王弗而间接靠近了心中的故乡眉州。

苏轼在密州任上的第一年,也即熙宁八年年底,对园北旧台进行了修缮,苏辙名之曰超然台,苏轼因作《超然台记》一文对此事加以记载:超然台以"台高而安,深而明,夏凉而冬温。雨雪之朝,风月之夕,予未尝不在,客未尝不从。撷园蔬,取池鱼,酿秫酒,瀹脱粟而食之,曰:'乐哉游乎!'"的四时美景和闲适之趣给苏轼的密州生活平添了无穷乐趣。所以"超然台"

---

① (清)王文诰:《苏诗总案》卷一二,见《苏文忠公诗编注集成》,台北:台湾学生书局1987年版。

一名"以见余（苏轼自指）之无所往而不乐者，盖游于物之外也。"① 密州期间迎送酬赠、春秋游赏是苏轼词作的主要内容，词风并不消沉，还不乏友朋往来间的幽默诙谐，也不缺少四时风光的轻快圆美，甚至在《望江南·超然台作》一词中苏轼还达到了"休对故人思故国，且将新火试新茶"的超然境界。作于密州任第二年的千古绝唱《水调歌头》（明月几时有），虽然充满了出世与入世的矛盾，但词意终能以"但愿人长久，此事古难全"振起，达观洒脱处亦令人肃然。即使是那首"寄益州冯当世"的《河满子》，对西南故乡的关注也并非出自不如归去的个人苦闷，而是因为家乡叛乱过后治平民安的欣喜有感而发。比之杭州词，苏轼的密州词中显然多了几分旷达乐观气息，可见密州超然台并非仅仅是一个地理空间上的存在，更是词人心路历程上的重要地理坐标。

宋神宗熙宁十年（1077）二月，苏轼奉命移任徐州，任期不足两年时间。这两年期间，苏轼在密州任上的那几分超然乐观转化为心系徐州百姓的行动力，他连续奋战七十余日治理决口的黄河，并在堤坝上建百尺高楼一座，名之曰黄楼。黄楼之名诗意地表达了黄土克黑水的五行论和对徐州百姓的美好祝愿。此外，苏轼春旱求雨又喜逢天降甘雨一事同样也引发了词人的欣喜和诗意表达（《浣溪沙》组词的诞生）。可见，徐州任上的苏轼既不乏政治行动力，也不乏文人的诗意情怀，这种双美兼备的状态是此前地方任上的苏轼不曾有过的，这种双美的意义在于徐州作为东接齐鲁、北属赵魏、南通江淮、西控梁楚的形胜之地，正以江山之胜涤荡着苏轼内心的苦闷、吸引着这个仕宦失意的士子把目光投射到厚实质朴的大地上，而不是一味地咀嚼政治风云变化带给个体的不安和焦灼。在《水调歌头》（安石在东海）中，苏轼终于一改前态咏唱出"惟酒可忘忧。一任刘玄德，相对卧高楼"之类安于现状、及时行乐的句子，而不去在意刘玄德等人瞧得起瞧不起。甚至在《南乡子》（凉簟碧纱厨）中苏轼直呼自己"功名懒更梳"，日高眠的悠游自在中不失安然旷达之气。苏轼作于徐州的《浣溪沙》组词更是吹入词坛的一股清风，写农村风光之美，观照农人生活状态，深入其间与民同乐，词人甚至在这种田

---

① （宋）苏轼：《超然台记》，见《苏轼文集》卷十一，北京：中华书局1986年版，第351页。

园生活中找到了自己新的人生定位，自称"使君原是此中人"。徐州黄楼时期的苏轼正在进行思想上的蜕变，他开始融入了不得已进入的每一个仕宦漂泊空间之中并审美地发现了乐趣所在。与此相适应，苏轼的乡土观念也在发生着变化，《临江仙·忘却成都来十载》中"此身如传舍，何处是吾乡"的疑问开始回荡在苏轼的词章里。此时的北宋政坛王安石虽然罢相，变法却依然如火如荼，苏轼由杭州而密州再徐州的仕宦漂泊似乎看不到尽头，"归去旧青山"的声音也越来越微弱，在这条远离眉州的漂泊之路上，让苏轼安顿心灵的乡土到底在哪里呢？苏轼"何处是吾乡"的困惑同样在这一时期的诗歌中表达出来。作于熙宁十年的《过云龙山人张天骥》诗中苏轼首次发出"吾生如寄耳"的叹息，元丰二年（1079）苏轼离开徐州赴湖州任时，诗歌《罢徐州往南京马上走笔寄子由五首》中又一次出现"吾生如寄耳"的表达。"吾生如寄耳"与"此身如传舍"表达的思想是一致的，都把有限的人生放在了浩瀚的宇宙中来审视，以无穷对有限，得出人生如过客的结论，从而淡化了人生不遇的悲感，也弱化了浓郁的乡土之情。元丰元年（1078）十月，苏轼登上徐州燕子楼作《永遇乐·明月如霜》一词，同样有这样的思考。作为登临怀古之作，词篇咏叹唐贞元中张愔与家妓盼盼的历史故事是题中应有之义，但是词人推人及己、由古及今，由自己登临燕子楼凭吊古人之今日推想到后人登临黄楼凭吊自己之明日，在感慨"天涯倦客，山中归路，望断故园心眼"时，又顿悟了"古今如梦，何曾梦觉，但有旧欢新怨"的人生偏执。在古往今来的宏大叙事中再一次表达出"此身如传舍"的感慨和顿悟。在徐州大地上，苏轼开始在诗词中如此集中地表述人生如逆旅的思想，直至建中靖国元年也就是苏轼生命的最后一年都未曾停止过这样的表达和思考，与此相应，词人的眉州情结也在这人生逆旅中淡化了，从守望地理意义上的故乡到追寻精神意义上的故乡，苏轼的眉州情结在不断变化着。这是一个耐人寻味的文学现象。

仅就词这一文学样式而言，苏轼明确作于徐州任结束和黄州任开始之间的词作数量仅二三首而已，不成气候。由此可见，在黄州词作高峰到来之前，二十余首徐州词堪称创作高潮来临前的一个重要铺垫，其价值和意义不容忽视。如果没有苏轼在徐州大地上的驻足和调整，就没有苏轼贬谪黄州后的再生。徐州这一地理空间在东坡词中的意义绝非黄州之前生活的终结，相反，它在教会词人如何把苦闷转化为行动而在贬谪地作诗意栖居方面非常成功，成为一个人生新起点，这种积极意义要一直延伸到黄州乃至于惠州、儋州的人生逆旅中。

乌台诗案后苏轼被贬黄州。在"多难畏人"[①] 的避祸心理、"小词不碍"[②] 的词体观念以及不吐不快的才人性格的合力影响下，苏轼词作高峰期到来了。据邹同庆、王宗棠著《苏轼词编年校注》，二百九十余首编年词中黄州词有七十余首，占24%还多，作于其他仕宦地的词作数量无过此者。苏轼居黄州四年零两个月。词作数量和居住时间都可看出黄州在苏轼人生地图上是一个举足轻重的地理空间。苏轼在徐州词中展露出来的随缘自适的人生状态，在初贬黄州的苦闷过后再一次以更加积极的姿态呈现出来。事实上，黄州任上的苏轼，作为一个被贬之人，其政治舞台远没有徐州任上来得广阔，被贬黄州的苏轼不可能在政治上有所作为。政治社会活动空间的缩小导致了苏轼关注视野的调整，他把目光从政治社会生活转移到自然景物和日常生活之上，黄州的临皋亭、东坡雪堂、赤壁矶、涵辉楼、栖霞楼、快哉亭、清泉寺、承天寺、安国寺、天庆观以及武昌等长江沿岸的山水亭台、田亩陇头都留下了苏轼的脚印和文字。"赖由江山慰诗才"，苏轼的贬谪之痛被黄州山川风物的自然美和躬耕渔樵的闲适生活日渐抚平，困顿和牢骚未必会绝迹，却能转化为对黄州山水的审美写照，无论"林断山明竹隐墙。乱蝉衰草小池塘。翻空白鸟时时见，照水红蕖细细香"（《鹧鸪天》）的夏日清凉，还是"霜降水痕收，浅碧鳞鳞露远洲"（《南乡子》）的秋季辽远，抑或"雨脚半收檐断线，雪床初下瓦跳珠"（《浣溪沙》）的冬日雨后微雪，"山下兰芽短浸溪，松间沙路净无泥。潇潇暮雨子规啼"（《浣溪沙》）的春季生机，黄州这个僻陋之乡在苏轼眼中已然成为四时美景不断的人间胜境，真正是"江山如画"了（《念奴娇》）。这种物我合一又超然物外的人生状态与黄州时期苏轼对功名利禄等人生附加意义的反思与超越相表里，"身外傥来都是梦，醉里无何即是乡"（《十拍子》）、"腰跨金鱼旌旆拥。将何用。只堪妆点浮生

[①] （宋）苏轼：《答上官长官二首》之二，见孔凡礼校注：《苏轼文集》，北京：中华书局1986年版。

[②] （宋）苏轼：《与陈大夫八首》之三，见孔凡礼校注：《苏轼文集》，北京：中华书局1986年版。

梦"(《渔家傲》)、"蜗角虚名,蝇头微利,算来著甚干忙?"(《满庭芳》),黄州词中这类看破名利的词句比比皆是,所以黄州期间苏轼交游的也多是仕宦困顿、看破名利甚至悠游方外的洒脱之士。即使与古人对话,苏轼大浪淘尽英雄,也只把青睐的目光投向"不为五斗米折腰"的陶渊明,他用《江城子》(黄昏犹是雨纤纤)、《江城子》(梦中了了醉中醒)、《哨遍》(为米折腰)等多首词向陶渊明这个异代知己致敬,而这个文学创作传统到苏轼暮年依然不衰,一百多首和陶诗即是明证。在空前超脱旷达的人生视野中,苏轼的乡土情结进一步升华。元丰七年(1084)三月九日苏轼要离开黄州赴汝州任,他作《别文甫子辩》一文,提及自己在黄州买东坡田一事,说"遂欲买田而老焉,然竟不遂"[1],可见东坡置田除了为生计所迫的现实原因外,还有终老其间的人生意义在。在农耕社会的古中国,购置田产进而搭建房舍的行为虽是物质层面的人生建构,却有着远远超越物质层面的精神意义和文化意义。元丰七年四月一日苏轼离别黄州移任汝州时作别邻里友朋作《满庭芳》一词,就印证了苏轼欲把黄州作故乡的论断:"归去来兮,吾归何处?万里家在岷峨",远在万里之遥的眉州故里已然成为苏轼不能归去的他乡;"山中友,鸡豚社酒,相劝老东坡",眼前黄州乡邻友朋的质朴淳厚足以吸引词人终老其间;于是词人抱着尚能归来的希望殷勤嘱托"江南父老,时与晒鱼网",以便他日返乡黄州。此时的苏轼已经具有了超越一般地理空间意义之上的乡土观念,这种超然的乡土观念用元丰六年《浣溪沙·自适》词中"此心安处是菟裘"来代称最为贴切。当然,如前所言,这种乡土观念并非在黄州时期油然而生,它是随着苏轼仕宦经历的坎坷波折一点点变化成熟起来。一旦成熟,便相伴终生。

离开黄州赴汝州任途中,苏轼作《菩萨蛮》(买田阳羡吾将老)一词,表明元丰七年苏轼曾在常州宜兴置田产[2],同时还给朝廷上书《乞常州居住表》,准备归隐田园[3]。苏轼在《菩萨蛮》词中这样解释归老常州的原因:

---

[1] (宋)苏轼:《东坡志林》卷一,上海:华东师范大学出版社1983年版。
[2] (清)王文诰:《苏诗总案》卷二四,见《苏文忠公诗编注集成》,台北:台湾学生书局1987年版。
[3] (宋)苏轼:《与王定国》第一六简,见孔凡礼点校:《苏轼文集》卷五二,北京:中华书局1986年版。

"从来只为溪山好"，这与"此心安处是莬裘"的说法是完全一致的。常州因为自然山水之胜成为黄州之外苏轼的另一个故乡。当苏轼远贬惠州、儋州，历尽人生坎坷遇赦北还，六十六岁暴病而逝，生命结束的地理所在恰是常州，这种巧合之中又有种让人难以言说的感慨。

　　黄州被贬结束后，苏轼很快平步青云，直至翰林学士知制诰的高位。因为与旧党的矛盾，苏轼再一次请求外调，知杭州，然后知颍州、扬州，短暂重返京城后，再出知定州。风云激荡的政坛使得黄州之后的苏轼词零零星星，除知杭州词外均不成规模。在苏轼黄州之贬结束后到被贬惠州之前的这一段时间里，苏轼编年词留给我们一个行色匆匆的背影，他来不及安顿自己的心灵，对于人生归处的思考显然也被仕宦奔波挤压到一边。杭州任上《临江仙·三别都门三改火》中"人生如逆旅，我亦是行人"恐怕就是这期间苏轼词的最大特点了。

　　苏轼在徽宗建中靖国元年（1101）六十六岁，正月抵虔州，五月至真州，作《自题金山画像》诗总结一生，"问汝平生功业，黄州、惠州、儋州"。此后死于常州。可见黄州之外，惠州、儋州在苏轼人生中也是非常重要的地理空间。

　　苏轼于绍圣元年（1094）贬往惠州，绍圣四年（1097）七月又改贬至儋州，元符三年（1100）离开儋州北还，前后历经七年，但是明确作于此间的词作尚不足二十首，其中作于儋州的词作不超过四首。这些词作除了有关惠州梅花、荔枝的咏物词和赠循州太守周彦质及其琵琶小鬟的酬赠词外，主要内容都集中在写赠侍妾朝云上，有七首之多。可以说朝云去世之后，苏轼填词的热情就消减殆尽了。即使如此，苏轼词中还不乏"枝上柳绵吹又少，天涯何处无芳草"（《蝶恋花》）、"行过上林春好"（《踏青游》）的乐观旷达语，他还做好了"乘槎且恁浮于海"的准备，甚至在到达儋州之前，他还在给弟弟苏辙的诗中说"他年谁作舆地志，海南万里真吾乡！"那种"此心安处是吾乡"的大乡土观念依然还在。但是作此达观语的苏轼内心并非不苦闷，"今困天涯，何限旧情相恼"（《踏青游》）、"岛边天外，未老身先退。珠泪溅，丹衷碎"（《千秋岁》）就道出了年逾六十岁却被贬谪天涯的落寞与无奈。

徽宗建中靖国元年（1101），六十六岁的苏轼遇赦北还。五月至真州，六月上表请老，以本官致仕，七月二十八日卒于常州。据《东坡志林》，苏轼本打算致仕后由常州而广陵（扬州），沿长江而西，到南郡（荆州）而梓州，"溯流归乡，尽载家书而行，迤逦致仕，筑室种果于眉，以须子由之归而老焉：不知此言遂否？言之怅然也。"① 这一记载说明无论苏轼如何达观超然，也无论他在乡土情结上如何超越了一般意义上的桑梓之情，内心深处对于眉州的眷恋是没有真正放下的，直到他生命结束还尚存回到眉州躬耕陇亩间的希望。

由此看来，苏轼终归也在达观之外有一些无可奈何的情绪，"此心安处是菟裘"的大乡土观念似乎终究还有乏力处，这种乏力透露出古往今来中华儿女关于乡土情感的一种普遍的困境：因为求学、仕宦、徭役、战争等生存原因不得不远离故乡作他乡的游子，在他乡的人生经历使得游子们反认他乡是故乡，像苏轼那样"此心安处是吾乡"，可是内心深处却给不能归去的故乡永远留存一方天地时时回顾。对于苏轼而言，他的故乡是眉州？黄州？常州？惠州？儋州？还是说"人生如寄耳"，本无所谓故乡，故乡即他乡，他乡又何尝不能成为故乡？

第二节 苏轼词学观念的演变与地理空间之关系

苏轼乡土情结的演变与其词学观念的变化有着密切联系。

熙宁年间杭州通判任上苏轼迎来了填词的第一个小高峰。从词作内容来看，这一时期的词作呈现出配合歌舞宴饮的娱乐性特点，赠别友朋和歌妓之作比比皆是，而同期诗歌中反映现实、关心民瘼与方外交往等广阔的思想内容在词中却绝少出现。这说明苏轼早期的填词行为，主要受制于词体合乐可歌、娱宾遣兴的娱乐性文体特点。考察苏轼倅杭期间的交往，张先、杨元素等人均是作词高手、风流文人，词作风格不出婉约传统。尤其是作为同乡来杭州任的杨元素，在元丰初年编著《时贤本事曲子集》，虽然原书至宋末已

---

① （宋）苏轼：《东坡志林》卷二"请广陵"，上海：华东师范大学出版社1983年版，第31页。

佚，但按照苏轼在黄州的《与杨元素书》推知，该前集有一百四十余集，而后集数量更大①。这个词集的诞生虽是苏轼倅杭之后的事情，但词集中并不乏苏轼倅杭间的词篇。杨素为当代文人的词作编纂结集的文学现象足以说明元丰之前的文坛上填词行为之盛。在这种文坛风气影响之下，才子词人苏轼也加入这股填词潮流中，友朋聚会送别之际会填词相赠，歌妓们因慕词人盛名而索词也会引发苏轼的填词行为。受"歌儿舞女颐养天年"的时代风气影响，文人们蓄养歌姬的现象并不少见，张先、杨元素等文人都有蓄养家妓用以娱宾遣兴的行为。受时风影响，苏轼在杭期间也开始蓄养歌姬。在北宋，杭州是汴京城外为数不多的十万人口以上的大都市之一，柳永在《望海潮》中对杭州繁华富庶的城市生活有过形象生动的描绘，而这种大都市生活本身就是宴饮享乐生活的温床，为填词行为提供了充分的物质条件。所以在时风、文风乃至于地理环境等多种因素的共同作用下，苏轼杭州通判期间词作数量明显增多，形成第一个填词小高峰。也正是与这些时代因素相关，此时苏轼的词学观念并没有超越传统之处，以宴饮酬赠、聊佐清欢为主的题材内容即是明证。受词体抒情性强的特点影响，东坡词更能于诗文之外传递其幽微的个人情绪，"何日功成名遂了，还乡。醉笑陪公三万场"（《南乡子》），仕宦失意之感、漂泊沦落之悲、怀乡归去之情充溢在苏轼和杨元素的杭州交游词中。但这种因仕宦坎坷而引发的失意之感与柳永羁旅行役词的自我化抒情并无二致，可见，早已深入人心的传统词学观念有着非常强大的影响力。

　　苏轼离开南方都市杭州，北上密州、徐州。北方相对落后素朴的生活把苏轼从一个宴饮享乐的城市生活环境中拉了出来，烦躁苦闷的内心渐渐安静下来，随着密州超然台、徐州黄楼的屹然伫立，苏轼开始从宇宙视野中来审视人生，"月有阴晴圆缺，人有悲欢离合""此身如传舍，何处是吾乡"就是他在这一宏阔视野中重新解读人生困境的表达。随着乡土之情的渐趋理性，苏轼开始真正俯下身去用心观察并融入他乡的土地中。因为不再囿于一己得失，苏轼的视野变得越来越开阔，日渐熟悉的填词行为也在广阔的视野中获得了新生。密州徐州期间苏轼词的题材内容多有拓展，或写狩猎的壮举，或

---

① （宋）苏轼：《与杨元素书》，见孔凡礼校点：《苏轼文集》，北京：中华书局1986年版。

写农村生活的淳朴恬静，或写伤今怀古的登临之作，或写感情真挚的千古悼亡之作，或纯粹抒写个人怀抱，不一而足。这些丰富的题材内容与密州、徐州两个地理空间紧密相关，或者说是这两个他乡赋予了苏轼词作以丰富的内容，"一个文学家迁徙流动到一个新地方，自然会在一定程度上受到新的地理环境的影响，自然会对新的所见、所闻、所感，做出自己的理解、判断或者反应，并把这一切表现在自己的作品当中。"① 据《宋史·地理志》，密州、徐州在北宋时均属于京东路，密州属于京东东路，徐州属于京东西路，这种地缘上的相近带来了两地相去不远的社会风俗及文化，"其俗重礼仪，勤耕织"②，整体来看，这是一种迥异于杭州都市生活的以农耕生活为主的北方文化，歌咏农村风光的《浣溪沙》组词诞生于这一时期有着重要的地理空间原因。但具体而言，密州、徐州又有不同，"登、莱、高密负海之北，楚商兼凑，民性愎戾而好讼斗。"③ 可见，北宋密州一带的京东人是以强悍勇武闻名的，显然，这种豪放尚武的民风对密州猎词《江城子》（老夫聊发少年狂）有直接的影响。此外，"大率东人皆朴鲁纯真，甚者失之滞固，然专经之士为多。"密州徐州一带专意儒学、质朴厚重的民风洗去了当时词坛的脂粉气，为"一洗绮罗香泽之态"的新词境到来打下了基础。与此相应，苏轼的词学观念也开始摆脱流俗，有了一得之见，此间他在写给鲜于子骏的书信中提及："近却颇作小词，虽无柳七郎风味，亦自是一家。呵呵！数日前猎于郊外，所获颇多。作得一阕，令东州壮士抵掌顿足而歌之，吹笛击鼓以为节，颇壮观也。写呈取笑。"④ "自是一家"的词学观念显示出苏轼力图超拔于传统之外另树新词风的自觉意识。密州徐州词中的豪放壮美词风、清新淳朴词风等新词风的出现，也证明了"自是一家"的自觉意识在创作实践层面是卓有成效的。

乌台诗案后被贬黄州的苏轼，内心的成熟和超然使他不再局限于一般意

---

① 曾大兴：《文学地理学的几个理论问题》，见《中国古代文学与地域文化研讨会论文集》，汉中 2011 年 10 月，第 48 页。
② （宋）乐史：《太平寰宇记》第二十四卷 "密州"，北京：中华书局 2000 年版。
③ （元）脱脱：《宋史》卷八十五地理志，北京：中华书局 1977 年版，第 2112 页。
④ （宋）苏轼：《与鲜于子骏书》，见孔凡礼校点：《苏轼文集》，北京：中华书局 1986 年版，第 1559–1560 页。

义上的桑梓之恋。在黄州这片贬谪地上他啸傲山水、躬耕田亩，甚至还买地准备终老其间，俨然已经从一个他者转变为一个生于斯长于斯的"齐安民"了，"此心安处是吾乡"（《浣溪沙》）是他超然的乡土观念的最贴切表达。伴随着这种全身心投入贬谪地的生活态度，东坡词在情感内容方面呈现出前所未有的深广度，外在世界的人际交往、闲居读书、躬耕田园、登山临水、花鸟虫鱼等社会和自然景物悉数纳入笔端，同时更向自己的内在心灵世界深入拓展，完整地表现出一个文人士大夫如何由积极进取转而压抑苦闷进而又力求超脱自适的心路历程。从此以后，七十余首黄州词引领宋词达到了"无事不可入，无意不可言"① 的新境界，在创作实践上达到了苏轼词"为诗之苗裔"的诗词同源的理论高度。苏轼黄州词构成了他填词创作的最高峰，展示了地理空间和文人创作之间存在的一种最佳的共生状态：地理空间的风物之美抚慰着文人的心灵，文人的词篇又审美地书写下地理空间的风物之盛。

黄州，乃北宋淮南西路之下州，与武昌隔江相望，古称齐安。南宋陆游在其《入蜀记》中说"（黄）州最僻陋少事"，朱熹在《黄州州学二程先生祠记》中则称"齐安在江淮间最为穷僻，而国朝以来，名卿贤大夫多辱居之"。可见北宋时的黄州乃穷山恶水的僻陋之所，而且这种状况及至南宋也无甚改善，所以黄州成为宋朝廷流放文人士大夫的一个重要去处。穷山恶水的黄州不可能给这些遭贬谪流放的文人士大夫以富足的物质生活，以苏轼为例，被贬黄州的他甚至不得已开垦东坡荒地才足以养家糊口。苏轼在其《跋韩忠献赠诗》中这样解读物质生活极度匮乏的黄州："其民寡求而不争，其士朴而不陋。"他竟然于僻陋之地发现了自然山川之美，发现了齐安民身上那种随缘自适的"不争"品格和素朴但不粗陋的生活态度，进而这种品格和态度在词人身上大放异彩，他大声吟唱着"竹杖芒鞋轻胜马。谁怕？一蓑烟雨任平生"（《定风波》）、"门前流水尚能西，休将白发唱黄鸡"（《浣溪沙》）之类乐观旷达的词句诗意地栖居在这片贫瘠的土地上。寒食、端午、中秋、重九等每个节日都留下了词人的吟唱，赤壁矶、临皋亭、涵晖楼、栖霞楼、东坡雪堂乃至于隔江相望的武昌等黄州及其周边的山山水水都留下了词人的足迹，

---

① （清）刘熙载：《艺概》，上海：上海古籍出版社1978年版，第108页。

举凡咏物抒怀、咏史怀古、山水田园、渔夫隐逸、友朋酬唱乃至于子姑神降、沙湖遇雨等极度开阔丰富的题材内容一下子充盈了内容狭窄的北宋词坛，在苏轼笔下，黄州绝非一个僻陋处，也不似一个贬谪地，它的山山水水如此审美地走进了苏轼的词中，也走进了后世读者的心中。如果没有"此心安处是吾乡"的大乡土情怀，苏轼怎可能走进黄州，黄州又怎可能如此鲜活地屹立在宋词乃至于中国词史中？陆游说虽然黄州僻陋，"然自牧之、王元之出守，又东坡先生、张文潜谪居，遂为名邦。"① 颇有见地地指出了文人与贬谪地、文学与地理环境之间的这种互动关系及其意义。苏轼之前，晚唐杜牧、宋初王禹偁都曾被贬谪黄州任刺史；苏轼之后，苏门中的张耒有前后三次贬谪黄州的经历。这些文人的贬谪时间或许存在三年、五年、八年的长短不同，黄州的自然山水都走进了他们的笔下却是共有的现象，甚至与苏轼一样，黄州的文学创作成为这些文人创作历程中的一个里程碑，杜牧的《赤壁》诗、王禹偁的《黄州新建小竹楼记》、苏轼的《念奴娇·赤壁怀古》、张耒的《柯山集》等即是黄州创作水准的代表和明证。

苏轼以词"为诗之苗裔"作立论基础推尊词体，黄州词又在实践层面印证了这一词学观念，但一个疑问随之而来：同样在黄州时期，苏轼在《与陈大夫八首》其三中云："比虽不做诗，小词不碍，辄作一首，进录呈，为一笑"②，苏轼在此提出的"小词不碍"的词学观点似乎明显有悖于其诗词同源推尊词体的词学主张。既然诗词同源，苏轼畏惧诗文致祸，尽量地阻止黄州山水和心情进入诗文之中，为何不畏惧小词亦可致祸而放任黄州山水和情感在曲子词中尽情挥洒？其实，在笔者看来，"小词不碍"的提法并非苏轼的主张和创造，而是苏轼对他所处时代的词坛主流观点的一种概括，是一种近似于"小道末技"的诗尊词媚观，晏殊、欧阳修、张先等词坛大家莫不持有这样的观点。这一词学观念笼罩下的北宋词坛成为经历乌台诗案后的苏轼的一个绝佳去处：既可以在词坛中远离和躲避诗文之祸，又可以利用词体这一

---

① （宋）陆游，柴舟校注：《入蜀记　老学庵笔记》卷四，上海：上海远东出版社1996年版，第62页。
② （宋）苏轼：《与陈大夫八首》，见孔凡礼校注：《苏轼文集》，北京：中华书局1986年版，第1698页。

文学样式尽情挥洒自己的文人才气。当苏轼在与朋友书信中表露这一观点时，到底是只躲进这一时代性的文体观念中来做自我保护，还是苏轼也心存这样轻视词体的文学观念呢？若依前者只是拿词体做保护，苏轼诗词同源的观点可谓彻底纯粹；若依后者是不免心存尊卑之念，那么苏轼诗词同源的观点并没有彻底抹杀诗词两种文学样式的界限，他在扩大词体表现领域的同时还有所保留，注重了词体自身合律、重抒情等自身特点。苏轼身上的这两种可能到底孰是孰非，其实我们很难贸然下结论。

同样是贬谪他乡，在惠州、儋州贬所，苏轼"此心安处是莵裘"的大乡土观念并未改变：他在惠州吟唱着"日啖荔枝三百颗，不辞长作岭南人"，赴儋州前夕他在给苏辙诗中说"他年谁作舆地志，海南万里真吾乡！"(《吾谪海南，子由雷州，被命即行，了不相知。至梧乃闻其尚在藤也，旦夕当追及。作此诗示之》)无论政敌眼中如何险恶的贬谪环境，苏轼都能通达地以亲近故乡的情感去亲近和感受它。但是，惠州儋州期间苏轼的词作数量却明显减少了，两地相加尚不足二十首词的现象让人惋惜。王兆鹏、王启鹏先生都有专文论及此现象背后的个中原因，大致不外乎从险恶的政治环境、轻视词体的文体观念、人生际遇、思想观念等几个方面入手解析。其中在文体观念方面，王兆鹏先生认为黄州时期词作数量多与苏轼轻视词体的观念相关。但问题在于苏轼这种轻视词体的观念为何在黄州贬所能创造填词高峰，在惠州儋州贬所却只能产出数量甚少的词篇呢？难道是苏轼的大乡土观念还在，但词学观念发生了变化？笔者认为政治环境、文学观念是不足以完满地解答这一奇特的文学现象的。下文试从地理环境的角度来分析一二。在北宋，惠州、儋州均属广南路，惠州在广南东路，儋州在广南西路。在宋代四川四路、荆湖南北路、广南东西路乃边远八路，出朝外任边远八路的官员是不许携家室而往的①，原因与自然地理条件有关。《宋史》对广南东、西路的完整介绍如下：

> 广南东、西路，盖《禹贡》荆、扬二州之域，当牵牛、婺女之分。南滨大海，西控夷洞，北限五岭。有犀象、玳瑁、珠玑、银铜、果布之产。民性轻悍。宋初，以人稀土旷，并省州县。然岁有海舶贸易，商贾

---

① （元）脱脱：《宋史》卷一百五十九《选举五》，北京：中华书局1977年版，第3721页。

交凑。桂林邕、宜接夷獠,置守戍。大率民婚嫁、丧葬、衣服多不合礼。尚淫祀,杀人祭鬼。山林翳密,多瘴毒,凡命官吏,优其秩奉。春、梅诸州,炎疠颇甚,许土人领任。景德中,令秋冬赴治,使职巡行,皆令避盛夏瘴雾之患。儋、崖、万安三州,地狭户少,常以琼州牙校典治。安南数郡,土壤遐僻,但羁縻不绝而已。①

这段介绍首先从地理位置上说明了惠州、儋州极其僻远,甚至宋朝廷在治理上都不得已简化了治理程序,个别僻远之地只能任用当地居民行使治理权,"但羁縻不绝而已"。据《元丰九域志》,惠州距离东京五千一百二里,昌化军即儋州距离东京七千二百八十五里。如果说五刑之一的流刑可依距离政治中心远近来判断其轻重程度的话,惠州、儋州距离政治中心的路程远远超过了三千里的流刑重罚。虽为贬谪,几等于死刑。其次,与地理位置紧密相连的是广南东西路恶劣的自然环境,炎热、瘴毒是足以让一个习惯北方生活的人毙命于此的。《儋州志》对此作了形象描绘:"盖地极炎热,海风甚寒,山中多雨多雾,林木荫翁,燥湿之气郁不能达,蒸而为云,停而在水,莫不有毒","风之寒者,侵入肌窍;气之浊者,吸入口鼻;水之毒者,灌于胸腹肺腑,其不死者几稀矣。"② 这种对身体的直接戕害比之心灵折磨来得更为直接和猛烈,恐怕这正是古代设立流刑之初衷吧。无怪乎苏轼在《与王仲敏书》中说"今到海南,首当作棺,次便作墓。仍留手疏与诸子,死即葬于海外,生不契棺,死不扶柩,此亦东坡之家风也"。再次,还介绍了两地未受中原文化影响的、不开化的文明现状。这种不开化不仅仅表现在婚丧嫁娶、衣食住行层面,还体现在沉浸于迷信、杀牛甚至杀人祭祀、男子居家女子负重劳作等很多方面,这种社会环境对于苏轼这个文化巨人而言也是一种摧残和折磨,而且任何地域的文化习俗和传统的力量是强大的,并不因文明承传者的到来和他们的几句劝说、几篇文章就发生改变。如此看来,惠州、儋州两地所处的地理位置、所具备的自然条件和社会条件都是极其恶劣和落后的,

---

① (元) 脱脱:《宋史》卷一百五十九《志第四十三》,北京:中华书局1977年版,第2248－2249页。
② 《儋州志》,1934年点校本。

对于一个已经年逾六十岁的老人而言，不必说文学创作的条件，就连生存所需的基本物质条件都不具备，儋州比之惠州更甚。苏轼在《与程秀才书》中说"此间食无肉、病无药、出无友、冬无炭、夏无寒泉，然亦未悉数，大率皆无耳。"① 在六无之地的儋州，苏轼在一点食物接济也没有的情况下，甚至要通过吸食阳光练气功的办法来保命，苏轼《学龟息法》一文就有具体的记载。在这种生存条件都遇到极大挑战的情况下，苏轼注完了六经之一的《尚书》，整理完成《东坡志林》，创作了一百二十首和陶诗，这种文化文学方面的创作已属奇迹。何以此间填词行为就几乎停滞了呢？

从发生学的角度来看，词这种文学样式与惠州尤其是儋州的地理环境是格格不入的，或者说广南东西路这样的地理空间不能给苏轼提供填词的基本条件。而北宋一统天下后，政治、经济、文化各个方面都得到长足发展，城市经济的发达是一个最为集中的体现，北宋的都城汴京、大都督府杭州都是人口达十万以上的大都市，孟元老《东京梦华录》、周密《武林旧事》等宋代笔记对此都有生动的记录。繁华奢靡的城市生活滋生了各类以娱乐为目的的文艺样式，其中词最引人注目。词的产生与宴饮享乐有关，音乐、歌妓、文词犹如三驾马车，拉着词这一文学样式走向文坛并占有重要的一席之地，北宋繁华的都市生活就是词走向繁荣的温床，燕乐的流行、青楼妓馆的林立、文化修养极高的一批文人的加入促成了词在宋代成为"一代之文学，而后世莫能继续焉者"② 的现象，这正是苏轼填词行为为何发生在北上汴京之后的时代原因，于是我们就能理解为何苏轼任杭州通判期间会成为他词作的第一个高峰期。即使他被贬黄州，属淮南西路的黄州距离东京不过一千九百里的距离，即使是偏僻之地，其自然条件也不存在酷暑瘴毒之害，其社会环境也不存在两种文化冲突带来的风俗民情的巨大差异和不适应，即使刚刚发生的乌台诗案宣告了苏轼所处政治环境的险恶，在黄州时的苏轼仍不乏志同道合者的往来唱和，我们也没有看到这些与苏轼往来者因此被贬谪或者被免官的记载，同时，苏轼尚在盛年，开垦东坡田却不至于像在儋州时期那样靠练气

---

① （宋）苏轼：《与程秀才书》，见孔凡礼校注：《苏轼文集》，北京：中华书局1986年版。
② 王国维：《宋元戏曲史·自序》，上海：东方出版社1996年版，第1页。

功来存活，东坡肉的美食也是黄州期间物质生活勉强说得过去的一个例证，所以他也不乏游赏把酒的闲情逸致。填词的各种条件依然尚存，不吐不快的秉性和"小词不碍"的观念倒促成了黄州词作的最高峰。但是在惠州、儋州期间，外部环境发生了极大的变化，外部政治环境的险恶致使人人自危，在苏轼被贬岭南的同时，他的亲友也都在被贬谪之列，元祐党祸时期诛杀异己的政治环境的险恶已远远超过了黄州时期，那些在此期间帮助过苏轼的人都遭到了不同程度的惩罚，友朋来访、把酒言欢的机会就少的可怜甚至于无了。惠州期间，唯一陪伴左右的侍妾朝云去世，再也没有人能高歌苏轼"枝上柳绵吹又少，天涯何处无芳草"的曲子词而泪流满面了。现实物质生存环境和政治生存环境的恶劣让年龄老大的词人疲于应付，音乐、歌妓、文人这"三驾马车"在惠州、儋州陷入困顿和瘫痪中，苏轼的填词行为怎么可能不陷入困顿？

如此解读苏轼黄州之后尤其是惠州、儋州期间词作越来越少的原因，我们会发现这种词作数量上的变化并不能直接说明苏轼词学观念的变化，而是与外部条件的变化息息相关。自始至终，苏轼诗词同源的词学主张没有也不可能完全抹杀词自身的体制特点，在人们把苏轼词视为正统词风之外的变调时，也要注意苏轼变革词体的行动也只是在承认词体的音乐性、抒情性、娱乐性等特质的前提下一点点推进。当这些特质得以存在的外部条件消失时，苏轼也不会勉强赋词，他把创作热情及时地转移到了传统的诗文之中，所以才造成了黄州之后尤其惠州、儋州期间词作越来越少的文学现象。

第三节　苏轼大乡土观念的独特意义

苏轼对故乡眉州的感情一直处在一个动态变化的过程中，随着他和故乡时空距离的不断拉长，伴随着一次次频繁无据的贬谪经历，苏轼故乡概念的内涵在不断扩大，日渐从四川眉州这一特定的地理空间演变为广袤的中国大地，"此心安处是吾乡"是他大乡土观念的最好写照。要解读这种大乡土观念在宋代以及此后文学史乃至于文化史上的独特意义和价值，我们需要找一个参照来比较说明，这个作为参照的文人就是苏轼非常仰慕并引为异代知己的晋人陶渊明。

苏轼晚年写过一百多首和陶诗，在儋州自编成集，并请弟苏辙写了《东坡和陶渊明诗引》。苏轼自称"吾于诗人，无所甚好，独好渊明之诗"，甚至和作得意处"自谓不甚愧渊明"。但是苏轼追慕唱和陶渊明的词作数量并不多，苏轼自己解释说："旧好诵陶潜《归去来》，常患其不入音律，近辄微加增损，作《般涉调·哨遍》，虽微改其词，而不改其意。"[1] 以诗歌样式来追和陶渊明的田园诗，不存在文学样式转换的中间过程，但若以词追和，必然增加了使不就音律的诗歌"入音律"的困难，此其一；其二，平淡质朴的田园生活若要在文学作品中依然保持其静谧恬淡的情调，"艳科"词似乎是最不适宜的载体，过于热闹的宴饮环境适合应景填词却实在不适合恬淡静谧的田园生活。即便如此，被贬黄州期间，苏轼还是用《江城子》（梦中了了醉中醒）、《哨遍》（为米折腰）两首词分别隐括陶渊明的《斜川诗》《归去来兮辞》入内，用词这一文学样式向陶渊明致敬。

苏轼如此仰慕和钦佩陶渊明，但他们的人生方式却是迥异的：陶渊明弃官归乡体验躬耕之乐终老田园，苏轼仕宦坎坷屡言归去却最终终老他乡。对此，我们跳出偏重于肯定苏轼对陶渊明继承发扬的视角，来重新解读这一现象，去探析二人的人生选择及人生道路何以如此不同的深层原因。在分析比较过程中，苏轼大乡土情怀的独特价值才会更加凸显。

首要原因是两人生活的外部环境不同。陶渊明生活的魏晋时期战乱频仍、民生凋敝，是儒家纲常伦理遭到极大破坏、社会秩序陷于土崩瓦解的乱世。乱世中断了士子们外在的事功梦想，不得已退却下来反观自身，个体的存在和价值被发现和张扬，于是汉魏六朝成为"精神史上极自由、极解放、最富于智能、最浓于热情的一个时代""晋人向外发现了自然，向内发现了自己的深情。"[2] 老庄物我齐一的自然观、佛教的心性理论融合魏晋士人注重个体体验的精神状态，形成了玄远清虚的魏晋玄学，浸润着知识分子的内心。在这种时代背景之下，隐逸归耕绝对不是一件让人汗颜的人生选择，以至于在

---

[1] （宋）苏轼：《与朱康叔第十三简》，见孔凡礼校点：《苏轼文集》，北京：中华书局1986年版，第1789页。

[2] 宗白华：《美学散步》，上海：上海人民出版社1981年版，第177页。

文学创作中隐逸主题的兴起成为这一时期的重要现象，左思和陆机的《招隐诗》、潘岳的《闲居赋》堪为代表，陶渊明大量描写归耕隐居生活和表现隐逸思想的作品把这一时代风气推向了巅峰。如此看来，在陶渊明生活的时代，弃官归隐终老田园的人生选择并不孤立，而是一代士子不得已的趋同选择。而苏轼生活的赵宋王朝，结束了五代十国的混乱局面，基本实现了天下的统一，宋王朝重文抑武基本国策的制定在加强中央集权之余，更给文人士子们带来了绝佳的人生际遇，所以宋代士大夫的社会责任感和参政议政的热情空前高涨，范仲淹"先天下之忧而忧，后天下之乐而乐"、欧阳修"开口揽时事，议论争煌煌"①之类的表达是对宋代士子这种特有的精神风貌的写照。随着北宋王朝政治、经济、文化教育等各方面的发展，内政外交方面的弊端也不断展现，冗兵加上冗官，带来了冗费，造成了兵弱、财匮、民困的社会问题，成为长期困扰北宋君主的一大难题，这更加激发了士大夫忧国忧民的责任意识，"方庆历、嘉祐，世之名士常患法之不变"②，范仲淹、欧阳修、王安石、司马光都是这样具有高度社会责任感的士大夫。生长于这样的时代，又跻身于统治阶层的仕宦体制之中，苏轼亦不例外。所以，这种外部大环境的不同决定了陶渊明弃官归隐的人生选择和苏轼在仕宦体制之中百折不归的人生选择都不是偶然为之，都打上了不同的时代烙印。

当然，把这一人生选择看作具有普遍性、必然性的规律来解释似乎又过于绝对，因为魏晋时期依然不乏积极入仕者的身影，北宋时代舞台上也不乏屡至阙下、俄又归山的终南隐士。所以个性气质的不同是考察这一现象时必须重视的另一个重要因素。陶渊明的个性气质在他的《归园田居》中表现得最为淋漓："少无适俗韵，性本爱丘山。误落尘网中，一去十三年。"仕宦对于陶渊明而言是一种羁绊，是他不愿面对和应付的，因为这违背了他的天性，梁启超说："渊明在官场里混那几年，像一位一生爱好是天然的千金小姐，强逼着去倚门卖笑。那种惨耻悲痛，真是深刻入骨，一直到摆脱过后，才算

---

① （宋）欧阳修：《镇阳读书》，见《欧阳文忠公集》卷二，文渊阁四库全书本。
② （宋）陈亮：《铨选资格》，见《龙川文集》卷一一，文渊阁四库全书本。

得着精神上解放了。"① 应该是切中肯綮的论断。陶渊明之所以不得已在官场中先后担任州祭酒、桓玄军幕、镇军建威参军、彭泽县令等职位，原因只有一个：迫于生计。陶渊明在《归去来兮辞》序中这样解释："余家贫，耕植不足以自给。幼稚盈室，瓶无储粟，生生所资，未见其术。亲故多劝余为长吏，脱然有怀，求之靡途。会有四方之事，诸侯以惠爱为德，家叔以余贫苦，遂见用于小邑。"但是苏轼的个性气质是明显不同于陶渊明的。据苏辙《东坡先生墓志铭》载，10 岁的苏轼随母亲程氏读《后汉书·范滂传》，就以范滂为人生楷模立下了"慨然有澄清天下之志"的志愿。母亲程氏对此积极引导和鼓励。另外父亲苏洵带着苏轼、苏辙兄弟二人寒窗苦读进京科考的举动，也再一次证明苏轼的家庭成长环境对他积极入世态度的形成发挥着重要作用。再加上北宋士大夫阶层普遍具有强烈的责任感和忧患意识这一时代风气的濡染，苏轼 22 岁中进士，26 岁中制科考试头等，入世以后奋发有用世之志。即使是因为与积极变法的王安石政见不同而外任杭州、密州、徐州、湖州等地，在地方任上也一直是勤于政事，政绩卓著的。如此看来，个性气质的不同，使得陶渊明把仕宦看作人性的束缚，不解脱就永不快乐；相反，苏轼却把科举入仕看作实现自己"致君尧舜"理想的必然之路，舍此则无法实现自我的人生价值。一个因生计被动进入官场，一个为理想主动求取仕宦，所以陶渊明在彻底弃官归耕田园之后会由衷地写出了对农耕生活的热爱和快乐；而苏轼在被政治放逐躬耕东坡的时候，他的心情是苦闷之极的，才不得已到陶渊明的诗文中寻求养料和支持，所以苏轼的和陶词作于黄州，和陶诗主要作于贬谪岭南之后，都是政治上被打压的极度苦闷的人生时刻。

因为禀赋气质不同，时代环境有别，苏轼不可能真正在内心深处认同或接受陶渊明弃官归隐的人生道路而成为第二个陶渊明。但在仕途失意人生苦闷的时刻，苏轼会经常到陶渊明的诗文中寻求解脱和支持。苏轼在《书李简夫诗集后》有过这样的表达："陶渊明欲仕则仕，不以求之为贤，欲隐则隐，

---

① 梁启超：《陶渊明之文艺及其品格》，见《饮冰室合集·专集之九十六》，北京：中华书局 1989 年影印版。

不以去之为高，饥则扣门而乞食，饱则鸡黍以延客，古今贤之，贵其真也。"① 苏轼用一个"真"字概括了陶渊明的人生态度，这种人生态度就是陶渊明"纵浪大化中，不喜亦不惧，应尽便须尽，无复独多虑"②的委运任命思想的体现。可见，苏轼虽然弃却了陶渊明归隐田园的人生范式，但吸收了陶渊明委运任命的思想观念和随缘自适的人生态度。在宋代思想融通的思想背景下，陶渊明委运任命、随缘自适的思想态度成为引导苏轼思想走向成熟的一个契机，它让苏轼在接踵而至的苦难面前，把儒家"达则兼济天下，穷则独善其身"的理想人格、道家轻视有限时空和物质环境的超越态度以及禅宗以平常心对待一切变故的观念有机地组合起来，从而能在黄州贬所发出一声"此心安处是菟裘"的呐喊，以此超然的大乡土情怀来迎接人生的一次次贬谪，从而以亲近故乡的乐观态度在每一个他乡活出人生的精彩来。

苏轼的大乡土情怀形成于文字狱盛行、贬谪成为仕宦常态的北宋时代背景下，打上了儒释道思想融通的时代烙印，是苏轼随缘自适、乐观旷达精神的体现，在消解积极入世的苦难挫折方面成为两宋文人的人生典范，具有独特的时代价值。宋以后的文人士子在苏轼处变不惊、无往而不可的人生境界中也获得了无穷的精神力量。因此，苏轼的大乡土情怀具有深远的文学史乃至于文化史的价值和意义。

---

① （宋）苏轼：《书李简夫诗集后》，见孔凡礼校点：《苏轼文集》，北京：中华书局1986年版，第2148页。

② （晋）陶渊明：《形影神》，见逯钦立校注：《陶渊明集》卷二，北京：中华书局1979年版。

第八章
名宦拘检，年来减尽风情
——《清真词》中的文学地图及其词风变化

北宋词人周邦彦善写羁旅行役，在仕宦经历上与同样擅长羁旅行役词的柳永颇为相似。较之柳永词，周邦彦词更缺少显示创作地点和时间的信息，所以周邦彦词编年方面存在诸多客观困难，无论是中华书局版的《清真集校注》（孙虹）还是上海古籍出版社版的《清真集笺注》（罗忼烈），在清真词时地信息的认定方面尚存有诸多分歧。分歧点的出现主要在于清真词本身时地特点的不明晰，当然也在于考订者受头脑中某些先入为主的观念左右，在考订词作时会有某种程度的主观臆断之嫌。我们解读《清真词》若从文本笺注视角转换为地理空间的视角，周邦彦的行旅空间与词作之间的相互映照，会让《清真词》解读呈现出新的面貌。

第一节　行旅词中的青年漫游

周邦彦在北上汴京之前，曾经有过较长一段时间的漫游经历。对于这段青年漫游的地点和时间，学界颇多争议。以家乡钱塘作为漫游的起点，周邦彦足迹所至不离长江流域和黄河流域，其中荆州、长安是被提及较多的两地。我们把目光聚焦在周邦彦青年漫游时的行旅词上，对其漫游经历和词作特点做一梳理，以期对某些问题有进一步的了解和认识。

一、荆襄路:"花艳惊郎目"

在中华书局版《清真集校注》中孙虹确定了《少年游》(南都石黛扫晴山)等十余首词是写于荆州的。当我们深入每一首词的字里行间,会发现除了《少年游》(南都石黛扫晴山)直接以"荆州作"为题目可以确定作于荆州外,这些词作中呈现出来的有关荆州的地域特点是十分模糊的,即使《琴调相思引》中"故人何在,烟水隔潇湘"中涉及"潇湘"这一荆湖南路地理名词,也与地处荆湖北路的荆州隔着一定的距离。退一步说,即使没有荆山、纪山、巴山、汉水、漳水、沮水等与荆州相关的山水名物和地理名词也无妨,词中有关涉荆州的历史地理文化印记亦可。据《方舆胜览》卷之二十七"江宁府条"载,荆州(江宁府)"衣冠数泽、竞渡之戏"的风俗,"东连吴会,南有洞庭,南通五岭,北绕颍泗"的地理形胜①,以及古往今来的文人题咏,如此等等在这十多首"荆州词"中却很难见到其踪影。若依孙虹提出的少年游学荆州的说法,身为游学之人在所到之地停留越久,对其地的历史文化内涵必然会着意领会,写入诗词文章中也就成了自然之举。可是为何在清真词中我们很难见到这种倾向和印记呢?所以从地理文学的角度来讲,孙虹女士"少年游荆州说"尚存证据不足的遗憾,笔者不敢断然接受。即使如此,荆楚一带周邦彦是一定到过的,《六幺令·重九》、《庆春宫》(云接平冈)、《蝶恋花》(美盼低迷情婉转)、《长相思》(好风浮)、《点绛唇》(台上披襟)、《玉楼春》(大堤花艳惊郎目)等词传递出有关宜城、郢州、襄阳等较为明确的地理名物。

在这些对所到之处较为零星的形容中,我们大致可以推断周邦彦曾经走在由荆州、宜城、郢州、襄阳等地连起的交通线上。这是一条连接关陇河朔文明与长江文明的重要交通线路。其中荆(州)襄(阳)路段作为交通主干道,水陆皆行,北接西安古都,南通领表,西面又连着巴蜀,东边能达到吴越,在南北交通上居于十分重要的地位。若取水道,则由西荆江而转道汉水,荆襄两城以及汉水两岸,不乏堤防。宜城本古之大堤村,其地亦有大堤。在

---

① (宋)祝穆:《方舆胜览》,北京:中华书局2003年版,第478页。

这条南北交通干线上，商贾往来，繁华之盛，声色娱乐随之而生，自南朝至唐代，就有数量众多的《大堤曲》《襄阳乐》等艳歌特咏襄阳大堤的声色繁华："大堤诸女儿，花艳惊郎目"①。这种声色之乐也波及邻近的郢州一带，歌咏郢州石城女子莫愁的"莫愁乐"即属于此类艳词歌曲②。

在这一地理文化背景之下，《清真集》中的《玉楼春·大堤花艳惊郎目》《长相思·好风浮》《六幺令·重阳》等词都是展示荆襄交通线上繁华的词篇，也很好地印证了周邦彦曾经游走其间并时有艳遇的观点。这些词作有的作于春季，如《玉楼春·大堤花艳惊郎目》春花缤纷、美人娇艳、歌舞纷呈，有浓郁的欢乐洋溢其间；"休将宝瑟写幽怀，坐上有人能顾曲"，词人甚至忍不住要夸耀自己知音晓律的文人伎俩来加入热闹中了。有的作于秋季，如《长相思·好风浮》《六幺令·重阳》都是用追忆的手法写当初的欢乐，又来衬托今日的萧瑟悲苦，"华堂花艳对列，一一惊郎目。歌韵巧共泉声，间杂琮琤玉。惆怅周郎已老，莫唱当时曲"。无论直接描绘还是以追忆手法叙写，《清真词》中荆襄路上的繁华享乐生活给青年漫游的周邦彦以强烈的感官刺激，由此诞生的词篇与艳情、青春、欢乐密切相连！

二、初入长安词

自唐以来，由长安南下，一般会先出蓝关，经商州，出武关，经由邓州之内乡、南阳，直抵襄阳、郢州、宜城、荆州，反之亦然。这是一条连接秦楚凡一千一百余里的重要线路。较之这条交通线上的其他行旅词，《清真集》中的长安词数量多也比较集中，由此可以推断，周邦彦往来其间的这条荆襄路，一端是连着长安的。

对周邦彦长安词的创作时间薛瑞生先生曾有专文考证，指出"周邦彦曾两入长安：第一次入长安盖在宋神宗熙宁六年（1073）或七年（1074）三月底四月初，当年秋即离去，此次入长安乃以布衣游学。第二次入长安在宋徽宗政和二年（1112）春，二月至，三月离去，此次入长安在知河中府任，当

---

① （宋）郭茂倩：《乐府诗集·清商曲辞五》，北京：中华书局1979年版，第703页。
② 严耕望：《唐代交通图考》第四卷，上海：上海古籍出版社2007年版，第1077页。

以公事往来其间。两次入长安均有不少词作"①。此后孙虹女士又对此说加以补充论证②。笔者并不完全赞同薛先生、孙女士的观点，从文学地理学的视域之下，长安词也可作如下解读。

大致来说，长安词集中在春季、夏季、秋季三个季节。《蝶恋花》（桃萼心香梅落后）和《渡江云》（晴岚低楚甸）两首词写于春季，其中《渡江云》作于"骤惊春在眼"的仲春时节，"清江东注，画舸西流，指长安日下"表明词人正在离开随着春天来临而日渐缤纷的楚地，目的地就是长安，不舍之情、旅行之苦尽在笔端。《蝶恋花》一词创作时间大致相同，"客舍青青""渭城荒远无交旧"等词句暗用王维《送元二使安西》的诗意，透露出词人正在旅途之中，应该是与《渡江云》大致同时或稍后。渭城，在今陕西省西安市西北，即秦代咸阳古城。可见行旅方向也指向长安一带。这些词在时间上与薛瑞生先生"第一次入长安盖在宋神宗熙宁六年（1073）或七年（1074）三月底四月初"的论断大致吻合。这是周邦彦要离开荆楚北上长安的明证。

清真词中《苏幕遮》（燎沉香）明确作于夏季之长安，上阕描绘夏日风物之明媚清新，下阕"故乡遥，何日去。家住吴门，久作长安旅"又透露出远行游子浓浓的乡土之情。作于秋季之长安的词在《清真集》中为数不少，《丁香结·苍藓沿阶》《早梅芳近·缭墙深》《西河·长安道》等诸词中都有明显的长安地理文化特点。其中别离词如《夜游宫·秋暮晚景》（叶下斜阳照水）、《浣溪沙·不为萧娘旧约寒》《风流子·枫林凋晚叶》反复念及同一个别离对象"萧娘"。萧娘究竟是何许人尚不明确，她居住长安且周邦彦与她有密切交往并由此产生了感情这一点并无异议。秋季的别离本让人感伤，更何况是"重见无期"的"楚客惨将归"。

当我们依照时间先后和地理空间两个坐标，把清真词中和长安有关的词如上这样连缀起来时，周邦彦由南而北走过荆襄路入长安的漫游行踪就变得明晰起来了。

---

① 薛瑞生：《周邦彦两入长安考》，载《文学遗产》2002年第3期。
② 孙虹：《周邦彦青年时期荆州、长安词补考正》，载《江南大学学报》2004年第3期。

三十多年后，仕宦中的周邦彦再入长安的词作，与初入长安词就风味迥异了。两次入长安，第一次离开时自称"楚客惨将归"，第二次离开时则自称"平阳孤客"。第一次离开长安是南下归乡，第二次离开长安则要北上继续赴任。如此看来，长安应该是周邦彦文学地图上非常浓重的一笔。从初入长安词可知，这一笔既关乎男女恋情，也关乎思乡怀归之苦。

三、漫游的起点：钱塘词

这条由荆州、宜城、郢州、襄阳等地串起来的交通线，一端连着长安，那另一端连着何地呢？或者说，周邦彦北上长安的起点在哪里？

孙虹女士持荆州说。自先秦两汉以至唐代，荆州江陵府一直是长江中游最大的都会，"盖地当中古中国之东西南北之水陆交通枢纽，故交通便利，商业繁盛。……一城馆驿之多殆无逾于此者。"① 至北宋这种交通枢纽的重要地位并没有很大改变，北上的文人士子、官吏商贾都要经过这个重要的交通枢纽，做或长或短的停留或游赏也在情理之中。《清真集》中《少年游·荆州作》《渡江云》（晴岚低楚甸）等词作表明周邦彦在荆州驻足的时间较长，并非短暂停留。所以王国维先生在《清真先生遗事》中认定周邦彦青年时期曾客荆州，除了上述证据之外，他还举出了作于金陵的一首《齐天乐》（绿芜凋尽台城路）为证：

> 绿芜凋尽台城路，殊乡又逢秋晚。暮雨生寒，鸣蛩劝织，深阁时闻裁剪。云窗静掩。叹重拂罗裀，顿疏花簟。尚有綀囊，露萤清夜照书卷。　荆江留滞最久，故人相望处，离思何限。渭水西风，长安乱叶，空忆诗情宛转。凭高眺远。正玉液新篘，蟹螯初荐。醉倒山翁，但愁斜照敛。

词之上阕伤金陵之秋，下阕追忆过去羁旅行役，提及了荆江、渭水、长安等自己所到之地，其中"荆江留滞最久"。写作此词的周邦彦是途经金陵北上汴京，金陵一如荆江、渭水、长安等地一样，是自己漫长人生旅途中的

---

① 严耕望：《唐代交通图考》第四卷，上海：上海古籍出版社2007年版，第1062页。

一个行经地，此时的周邦彦在一路西进到达荆州北上长安后折返。这一漫长的旅程，周邦彦究竟是去漫游还是求学，抑或还有其他的初衷，我们不得而知，从他的词篇大致来看，除却游历了不少名胜、结交了些许朋友、遇到了一些艳情，恐怕这漫长的游历并没有给他的人生带来什么崭新的开端，所以才会紧接着经由金陵北上汴京之举。但是对于古人而言，漫游本身就是一种成长的重要资历，司马迁漫游大半个中国对《史记》的诞生而言作用不可小觑，杜甫青年壮游会留下"会当凌绝顶，一览众山小"的名篇，周邦彦的漫游经历最直接的意义恐怕就是《清真集》中这些写于不同游历地的名篇佳句了。从这个角度来看，周邦彦年轻时的漫游地又绝非局限于荆州一时一地，宜城、鄂州、襄阳、长安、咸阳、临潼等出现在周邦彦笔端的地理名词，哪一个不曾给这个漫游的年轻人以某种程度的感官刺激或心灵感发呢。所以在缺乏翔实证据的情况下局限于是否游学荆州一地的孜孜考订，倒不如从更宏大的地域视野中去解读漫游天下对于文人士子的意义。

如此解读，周邦彦这次漫游的出发地也就明晰了：家乡钱塘。在他北上汴京之前，一切游走的最初原点都是钱塘，哪怕在他第一次北上长安的《渡江云》（晴岚低楚甸）词中，以不舍的深情来作别"留滞最久"的荆楚，可荆楚也不过是周邦彦这个钱塘游子的一个漫游地而已。

根据《东都事略·文艺传》《咸淳临安志·人物传》，尤其是宋代吕陶为周邦彦父亲所作的《周居士墓志铭》等资料，我们并不难找到周邦彦出生成长于钱塘的铁证。对此，周邦彦在自己的文章中也屡有提及，其《睦州建德县清理堂记》文尾的署名即"钱塘周某记"。在《祷神文并序》中周邦彦以"胥山子"自称也是明证，因为钱塘"吴山、在钱塘县南六里。上有伍子胥庙，命曰胥山。有井泉，清而且甘。"① 作为钱塘人，周邦彦在文章中以胥山子自称也就在情理之中了。

《元丰九域志》载：钱塘是大都督府杭州府首屈一指的望县，其繁华丰厚可以想见②。自幼生长于钱塘的都市繁华之中，又擅长填词创调，周邦彦

---

① （宋）祝穆：《方舆胜览》，北京：中华书局2003年版，第3页。
② （宋）王存：《元丰九域志》，北京：中华书局1984年版，第207页。

却并没有要和柳永歌咏"钱塘自古繁华"的《望海潮》一较高下的意思,甚至我们遍检全部清真词,发现描绘"怒涛卷霜雪,天堑无涯"类钱塘壮阔的自然景观以及"三秋桂子,十里荷花,嬉嬉钓叟莲娃"类钱塘安乐的社会生活情状的词章是少得可怜的。孙虹校注、薛瑞生订补的《清真集校注》所附的"周邦彦编年词一览表"中确定了作于钱塘的词章约有七首,较之一百八十多首的清真词集而言,这个比例本不算多,实际情况其实更为糟糕,因为这七首词中大约有半数以上是缺少确凿证据的。我们仅选择其中最为明确的一首钱塘词来看:

醉桃源

菖蒲叶老水平沙。临流苏小家。画阑曲径宛秋蛇。金英垂露华。

烧蜜炬,引莲娃。酒香薰脸霞。再来重约日西斜。倚门听暮鸦。

通过这首词里菖蒲叶、苏小家、莲娃等意象所带有的自然景观和历史人文景观特点,可以十分肯定其作于钱塘。这首词的特别之处在于,一首暮秋时节的词竟然没有呈现出萧瑟凄凉的意蕴,相反,词中充满了一种熟悉而亲切的温情,甚至李贺《苏小小墓》所营构的与杭州名妓苏小小有关的阴森可怖气氛也被这种熟悉亲切的温情改造得踪影全无,相反,词人因为"临流苏小家"而倍感亲切,因为这些意象是和词人的乡土情结紧密相连的。虽然不能十分肯定地把这首词的创作系年确定下来,但有一点可以肯定,这首词应该是作于周邦彦离别家乡一段时日或归来或途经钱塘时创作的,这段离别家乡的日子可能与青年漫游有关。久别重返的欣喜和故乡景物带来的亲切感让这个在外的游子过滤掉了暮秋的凄清,连古墓也超越了一般意义上的阴森肃穆而变得亲切温暖了。从这个角度而言,虽然清真的钱塘词中缺少了《望海潮》那样的恢宏大气,却能给人以亲切的感动,这种情感特征是作为外乡人的柳永所缺乏的,也只有周邦彦这样的钱塘才子,因为生于斯长于斯的故土深情,才能够做如此动人的表达。也正是在这个角度上来说,周邦彦睦州时所作《睦州建德县清理堂记》的文尾才会对"钱塘周某"身份做出特别强调。

后来,已过而立之年的周邦彦结束十载汴京生活,远赴庐州教授之任。

他在旅途中作了一首《锁阳台·怀钱塘》(山崦笼春)，写自己结束了"朝钟暮鼓，十载红尘"的汴京生活远赴庐州，客中再度为客，孤独无依的漂泊感油然而生。地理意义上的钱塘与这条由汴京去往庐州的旅途并不相关，但是在他乡的旅程中出现家乡印记却并不新鲜，这意味着词人内心涌动着浓浓的思归之情，这是一种对漂泊生活的厌倦、对稳定生活的向往之情。苏小小墓、钱塘江潮、名娃美酒等关于家乡的记忆一一涌到眼前，思乡之情浓烈难禁。在这里，钱塘已非地理意义上的一个概念，也不是某一次旅程的起点，它已经成为在外漂泊者的精神故乡和心灵慰藉了。

第二节　由汴京到溧水：词风的转变与成熟

周邦彦自神宗元丰二年（1079）由钱塘入汴京到哲宗元祐三年（1088）离开汴京远赴庐州教授任上，在汴京城前后生活了十年。作为北宋的政治经济文化中心，汴京的繁华丰厚可以想见，孟元老《东京梦华录》中有颇为详尽的记述。周邦彦的十年汴京生活在《清真词》里是通过一首首的艳情词来展示的，如《浣溪沙》（翠葆参差竹径成）（宝扇轻圆浅画缯）（薄薄纱橱望似空）（日射倚红蜡蒂香），《南乡子》（晨色动妆楼）（寒夜梦初醒）（户外井桐飘），《少年游·感旧》（并刀如水），《一落索》（眉共春山争秀），《凤来朝·佳人》（逗晓看娇面），《望江南》（歌席上），《诉衷情》（当时选舞万人长）等均作于汴京，词均涉艳情，歌儿舞女的享乐生活和二三十岁的青壮年时光在汴京这个得天独厚的地理空间中碰撞出一次次的艳遇和别离，无论是写"解移宫换羽，未怕周郎"的歌姬还是"当时选舞万人长"的舞姬，抑或是描绘睡眼惺忪的女子"强整罗衣抬皓腕，更将纨扇掩酥胸"的情状，都充满了享乐的软媚气息。

当十年汴京享乐生活被选人生活取代，词人就离开京师远赴淮南路了。周邦彦在淮南西路的庐州任教授大约有五年时间，接着又到江南东路的溧水县度过了大约四年的选人生活。地理空间的变化随之带来了词情内容的变化，清真词中关涉男女艳情的清丽软媚词风渐行渐远，取而代之的是仕宦漂泊之苦中不乏委顺知命、顺其自然之态的深沉词风。

离开汴京远赴庐州时作的两首词透露出周邦彦词风转变的个中消息。《锁阳台·怀钱塘》（山崦笼春）写自己奔走在"暮天烟淡云昏"的孤苦旅途中，客中再度为客，不禁感慨万分，油然产生了一种浓浓的思乡之情，苏小小墓、钱塘江潮、名娃美酒等关于家乡的记忆——涌到眼前，让这个久在异乡为客的游子无限感伤，"朝钟暮鼓，十载红尘"的汴京生活竟如同梦境了。《锁阳台》（花扑鞭梢）亦作于此间，在"都城渐远，芳树隐斜阳"之时，词人突然感到满目凄凉，究其原因是"未惯羁游况味"，再加上与汴京佳人的别离之痛，沉重的羁旅行役之感触手可及。此后，清真词中的婉约软媚况味越来越淡，沉痛复杂的人生感慨却日渐浓厚了。

按照宋制，九年选人历程乃属常规时限，北宋前期的柳永即如此。但是整体上看来比较寻常的仕宦经历，放在个体身上却未必然，在柳永和周邦彦的羁旅行役词中，读者都能深深感受到他们对九年选人生活的无奈和消沉。周邦彦出任庐州教授在前，溧水县令任在后，但是清真词风随着地理空间变化而发生的明显转变和成熟，并不集中体现在前期的庐州词中，而是主要集中在溧水词中，这是一个有趣的词坛现象。

兹选录三首溧水词如下：

鹤冲天·溧水长寿乡作

梅雨霁，暑风和。高柳乱蝉多。小园台榭远池波，鱼戏动新荷。薄纱厨，轻羽扇。枕冷簟凉深院。此时情绪此时天，无事小神仙。

隔浦莲近拍·中山县圃姑射亭避暑作

新篁摇动翠葆，曲径通深窈。夏果收新脆，金丸落，惊飞鸟。浓翠迷岸草。蛙声闹，骤雨鸣池沼。　水亭小，浮萍破处，帘花檐影颠倒。纶巾羽扇，困卧北窗清晓。屏里吴山梦自到。惊觉，依然身在江表。

满庭芳·夏日溧水无想山作

风老莺雏，雨肥梅子，午阴嘉树清圆。地卑山近，衣润费炉烟。人静乌鸢自乐，小桥外、新绿溅溅。凭栏久，黄芦苦竹，疑泛九江船。　年年，如社燕，飘流瀚海，来寄修椽。且莫思身外，长近尊前。憔悴江南倦客，不堪听、急管繁弦。歌筵畔，先安簟枕，容我醉时眠。

三首词的题目中都明确地标明了创作地均为溧水县。溧水县乃江南东路次府江宁府的五个属县之一，是"伍子胥自楚出奔，未至吴而疾止中道，乞食于溧阳，即此"，紧邻江宁、句容、溧阳等县①。长寿乡在溧水县北，《景定建康志》和清修《溧水志》均有记载；"中山，又名独山，在县东南十里，不与群山连接，古老相传中山有白兔，世传为笔最精。山前有水源，号为独水"②；韩熙载曾在溧水无想寺中读书③，"无想寺在县南十八里无想山"④。长寿乡、中山县、无想寺三处分别在溧水县的北、东南、南三个方位，三首词中"此时情绪此时天，无事小神仙""纶巾羽扇，困卧北窗清晓""歌筵畔，先安簟枕，容我醉时眠"的表达都透露出词人既不满于羁旅漂泊的现实又能够做到委顺知命、顺其自然的复杂心态。从地理空间的独特视角来解读这种心态及词风的成因会有不同的发现。

如罗忼烈先生所言，"无想山之名古已有之，非清真所改称……长寿乡亦前之名，非清真所命，盖溧水、江宁、句容等县，皆被茅山仙道之风，若江宁之葛仙乡、处真乡，句容之茅山乡、承仙乡、望仙乡，溧水之思鹤乡、白鹿乡、仙坛乡，皆以神仙中事揭而名之，不惟长寿乡为然也。"⑤茅山仙道之风影响所及，岂独茅山周围地名由来为然！南宋强焕《题周美成词》有云："访其（周邦彦）政事，于所治后圃得其遗致，有亭曰姑射，有堂曰萧闲，皆取神仙中事揭而名之，可以想象其襟抱不凡。"⑥可见，周邦彦任职溧水县令期间，从外在的厅堂命名到内在的心态变化都深深地打上了道教思想的烙印，因此，其溧水词才会于沉痛之外别有一种纵游大化中的悠然心态。

何以周邦彦的庐州词缺少这种顺其自然的心态和词风？这与溧水独特的地理位置有着密切关系。道教有茅山道教一脉，道教中人陶弘景得葛洪《神仙传》，昼夜研寻，"止于句容之句曲山，恒曰：'此山下是第八洞宫，名金坛华阳之天，周回一百五十里。昔汉有咸阳三茅君得道，来掌此山，故谓之

---

① （宋）欧阳忞：《舆地广记》，成都：四川大学出版社2003年版，第686页。
② （宋）乐史：《太平寰宇记》，北京：中华书局2000年版，第1793页。
③ （宋）周应合：《景定建康志》，文渊阁四库全书本。
④ （清）吕燕昭修，（清）姚鼐纂：《重刊江宁府志》卷十。
⑤ 罗忼烈，《清真集笺注》，上海：上海古籍出版社2008年版，第101页。
⑥ （明）毛晋：《宋六十名家词》，汲古阁刻本。

茅山。'中山立馆，自号华阳隐居，始从东阳孙游岳受符图经法，遍历名山，寻仙访药。"①据《舆地广记》卷第二十四载，句容县境内"有茅山，一名句曲山，形如'句'字之曲，县取名焉"。不难见出，位于句容县境内的茅山是一座历史悠久的道教名山，周邦彦任职于紧邻茅山的溧水县，游历这座有着"第一福地，第八洞天"美誉的道教名山乃自然之举。何况，茅山道教在地理空间上的辐射范围自然也会波及溧水、溧阳、江宁、上元等江宁府所辖的其他几个县，上面所举长寿乡、无想山名称的由来即是明证。

除了地缘关系，还要稍稍提及宋代统治者对道教的态度。宋代三教并重，历任统治者对于道教均持崇奉态度，其中尊奉道教到达狂热程度的要数宋真宗和宋徽宗，宋徽宗还曾赐号茅山道士刘混康为宝真观妙先生。茅山道教在宋代的发展和影响可想而知。

在选人之任数载且看不到逃离"选海"希望的周邦彦，内心的郁闷沉重恰恰需要一种能够超拔于现实之上的思想来拯救。道教强调"忘形以养气，忘气以养神，忘神以养虚。只此忘止一字，则是无物也。如能味此理，就于忘之一字上做功夫，可以入大道之渊微，夺自然之妙用，立丹基于顷刻，运造化于一身也"。②道教修道强调"忘境"的审美妙用，实际上也就是一个让主体的各种感性欲望、理性认知逐渐退场，显现出无知无欲的湛然的纯粹状态，也即清虚状态。因此，茅山道教这样一种地域文化以一种地缘优势滋润了苦闷的词人。于是周邦彦的溧水词呈现出一种悠然甚至飘飘欲仙的道教风貌。罗忼烈先生甚至因此推断，周邦彦号清真的来由亦与道教相关，而且在时间上不会早于任职溧水县令。

周邦彦溧水词中咏梅花的词篇不少于六首，如《玉烛新·早梅》（溪源新腊后）、《红林檎近·咏梅》（高柳春才软）、《花犯·咏梅》（粉墙低）、《丑奴儿·咏梅》（肌肤绰约真仙子）、《丑奴儿》（南枝度腊开全少）、《丑奴儿》（香梅开后风传信）等。之所以在溧水有如此集中的咏梅词，首先，因为溧水其地盛产江梅；其次，关于江梅在溧水县所属的江宁府还有一个地方

---

① 傅勤家：《中国道教史》，上海：上海人民出版社1989年版，第97页。
② （唐）谭峭：《化书》，北京：中华书局2009年版。

传说，寿阳公主日卧含章殿下梅花落在她的额上，拂之不去遂成梅花；再次，梅花作为宋代的时代之花，也融会了道教思想中追求清静安宁的神仙品格。周邦彦的梅花词一遍遍地凸显着梅花"江南风味依然在"的地理特点、"吩咐余艳与寿阳"的地方文化特点以及"肌肤绰约真仙子"的神仙品格。词人在静默观照外物的修行中发现了梅花这个物化的自我，并以梅花为明心见性的象征物来承载自己的精神体验，物我合一，化于自然。在宋代文人热衷梅花创作的浪潮中，周邦彦的梅花词不过是其中一朵小小的浪花，开在溧水县寂寞沉郁的词人心里，给沉郁苦闷的词风染上了一层超拔于尘俗之外的神仙品格和高洁气质，显示出清真词风的成熟。

不独《清真词》为然，周邦彦在任职溧水期间创作的诗歌数量也很可观，《仙杏山》《竹城》《无题》《芝术歌》《宿灵仙观》《投子山》等诸诗就地取材，或歌咏历史故事，或歌咏神仙传说，或表达道教思想，足以见出知溧水期间周邦彦文学世界的丰富和成熟。

总而言之，溧水词在《清真词》中的位置是独一无二的，不仅仅是仕宦漂泊的经历使然，更是因为溧水地方文化的影响和浸润，清真词才呈现出迥然不同的新风貌。这种内敛自省、超拔深沉的新词风深远地影响着此后的清真词创作。

第三节 "年来减尽风情"：重返汴京和长安词

一个地方的地理风貌、生活习惯乃至于思想文化氛围具有一定稳定性、承传性，当然也有一定的变化性。在周邦彦有限的人生长度中，长安和汴京这两个重要的地理空间在有限的变化之内又必然呈现出其稳定的特点来。当一个词人隔了十年甚至更久的时间重新站回同一个地理空间之中，其词风会有变化吗？

宋哲宗绍圣二年（1095）十一月，年届不惑的周邦彦结束了九年选人生活，离开溧水县，重新回到汴京这个政治经济文化中心，任国子主簿。绍圣五年改秘书省正字，开始迈入京朝官之列。直至徽宗大观四年（1110），周邦彦回到汴京十余年的大部分时间都在汴京为官，历任秘书省校书郎（从八品，京官之列），考功员外郎（正七品。朝官系列之第五阶），卫尉少卿（正六品），宗政少卿兼仪礼局检讨（从五品）。《清真词》表达重返汴京的喜悦之情的只有一首《浣溪沙》（日薄尘飞官路平），可谓昙花一现。重返汴京词即使再次涉及歌妓美人，也不过是词人追忆过去的一个触发点而已。这一时期的汴京词中充满了追忆过去美好时光、感慨如今年华老去的今昔之感，激情退却，理性而平静的观照和追忆成为这一时期词作的重要特点，诸如《垂丝钓》（缕金翠羽）、《念奴娇》（醉魂乍醒）、《应天长》（条风布暖）、《瑞龙吟》（章台路）均如此。我们选取一首比较有代表性的词：

瑞龙吟

　　章台路，还见褪粉梅梢，试花桃树，愔愔坊陌人家，定巢燕子，归来旧处。黯凝伫，因念个人痴小，乍窥门户。侵晨浅约宫黄，障风映袖，盈盈笑语。　　前度刘郎重到，访邻寻里。同时歌舞，惟有旧家秋娘，声价如故。吟笺赋笔，犹记燕台句。知谁伴，名园露饮，东城闲步。事与孤鸿去，探春尽是，伤离意绪。官柳低金缕，归骑晚、纤纤池塘飞雨，断肠院落，一帘风絮。

依然是一样的春暖花开季节，依然是当初的汴京坊曲人家，但是"侵晨浅约宫黄，障风映袖，盈盈笑语"的记忆中人却不知何处。留给词人的只有物是人非的今昔之感和伤怀情绪，就像"纤纤池塘飞雨""一帘风絮"一样弥漫开来，挥之不去。

词人在重返汴京之前可能不止一次地想象过重返汴京重获艳情和欢乐的情形，所以在重返路上作词《浣溪沙》（日薄尘飞官路平）来表达欣喜之情。可是相同的地理空间却因时间的流逝、阅历的叠加而呈现出不同的文学色彩来。艳情和激情消退了，连别离也不再让人肝肠寸断，只有静静的寻访、默然的咀嚼和理性的叹息。九年选人生活带给词人的变化就是变"为赋新词强说愁"式的表达方式为"而今识尽愁滋味，欲说还休。欲说还休，却道天凉好个秋"的表达方式，词风中更添了人到中年的沧桑感、厚重感以及距离感。早期汴京词中那种关涉艳情别离的软媚清丽词风再也回不来了。

除了汴京，长安是周邦彦重返且有词作留存的第二个地理空间。按照前举薛瑞生先生《周邦彦两入长安考》的考证，周邦彦第一次入长安是春去秋回，乃布衣游学，在他二十岁左右时；第二次入长安是春去春回，时间很短暂，以公事往来其间，当时在知河中府任上，在他五十七岁左右。算来前后隔了三十多年的时间。薛先生关于周邦彦二入长安的论断是有根据的，但是他断定周邦彦是从河中府任上去的长安，笔者有不同之拙见，在此要做一考证。

在《东都事略》《宋史》《咸淳临安志》等有关周邦彦生平的重要史料记载中，周邦彦的重要外任经历有出知隆德府、徙明州，还有知真定、改顺昌府。知河中府并没有成行，《宋史·文苑传》是这样记载的"以直龙图阁知河中府，徽宗欲使毕礼书，复留之"。所以王国维先生在《清真先生遗事》"尚论三"条中认为，（周邦彦）"在外则教授庐州、知溧水县、河中府、知隆德府、知明州、知真定府、知顺昌府、知处州。河中、真定、处州均未之官，故楼攻媿（楼钥）序但云'三绾州麾'"。如此看来，周邦彦在河中府任上去长安的说法有些不可靠。与此相关，周邦彦有一首《月下笛》值得关注：

> 小雨收尘，凉蟾莹彻，水光浮璧。谁知怨抑。静倚官桥吹笛。映宫墙、风叶乱飞，品高调侧人未识。想开元旧谱，柯亭遗韵，尽传胸臆。　阑干四绕，听折柳徘徊，数声终拍。寒灯陋馆，最感平阳孤客。夜沈沈、雁啼甚哀，片云尽卷清漏滴。黯凝魂，但觉龙吟万壑天籁息。

孙虹女士在《清真集校注》中认为这首词作于熙宁七年游长安将归时。词中"官桥""宫墙""开元旧谱"等意象显示此词作于长安，而词意萧索词风成熟又不似少年游。其中"最感平阳孤客"中的"平阳"一词有多种解释：其一与晋州有关，其二与温州有关，其三与洋州有关。其中晋州一条与周邦彦关系最为密切。宋崇宁三年（1104）改隆德军为隆德府，治所在上党县，即今长治市。领上党、长子、屯留、襄垣、潞城、壶关、黎城等县。隆德府与晋州紧邻，"自界首至晋州二百四十里"[①]。晋州尧时为帝都，即所谓

---

① （宋）王存：《元丰九域志》，北京：中华书局1984年版，第163页。

"平阳"也。境内有群峰叠起的神话胜境姑射山，姑射山自古即为著名的道教圣地，庄子的《逍遥游》中就描述过这里的"姑射山神人"[①]。早在溧水县任县令时就近距离接触道教思想的周邦彦，由长安返回隆德府途经晋州时，以所经之地来自称"平阳孤客"也合乎情理。究竟因为何种原因，周邦彦由隆德府任上再至长安，我们不得而知，但是这首长安词明确地告诉我们，周邦彦是从隆德府任上去往长安的。否则，如薛瑞生先生所言，周邦彦由河中府任上去长安，归来河中府任上即可，何必再越过河中府继续沿汾水北上晋州呢？其实，河中府和隆德府任命前后相继，尚不超过一年的时间差。

周邦彦第一次离开长安时自称"楚客惨将归"，第二次离开时则自称"平阳孤客"。第一次离开长安是南下返乡，第二次离开长安则要北上继续赴任。这两次往返说明，如汴京一样长安也是周邦彦文学地图上非常浓重的一笔。当隔了三十多年再次故地重游，词人经历了十年汴京享乐繁华生活，庐州、溧水九年选人生活，重返汴京仕途顺利的十余年生活，以及外任隆德府等复杂的人生图景，同一地理空间刺激下的文学创作还会相同吗？

重返长安词如《绕佛阁》（暗尘四敛）、《还京乐》（禁烟近）、《琐窗寒》（暗柳啼鸦）、《蝶恋花》（蠹蠹黄金初脱后）等，没有了"桥上酸风射眸子……有谁知，为萧娘，书一纸"（《夜游宫》）、"不为萧娘旧约寒，何因容易别长安"（《浣溪沙》）、"亭皋分襟地，难堪处、偏是掩面牵衣。何况怨怀长结，重见无期"（《风流子》）这类分别之痛喷薄欲出的感性直接的表达方式，取而代之的是"此行重见，叹故友难逢，羁思空乱"（《绕佛阁》）、"奈何客里，光阴虚费"（《还京乐》）、"似楚江暝宿，风灯零乱，少年羁旅"（《琐窗寒》）这类理性深沉充满今昔之感的表达。萧娘的旧情事已经因为三十多年的时间阻隔消退了颜色，词人正在理性接受人间别离的况味，静默倾听时间流逝的声音，即使是羁旅行役之苦也不再似少年时那般刻骨铭心了。

同样擅长写羁旅行役的北宋词人柳永有一首《长相思慢》（画鼓喧街），写风流词人再一次面对似曾相识的轻歌艳舞场，即使是美人的"有意相迎"也难以激发词人抒写的冲动和深情，究其原因，原来是"名宦拘检，年来减

[①] （宋）欧阳忞：《舆地广记》，成都：四川大学出版社2003年版，第512页。

尽风情"。周邦彦亦如是，一次次的别离、仕宦经历的曲折、年龄的日渐老大、思想的日渐内敛，使得这个曾经的风流才子"减尽"了"风情"，软媚清丽的词风早已弱化，最终被深沉内敛不乏沧桑感的新词风取代了。

第四节　清真词风转移与地理空间之关系

青年时期漫游的周邦彦，因为年龄和阅历所限，词作对游历地的漂泊之苦和男女之情感受会比较热烈和感性，所以荆襄路上声色之盛使清真词呈现出鲜艳夺目的色彩和印记，长安城里与萧娘的别离又给清真漫游词染上了一层强烈的别离痛苦。汴京十年繁华热闹的生活，让周邦彦在闲暇之余尽享风流，合乐可歌的娱乐之词与汴京的享乐生活相互映照。九年选人生活让周邦彦远离汴京，无论是淮南西路的庐州还是江南东路的溧水都让词人感到了远离政治中心的落寞和无奈，"国家不幸诗家幸，赋到沧桑句便工"，选人词竟成为《清真词》中的一道亮色，这道亮色并非因为色彩艳丽，而是因为情感日渐丰富和深刻。从此以后，不管周邦彦是不是真的"颇悔少作"[①]，清真词风确实与此前有了变化，这种变化明显受到词人所到之地自然人文景观的刺激和影响。及至周邦彦的中老年词，伴随着频繁漂泊于汴京之外诸州府的仕宦经历，词中厌倦羁旅行役、看淡仕宦名利、思乡怀归的情感色彩变得越来越浓重了。

从文学地理学的视角重新解读文学经典的合理性在中国文学源头的《诗经》《楚辞》中就已经得到了体现。从这个视角来解读《清真词》，其合理性在于作为一个北宋词人，周邦彦从钱塘一路走来，青年时期的漫游、中老年时的仕宦漂泊，足迹所至从江淮流域到黄河流域，呈现出了地理空间的广阔性和丰富性。不同地理空间的山脉水文、社会习俗、文化积淀都会影响和冲击词人的内心世界，激发词人的文学创作欲望，基于地理空间变化的词风转移也就在情理之中了。但词风变化又同时受制于词人年龄、社会阅历、价值判断等多方面的影响，所以从文学地理学视角解读《清真词》，并非是一种简单的阅读和判断，这一点在重返汴京和长安词中有体现。

---

① （宋）周密：《浩然斋雅谈》卷下，永乐大典本。

第九章
从洛阳到嘉禾
——地理空间对朱敦儒其人其词的影响

艺术哲学家丹纳提出,环境是与种族、时代并列的文学三要素之一,并且认为环绕人类的自然环境乃至气候,都会对人产生影响,并直接决定文学艺术的性质。他在《艺术哲学》中说:"要了解作品,这里比别的场合更需要研究制造作品的民族,启发作品的风俗习惯,产生作品的环境。"[①] 1127年靖康之难,宋室南渡,从地理空间上直接改变着宋词的书写特点,这种改变既有随时间流逝而改变的书写习惯,也有因地理空间转换而变化的创作特点。这种改变直接影响着、促成着两宋词史上一个特殊词人群体即南渡词人群的诞生。在这个人数众多、身份复杂、籍贯不一、出处取舍多样化的词人群体中,朱敦儒是为数不多的北方词人之一,携带着生长于北方的人生背景随着宋室南渡,跨越淮河、长江,足迹所至已经到了广南东路的南海(今广州)一带。作为一个北方词人,朱敦儒对这一南渡经历的感受必然与占籍南方的词人不同,这种不同会投射到他的词中,从而折射出乱离时代文人内心的徘徊和挣扎。

第一节 《樵歌》中的洛阳情结

早在春秋战国时期,一位来自东周洛阳的远行者经过黍稷离离的王室宗庙时发出今昔之感,这种今昔之感被记录在《诗经·王风》"黍离"篇中,

---

① (法)丹纳著,傅雷译:《艺术哲学》,北京:人民文学出版社1998年版,第182-183页。

成为后世文人发抒黍离之悲的源头。两晋时期王室南渡、安史乱后士子南迁以及靖康之难引发的宋室南渡，这三次大规模的北人南下浪潮，使得回望中原的士子笔下一直回荡着黍离之悲的旋律。在靖康之难的历史关口，北宋时期曾居开封二十年的孟元老于南宋绍兴十七年撰成《东京梦华录》忆汴京昔日繁华；钱塘人吴自牧于南渡后撰成《梦粱录》来追忆钱塘盛况。词人朱敦儒作为地地道道的洛阳人，却不得不随着金兵南下的步伐仓皇南逃，他站在靖康之难的历史裂口处，一次次回望洛阳，用词书写下自己复杂难言的情绪。

《樵歌》中能够确定作于洛阳的词篇为数不少，除却《满庭芳·花满金盆》《菩萨蛮·风流才子倾城色》①这一类根据其绮艳享乐的风格内容就可以确定作于洛阳外，《念奴娇·腊回春近》《满庭芳·花满金盆》《望海潮·嵩高维岳》《鹧鸪天·我是清都山水郎》《好事近·春去尚堪寻》等词中均有明确的洛阳地理名物出现其中，从文学地理学的视角来断定这些词篇亦作于洛阳，并不困难。在时间上这些词均作于南渡前，考察词意主要有祝寿、男女欢爱、望幸颂扬、书写疏狂个性、节序友朋唱酬等内容，词风基本上是明亮轻快的，即使是辞官归隐后发出"诗万首、酒千觞，几曾着眼看侯王"的自我宣言，其词作也并不因辞官归隐而有丝毫的落寞感伤气息。究其原因，应该与洛阳在北宋时期的特殊地理位置和政治文化地位息息相关。作为北宋的西都，洛阳是京都开封之外的文化重镇。在中国的古都之中，从西周到秦汉经隋唐五代及至北宋，洛阳作为陪都的悠久历史是其他古都难以企及的。作为陪都的洛阳繁盛于唐代，唐代各朝的帝王出于政治、军事或者文化等不同方面的原因都很推重京畿长安之外的东都洛阳，在洛阳举行科举考试并设立国子监等文化教育机构，极大地吸引了天下才子从四面八方会聚到洛阳，人文荟萃，增强了洛阳的文化氛围。而且在地理位置上洛阳居于中华版图的中心地带，恰好契合了中国人对于"天下之中"的崇拜心理，《周礼·司徒》中云："地中，天地之所合也，四时之所交也，风雨之所会也，阴阳之所和

---

① 本书所引朱敦儒的词作均依据邓子勉校注的《樵歌校注》，上海：上海古籍出版社2010年版。

也;然则百物阜安,乃建王国焉。"① 尤其是《周易·系辞上》中言"天生神物,圣人则之;天地变化,圣人效之;天垂象,见凶吉,圣人象之;河出图,洛出书,圣人则之"② 的河洛图书一说,更是从文明本源上给予洛阳以厚重的文化内蕴,从而使居于此地的文人们产生强烈的文化认同感和归宿感。以至于唐宋时期许多文人喜欢生前居住在洛阳、死后还要安葬于洛阳,为此甚至放弃了自己的故乡。宋中后期文人李格非著有《洛阳名园记》一书,张琰在序文曰:"夫洛阳,帝王东西宅,为天下之中。土圭日影,得阴阳之和;嵩少瀍涧,钟山水之秀。名公大人,为冠冕之望;天匠地孕,为花卉之奇。加以富贵利达,优游闲暇之士,配造物而相妩媚,争妍竞巧于鼎新革故之际,馆榭池台,风俗之习,岁时嬉游,声诗之播扬,图画之传写,古今华夏,莫比观文叔之记可以致近世之盛。"③ 揭示了洛阳这座城市何以吸引文人士大夫的原因:自然景观之灵秀加上人文风物之丰厚是主要原因。此外,作为陪都的洛阳既有着诸种其他都市所没有的各种优越和便利条件,又有着因远离汴京这个政治中心而获得的相对宽松的自由空间。唐代很多文人有主动离开长安仕宦于洛阳的行为,白居易就是一例,他居洛阳前后达五年之久,过着亦官亦隐的"中隐"生活,死后亦安葬于洛阳。仕宦于洛阳既没有"小隐入邱樊"的冷落寂寞和贫瘠冻馁之苦,又远离了"大隐住朝市"的喧嚣和政治忧患,诗酒风流、自由闲适是仕宦西都洛阳的生活特点。唐代后期日渐形成的这种诗酒风流、追求自由闲适的文人风习在文人待遇优厚的宋代更加地得以承传和发扬。生长于洛阳的朱敦儒从小就浸润于这种文化风气和传统之中,在其心理上既有以洛阳为豪的优越感,又容易产生安享洛阳得天独厚的自然人文环境、不求仕宦升迁的自足感,诗酒风流,狂放自信。所以我们在朱敦儒的洛阳词中,看到了《满庭芳》里尽享男欢女爱的享乐生活气息、《望海潮》中嵩山的太室少室诸峰巍峨、伊水洛水黄河诸水奔流、河图洛书源远流长的自然人文景观之壮美、《好事近》中清明七日友朋畅饮洛川、往来无白丁的诗酒风流。而这一切都在《鹧鸪天·西都作》一词中做了最为集中典型

---

① (汉)郑玄注,(唐)贾公彦疏:《周礼》卷十《地官司徒第二·大司徒》,内府藏本。
② (魏)王弼等注,(唐)孔颖达疏:《周易》卷七《系辞上》,内府藏本。
③ (宋)张琰:《洛阳名园记序》,见(宋)李格非:《洛阳名园记》,文渊阁四库全书本。

的表达:"我是清都山水郎,天教懒慢与疏狂。曾批给雨支风券,累上留云借月章。诗万首,酒千觞,几曾著眼看侯王。玉楼金阙慵归去,且插梅花醉洛阳。"宣和年间朱敦儒曾有过前后五年在汴京为官的经历,但是后来因故辞官归隐,这首《鹧鸪天》就作于辞官归隐之后。试想如若朱敦儒不是生于洛阳长于洛阳归隐于洛阳生活于洛阳,这些词篇必将会失去洛阳赋予的自信、自足基调,褪去很多明快的色彩。地理空间对于词人创作的影响在此可见一二。

杨海明先生曾提及朱敦儒前期词中《望海潮·嵩高维岳》一词,认为这首词未能免俗,只不过在表露词人豪狂性格的同时"显示着徽宗末年的享乐风气熏染得某些文人简直忘乎所以!"① 但仔细分析这首词,词序交代的作词缘由是"丁酉西内成,乡人请作望幸曲",朝廷决定在洛阳建造宫殿的行为本身就凸显了洛阳作为西都的特殊政治地位和文化地位,词作又是应乡人之请,所以出现了"谁再整乾坤,是挺生真主,浴日开天""父老欢呼,翠华来也太平年"等颂扬词句,似也在情理之中。词中朱敦儒提及嵩山太室少室诸峰、伊水洛水黄河诸水、河图洛书的厚重人文历史时有溢出纸外的自豪之情,这在更大程度上证明了朱敦儒生于斯长于斯的自足感和归属感。而这种心理并不等同于一般意义上追慕权贵安享奢华的心理,否则,同一时期的朱敦儒很难在这种心理驱使下发出"几曾着眼看侯王"的豪狂呐喊,也很难做出辞官归隐的人生选择。其实,这种以生长生活于洛阳为荣的心理已经成为一种沉淀在朱敦儒心灵深处的个体无意识,进而沉淀升华为一种时代的集体无意识,荣格把它作为一种心理机制称为"情结",在此我们借用来称之为"洛阳情结"。

在朱敦儒的时代,"洛阳情结"既是一个关乎时间的名词,又是一个关乎空间的名词。言其关乎时间,是因为对朱敦儒而言居住于洛阳的行为只发生于北宋,靖康之难后他离开洛阳再也没有回去;言其关乎空间,是因为洛阳居天下之中兼为西都的特殊地理位置是独一无二的,当朱敦儒离开洛阳南奔淮河、长江乃至于珠江流域的岭南地区时,在地理空间上他就彻底离开了

---

① 杨海明:《唐宋词史》,天津:天津古籍出版社1998年版,第495页。

这独一无二的故乡，至死未归。洛阳生活就这样在时空两个轴线上戛然而止了，很显然，这带给朱敦儒的缺失感是浓烈的，又是难以弥补的。于是洛阳这个地理空间就在朱敦儒的南渡词中频频出现了，朱敦儒只能以这样的书写方式来对这种情感缺失稍作弥补。当朱敦儒行走在这些远离洛阳的地理空间上时，尽收眼底的是他乡风物，可是词人却往往会首先回望洛阳，以追忆甚至梦境的方式来走近洛阳，于是虽然是作于异乡的南渡词，词笔下流淌的意象却多与遥远的故乡洛阳紧密相关。

  南奔至淮阴，朱敦儒回忆"当年五陵下，结客占春游"的盛况，想起在洛阳"不管插花归去，小袖挽人留"（《水调歌头》）那样"城中无贵贱，毕插花，虽负担者亦然"[①]的习俗，不禁油然而起"如今憔悴，天涯何处可销忧"的今昔之感；至吴越之地，朱敦儒"念伊嵩旧隐，巢由故友"，在洛阳时登嵩山访友朋的适意生活一去不返，感叹人生如"南柯梦"一般，今非昔比，"但愁敲桂棹，悲吟梁父，泪流如雨"（《水龙吟》）；沿长江奔逃至江西一带，词人看到一株梅花，都忍不住想起自己"洛阳醉里曾同摘"（《忆秦娥》）的雅事；当江西洪州再被金人占领，词人不得已沿赣江越大庾岭南奔岭南地区，他在叹息自己"天涯倦客，海上苍颜"的同时，依然禁不住回忆当年在洛阳"弹铗五陵间，行处万人看。雪猎星飞羽箭，春游花簇雕鞍"（《朝中措》）的射猎盛况以及"伊川雪夜，洛浦花朝，占断狂游"（《雨中花》）的友朋雅趣。

  宋高宗绍兴年间，社会呈现出中兴气象，此间朱敦儒不乏表达国家中兴之欣喜的词作，但无论是眼前"王孙开宴聚娇娆"的太平享乐景象，还是词人"休说凤凰城里，少年时踪迹"的自我告诫（《朝中措》），都阻挡不住词人回到洛阳的习惯性动作："草草园林作洛川，碧宫红塔借风烟。虽无金谷花能笑，也有铜驼柳解眠"（《鹧鸪天》）、"极目江湖水浸云，不堪回首洛阳春"（《鹧鸪天》），金谷园、铜驼街等洛阳地理名物、洛阳春这极具地方特色的美酒以及洛阳爱花赏花的习俗都已经深深地印在词人的记忆深处，即使南宋中兴的气象横亘于眼前，词人仍然会不住地回望和走近故乡洛阳。

  [①]（宋）欧阳修：《洛阳牡丹记》卷三"风俗记"，文渊阁四库全书本。

朱敦儒的洛阳情结并不因时间的流逝而淡化。他老年归隐后，还会不时地梦回洛阳，或者是追忆"乘风游二室，弄雪过三川"（《临江仙》）的畅游经历，或者追忆"曾为梅花醉不归，佳人挽袖乞新词"的享乐生活。即使是那首被称作绝笔之作的《西江月》，作者开篇就直接以"元是西都散汉"来给自己定位，总结人生如梦的终世之感，即使人生如梦，洛阳，作为朱敦儒的生命之根依然凿凿。

通过以上梳理我们会发现，洛阳这个地理空间在朱敦儒南渡词中是以追忆的方式频频出现的，字里行间充满了今昔之感。南渡后每一个避乱所至，在地理环境和人文风物认同方面必将带给北方词人难以融入的困难和陌生感，对北方故土的留恋又会加重这种困难和感觉，使词人的异乡感非常强烈。正因为如此，《樵歌》里的南渡词才会感情丰富深沉，往往是桑梓之情、覆亡之痛、异乡沦落之感等多层情感的叠加。这应该不是朱敦儒的专属特点，带有南渡词的群体性特点。

首先，南渡词中频频出现的洛阳意象，直接抒发了作者浓浓的桑梓之情。朱敦儒生于宋神宗元丰四年（1081），1127年靖康之乱时他47岁。此前，他人生的大部分时间都在洛阳度过。童年、少年、青年、中年等人生时间已经把洛阳的山山水水、种种人情风俗投射到朱敦儒的心灵深处、记忆之中。这种有关故土的记忆会因为词人远离故乡而更加鲜明起来。于是朱敦儒的南渡词中频频闪回着"洛阳""洛川""伊嵩""金谷""铜驼""三川"等这些在地图上能找得到的洛阳的地名符号，同时还有"占春游""插花""弹铗五陵间""红袖乞新词""醉里曾同摘（梅花）"等在洛阳盛行的风俗雅趣。这些名词意象具有还原词人洛阳生活场景的功能，映带出了一幅幅故乡风貌的鲜活图画，让异乡为客的词人在还原故乡场景中找到了生命的温暖和慰藉。

其次，南渡词中频频出现的洛阳意象，也抒发了作者深深的亡国之痛。西都洛阳的政治地位很高，是汴京之外的另一个时代风向标。北宋时期东西都的空间距离较之此前的汉唐大大缩短，唇亡齿寒的意味也就更足了。金人铁蹄南下，宋徽宗、宋钦宗被掳掠北上，汴京和洛阳同时失守，意味着北宋的覆亡。亡国之痛令每一个南奔的士子内心剧痛、倍感耻辱，这种亡国之痛的最直接表达就是流寓地的残败萧瑟景象与昔日都城的繁华享乐生活之间的强烈对照。朱敦儒在南方流寓地一遍遍追忆着洛阳故都的昔日繁华，建筑精巧的金谷园是西都曾经繁盛的标志，人物繁富的铜驼巷也是西都曾经繁盛的标志，春日盛赏、冬日寻梅的热闹风雅生活也是西都安定繁盛的标志，甚至是寻常的一壶洛阳春酒在一个亡国之人眼里也有了分外的韵味和情感。身为"洛阳八俊"之一的词俊朱敦儒，在洛阳"诗千首酒万觞"诗酒风流的文化活动给他留下了深刻的印象。于是，在这些不断闪回的洛阳意象中，我们解读到一个词人对一种文化一个时代的缅怀和留恋。

再次，南渡词中频频出现的洛阳意象，更强化了作者的异乡沦落感。金兵南下，词人在南奔的人流中仓促成行。战火蔓延、盗贼横行，南渡士人的生计是困窘的。绍兴七年（1137），韩肖胄上书宋高宗说："江北士民流离失所，江南士民多忌且恶之，若无所容者。"① 这说明像朱敦儒一样的北方士子南奔所至每一个陌生的地理空间时，除了物质上的窘迫，还要面对异乡和故乡之间较大的文化差异。由此不难理解，朱敦儒词中频频出现的洛阳意象，从某种程度上来说，就是一种面对文化差异的处理方式，只不过这种梦回洛阳的方式有些消极，颇有点逃避的意味。对此后文还会详细解读。

总之，朱敦儒笔下的洛阳，是一个特殊的地理名词，既指称特定的地理空间，又指向特定的历史时期。它还代表着宋朝安定繁盛的过去，代表着一种扎根中原的北方文化，是词人故土情感的指向，也是一代人故国情感的指向，绝非一般意义上艳羡权势尊位和奢华生活的心理。

第二节　旅雁向南飞，风雨群初失——南奔词

朱敦儒有一首咏物词《卜算子·旅雁向南飞》，字里行间并没有明确的地理空间信息，但是根据词意可以确定作于南奔期间。这首词很容易让人联想起苏轼在黄州创作的那首同词牌的孤鸿绝唱，两首词托物言志抒怀，物我合一，都是人生困境中抒情主人公处境和心境的真实表现。其词如下：

---

① （宋）徐梦莘：《三朝北盟会编》，上海：上海古籍出版社1987年版，第1272页。

卜算子

旅雁向南飞，风雨群初失。饥渴辛勤两翅垂，独下寒汀立。　　鸥鹭苦难亲，矰缴忧相逼。云海茫茫无处归，谁听哀鸣急。

一只饥渴交迫孤苦伶仃的孤雁在冷不防射来的短箭威逼之下辛苦南飞，苍茫无边的云海看不到归宿，只有从心底里流淌出的阵阵悲哀的鸣叫陪伴着自己。这只孤雁的境况正是朱敦儒在靖康之难发生后仓皇南逃时心境的写照，更是那个兵火连天的特殊历史时刻千万南奔人形象的浓缩，恐慌、焦灼、不安、迷茫是这群人共同的心理特点。这种心理特点在南宋朝廷定都临安之前的很长一段时间里并没有根本的改变。这在朱敦儒的系列南奔词中有清晰的反映。靖康之难甫一发生，朱敦儒便离开洛阳，沿运河一线过淮阴，至扬州，然后又沿长江过金陵，到江西。又因江西洪州被金兵攻陷，不得已沿赣江、跨大庾岭继续南下，避地岭南地区，南奔及至北还临安之间大致有三年时间。在这三年时间里，朱敦儒由北而南急匆匆地奔走逃亡，足迹所至涉及黄河流域、长江流域、珠江流域三大水系，从中原地区到江南水乡再到江西地区及至岭南地区，地域跨度极大，由此带来的自然景观、气候、物产乃至于人文风俗等的差异也是非常明显的。作为一个地道的中原士子，朱敦儒以一种特殊时期的恐慌、焦灼、不安的特殊心理走进这每一处作为他乡的地理空间之中，他的词作会呈现出怎样的风貌呢？我们试就此展开分析。

朱敦儒明确作于淮阴的词有两首，即《水调歌头·淮阴作》（当年五陵下）和《醉思仙·淮阴与杨道孚》（倚晴空），均作于1127年秋。朱敦儒因战乱而仓促南奔至淮阴才稍作喘息，仿佛一夜之间词人就迈进了迟暮之年，从两词中"如今憔悴，天涯何处可销忧？""胡泪看芳草，无路认西州""叹年光催老，身世飘蓬""人世欢易失"等词句可以看出，战乱一下子结束了词人安逸享乐的生活，把他推向了流离失所的苦难之中，他内心涌动的全是悲伤和不安的情绪，折射到词作中就化为悲观沉郁的情感内容。据《元丰九域志》记载，淮阴一地去东京汴梁不过一千余里[1]，词人却在千里之遥的淮阴发出了天涯之叹、飘蓬之感，可见特定时空下的心理感受往往带有强烈的

---

[1] （宋）王存：《元丰九域志》卷五"淮南东路条"，北京：中华书局1984年版，第195页。

主观性、夸张性。据宋吕本中《东莱吕紫微诗话》载，杨道孚，名吉老，字克一，乃张耒外甥，少有才思①。张耒《柯山集》卷八有《自淮阴被命守宣城复过楚雨中过道孚因同诵楚辞为书此以足楚辞》诗②，可知杨道孚居楚地，去淮阴并不远。据宋李心传《建炎以来系年要录》载，此时宋高宗在南京（今河南商丘）即位，诏举人才，淮西有人举荐朱敦儒③。杨道孚作为故友从楚地来淮阴与朱敦儒会面分别后，杨道孚要归还楚地，朱敦儒要向秦地（商丘在淮阴西，以秦代之），所以两词中才出现了"楚云惊，陇水散，两漂流""君向楚，我归秦，便分路"极其相似的表达。但是天下乱世，友情的慰藉也难以挥去时代乱离的悲哀。

但是，金兵毕竟兵临南京商丘城下，商丘一地作为都城并不具备地理位置上的优势，于是随着宋高宗离开南京过长江巡行扬州，朱敦儒"我归秦"的西行也作罢了。他继续在萧瑟的秋风中沿运河南下过扬州，直奔金陵，《点绛唇·淮海秋风》就作于此时，"淮海秋风，冶城飞下扬州叶。画船催发，倾酒留君别""大江横绝，泪湿杯中月"。

金陵词在朱敦儒南奔词中为数不少且质量上乘。《木兰花慢·指荣河峻岳》《芰荷香·远寻花》《朝中措·登临何处自销忧》《相见欢·金陵城上西楼》等词最具代表性。其中《木兰花慢》是唱和词，题目中点明"和师厚和司马文季虏中作"，师厚，即范直方，范纯仁孙。司马文季，即司马朴，范纯仁外孙。据李心传《建炎以来系年要录》卷四载，自建炎元年四月，司马朴被金人掳掠北上，建炎二年入狱，至死守节不屈，大致绍兴八年至十三年间死于金④。被范直方所咏叹的司马朴一事所感染，朱敦儒发而为词，上阕虚写以洛阳为代表的北方沦陷地现今的萧瑟荒凉，下阕就司马朴一事引发开来，直抒报国恢复、鞠躬尽瘁的壮志豪情，"休把霜髯老眼，等闲清泪空流"，词风沉郁顿挫、雄豪旷达，这种词风在朱敦儒词中并不多见，自然显得弥足珍贵，陈廷焯《白雨斋词话》认为朱敦儒这种风格的词作"皆慷慨激

---

① （宋）吕本中：《紫微诗话》第三十五条，见吴文治主编：《宋诗话全编》第三册，第2885页。
② （宋）张耒：《柯山集》卷八，钦定四库全书本。
③ （宋）李心传：《建炎以来系年要录》卷十三，北京：中华书局1988年版，第286页。
④ （宋）李心传：《建炎以来系年要录》卷四，北京：中华书局1988年版，第87页。

烈，发欲上指，词境虽不高，然足以使懦夫有立志。"① 这是时代乱离带来的词人词风的转变。其余三首词均由金陵的眼前景触发而作。金陵，即南京，东吴、东晋、宋、齐、梁、陈六朝古都之所，江山形胜，历史悠久，文化积淀深厚。每一个至此的文人士子都会禁不住把眼前的江山形胜与六朝的盛衰作一番沧海桑田的对比，形成浓烈的历史沧桑之感。而这种历史感经由一代代文人不断的吟咏和强化，成为文学作品中难以跨越的一种文化情结，这种情结是和南京这一特定的地理空间紧密联系在一起的。在朱敦儒词中，明确提及了"朱雀桥""石头城"等金陵地理名物，也以"远寻花。正风亭霁雨，烟浦移沙。缓提金勒，路拥桃叶香车"的表达提及了"秦淮河""桃叶渡"等金陵名胜。据祝穆《方舆胜览》卷十四记载："朱雀桥，晋孝武建朱雀门，上有两铜雀，故桥亦以此得名，去乌衣巷不远。"又"石头城，盖六朝形胜所必争之地，在城西二里。"② 张敦颐《六朝事迹类编》卷上记载："晋咸康二年作朱雀门，立朱雀浮航，在县城东南四里，对朱雀门，南渡淮水，亦名朱雀桥。"③ 可见，当朱敦儒游走在石头城时，秦淮河连同秦淮河畔的乌衣巷、铜雀桥等象征六朝繁华的地理名胜都会因地缘上的相近而先后进入词人的视野之中，这些地理名胜又自然地引发词人的今昔之感，"六朝浪语繁华。山围故国，绮散余霞""昔人何在，悲凉故国，寂寞潮头。个是一场春梦，长江不住东流"，词人面对历史兴衰更替、江山却亘古不变的现实发出了一声声沧海桑田的叹息。与古往今来游历至此的文人不同，朱敦儒的今昔之感并非纯粹地隔着历史的距离在审视六朝盛衰，宋朝廷的乱亡更替正在上演，自己踏足金陵正是这一国家巨变带来的结果之一。于是在这层今昔之感中，又加进了朱敦儒对自己所处时代的一种思考："无奈尊前万里客，叹人今何在，身老天涯"是对自己年事渐高却流离失所境况的叹息，"中原乱，簪缨散，几时收。试倩悲风吹泪，过扬州"则对北宋覆亡于金人铁蹄之下、中原广大地区陷于水深火热的战乱之中这一惨痛现实发出悲声。总之，朱敦儒的

---

① （清）陈廷焯：《白雨斋词话》卷六，见唐圭璋编：《词话丛编》，北京：中华书局2005年版，第3914页。
② （宋）祝穆：《方舆胜览》卷十四"江东路建康府"条，北京：中华书局2003年版。
③ （宋）张敦颐：《六朝事迹类编》卷上"朱雀航"条，清光绪宝章阁刻本。

金陵词在书写历史兴亡之感的同时，又加入了自己所处时代的乱离之感，词风沉郁悲慨，给后人提供了一个从文学作品了解两宋南渡乱世的视角。

过江至金陵后，朱敦儒在吴越一带作了停留，于是《樵歌》中出现了独具特色的吴越词，《踏歌·宴阕》《鹧鸪天·唱得梨园绝代声》《忆秦娥·吴船窄》《点绛唇·客梦初回》是其中代表性的作品。词中反复出现"散津亭鼓吹扁舟发""吴船窄，吴江岸下长安客""客梦初回，卧听吴语开帆索""画舫无情，人去天涯角"等关涉水路交通的意象和画面，典型地体现了吴越地区水系发达的自然地貌特点和以舟船运输为主的地理交通特点。因为这些独具的地域特点，以及吴越远离宋金战火偏安江南的特殊地理位置，朱敦儒的吴越词中无论是否有斜风细雨飘拂其间，总是给人一种湿润的烟雨蒙蒙的江南印象，在这重烟雨蒙蒙的帘幕下，还会有软语吴音入耳、修饰画船过眼，这些不同于洛阳的他乡风物不时地提醒着朱敦儒"长安客"的特殊身份，把他一遍遍地拉回到国破离乱、客游他乡的现实中来："西风北客两飘零""长安客，惊尘心绪，转蓬踪迹""画舫无情，人去天涯角"，词人的异乡感太过浓烈，以至于吴越如画的山水之美也被冲击得黯然失色，抵不过乱离的哀伤，烟雨蒙蒙更是迎合了词人弥漫开来的哀伤，只成为陡增词人陌生感孤独感的诱饵。所以，整体而言，朱敦儒南奔时的吴越词是压抑喑哑的，并没有因为江南秀美的风光而增加一丝明亮的色彩。

在南渡时期，北方人躲避战乱主要考虑的奔逃路线是福建沿海方向、两广方向或蜀中方向。徘徊于吴越的朱敦儒最终选择了沿长江水运线至江西然后再去往两广的逃亡路线。因此，江西词和岭南词成为《樵歌》中值得关注的地域词。

朱敦儒从吴越沿长江至江南西路的江州彭泽，创作《采桑子·彭浪矶》一词。彭泽一地与陶渊明有密切的关系，他曾经任过彭泽县令八十余日，而后不肯为五斗米折腰，解印归去。陶渊明的故乡德化县亦在江州。按照文人登临必赋的惯例，朱敦儒驻足彭泽，应该会用文字向陶渊明表达内心的情感，何况是与自己在价值观念上颇有相通之处的陶渊明，就连朱敦儒的朋友李处权在《送希真入洛诗》中都认为朱敦儒"子追元亮（陶渊明）故应贤"呢。可是整首《采桑子》词"扁舟去作江南客，旅雁孤云。万里烟尘，回首中原泪满巾。碧山对晚汀洲冷,枫叶芦根。日落波平,愁损辞乡去国人"从头到尾并没有出现和陶渊明有关的意象和表达。在这首彭泽词里,陶渊明是缺席的,这并不符合文学的惯例。我们分析这首词,发现词人反复提醒自己"江南客""辞乡去国人"的身份,不仅如此,还要用"旅雁""孤云""落日"等极富张力的意象渲染这种背井离乡的处境,还要用"泪""愁"这样饱含情感的语词来强化这种感伤孤独的情绪。整首词格调凄凉、情感压抑,一个被国破家亡的剧痛折磨得很不堪的抒情主人公跃然纸上,哪里还有陶渊明立足的空间！遍览《樵歌》只有《鹧鸪天·酒》《满江红·竹翠阴森》两首词中提及了陶渊明,但均非作于彭泽,主要创作目的也并非向陶渊明致敬。可见,词史上关涉登临地的吟咏唱和文字,其表现视野和意象选择与抒情主体的心境关系十分密切。

过了彭泽,朱敦儒又沿江西行至江州德化县,有词《水龙吟·放船千里凌波去》为证："放船千里凌波去,略为吴山留顾。云屯水府,涛随神女,九江东注。北客翩然,壮心偏感,年华将暮。"据《尚书注》,长江于德化县处分为九道,故有九江之称。这首词不同于朱敦儒的其他词作,用典颇多,尤其是下阕中"尘昏白羽""铁索横江""悲吟梁父"等涉及的历史典故,说明朱敦儒沿长江水运线西下时,发生在这条水运线上赫赫有名的历史战争诸如赤壁之战、东晋灭吴之战乃长江流域文化中的亮点,赤壁之战中手摇白羽气定神闲的诸葛亮、善于纳谏果决迎战的孙权,和西晋灭吴之战中踏实备战所向披靡的王濬、昏庸独断不思进取的吴帝孙皓等历史人物与滚滚东流的长江一道刺激着词人及其创作,一时取胜的孙刘联军并没有笑到最后,蜀国最后的命运让鞠躬尽瘁的诸葛亮白羽蒙尘,吴国不战而降的结局让联刘抗曹用心良苦的孙权蒙羞,长江水运线上兴亡更替的历史往事与如今国家沦陷"妖氛未扫"的现实之间形成了一种磁场,刺激着国破家亡后沿着长江奔逃的词人,引发了他深深的今昔之感,兴衰更替中的历史走向令人难以把握,个体的命运也在国难中充满了幻灭感。"愁敲桂棹,悲吟梁父,泪流如雨"是词人悲痛难解又无力回天的真实写照:

水龙吟

放船千里凌波去，略为吴山留顾。云屯水府，涛随神女，九江东注。北客翩然，壮心偏感，年华将暮。念伊嵩旧隐，巢由故友，南柯梦，遽如许。　　回首妖氛未扫，问人间，英雄何处？奇谋报国，可怜无用，尘昏白羽。铁锁横江，锦帆冲浪，孙郎良苦。但愁敲桂棹，悲吟梁父，泪流如雨。

两宋时期的江西文学创作最为辉煌，据《全宋诗》《全宋词》《全宋文》辑录的宋代江西文学家1362人，仅次于浙江福建，排名第三。稍前或同时于朱敦儒的江西著名文学家有临川晏殊父子、庐陵欧阳修、南丰曾巩、临川王安石、分宁黄庭坚、吉水杨万里等。人文之盛乃至于在宋代文坛上出现了一种江西文学现象。吴孝宗《余干县学记》对此现象特加说明："古者江南不能与中土等。宋受天命，然后七闽、二浙与江之西、东，冠带诗书，翕然大肆，人才之盛遂甲于天下"[①]。南宋绍兴十年黄次山撰写《重刻临川文集序》也论及这一文学现象："艺祖神武定天下，列圣右文而守之，江西士大夫多秀而文，携所长与时而奋。王元之、杨大年笃尚音律，而元献晏公臻其妙；柳仲涂、穆伯长首唱古文，而文忠欧阳公集其成；南丰曾子固、豫章黄鲁直，亦所谓编之乎诗书之册而无愧者也。丞相旦登文忠之门，晚跻元献之位，子固之所深交，而鲁直称为不朽。"[②] 提及了九位宋代著名文人，江西文人就占其五。江西一地的人文风物之盛对朱敦儒的影响，最突出地表现为两件文学盛事：其一是1128年南奔至江西后，受江西洪州知州胡直孺之约至洪州，与胡直孺、李彤、洪炎等人编当地文化名人分宁黄庭坚的诗文集《豫章集》，是乱离之中的一大文化盛事，而此时距建炎三年四月宋高宗解除元祐党禁相去不远。其二是1134年应诏由两广北还临安再过江西时，在临川和临江两地与文人唱酬，其中临江木犀词的唱酬更是南宋文坛唱和的一大盛事。由此可见，江西在朱敦儒南奔词中是一个颇值得注意的地理空间。

朱敦儒应约编选江西当地名人文集的行为是一种文化的交流和互动，从

[①] （宋）吴孝宗：《余干县学记》，见洪迈：《容斋四笔》卷五，清乾隆刻本。
[②] （宋）黄次山：《重刻临川文集序》，见吴文治主编：《宋诗话全编》第二册，第1425页。

地域文化的角度来解读这一行为,一方面以黄庭坚为代表的江西本土文化在北方文士的参与整理中得以更广泛的流传;另一方面朱敦儒作为北来文人在编选的过程中会对江西文人创作有一个更好的了解和学习。虽然这种交流互动在朱敦儒笔下并没有通过词作表现出来,但对乱离之中的朱敦儒而言,这种文化交流活动是一种难得的人生体验和心灵慰藉,是北方士人融入南方生活的一种较好的途径,也为朱敦儒日后路经江西时与本土及流寓文人的唱和行为作了一个很好的铺垫。

绍兴四年甲寅(1134)八月在江南西路临江军所辖三县之一的清江芗林,南渡词人向子諲发起了有陈与义、苏庠、徐俯、蔡伸等人参与的同题唱和,以木犀为同题唱和对象。木犀,即向子諲所称的"岩桂",也就是桂花、丹桂,是一种典型的南方花木,清可绝尘,幽香沁远,是中秋时节赏花的好对象。此时朱敦儒在由两广北返临安赴任的路上,恰经过清江要道,于是参与了此一文坛雅事。其实,江西咏桂花的词作传统可以上溯至北宋时清江词人刘敞的《清平乐》(小山丛桂),清江文人杨无咎词中咏木犀者也多达 7 首,向子諲更是以 19 首之多,位居两宋咏桂花词人榜首,20 世纪 20 年代江西那首非常有名的革命民歌《八月桂花遍地开》广为传唱,也应该视为这一地方文化传统的传承。向子諲在其唱和词《满庭芳》的题序中这样交代创作缘起:"岩桂风韵高古,平生心醉其间。昔转漕淮南,尝手植堂下。芗林此花为多,戏作是词,当邀徐师川诸公同赋",可见木犀在向子諲的内心深处有着举足轻重的地位,其原因在于木犀的"风韵高古",这一界定语远远超越了木犀作为一种植物的自然属性,而是赋予了它以高洁风雅的人格内蕴,这种认识应该也是参加唱和者的一致认同,包括朱敦儒在内。朱敦儒此次的同题创作是《清平乐·咏木犀》,全词如下:"人间花少,菊小芙蓉老。冷澹仙人偏得道,买定西风一笑。前身原是疏梅,黄姑点碎冰肌。惟有暗香长在,饱参清露霏微。"木犀花的"暗香"和"饱参清露"的特点给北来的朱敦儒以深刻的印象。韩驹咏唱木犀的诗句"月中有客曾分种,世上无花敢斗香"[1]同样突出了木犀香气逼人的特点;《述异记》中"庐山有三石梁,长数十丈,

---

[1] 《御定佩文斋广群芳谱》卷四十,四库全书本。

广不盈尺,俯眄沓无底"咸康中江州刺史庆亮迎吴猛,猛将弟子登山游观,因过此梁,见一老公坐桂树下,以玉杯承甘露与猛,猛遍与弟子"的故事①,则把木犀之露作为神奇之水、参道之术来看待,张炎"桂底一身香露"(《清平乐·过金桂轩坟园》)即做如是观。除了这两个特点之外,桂花还因为吴刚斫月桂的神话传说而具有了一种月光下的清气,这一点让桂花的香气并不世俗。但在这首词中,朱敦儒为了提升木犀品格,将其视为"前身原是疏梅",南宋文人洪咨夔也曾给予桂花"风流不让梅"(《次黄宰夜闻桂香》)的赞誉,以宋人狂热喜爱的梅花品格来比附木犀,这说明在大多数宋代词人眼中梅花的品格是高于桂花的,所以宋词中咏梅词以一千余首的数量夺得咏花词的魁首,而咏桂花词以一百八十余首位居第二名。此外,咏梅词在南北宋词坛均不乏绝唱,而咏桂花词除两首作于北宋外,其余全部作于南渡以后。《周礼·考工记》有云:"橘逾淮而北为枳,鸲鹆不逾济,貉逾汶则死,此地气然也"。②这一桂花词多作于南渡后的文学现象说明靖康之难宋室南渡后,词人创作的地理空间南移,分布在秦岭淮河以南山区的南方植物如桂花才有更多的机会进入北方文士的审美视野之中,从而平衡了梅花词独领风骚的词坛格局,即使在数量上远逊于梅花词,但能够夺得咏花卉词的亚军,仍是一种非常可喜的创作现象。参与唱和的洛阳人朱敦儒、陈与义、开封人向子諲等北方文士都以南渡后的创作实践为这一可喜文学现象的出现贡献了一己之力。

  我们试着把这两件文化盛事放在江南西路的地理交通中来解读。江西境内有一条主要南北干线,即从九江至大庾驿路从而到达广南东路境内,主要依靠江西境内的鄱阳湖、赣江航道。朱敦儒南奔时走的就是这一条交通线。后来在岭南他应诏北还返回临安赴任时,走的则是另一条重要的交通道路,即先到湖南,再利用袁江、赣江水利之便到达江西,经由萍乡、分宜、新余、清江到达临川,然后经信州到达浙西的衢州,沿浙江水路而至临安。洪州(南昌)、临江、临川等地都处在驿路交通干线上,交通便利,人文荟萃。城市在地理空间的这一分布特点,对朱敦儒这样往来奔波于这些交通线上的文

---

  ① (宋)李昉:《太平御览》卷四十一引,北京:中华书局1960年版。
  ② 《周礼·考工记》,见(清)阮元校刻:《十三经注疏》,北京:中华书局1980年版。

人而言，是一件幸事，不管是南奔岭南还是北还临安的漂泊之旅都会因为这些交通线上文人交会的时刻而有了片刻闲适和安慰。

朱敦儒江西洪州失陷后经大庾岭通道南奔岭南。岭南地区即五岭以南的地区，古代主要包括现在的广东、广西全境和江西、湖南的部分地区。大庾岭、骑田岭、都庞岭、萌渚岭、越城岭五岭，亦称南岭，横亘于江西、湖南、广东、广西之间，成为长江和珠江两大水系的分水岭。其中大庾岭道亦称梅关古道，在今天江西省西南角的大余县南境，与广东省南雄县接壤，为赣粤交通要道。自从唐代张九龄开凿新道之后，此道成为最重要的入岭南之驿道，尤其因为此道途经扬州繁华地，所以走的人最多，据称最高峰期一天之内会有万人通过。明代广东丘浚在《唐文献公开大庾岭路碑阴记》中对此有高度评价："兹路既开，然后五岭以南人才出矣，财货通矣，中原之声教日近矣，遐陬之风俗日便矣。"[①]

古代岭南地区因为山岭遍布、水流纵横的自然地貌特点，再加上古代交通条件落后的现实条件，两宋尤其是北宋时期其文化形态仍然呈现出封闭性特点，还远没有元明以后航海业发达后的开放。该地区留给两宋及前人的主要印象依然停留在"南蛮之地""化外之邦"层面上。在文学创作方面，创作主体依然是因为仕宦、贬谪、避乱、游历等原因至此的非本土文学家。正因为如此，广东潮州市的义安路英聚巷才会建有"十相留声坊"，列了唐宋时期在任宰相前后来潮州的十位官员，宋代的就有六位，即陈尧佐、赵鼎、吴潜、文天祥、陆秀夫、张世杰。在宋代文官治国的基本政策之下，这些官员同时兼具另一重身份，即文学家。他们的仕宦生涯对于改变当地文化落后的现状有着积极意义。靖康之难发生后很多北方文士避地两广，南宋地志对此一现象都曾关注过：王象之《舆地纪胜》记载"渡江以来，北客避地留家者众，俗化一变，今衣冠礼度，并同中州"[②]；祝穆《方舆胜览》卷三十四记载："可以避地，《五代史·刘隐传》：唐末，天下已乱，中朝士人以岭外最

---

① （明）丘浚：《唐文献公开大庾岭路碑阴记》，见屈大均：《广东文选》卷十二，北京图书馆古籍影印丛刊。

② （宋）王象之：《舆地纪胜》岭南条，扬州：江苏广陵古籍刻印社影印本1991年版。

远，可以避地，故多游焉。"① 这些北方文士因战乱而流寓两广的不幸，对岭南文化的发展而言却是一次难得的机遇。仅就词而言，朱敦儒岭南词约有十三首，张孝祥《于湖词》约有十首作于岭南，胡铨现存十五首词中有十二首作于岭南，李光现存十四首词中有一半以上作于岭南。岭南词的大量涌现是南渡词坛上一个非常突出的地域性文学现象。

朱敦儒的《卜算子》一词是集中描写岭南风光的作品：

> 山晓鹧鸪啼，云暗泷州路。榕叶阴浓荔子青，百尺桄榔树。　尽日不逢人，猛地风吹雨。惨黯蛮溪鬼峒寒，隐隐闻铜鼓。

这首词作于宋高宗绍兴初年。泷州，即泷水。据祝穆《方舆胜览》卷之三十五记载，泷水在广南东路韶州乐昌县，"自临武东南流入曲江界"②。唐代大儒韩愈途经乐昌时留下了"南行逾六旬，始下乐昌泷。险恶不可状，船石相舂撞"的名句，足可见出乐昌多山、滩险水急的地理特点。在泷州路上朱敦儒听到的是拂晓时不绝于耳的阵阵鹧鸪啼鸣，看到的是险峻群山中各种岭南树木遮天蔽日，榕树枝叶繁茂、荔枝树果实青涩、桄榔树枝干高耸。山路之中人迹罕至，阴暗潮湿，而且极端的天气变化令朱敦儒这个北人猝不及防，狂风暴雨让山路中行走之人更增阵阵寒意以及孤独黯淡的情绪，隐约中仿佛听到远处岭南人独特沉闷的铜鼓声声。树木繁密、山深云厚、风急雨速、潮湿难耐、人迹稀少，这就是朱敦儒笔下的岭南状貌，明显地打上了避地岭南的北人浓重的个人情感特色：压抑、阴暗、寂寥而难以捉摸。不独此一首为然，捡拾一下《樵歌》中的岭南词，《柳梢青》中"狂踪怪迹，谁料半老，天涯为客"，《蓦山溪·和人东至韵》中"西江东去，总是伤时泪。北陆日初长，对芳尊，多悲少喜"，《浪淘沙·中秋阴雨，同显忠、椿年、谅之坐寺门作》中"圆月又中秋，南海西头，蛮云瘴雨晚难收。北客相逢弹泪坐，合恨分愁"，《浪淘沙·康州泊船》中"拥被换残香，黄卷堆床，开愁展恨剪思量。伊是浮云侬是梦，休问家乡"，《采桑子》中"云散香残，风雨蛮溪半夜寒"，《沙塞子》中"万里飘零南越，山引泪，酒添愁。不见凤楼龙阙，又惊

---

① （宋）祝穆：《方舆胜览》卷三十四广东路广州风俗条，北京：中华书局2003年版，第604页。
② （宋）祝穆：《方舆胜览》卷三十五广东路韶州条载，北京：中华书局2003年版，第635页。

秋"等岭南词中的景物和情感基本上都打上了这样一层灰暗、低沉的色彩。究其原因,既有万里之遥的岭南地区的自然风光和人文习俗与故乡洛阳差异巨大令词人难以适应的外部环境因素,应该也有"胡强卷地,南走炎荒,曳裾强学应刘"(《雨中花·岭南旧作》)的生存压力逼迫,以及国破家亡后缺乏安全感归属感的主观心境原因。

同样是描写岭南风光,以孙光宪、李珣、欧阳炯等西蜀词人为代表的晚唐五代词人们是以迥异于朱敦儒的眼光在欣赏乃至于赞赏岭南风物人情的。朱敦儒笔下的铜鼓蛮歌、朝雨晓禽以及桄榔榕树等意象,在西蜀词人笔下脱却了那重阴暗压抑的色调,变得明亮而轻快:"木绵花映丛祠小,越禽声里春光晓。铜鼓与蛮歌,南人祈赛多"(孙光宪《菩萨蛮》)、"路入南中,桄榔叶暗蓼花红,两岸人家微雨后。收红豆,树底纤纤抬素手"(欧阳炯《南乡子》)。高大的南方乔木不再是遮天蔽日的阻挡,而成为词人眼中最具欣赏性的地方景色;铜鼓蛮歌也不再是寂寥暗淡心情的反射,而只是代表着岭南迥异于西蜀的独特习俗审美地进入词人视野;岭南的雨也不再恼人,微雨过后蓼花更红万象更新,是清新与生命力的象征。同样是用词体对岭南风物进行审美观照,一者灰暗一者明快,朱敦儒的岭南词竟然如此迥异于晚唐五代时期的西蜀词人!如若不是词人生活的时代环境、主体心境等因素影响了这种审美观照,词风怎会如此判然有别。所以,当地理空间被词人审美地捕捉进词中时,早已经被打上了主体情感、时代风会等种种烙印,因此,相同地理空间上诞生的文学作品也会呈现出别样的文学风貌来。

即便是处在相同的时代背景下,创作主体也有着大致相类的情感特点,但是因为个体的差异,相同地理空间下的文学创作也会呈现出不同的风格来。我们把朱敦儒的岭南词放进以李光、胡铨岭南词为参照的体系之中,就会发现这个文学现象是如此凸显:

水调歌头　李光

独步长桥上,今夕是中秋。群黎怪我何事,流转古儋州。风定潮平如练云散月明如昼,孤兴在扁舟。笑尽一杯酒,水调杂蛮讴。　少年场,金兰契,尽白头。相望万里,悲我已是十年流。晚遇玉霄仙子,授我王屋奇书，归路指蓬邱。不用乘风御，八极可神游。

朝中措　胡铨

崖州何有水连空。人在浪花中。月屿一声横竹，云帆万里雄风。

多情太守，三千珠履，二肆歌钟。日下即归黄霸，海南长想文翁。

与朱敦儒避地岭南不同，李光、胡铨是因为主张抗战而被贬谪岭南的人，这种创作背景比之朱敦儒更加不幸。无论是李光被贬谪的琼州、儋州，还是胡铨被贬谪的吉阳军，均是岭南地区中的边远僻陋之地，也就是所谓的"鬼门关"，自然条件物质条件比之朱敦儒去往的南雄州、南海等地更加恶劣。但是反映在词中，李光、胡铨的词作或中秋漫步长桥把酒言欢、或纵浪江海之上雄风万里，一扫朱敦儒笔下的阴暗压抑，乐观的声浪早已盖过了贬谪之痛，旷达豪迈之情溢于纸上。无怪乎李慈铭在《南宋四名臣词序》中说："三公（李光、胡铨、李纲）多近东坡，而犹与后来朱子为似。虽处厄穷患难，而浩然自得，无一怨尤不平之语，则非东坡所及焉。"[①] 显然，这种效果不同的审美观照，明显地打上了创作主体的个性烙印。比较之下，朱敦儒个性中的文人气质和悲观情绪就凸显了出来。

在岭南这一相同的地理空间之上，不同时期、不同个性的异域词人以各自的方式书写着岭南的自然风光和人文习俗，既在题材内容上补足了词坛对岭南地区书写的欠缺，又在风格特色上丰富了两宋词坛。朱敦儒作为一个南渡词坛上曾经避地两广的词人，其岭南词的价值也正可以从这两方面来加以考量。

第三节　朱敦儒的隐逸情结与嘉禾

《宋史·朱敦儒传》记载："绍兴二年，宣谕使明橐言：'敦儒深达治体，有经世才。'廷臣亦多称其靖退。诏以为右迪功郎。下肇庆府，敦儒诣行在，敦儒不肯受诏，其故人劝之曰：'今天子侧席幽士，翼宣中兴；谯定召于蜀，苏庠召于浙，张自牧召于长芦，莫不声流天京，风动郡国，君何为栖茅茹藿，

[①] 施蛰存：《词籍序跋萃编》，北京：中国社会科学出版社1994年版，第176页。

白首岩谷乎？'敦儒始幡然而起。"① 这一则关于朱敦儒在南宋入仕的记载透露出如下信息：其一，入仕并非朱敦儒秉性所喜之事，所以才须朝廷诏令和故人深劝两重推动力才行；其二，即使有朝廷征召和故人深劝，如若没有朱敦儒内心"幡然而起"的主动，恐怕也未必成行。个中原因，恐怕与宋朝廷失却半壁江山世人流离失所的社会现实以及自己被迫南奔颠沛流离的个人经历有着密切关系。因为在前面所述朱敦儒的南奔词中一部分慷慨激昂的词作就表达了一种"国家兴亡匹夫有责"的担当意识和忧患意识，《苏幕遮》"有奇才，无用处，壮节飘零，受尽人间苦。欲指虚无问征路。回首风云，未忍辞明主"正是这种意识的体现。由此看来，朱敦儒在绍兴年间决定北还入仕的行为是风雷激荡的时代现实对个体刺激的结果，并非个人的秉性气质使然。所以，无论朱敦儒抱着怎样的情怀进入南宋的官僚体系之中，也无论他在和战之争中到底持有何种观点和立场，这十余年的仕宦生涯既然本非所愿，所以在仕宦风浪中前行的朱敦儒明显缺乏了创作的灵感和热情。朱敦儒仕宦临安的时间虽不算短，可是词作数量和质量明显逊色于此前和此后的填词行为。而事实上，作为南宋都城的临安提供给词人的社会环境是十分有利于填词的创作环境，"临安风俗，四时奢侈，赏玩殆无虚日。西有湖光可爱，东有江潮堪观，皆绝景也"。② 山水之美和人文之盛并没有激发出词人的创作热情，相反，词人在"西湖熏得游人醉，直把杭州作汴州"的都城临安，填词行为反而进入了低谷。这一反常的文学现象颇耐思考。

与此相应，从朱敦儒南渡前后两度归隐并成为他的词创作高峰这一点看来，隐逸才是朱敦儒心向往之的人生状态。我们以朱敦儒隐逸后居住时间最长的嘉禾为切入点，从地理空间视角解读他的归隐之举。

宋高宗绍兴二十一年（1151），朱敦儒归隐位于浙西路嘉兴府下辖的嘉禾，亦称秀州、嘉兴。据南宋祝穆《方舆胜览》记载：嘉禾其地"风俗淳秀。《题名记》：'惟秀接二大府，旁接三江，擅湖海鱼盐之利，号泽国秔（粳）米之乡，土膏沃饶，云云，文贤人物之盛前后相望，百工众技与苏、

---

① （元）脱脱：《宋史》卷四四五，北京：中华书局1977年版，第13141页。
② （宋）吴自牧：《梦粱录》卷四"观潮"条，文渊阁四库全书本。

杭等。'"① 嘉禾一地在南宋处于优越的地理位置，北接平江府，南临临安府，与都城临安的距离不过二百里。因为沿江临海，地处长江三角洲，物产非常丰富，鱼、盐、蟹乃其特产，号称鱼米之乡，在宋代有"嘉禾一穰江淮为之康，嘉禾一歉江淮为之俭"②的盛誉。嘉禾多青山绿水，擅山水之盛的天然条件使其地水运便利。嘉禾一地技工等生产条件不逊于苏杭，所以丝绸等织品也是其有名的地方物产。这些客观条件为朱敦儒的隐逸生活提供了坚实的物质基础，使他并无清苦之忧，所以朱敦儒隐居嘉禾的词作也就没有一般隐士文字所呈现出的那种清苦窘迫的气息，"随分盘筵供笑语，花间社酒新篘"（《临江仙》）、"竹粉吹香杏子丹，试新纱帽纻衣宽。日长几案琴书静，地僻池塘鸥鹭闲"（《鹧鸪天》）、"不管寒暄风雨，饱饭热煎茶"（《诉衷情》）、"蓴菜鲈鱼留我，住鸳鸯湖侧"（《好事近》）、"蟹肥一个可称筋，酒美三杯真合道"（《西湖曲》）、"日日深杯酒满，朝朝小圃花开。自歌自舞自开怀，且喜无拘无碍"（《西江月》）、"饭饱茶香，瞌睡之时便上床"（《减字木兰花》）、"先生馋病老难医，赤米䅈晨炊。自种畦中白菜，腌成瓮里黄齑。肥葱细点，香油慢炒，汤饼如丝。早晚一杯无害，神仙九转休痴"（《朝中措》）、"鸳鸯湖上，波平岸远，酒酽鱼肥"（《朝中措》）等诸如此类的文字里，既有肥美的蟹子、鲈鱼，又有新鲜的蓴菜、白菜，还有热煎茶、香汤饼加以调和点缀，日日美酒相伴、歌舞开怀，这种种富于地方特色的饮食意象和场景，自然离不开嘉禾一地丰富的物产资源。

　　朱敦儒在嘉禾的住所被人称为"岩壑别墅"，位于今天嘉兴南湖鸳鸯湖放鹤洲。朱敦儒自称"岩壑老人"，岩壑一词解释有二：一为山峦溪谷，如谢灵运《酬从弟惠连》"岩壑寓耳目，欢爱隔音容"诗句即此意；二为隐者的住所或隐者，黄庭坚《和答外舅孙莘老》"少监岩壑姿，宿昔廊庙具"即此意。两种解释都能切中朱敦儒以"岩壑老人"作为名号的用意，以此为号足见朱敦儒对归隐地山水的喜爱。嘉禾其地如何？南宋嘉禾人张尧同有《嘉禾百咏》一卷存世，其中对嘉禾诸景以百首绝句的形式分别加以赞咏，是了

---

① （宋）祝穆：《方舆胜览》浙西路嘉兴府条，北京：中华书局2003年版，第69页。
② （宋）李祖尧：《内简尺牍编注》卷六，清乾隆刻本。

解宋代嘉禾自然人文风光的一个重要材料①。集中所提及的鸳鸯湖、月波楼等嘉禾名胜在《樵歌》中都曾经出现，有"鸳鸯湖上，波平岸远，酒酽鱼肥。好是中秋圆月，分明天下人知"（《朝中措》）、"失却故山云，索手指空为客。蒓菜鲈鱼留我，住鸳鸯湖侧"（《好事近》）、"偶然添酒旧壶卢，小醉度朝夕。吹笛月波楼下，有何人相识"（《好事近》）等词句为证。不仅如此，朱敦儒在嘉禾隐居时，并不困于嘉禾一隅，临近的吴江风光及江上的垂虹桥景观也一样吸引着他，"放船纵棹，趁吴江风露，平分秋色。帆卷垂虹波面冷，初落萧萧枫叶"（念奴娇·垂虹桥）、"浮江载酒，舣棹观澜。倩轻鸥假道，白鹭随轩。直到垂虹亭上，惊怪我，却做仙官"（《满庭芳》）、"松江胜集，中秋载酒，幽人闲客。"（《柳梢青·丁丑松江赏月》）、"云涛晚，霓旌散，海鸥轻。却钓松江烟月，醉还醒"（《相见欢》），自嘉兴至吴江坐船一夕可至，登上吴江垂虹亭，视野所及能看见太湖水阔天低之势。载酒泛船于嘉禾诸水及吴江之上，水波风露之美，鸥鹭相亲之惬，给词人以神仙般的悠然和惬意。

《嘉禾百咏》中提及的湖溪河泉等诸水名不下二十种，虽然朱敦儒词中较少明确提及所至诸水的名称，但嘉禾境内以及相邻地域水资源丰富的地貌特点确实给朱敦儒的隐逸生活及隐逸词平添了一种烟雨迷蒙的水乡特色。于是，在朱氏的嘉禾词中出现了白鸥、白鹭、白鹤、双鸂鶒等南方水鸟意象，出现了海、江、溪、潭、湖、池等水的诸种存在形态名称，出现了金鱼、鲈鱼、蟹等水产意象，更有一个泛舟江湖之上的隐者形象跃然其间。水乡的自然条件给词人提供了渔钓舟楫之趣，引发词人用《好事近》创作了一组渔父词来表现他的隐逸情怀：

好事近·渔父词

摇首出红尘，醒醉更无时节。活计绿蓑青笠，惯披霜冲雪。　晚来风定钓丝闲，上下是新月。千里水天一色，看孤鸿明灭。

好事近

眼里数闲人，只有钓翁潇洒。已佩水仙宫印，恶风波不怕。　此心

---

① （宋）张尧同：《嘉禾百咏》一卷，清文渊阁四库全书本。

那许世人知,名姓是虚假。一棹五湖三岛,任船儿尖耍。

好事近

渔父长身来,只共钓竿相识。随意转船回棹,似飞空无迹。　芦花开落任浮生,长醉是良策。昨夜一江风雨,都不曾听得。

好事近

拨转钓鱼船,江海尽为吾宅。恰向洞庭沽酒,却钱塘横笛。　锦鳞拨剌满篮鱼,取酒价相敌。风顺片帆归去,有何人留得。

好事近

猛向这边来,得个信音端的。天与一轮钓线,领烟波千亿。　红尘今古转船头,鸥鹭已陈迹。不受世间拘束,任东西南北。

善画的朱敦儒用词笔画出了一幅广阔辽远、寂静悠然的自然山水画,在这个广阔山水空间中又塑造了一个绿蓑青笠载酒泛舟独自垂钓的渔父形象。"摇首出红尘"的词人远离了政坛的纷争和世俗的困扰,在"直把杭州作汴州"的中兴奢华之外拥抱嘉兴的自然山水,以自然山水抚慰心灵,创作出了大量的隐逸山水词作,从而给南宋词坛带来一股清新气息。

宋人周密在《澄怀录》记载朱敦儒的嘉禾隐居生活:"朱希真居嘉禾,尝有朋侪诣之。闻笛声从烟波间起,问之,曰:此先生吹笛声也。顷之棹小舟至,则与俱归。室内悬琴、筑、阮咸之类,平时所留意者,檐间蓄珍禽,皆目所未睹,室中篮缶贮果实脯醢,客至挑取奉客。"① 朱敦儒的隐逸生活是在广阔的嘉禾南湖水域上进行的,这片水域富足、优美,从而使诞生于此地的隐逸词也充满了闲适的情调、优美的风光。

第四节　自在的隐者:对距离的把握

从地理空间视角审视朱敦儒的一生会有一个有趣的发现:除去晚年迫于各种外部原因被秦桧启用十八天之外,他在北宋政治中心汴京、南宋政治中

---

① (宋)周密:《澄怀录》,转引自厉鹗:《宋诗纪事》卷四十四,上海:上海古籍出版社1981年版,第1131页。

心临安都有过较长一段时间的入仕经历，但是这两段入仕却亦均非出于一己所愿，往往是来自朝廷征召、友朋激励甚至国家历史命运召唤等种种原因叠加形成的外部推动力合力作用的结果。每一段仕宦经历最后的结果，都是放弃，主动放弃也罢，被迫放弃也罢，朱敦儒离开政治中心后有一个共同的选择：归隐。

朱敦儒对归隐地的地理位置选择是非常耐人寻味的。在北宋时期朱敦儒选择的归隐地是洛阳，洛阳作为北宋汴京之外的陪都，经济条件、文化氛围以及国家政策的倾斜度都是远远优越于汴京以外的其他任何城市的，而且在距离上去汴京不过三百八十余里。朱敦儒在洛阳过着的是"诗万首，酒千觞，几曾著眼看侯王。玉楼金阙慵归去，且插梅花醉洛阳"式的隐居生活，风流狂放，与一般人眼中远离尘嚣、相对清苦的隐居生活印象颇不同。在南宋时期朱敦儒选择的归隐地是嘉兴，嘉兴距离南宋都城临安的距离大约二百里，作为鱼米之乡的嘉兴经济上非常富足，自然山水风光优美，交通也非常便利。朱敦儒在嘉兴过着"澹然心寄水云间"式的隐居生活，闲适淡泊，远离世俗却既不枯燥乏味也无贫寒之忧，词人日日浸润在嘉兴的山山水水中，静静品味着自然之美、生命之美，安享着远离官场的闲适生活带给自己的人生快乐。

整合看来，洛阳和嘉禾两地在经济上都是物质上的富足之地，为朱敦儒安享人生提供了坚实的物质基础；两地的山水名胜都很丰富优美，富有浓郁的地方特色，给词人畅游山水释放人类自然天性的隐逸生活提供了自然地理方面的强有力支撑；两地去当时的政治中心都不远，归隐两地亦并非真正地远离尘世的喧嚣热闹，说明词人的隐居观念还不是真正彻底地远离红尘，相反，在内心深处对政治中心及主流文化尚存有某种程度的眷恋之情；词人在汴京、临安任上的词作产出数量质量都很一般，但是在洛阳、嘉禾两个归隐地却形成了其创作的两个高峰。从洛阳到嘉禾，中间是万里之遥的一路奔波，词人从洛阳到金陵、从金陵到江西、从江西到岭南、再从岭南返回临安、最后隐居嘉禾，其间词人经历了国家覆亡的人生剧痛，尝尽了颠沛流离的避难之苦，这一段不同寻常的人生经历衬托着隐居洛阳和嘉禾的生活更加安逸闲适、自在快乐。

中国文人仕隐两途价值选择的矛盾和焦灼在朱敦儒身上也亦无例外地存在，他的选择方式带有自己的特点，从地理空间层面上表现出来的是一种对政治中心所在地若即若离、不即不离的距离把握，既用政治中心的余晖所及给自己的隐逸生活提供经济、安全等诸方面的便捷和保障，又拉开了和政治中心所在地之间一定的距离，保持了个体在体制外的自由自在，留存了一份人性之真。这种不即不离的空间距离甚至透过朱敦儒的名字也有体现，以"敦儒"为字，颇合儒家思想的修齐治平的主流价值观念，与帝王政治的主导思想是一致的；以"希真"为号又与道家思想的随缘任性去伪存真思想相一致，是一种游离于主流政治之外的自然任真情怀的表达，在地理空间上这种自然任真的情怀必须在政治中心的圈子之外才能够得到保护。这是一种矛盾着、纠结着的思想价值观念，朱敦儒通过对隐居地的距离控制、空间选择来进行了平衡和取舍，成为中国古代文人生存状态的一种范式。

第十章
从齐鲁到信州
——地理空间对稼轩词的影响及意义

据邓广铭先生考证,辛弃疾的第一首词《汉宫春·春已归来》作于宋孝宗隆兴元年(1163),也就是他南归宋朝廷的第二年[①]。此时的辛弃疾已经远离了沦陷于金军铁蹄下的故乡济南,正站在长江南岸的京口(今镇江)书写自己的伤春怀抱。这也就是说,六百余首《稼轩长短句》全部诞生在辛弃疾南渡之后,是在江南广阔的地理空间中创作完成的。考察辛弃疾南渡后四十六年的行踪,只有罢官闲居的二十年是安居于信州一地,其余二十三年辛弃疾在南宋庞杂的官僚体系中频繁调动、奋力挣扎,在某一地任职绝少有超过两年者。地理空间对一个作家的影响力最终还要用时间来加以衡量,因此本章选取了词人生活时间超过二十年的两个地理空间,即齐鲁大地和江南信州,来探析地理空间在稼轩词创作过程中的影响及意义。

第一节 稼轩词中的齐鲁地域色彩

辛弃疾的创作起点虽不在故乡济南,但此前他在故乡及周边的土地上已经生活了 22 个年头。这 22 年是一个人生理心理成长成熟的关键时期,对于辛弃疾而言,齐鲁大地的人文习俗已经深深地融入他的心灵和记忆中,也势

[①] 邓广铭笺注:《稼轩词编年笺注》,上海:上海古籍出版社 1993 年版,第 6 页。本书所引稼轩词均出自此本。

必影响他的创作行为。可见，龙榆生先生"辛弃疾词格之养成，必于居金国时早植根柢"①的观点诚为确论。

早植根柢于故乡却没有词作留存下来，原因大概有三：一者金人铁蹄下的齐鲁大地甚至可以说整个北方地区的生存环境变得险恶和逼仄，并没有适合沦陷区文人填词唱曲的良好外部环境；二者宋金对峙的时代，成年辛弃疾揭竿而起抗金、南下传递和朝廷联合抗金愿望、北上擒拿叛徒张安国、再南归宋朝廷等一系列的行为填充满了词人的生活空间，他不可能再有闲暇和心境去进行歌词创作；三者即使辛弃疾在聚众起义前间或有词作问世，南归后作为"归正人"的特殊境遇，也极易让他产生不想以之示人甚至避祸的心理，从而阻止这些词作流传江南。基于以上种种可能的原因，现在所能见到的第一首辛弃疾词就是这首作于京口的伤春词。虽无故乡词作留存，但渡江以后的词作却深深地打上了齐鲁这一独特地理空间的种种烙印，或者山水自然景观，或者世俗人情文化，不一而足。

就自然景观而言，辛弃疾的故乡济南以泉水著称天下。元代地理学家于钦（1284—1333），山东益都人，在其著作《齐乘》中历数了济南历下的七十二名泉，并称这七十二名泉都曾镌于金代的《名泉碑》上②，现在碑虽不存，但足以证明在辛弃疾出生成长的金代济南依然有着名泉林立、风光秀美的自然景观。王辟之《渑水燕谈录》这样描绘济南园林之美："齐州城西张意谏园亭有金线泉，石甃方池，广袤丈余，泉乱发其下，东注城濠中，澄澈见底。池心南北有金线一道隐起水面，以油滴一隅，则线纹远去；或以杖乱之，则线辄不见。水止如故，天阴亦不见。"③金代的著名文学家元好问在《济南行记》中这样描述济南风光："（历下亭）旁近有亭，曰环波、鹊山、北渚、岚漪、水香、水西、凝波、狎鸥。台与桥同曰百花芙蓉，堂曰静化，轩曰名士。水西亭之下，湖曰大明，其源出于舜泉，其大占城府三之一。秋

---

① 龙榆生：《两宋词风转变论》，见《龙榆生词学论文集》，上海：上海古籍出版社1997年版，第246页。
② （元）于钦：《齐乘》卷二"大明湖条"下，清乾隆刻本。
③ （宋）王辟之：《渑水燕谈录》佚文，北京：中华书局1981年版，第132页。

荷方盛,红绿如绣,令人渺然有吴儿洲渚之想。"① 泉水竞发、园林依泉、花木丰秀、湖水可鉴的济南竟然引发了文人们江南水乡的联想,足见其自然环境的优美。正因为如此,当辛弃疾在江南水乡驻足抒怀的时候,竟不由地想起故乡济南的山水风景来。如淳熙五年(1178)词人游都城临安(今杭州)灵隐寺冷泉亭,填词《满江红》(直节堂堂)一首,下阕写冷泉寺风景之胜:"山木润,琅玕湿。秋露下,琼珠滴。向危亭横跨,玉渊澄碧。醉舞且摇鸾凤影,浩歌莫遣鱼龙泣。恨此中风物本吾家,今为客。"泉水淙淙、山木苍翠、亭台横跨、潭水深碧的冷泉寺风光与辛弃疾记忆中的故乡山水风光有种种相似处,于是词人恍惚间似乎忘记了自己北人南归的现实处境,猛然间醒悟过来,才想起故乡济南虽然自然风景相类,但是却早已沦陷于异族统治下,眼前优美的风光是属于客居的他乡的,于是恨从中来,不胜悲慨。

此外,辛弃疾词中齐鲁自然风光的影响还表现在他对归隐地的选择上。在江西上饶、铅山两地,辛弃疾度过了十八年的闲居生活。何以选择这两地是一个颇耐寻味的问题。上饶和铅山相去不过百里,从辛弃疾词中不难看出两地均依山傍水,风景优美。据《沁园春·带湖新居将成》《水调歌头·盟鸥》《谒金门·和廓之五月雪楼小集韵》《鹧鸪天·鹅湖归,病起作》等词,辛弃疾新居选址在上饶带湖主要是因为此地有"千丈翠奁开"的带湖这一自然景观的存在,带湖与周围绿野风烟、青山林木以及人工建筑的亭台楼阁共同构成一片优美的风景区。罢官归上饶后的第一首词《水调歌头·盟鸥》集中表达了辛弃疾对带湖闲居地的热爱之情:

> 带湖吾甚爱,千丈翠奁开。先生杖屦无事,一日走千回。凡我同盟鸥鹭,今日既盟之后,来往莫相猜。白鹤在何处?尝试与偕来。 破青萍,排翠藻,立苍苔。窥鱼笑汝痴计,不解举吾杯。废沼荒丘畴昔,明月清风此夜,人世几欢哀?东岸绿阴少,杨柳更须栽。

在带湖居住期间,辛弃疾又觅得铅山瓢泉并着手建筑新居,带湖居所失火后,辛弃疾全家就搬至瓢泉新居。瓢泉风光如何?可从《水龙吟·题瓢

---

① (金)元好问:《济南行记》,见《元好问全集》卷三十四,太原:山西人民出版社1990年版,第713页。

泉》《兰陵王·赋一丘一壑》《永遇乐·检校停云新种山松》《祝英台近·水纵横》《暮山溪·停云竹径初成》《沁园春·一水西来》《哨遍·秋水观》《南歌子·新开池，戏作》《水调歌头·赋松菊堂》等稼轩词中探得：瓢泉一地"飞流万壑，共千岩竞秀"，既有"绕齿冰霜，满怀芳乳"的甘冽瓢泉，又有"青山意气峥嵘，似为我，归来妩媚生"的苍翠瓜山，"一水西来，千丈晴虹，十里翠屏"的潺湲涧溪，加上辛弃疾居所中极富人文意蕴的瓢泉草堂、秋水观、停云堂、新开池、鹤鸣亭、松菊堂等建筑物，风光优美较带湖更胜一筹，《水龙吟·题瓢泉》一词尽显词人对瓢泉新居在精神层面的喜爱和依恋：

> 稼轩何必长贫，放泉檐外琼珠泻。乐天知命，古来谁会，行藏用舍。人不堪忧，一瓢自乐，贤哉回也。料当年曾问，饭蔬饮水，何为是、栖栖者。　　且对浮云山上，莫匆匆、去流山下。苍颜照影，故应流落，轻裘肥马。绕齿冰霜，满怀芳乳，先生饮罢。笑挂瓢风树，一鸣渠碎，问何如哑。

带湖瓢泉两地风光虽是江南胜景，可是澄湖绿波杨柳环绕的带湖风光、清泉汩汩万壑竞秀的瓢泉美景以及临水而建的亭轩台阁中分明有故乡济南的依稀身影：汩汩滔滔各有特色的七十二名泉、众泉汇流周围花木缭绕的大明湖以及依水而建的亭台楼阁，故乡的风景与眼前的异乡风物是何其相似！清康熙年间山东德州诗人田雯曾寻访辛弃疾故居并作诗《四风闸访辛弃疾故居》一首①：

> 药栏围竹屿，石泉逗山脚。
> 风流不可攀，谁结一丘壑？
> 斜阳甸柳庄，长歌自深酌。

诗中山泉林木的组成的美景和美景间诗酒风流的生活，到底是齐鲁风光的写照，还是江南水乡的印记？实在是难以断然分辨的。

就人文影响而言，济南属齐鲁之地，辛弃疾的思想观念受齐鲁文化的滋

---

① （清）田雯：《古欢堂集》卷四，文渊阁四库全书本。

润是根深蒂固的。近代学人刘师培在《南北文学不同论》中也有相似论断："大抵北方之地土厚水深，民生其间，多尚实际。南方之地水势浩洋，民生其际，多尚虚无。民崇实际，故所著之文不外记事、析理二端。民尚虚无，故所作之文，或为言志、抒情之体。"① 可见，文人生长生活的地域文化圈就是一个大磁场，它对作家创作风格的影响是显而易见的。齐鲁文化在辛弃疾词中的影响亦遵循这个规律。这种影响首先表现为辛弃疾词中那种一以贯之的忠君爱国、鞠躬尽瘁的情感。齐鲁乃孔孟之乡，崇尚儒家文化，注重政治伦理，忠君爱国、修齐治平的人生理想滋润着一代代的齐鲁人，生于斯长于斯的辛弃疾从小就耳濡目染于这种地域大环境之中。此外，家庭小环境的日日浸润对于辛弃疾的忠君爱国死而后已思想的影响也很重要。辛弃疾因父亲早逝，由祖父辛赞抚养成长。据辛弃疾《美芹十论》介绍，辛赞深受儒家"裔不谋夏，夷不乱华"思想的熏陶，是一个具有高度社会责任感和民族意识的人。他虽然在靖康之难发生时因为家室拖累"被污伪官。留京师"，却从未忘却国耻家恨，一直心怀异志，"每退食，辄引臣辈登高望远，指画江山，思投衅而起，以纾君父不共戴天之愤。"并支持辛弃疾两赴燕山参与科举考试，却为了"谛观形势"，了解金人的山川关塞、军队部署，为起义推翻金人统治、恢复故土做准备②。在家庭小环境和地域大环境的双重影响下，辛弃疾词中忧患意识才会如此强烈，北伐恢复、南北统一成为辛弃疾词最为重要的情感内容，"回首长安何处，怕行人归晚"（《好事近·送李复州致一席上和韵》）、"袖里珍奇光五色，他年要补天西北"（《满江红·建康史帅致道席上赋》）、"长安故人问我，道愁肠殢酒只依然"（《木兰花慢·滁州送范倅》）、"西北望长安，可怜无数山"（《菩萨蛮·书江西造口壁》）、"醉里重揩西望眼，惟有孤鸿明灭"（《念奴娇·瓢泉酒酣，和东坡韵》）、"举头西北浮云，倚天万里长剑"（《水龙吟·过南剑双溪楼》）……辛弃疾词中这种北望神州、渴望恢复的情感如此热烈而执着，无论是在抗战前线还是退守信州归隐地，无论是为他人祝寿还是为他人送行，更无论是醒着、梦中抑或醉中，

---

① 刘师培：《南北文学不同论》，载《国粹学报》1905年第9期。
② （宋）辛弃疾：《美芹十论》，见邓广铭辑校：《辛稼轩诗文钞存》，上海：上海古典文学出版社1957年版。

这种情感从来也没有退场。不仅如此，这种热情和理想继而引发了辛弃疾词杀敌报国、马革裹尸的战斗热情和牺牲精神，所以辛弃疾词中才充满了铺天盖地的军事意象，洋溢着舍我其谁的英雄主义精神。那首有名的《破阵子·为陈同甫赋壮词以寄之》词中军号嘹亮、军容整肃、群情激昂的词情内容竟然是这种英雄主义精神旁溢到辛弃疾梦中去的结果！不仅如此，22岁的辛弃疾在齐鲁之地聚众两千揭竿而起的抗金壮举在辛弃疾词中不断闪回，在京口北固亭的战争前线他"四十三年，望中犹记，烽火扬州路"（《永遇乐》），在江西铅山瓢泉闲居时他依然对这一壮举记忆犹新："壮岁旌旗拥万夫，锦襜突骑渡江初。燕兵夜娖银胡䩮，汉箭朝飞金仆姑"（《鹧鸪天》）。虽然是22岁时的壮举，却与词人南归后抗金的主张和行为是连贯的、一致的，共同支撑着辛弃疾词中忠君爱国的交响曲。陈廷焯评价这类词作说："稼轩词着力太重处，如《破阵子》（为陈同甫赋壮词以寄之）、《水龙吟》（过南剑双溪楼）等作，不免剑拔弩张。"① 周济也有如此论断："稼轩不平之鸣，随处辄发，有英雄语，无学问语，故往往锋颖太露。"② 周济、陈廷焯稍有微词的剑拔弩张、锋颖直露的词作特点正是稼轩词中的齐鲁文化因子影响的结果。辛弃疾词中这类词作风格如此鲜明独特，为整个中国词史增添了不可多得的壮美词风，试想，如若没有齐鲁文化的滋润和铺垫，辛弃疾词中突出鲜明的这一特点、中国词史上浓墨重彩的这一笔又会是怎样的面貌？

　　第二，齐鲁之地乃农耕之地，农耕文化安土重迁、重农轻商的思想对辛弃疾词亦有影响。《宋史·辛弃疾传》记载，辛弃疾曾经对人说："人生在勤，当以力田为先，北方之人，养生之具不求于人，是以无甚富甚贫之家；南方多末作以病农，而兼并之患兴，贫富斯不侔矣。"③ 可见，在南渡后辛弃疾看到了南方商业资本的发展状况以及南方人弃农经商的现象后，并不接受这一现象，依然受北方农耕文化的影响认为"当以力田为先"。正因为如此，

---

①（清）陈廷焯：《白雨斋词话》卷一，见唐圭璋编：《词话丛编》，北京：中华书局1986年版，第3792页。

②（请）周济：《介存斋论词杂著》，见唐圭璋编：《词话丛编》，北京：中华书局1986年版，第1633页。

③（元）脱脱：《宋史·辛弃疾传》卷四百零一，北京：中华书局1977年版，第12165页。

辛弃疾选择江西上饶作为退职后的安居地，在修建带湖新居时，在建筑与设计上除了亭台楼阁应有尽有之外，还特别"荒左偏以立圃，稻田泱泱，居然衍十弓。意他日释位得归，必躬耕于是，故凭高作屋下临之，是为稼轩。而命田边立亭曰植杖，若将真秉耒耜之为者。"① 专门开辟出十弓之地用来耕种，专门建有放置农具的植杖亭，专门临稻田建有一排稼轩，除了这种在家居建筑的规划设计上体现其重农耕的思想之外，辛弃疾此时自号稼轩居士，给他的八个儿子分别起名稹、秬、稏、穮、穰、穟、秸、襃，都用了"禾"字做偏旁的字，寓意或为植物生长茂盛，或为庄稼丰收，或为庄稼名称，不一而足，但皆与稼穑紧密相关。以上种种行为叠加在一起，体现出辛弃疾对躬耕和土地的真挚情感，这种情感的深厚程度绝不同于一般归耕的士大夫，即使是北宋有名的农村词创作者苏轼。表面看来，苏轼在被贬黄州时申请在城东开垦拓荒、自号东坡居士的行为与前述辛弃疾的种种行为颇有某些相似处，其实不然。辛弃疾建造带湖新居开辟躬耕田地的行为并非发生在他从江西安抚使任上落职之后，至迟也是在这一年春天还在江西安抚使任上时就已经破土动工了，按照其建筑格局和规模来推测，辟田行为要更早。可见，辛弃疾的归耕行为并非罢职后的被动选择，而是一种主动性极强的人生选择。苏轼躬耕东坡是在他被贬黄州后的第三个年头，是迫于经济窘迫、居住紧张才选择买田筑室的不得已行为。稼轩居士和东坡居士一主动一被动，直接表现出两人亲近土地的程度和受农耕思想影响的深度。体现在他们的农村词中，苏轼在黄州自号东坡居士并躬耕于此，其黄州词却缺乏典型的农村词作，更多的是词人经历巨大政治波折后的心灵苦闷和自我救赎的文人抒情词，苏东坡词中真正意义上的农村词是作于被贬黄州前徐州任上的《浣溪沙》组词五首，采桑女、卖瓜人、黄童、老叟等各类农村人物，缫车、枣花、麻叶、牛衣等各种农村风物、煮茧、赛神、缫丝等一系列农村活动，共同勾画出一幅幅农村风情画卷。即使如此，"旋抹红妆看使君。三三五五棘篱门。相挨踏破茜罗裙"的词句表达，依然透露出词人是以"并非此中人"的视角来和徐州农村的人情风物进行着相互的观照，是一种不自觉的创作行为。辛弃疾的

---

① （宋）洪迈：《稼轩记》，见《事文类聚》前集卷三十六，文渊阁四库全书本。

不同在于他主动选择的背后有根深蒂固的农耕思想的推动,所以上饶带湖、铅山瓢泉两地闲居不仅成为辛弃疾词的两个创作高峰,两地农村词的质量和数量也足以成为南宋农村词的最高成就,甚至可以说辛弃疾堪称整个诗歌史上农村词的杰出代表①。较苏轼而言,辛弃疾的农本思想使他能够俯下身来真正融入农耕生活中,切身体会、细细品味农村生活的点点滴滴:"明月别枝惊鹊,清风半夜鸣蝉。稻花香里说丰年,听取蛙声一片"(《西江月·夜行黄沙道中》)展示了农村夏夜的宁静幽美、生机勃勃,"北陇田高踏水频,西溪禾早已尝新,隔墙沽酒煮纤鳞"(《浣溪沙·常山道中即事》)描画了江浙农村人繁忙辛勤的劳动生活场景,"新柳树,旧沙洲。去年溪打那边流。自言此地生儿女,不嫁金家即聘周"(《鹧鸪天·戏题村舍》)介绍的是信州农村的婚娶习俗,"醉里吴音相媚好,白发谁家翁媪?大儿锄豆溪东,中儿正织鸡笼。最喜小儿无赖,溪头卧剥莲蓬"(《清平乐·村居》)则记录了农人一家勤劳和睦、充满浓郁农村气息的生活片段,"竹树前溪风月,鸡酒东家父老,一笑偶相逢。此乐竟谁觉,天外有冥鸿"(《水调歌头·和郑舜举蔗庵韵》)深情书写着词人和乡村父老间的密切交往和深厚情谊……虽然这些农村生活场景的发生地在江南乡村,但是若无齐鲁文化重农勤耕思想的深远影响,辛弃疾很难会以如此妙笔来审美观照江南农村生活的方方面面,这是一个"匆匆过路者"无法深切感受和体验到的。所以,辛弃疾的农村词比之苏轼的进步之处不仅在于词作数量之多、农村意象之丰、反映生活面之广,更在于辛弃疾把一种不自觉的审美书写行为转换为一种自觉的融入和体验,他不再是一个被动的"他者",而是因成长环境中的农耕文化影响成为一个主动的躬耕者、一个安于农耕生活的体验者、一个有丰富农村生活体验的书写者。当然,受限于词人的人生经历、社会身份、经济实力等多方面的因素,辛弃疾的农村词不可能对当时农村生活作全方位的观照,对此亦不应作过多苛求。

总之,辛弃疾词诞生于江南这一事实并不能掩盖齐鲁地域对其词作的影

---

① 顾之京《辛弃疾农村词篇什探究》一文在对农村词进行界定的基础上,对辛弃疾农村词的篇目做了详细论述,最终确定其农村题材的词为25篇,载《河北大学学报》1987年第3期。

响力，非但不能否认，其词作还从多方面体现出齐鲁大地对其创作行为影响力的深远，无论是自然风光中的齐鲁地域特点还是人文习俗中的齐鲁地域特点，都以第一故乡的强大印记深深影响着稼轩词的题材内容和风格特点，这种影响力并不因距离阻隔而变弱，也不因时间流逝而变淡，词人的乡土情结，根深蒂固。

第二节　信州山水与稼轩词

现今我们能看到的稼轩词全部作于词人南归之后。南归后的辛弃疾在南宋仕宦体制中频繁往来于两浙、江西、两湖等地，"折尽武昌柳，挂席上潇湘。二年鱼鸟江上，笑我往来忙"（《水调歌头》）是他南归后仕宦生活的生动写照。因为这种席不暇暖的频繁调动，辛弃疾往往缺乏大展身手实现抗敌复国理想的机会，因此也较少填词抒怀的闲暇和兴致。所以，各地任职期间并非辛弃疾词的创作高峰，他的两个创作高峰分别出现在江南东路的上饶和铅山，也就是他罢官后的两个闲居地，辛弃疾闲居两地前后达二十年之久，创作了四百余首词，占全部词作的百分之七十还多。在这两地词中我们能看到辛弃疾作为齐鲁男儿在江南乡村长期生活的状貌，并能从中发现北人南渡后受南方自然人文环境影响的种种表现。

上饶和铅山均在江南东路的信州，信州在江南东路的最南端，东接两浙路，南邻福建路，西毗江南西路，乃南宋的中心腹地，是南宋都城临安联系西南四川盆地诸州县以及东南福建路诸州县的重要陆路交通枢纽，同时由东向西奔流而过的信江又为临安与西南各州县的沟通提供了非常便利的水上交通条件。因为这种交通上的便利，信州在政治地理上则具有进可至政治中心临安、退可居山水林泉之美的优势，再加上远离宋金对峙的淮河前线，稳定的社会状况为此地人们的生活提供了安全保障。这种种地理空间上的优势早在宋代地志《方舆胜览》中就被特别提及："地僻山深，尚带瓯闽之俗；民贫赋啬，偶连上浙之区"，"郡分江左，乃士俗之素贫；地近日边，幸政声之易达"。① 在这样的前提之下，南宋时的信州成为一个文化精英聚居之地，宋代刘后村称为"过江文献所聚"之地②，元代江西人危素则曰："南宋南迁，中原邦家多侨居于此，而士习益盛"③。在辛弃疾之前寓居于信州的著名文人就有曾几、吕本中、韩元吉等，辛弃疾的到来更为信州文化发展注入了一股强大的力量。信州其地风俗为"土瘠民贫，文风日盛"④，在外来文化和本土文化的合力作用下，南宋时期的信州文化日渐繁荣。其表现之一就是信州词坛开始由寂寞走向热闹。

一、以辛弃疾为中心的信州及其周边地域的词坛唱和

在淳熙八年（1181）42岁的辛弃疾于冬十一月被弹劾落职，罢归信州上饶带湖新居。次年春辛弃疾以一首《水调歌头·盟鸥》拉开了信州词坛唱和的序幕。唱和现场早已无法还原，连唱和者的和作也早已难睹原貌，所幸的是辛弃疾词中保留下两首同调的谢和词，聊能弥补种种缺憾。其中一首谢和词题序为"严子文同傅安道和前韵，因再和谢之"，另一首谢和词的题序为"汤朝美司谏见和，用韵为谢"，可见一首《水调歌头·盟鸥》引发的词坛唱和，唱和往来反复中至少诞生了七首唱和词作，必是当时信州词坛上的一时之盛。

严子文，即严焕，江苏常熟人，"文章整健，诗学尤邃"⑤，是一位非常出色的诗人，深得范成大的赞赏，此时正在泉州任上；傅安道，泉州人，"喜吏事，工文章，而性复高简"⑥，自淳熙五年罢官以来一直在泉州闲居至去世；汤朝美，即汤邦彦，"自负功名，议论英发"⑦，像辛弃疾一样是一位百折不挠的爱国志士，淳熙三年因使金坐贬新州（今广东新兴一带）编管，后量移信州，此次唱和时正在信州居住。由这三位唱和者所在的地理位置可

---

① （宋）祝穆：《方舆胜览》卷十八"江东路信州条"，北京：中华书局2003年版，第322页。
② （宋）刘克庄：《赵庭原诗序》，见《后村先生大全集》卷97，四部丛刊影印本。
③ （元）危素：《广信文献录序》，见（清）蒋继洙等修：《广信府志》，同治十二年刻本。
④ （宋）祝穆：《方舆胜览》卷十八"江东路信州条"，北京：中华书局2003年版，第317页。
⑤ （清）赵弘恩：《江南通志》卷一六五，扬州、广陵书社刻印本2010年版。
⑥ （宋）李心传：《建炎以来朝野杂记》乙集卷八，北京：中华书局2000年版。
⑦ （宋）佚名：《京口耆旧传》卷八"汤邦彦传"，守山阁丛书排印本。

知，辛弃疾与汤朝美的唱和是在同一现场——信州，与严、傅二位的唱和则属于信州和泉州两个不同的地理空间之间的文化交流。可见，初居上饶的辛弃疾以词为交往媒介，既与信州一地的文人建立了联系，又与信州临近地域如泉州的文人拥有了良好的诗书交流机会，从而带动起信州词坛的创作热情。"雕弓挂壁无用，照影落清杯"，"说剑论诗余事，醉舞狂歌欲倒，老子颇堪哀"，从这些唱和词的内容以及唱和诗人的际遇不难看出，信州词坛的唱和是以人生不遇、英雄失意的人生感喟为基调的，大有惺惺相惜的情感和相互激励的志向充盈其间。而这种唱和得以发生的原动力应该与辛弃疾的词坛盛名息息相关。淳熙九年（1182）开始从游于辛弃疾的门人范开，在亲受教诲六年之后为稼轩词集作序，曰："公一世之豪，以气节自负，以功业自许，方将敛藏其用以事清旷，果何意于歌词哉，直陶写之具耳。故其词之为体，如张乐洞庭之野，无首无尾，不主故常；又如春云浮空，卷舒起灭，随所变态，无非可观。无他，意不在于作词，而其气之所充，蓄之所发，词自不能不尔也。其间固有清而丽、婉而妩媚，此又坡词之所无，而公词之所独也。昔宋复古、张乖崖方严劲正，而其词乃复有浓纤婉丽之语，岂铁石心肠者类皆如是耶。"① 用形象简练的语言概述稼轩体的面貌特色，带有梳理总结的性质。可见，辛弃疾居上饶伊始就有范开这样的学子慕名游从，其填词的盛名早就在当时的文坛传播开去了，这篇《稼轩词序》不过是对辛弃疾给时人的整体印象及其文坛盛誉的一种回应和总结，以独具特色的稼轩体来彰显其独领风骚的词坛地位和词史价值。不难见出，信州首唱形成的文学圈的中心屹立着辛弃疾。

就在同一年春天，信州词坛紧接着迎来了第二次唱和。参与唱和者共计四人，范南伯、杨济翁、丘崈以及辛弃疾，起因是辛弃疾的妻兄范南伯探访辛弃疾夫妇结束后要离开上饶回归京口，辛弃疾设宴为之饯行，杨济翁在场，大家共读江西转运使任上丘崈的来信，信中一句"点检笙歌多酿酒"的宽慰语引发了这场词坛唱和的雅事。杨济翁《蝶恋花·稼轩坐间作，首句用丘八

---

① （宋）范开：《稼轩词序》，见邓广铭笺注：《稼轩词编年笺注》附录二，上海：上海古籍出版社1993年版，第620页。

书中语》《蝶恋花·别范南伯》为原唱，辛弃疾《蝶恋花·和杨济翁韵，首句用丘宗卿书中语》《蝶恋花·继杨济翁韵饯范南伯知县归京口》为和作。两首伤春词均以"点检笙歌多酿酒"为起句，表达着要在春风日暖中及时行乐的想法和春去恼人的伤心怀抱，别有忧愁无限。两首送别词面对同一离别对象，都表达出离别的不舍和感伤。此外，辛弃疾另有一首同调词"小小年华才月半"赠杨济翁的侍儿，可知这次宴集除友朋唱和外，亦不乏歌儿舞女的佐酒助兴。杨济翁，即杨炎正，江西庐陵人，小辛弃疾5岁，登庆元二年（1196）进士第，是辛弃疾的追随者。辛弃疾罢归江西上饶，他追随至此。这次颇有现场感的雅集就在辛弃疾及其追随者的一唱一和中照亮了信州的山山水水。

辛弃疾在信州词坛唱和行为的高潮出现在淳熙十五年（1189）冬，他时年五十岁。这次文人雅集参与者本为三人，辛弃疾、陈亮和朱熹，原计划陈亮自两浙东路的婺州、朱熹从福建路的建阳即自东北、东南两个不同方向同赴辛弃疾所在的信州。不难见出信州连接临安和福建路的重要枢纽地位是这次词坛唱和得以发生的一个前提条件。其实这次集会出发点本不在以词唱和，其主要目的是探讨北伐恢复等国家大计，但是随着历史现场的远去，那些"极论时事"[①]关怀国计民生的谈话内容都已经不重要了，被文学史家奉为美谈的"鹅湖之会"最后的光辉照耀在中国文学史和词史之上。虽然朱熹一起参与策划了这次集会，但因其最终未能如期赴约，所以这次的词坛唱和行为仅限于辛弃疾和陈亮两人。陈亮，字同甫（父），号龙川，乃婺州永康人（今浙江永康）。提倡"实事实功"，喜欢慷慨激昂地议论时政，反对妥协投降，笔力纵横驰骋，气势慷慨激昂，与辛弃疾多有相通处，这既是此次唱和得以发生的前提条件，也决定了这次唱和词的内容和风格。围绕这次鹅湖之会前后共诞生了六首词，其中五首用同调"贺新郎"，一首用"破阵子"词调，时间上均作于鹅湖之会结束后。辛弃疾《贺新郎》（把酒长亭说）为首唱，词序颇长，把鹅湖之会的前后经过交代得清清楚楚，这也是这首词的创

---

① （宋）辛弃疾：《祭陈同甫文》，见邓广铭辑校：《辛稼轩诗文钞存》，上海：古典文学出版社1957年版。

作缘起。词作围绕着离别之情、忧国之恨展开，表达出词人对深厚友情的不舍以及对国家命运的担忧。几日之后陈亮在婺州作《贺新郎·寄辛幼安和见怀韵》（老去凭谁说）寄赠，既对"父老长安今余几？后死无仇可雪"的残酷社会现实表示出无尽的担忧，又表达出"只使君，从来与我，话头多合"的知音难觅感，辞情慷慨、壮怀激烈。接着辛弃疾又和了一首《贺新郎·同父见和，再用前韵》（老大那堪说），在陈亮词的基础上突出两人基于共同政治理想的友谊之可贵，并对陈亮胸怀国事的品格予以高度赞扬。陈亮接着用原韵连写两首词，分别为《贺新郎·酬辛幼安再用韵见寄》（离乱从头说）、《贺新郎·怀辛幼安用前韵》（话杀浑闲说），重点在于对南宋偏安一隅不思恢复的现状表达自己的不满和感慨，并对辛弃疾英雄闲置的处境表示同情和愤慨。考虑到当时信息传递的速度和效率等客观原因，如此规模的唱和已经是非常频繁和密集的行为，大有一吐为快的情势。这场以信州铅山为重心的唱和在辛弃疾的《破阵子·为陈同父赋壮语以寄》中落下帷幕。这首词名曰"壮词"，写沙场征战生活，场面壮大，气势恢宏，颇有以壮士自比同时又以壮士比附陈亮的意味。但是全词结语却豪锐之气顿无，英雄气概殆尽，一句"可怜白发生"把两个以身许国的志士拉回到残酷的现实中，既是这一首词的结语，也是围绕整个鹅湖之会唱和活动的尾声。这一次唱和站在忧国忧民的制高点，指点江山、品评时政、关怀命运、歌唱友情，视野之开阔、内容之丰富、情感之顿挫、风格之豪壮堪为历次信州唱和的最高潮！无怪乎刘扬忠先生会把这次发生在信州山水间的鹅湖之会作为稼轩词派真切存在的一个有力证据！

  除了立足信州向泉州、婺州等周围地区的文人雅士、爱国志士发出唱和的邀约，辛弃疾还与以韩元吉为代表的信州文人志士们以词唱和。韩元吉，长辛弃疾二十二岁，宋室南渡后寓居信州上饶，官至吏部尚书，词风雄浑豪放。辛弃疾早在建康任上就与韩元吉定交，但是两人之间的密切交往和频繁唱和却发生在信州。韩元吉淳熙七年（1180）六十三岁归老信州上饶南涧，紧接一年之后，辛弃疾罢归上饶带湖，两人开始以词唱和，直至韩元吉淳熙十四年（1187）去世，前后达七年之久，此间仅辛弃疾酬赠韩元吉的作品就达十二首之多，其中既有表达辛弃疾对韩元吉作为抗战大臣的敬意和祝福的寿词，又有记录二人信州游赏之乐的游赏词，从中不难看出两人惺惺相惜的激赏和情谊。信州的邂逅及唱和行为对于罢官之辛弃疾和归老之韩元吉而言都是一种难得的宽慰和收获。韩元吉之外，辛弃疾还与徐安国（字衡仲，号西窗）、赵蕃（字昌父，号章泉）、韩淲（字仲止，号涧泉）、傅兆（字先之，上饶人，但为处州龙泉县宰）、徐文卿（字思远，号樟秋）等信州文人唱和往来，稼轩词中有与这些文人志士数量不等的唱和词。这些信州文人的文品人品多有可称道处，但多不擅长填词，辛弃疾和他们之间的唱和词在发挥词的社交功能的同时，也增加了信州词坛的活力和魅力，促进了信州文学更加全面的发展。

一代词坛巨匠罢归信州，以词为媒介的人际交往还涉及在信州为官的人，如在信州玉山县任县令后被罢官归吴中的陆翼年，辛弃疾作两首《六幺令》为之送行；任坑冶铸钱司干官分治信州分局的扬州人李泳（字子永）在任满东归时，辛弃疾作《水调歌头》《小重山》等三首词相赠；在信州做知守的处州人郑汝谐（字舜举）与辛弃疾交往颇深，辛弃疾词中有不少两人的唱和之作，关涉游玩、送行、出处等内容；在铅山县任县宰的安仁县吴子似，任县宰期间与辛弃疾多有交游唱和，后来离任后还曾经回来访问辛弃疾，稼轩词中与之唱和的词作数量达十余首。辛弃疾的到来使信州成为一个颇具磁力的"文学沙龙"，辛弃疾站在磁场的核心位置，吸引和影响着身边的信州文人，还会因着便利的交通条件波及周围的泉州、婺州、豫章等文人圈，任职信州的官员的升迁变动则把信州词坛唱和的内容传播到更远的文人圈中去，由此形成了很好的地域文化交流景观，南宋词在这种交流中得以发展远播。

二、辛弃疾与信州山水

辛弃疾之所以选择信州作为归隐地，除了特殊的地理位置和便捷的交通条件之外，另一个重要的原因就是信州的自然山水吸引了词人在此驻足。《广信府志》称信州"北枕灵阜，南带冰溪，东挹琅峰，西瞻层巘"[①]，自然天成的山岭地貌颇多佳山水。词人于淳熙八年（1181）冬罢归信州，先居上

---

① （清）蒋继洙等修：《广信府志》，同治十二年刻本。

饶之带湖。其间又访得铅山期思村周氏泉，更名为瓢泉，然后开始营造瓢泉新居。庆元二年（1196）带湖居所失火，举家迁居铅山之瓢泉。带湖瓢泉两地闲居时间几近二十年，带湖与瓢泉及其周围的山水形胜在辛弃疾词中都有详尽的描绘刻画，但两地景物的选择标准和书写特点又有些许不同。

带湖词显示，辛弃疾在寓居上饶带湖的最初几年里，外出游赏十分频繁。清雍正《江西通志》也载："江南山水冠天下，而上饶冠江南。鹅湖、博山、龟峰、怀玉，号称形胜，而灵山犹胜绝。"上饶周围的这些山水风景在辛弃疾词中多有表现。重阳时节他和韩元吉共游云洞，"云洞在上饶县西三十里开化乡，天欲雨则兴云"[1]，"此山高处东望，云气见蓬莱"（《水调歌头·今日复何日》）、"千古老蟾口，云洞插天开。涨痕当日，何事汹涌到崔嵬"（《水调歌头》）对云洞开口向天的奇观、高入云霄的巍峨、沧海桑田的变化进行了传神写照；秋季他和门人范开游南岩，"在（上饶）县治西南十里，朱子读书处"[2]，"笑拍洪崖，问'千丈翠崖谁削？'"，观山中秋景，有山水之乐；冬季独自一人游县南六十里的西岩，"岩石拔起，中空如洞，内有悬石如螺，滴水垂下，味甘冷"[3]，词人从朝到暮，流连于青山清溪间而忘返，甚至不顾寒冷，"赤脚踏层冰，为爱清溪故"（《生查子》）。

稼轩词对上饶周围山水的游赏特别集中在博山、鹅湖、黄沙等几个地点，而且不限于一时，寒来暑往四时不断。

博山。博山词是诸地中数量最丰的，"博山在永丰西二十里"，"形似庐山香炉峰"[4]，有博山寺、雨岩等。辛弃疾词题序中出现"博山""博山寺""雨岩"等地点的词不下十六首之多。博山虽属信州永丰县，但距离上饶也就二十里路程，相去不远。辛弃疾词书写雨岩"空谷清音起。非鬼亦非仙，一曲桃花水"（《生查子》）的清幽又充满生机的春季景色，描画博山道中"千峰云起，骤雨一霎儿价。更远树斜阳，风景怎生图画"（《丑奴儿近》）急雨过后的夏日美景，感慨"布被秋宵梦觉，眼前万里江山"的山寺开阔秋

---

[1] （清）王恩浦等修：《上饶县志》卷五"山川志"，同治十二年刻本。
[2] （清）王恩浦等修：《上饶县志》卷五"山川志"，同治十二年刻本。
[3] （清）王恩浦等修：《上饶县志》卷五"山川志"，同治十二年刻本。
[4] （宋）王象之：《舆地纪胜》江南东路信州条，扬州：江苏广陵古籍刻印社影印本1991年版。

景（《鹧鸪天》），还不乏严寒冬日发现"雪后疏梅，时见两三花"的欣喜（《江神子》）。不管是春夏秋冬，也无论是怪石飞瀑松竹山花，博山道上的风景是幽静优美的，博山词作整体上也都呈现出清幽秀美的风格。从词意看词人往往是独行，一个人静静欣赏博山的四时风景，常常以为自己置身桃源仙境，即使偶尔意识到"人间走遍却归耕"的悲痛现实，也总会有"一松一竹真朋友，山鸟山花好弟兄"（《鹧鸪天》）的博山风物像朋友一样来抚慰词人的内心。据程继红先生推断，辛弃疾如此频繁往来博山道中，其实是他因为生计在博山雨岩任教之故。《永丰县志》和《广丰县志》中都记载了辛弃疾在博山任教的情况："后家铅山，往来博山寺，旧有辛稼轩读书堂"[1]，"尝读书于永丰西南之博山寺，旧有稼轩书堂"[2]。

  鹅湖。这也是稼轩词中屡屡提及的信州景物。虽然前面提到辛弃疾在陈亮来访时曾同游鹅湖，但当时并无专以鹅湖为吟咏对象的词作流传，辛弃疾"鹅湖归，病起作"系列词篇均作于词人此前居带湖时期。据《铅山县志》载："鹅湖山在县东北，周迥四十余里，其影入于县南西湖。诸峰联络，若狮象犀貌，最高者峰顶三峰挺秀。鄱阳记云：'山上有湖多生荷，故名荷湖。'东晋人龚氏居山蓄鹅，其双鹅育子数百，羽翎成乃去，更名鹅湖。……山麓有仁寿院，禅师所建，今名鹅湖寺。"[3] 在写鹅湖风光的五首《鹧鸪天》词中，写鹅湖山上"翠木千寻上薜萝"的山木林立、满眼翠绿，写鹅湖"红莲相倚浑如醉，白鸟无言定自愁"的莲与鸥鸟红白相映、动静相衬的美丽画面，即使是鹅湖归路上也不乏"春日平原荠菜花。新耕雨后落群鸦""朱朱粉粉野蒿开。谁家寒食归宁女，笑语柔桑陌上来"一类明快清新的风景，虽然词人"不知筋力衰多少，但觉新来懒上楼"，却用词笔把鹅湖一带苍山翠林、湖水绿波、田园村居的风景描绘得生机勃勃。除了拥有优美的自然风光，鹅湖也有着浓郁的文化氛围，淳熙二年（1175），陆九渊、陆九龄兄弟与朱熹、吕祖谦在鹅湖寺中探讨学术的集会，已经成为理学发展史上的佳话，鹅湖寺也因此声名大噪。辛弃疾如此频繁地游赏鹅湖，应该与这

---

[1] 《永丰县志》卷四人物志，明嘉靖本。
[2] 《广丰县志》卷一一，清同治十一年刻本。
[3] 《铅山县志》，清同治十二年刻本。

次集会的影响不无关系。宋明理学史上留下了这次学术集会的佳话，辛弃疾词中则形象描绘了这次学术集会发生地的自然环境，合而观之，这共同还原了南宋时期鹅湖一带鲜活立体的文化生态环境。

黄沙岭。关涉黄沙岭的词共计四首。据《上饶县志》："黄沙岭在县西四十里乾元乡，高约十五丈。谿谺敞豁，可容百人。下有两泉，水自石中流出，可溉田十余亩。"[①] 辛弃疾词善于抓住景物特点，"寸步人间百尺楼。孤城春水一沙鸥。天风吹树几时休。　突兀趁人山石狠，朦胧避路野花羞。人家平水庙东头"（《浣溪沙·黄沙岭》），既形象描绘出黄沙岭之高耸多石，又写出其地水源丰富野花盛开的景色特点。《鹧鸪天·黄沙道中即事》同样是描绘黄沙岭的春景，但因为加入了轻鸥、荒犬、乱鸦等意象整个画面显得更具动感；《西江月·夜行黄沙道中》写夏日景象，除增加了惊鹊、鸣蝉、田蛙等颇具动感的动物意象外，还加进了"稻花香"的丰收喜悦和"茅店社林"的烟火气息，成为黄沙岭诸词中最为生动、精彩的词章，黄沙岭这一地理空间因此类文字而永远鲜活地屹立在词史长河之中。上饶文人陈文蔚在其《游山记》中记载了嘉定己巳（1209）年他和傅岩叟、周博辉一起游赏时，曾经"过黄沙辛稼轩书堂，感物怀人，凝然以悲"。辛弃疾此前两年即开禧三年（1207）去世，相去不远，此文所载应无误。由此可知辛弃疾黄沙词的诞生与博山词一样，都是为生计而任教于此地，往返途中的美景才有机会被词人一次次捕捉进词作之中。

总之，在罢归带湖时期，辛弃疾在带湖周边频繁游赏，距离带湖十里、三十里、四十里、六十里之遥的地方都有游赏词问世，并且由词序可知，词人单独出游的情况比较多。一个失意英雄的闲居，内心的苦闷如何排解成为一个非常凸显的问题。辛弃疾在游赏信州的山山水水中不断抚慰着失落和苦闷的内心。同时，词人的创作地点又明显集中在博山、鹅湖、黄沙岭等地，创作地点的相对集中也绝非偶然现象，除了自然风光优美幽静的原因外，应该与信州当时书院的分布、读书的风气、文化的氛围等状况也有着密切的关系。也就是说，信州山水对于辛弃疾而言，一方面具有抚慰词人苦闷失意心

---

① （清）王恩浦等修：《上饶县志》卷五"山川志"，同治十二年刻本。

灵的作用，另一方面见证了内心失意的词人还要为生计奔忙的严酷现实。

辛弃疾自带湖移居瓢泉之后，或许身体原因抑或年龄原因，词人不再像初寓带湖时那样远距离、高频率地纵游较远处的山水风景了。他开始把更多的目光投向瓢泉新居，这一时期的词作中出现频率较高的地点由闲居地的外围转向了居所本身，瓢泉草堂、停云堂、秋水观、松菊堂、新开池、苍壁等瓢泉新居的不同组成部分都反复出现在瓢泉词中，从二次到十几次不等，其中瓢泉、停云堂、秋水观等出现频次均在八次以上。虽然居带湖时辛弃疾也会把目光转向带湖新居，但是与带湖新居有关的意象限于带湖、雪堂，不仅数量少，而且远没有瓢泉词中的丰富精彩。

据洪迈《稼轩记》及上饶地方志等记载，带湖新居就位于上饶城北灵山门外大约一里的地方，"三面傅城，前枕澄湖如宝带"①，是个"虽在城邑阛阓之中，独出车马嚣尘之外"②的闹中取静的好去处，而且此时刚刚罢官的辛弃疾经济上还较为富足，带湖居所的建筑规模和质量比较可观。比较而言，位于铅山县城东二十五里处的瓢泉居所位置更加僻远，再加上词人长期闲居，经济收入大不如前，瓢泉居所的建筑规模、建筑质量比之带湖居所就逊色很多。在地理位置、建筑质量等方面都逊色很多的瓢泉居所，竟然在稼轩词中被频频地吟咏赞赏，这实在是一个值得注意的现象。

瓢泉。作为泉水之乡的儿子，辛弃疾是有着泉水情结的。"啬于泉水"③的信州让居于带湖的辛弃疾有着稍许遗憾，"并竹寻泉，和云种树"（《念奴娇·赋雨岩效朱希真体》）的访泉行动一直持续到淳熙十二年（1185）词人"访泉于奇狮村，得周氏泉"（《洞仙歌》题序）为止，辛弃疾把周氏泉改为瓢泉，瓢泉意象开始在辛弃疾笔下频频出现。在刚刚访得周氏泉时，辛弃疾欣喜万分，就决定"便此地，结吾庐，待学渊明，更手种门前五柳"（《洞仙歌·访泉于奇狮村，得周氏泉为赋》），追寻陶渊明安于淡泊的意识非常强烈。瓢泉更名后所作的《水龙吟·题瓢泉》更进一步，把瓢泉新居的人文意

---

① （宋）洪迈：《稼轩记》，见《事文类聚》前集卷三十六，文渊阁四库全书本。
② （宋）辛弃疾：《新居上梁文》，见辛更儒笺注：《辛稼轩诗文笺注》，上海：上海古籍出版社1995年版，第102页。
③ （宋）祝穆：《方舆胜览》卷十八"江东路信州条"，北京：中华书局2003年版，第322页。

义再一次向更远更深处推进,"稼轩何必长贫,放泉檐外琼珠泻。乐天知命,古来谁会,行藏用舍。人不堪忧,一瓢自乐,贤哉回也",把箪食瓢饮的复圣颜回当作自己的人格榜样,以一种安于贫寒生活的圣人形象来引导自己,从而赋予了瓢泉新居以安贫守贱的文化品格和乐观向上的精神力量。正是因了这种一以贯之的思想指引,辛弃疾的瓢泉词日渐少了一些沉郁顿挫之气,而增加了许多淡泊平静的意味。

停云堂。停云堂是瓢泉新居中的重要组成部分,建于瓢泉旁瓜山之上,为瓢泉建筑中地势最高处,视野极开阔,近山远景悉收眼底。《贺新郎》题序交代了停云堂的设计初衷:"一日,独坐停云,水声山色,竟来相娱,意溪山欲援例者,遂作数语,庶几仿佛渊明思亲友之意云"。可见初衷有二:一为尽收眼底的水声山色可以让人释怀,这是基于自然景观的考虑;一为陶渊明闲居柴桑所作的那首《停云》诗意颇和己意,这体现了文人对住所人文内涵的重视和追求。就自然景观而言,瓢泉新居虽然在地理位置、建筑质量及规模等方面都比不上带湖居所,但自然环境的优美是远胜于带湖的。瓢泉居所在瓜山脚下,瓜山自西向东走向,到铅山河即止。西接武夷山连绵的余脉,在瓜山和武夷山相接处形成一条天然的沟壑,由此壑向东攀爬即可到瓜山山顶,停云堂就在山巅之上。清澈甘甜的瓢泉在瓜山半山腰处喷涌而出,流经两个石潭后,流入铅山河中。词人站在山顶的停云堂向四下望去,郁郁葱葱的瓜山、连绵起伏的远山、沟壑中流淌的带状清溪勾勒出一幅绝美的天然画卷,词人"高处看浮云,一丘壑、中间甚乐"(《蓦山溪·赵昌父赋一丘一壑,格律高古,因效其体》),在与大自然的对视中产生了"我见青山多妩媚,料青山见我应如是"的自信和乐观。就人文涵蕴而言,停云堂用陶渊明《停云》诗"思亲友"之意,暗喻词人闲居瓜山瓢泉、期待志同道合者之意,而这种期待并非强求,"随缘道理应须会,过分功名莫强求"(《瑞鹧鸪》)是对自己和志同道合者共同的期许。在辛弃疾词化用陶渊明诗句反复申说这一随缘自适的道理时,干脆直接用"停云君""停云老子""停云老"来自称,于是停云堂超越了它作为建筑物的所指意义,而包含了前代文人的人生思考、今代词人的人文情怀等丰富的内涵。

松菊堂。与停云堂一样取意于陶渊明诗意的另一瓢泉建筑是松菊堂,有一词《水调歌头·赋松菊堂》为证：

> 渊明最爱菊，三径也栽松。何人收拾，千载风味此山中。手把《离骚》读遍，自扫落英餐罢，杖屦晓霜浓。皎皎太独立，更插万芙蓉。　水潺湲，云溶洞，石龙嵷。素琴浊酒唤客，端有古人风。却怪青山能巧，政尔横看成岭，转面已成峰。诗句得活法，日月有新工。

傲然于荒径中的松菊是陶渊明的挚爱，所以他听从田园将芜的召唤，放弃了黑暗的官场，选择了躬耕田园的闲居生活。辛弃疾就在《归去来兮辞》的诗意中再一次认同了陶渊明式的人生道路：在"水潺湲，云溶洞，石龙嵷"的自然山水中走一条随缘任性的道路。但是，松菊堂虽有崇尚陶渊明的人文内涵，却并不止于此。"手把《离骚》读遍，自扫落英餐罢，杖屦晓霜浓"的词句似乎又道出了词人内心的些许矛盾和困惑，陶渊明爱松菊而归隐柴桑，屈原亦爱松菊而自沉汨罗江，一个是偏重理性主义的隐士，另一个是偏重理想主义的忠臣。一直忠君爱国、主张恢复现今却投闲置散、悠游山水的英雄词人辛弃疾面对着一个两难的选择：英雄豪杰式的成长道路和价值观念不允许他做一个陶渊明式的闲人，罢官闲居的现实又约束着推搡着词人只能做陶渊明式的闲人。辛弃疾的时代不缺乏像屈原一样忠君爱国的士子，但是忠君爱国却自沉毁灭的屈原式人生道路在南宋却是空谷遗响。松菊堂的命名虽然出于词人对菊花与苍松的喜爱，也顺应了瓢泉居所中栽菊花种松树的庭院环境，但透过这些表层因素，我们会发现这一处建筑物寄寓了词人在价值观念和人生道路方面的思考和取舍：屈子的理想和愤懑虽然还在，但山水林泉间早已没有了屈原实现自我价值的环境，青山绿水、素琴浊酒是给陶渊明准备的，除了选择像陶渊明一样吟唱"田园将芜胡不归"的歌谣安乐于山水间，词人别无选择。

秋水观。辛弃疾词中有关秋水观的词作不下八首。其实际功用需要从它的地理位置来推断，"此堂之水几何甚？但清溪，一曲而已"（《哨遍·秋水观》），依瓜山脚下的一条溪水而建，观水是其功用所在："秋水长廊水石间，有谁来共听潺潺"（《鹧鸪天·吴子似过秋水》）。但是秋水观对于辛弃疾而言，意义并不止于观水，《哨遍·秋水观》一词阐述甚明：

蜗角斗争，左触右蛮，一战连千里。君试思、方寸此心微。总虚空、并包无际。喻此理。何言泰山毫末，从来天地一稊米。嗟大少相形，鸠鹏自乐，之二虫又何知。记跖行仁义孔丘非。更殇乐长年老彭悲。火鼠论寒，冰蚕语热，定谁同异。　噫。贵贱随时。连城才换一羊皮。谁与齐万物，庄周吾梦见之。正商略遗编，翩然顾笑，空堂梦觉题秋水。有客问洪河，百川灌雨，湿流不辨涯涘。於是焉河伯欣然喜。以天下之美尽在已。渺沧溟望洋东视。逡巡向若惊叹，谓我非逢子。大方达观之家，未免长见，犹然笑耳。北堂之水几何其。但清溪一曲而已。

词人在睡梦中与庄子对语，商量《秋水》篇的修改润色问题，醒来以后直接为空堂题名"秋水观"。这个题名的来历充满了浪漫主义色彩，词人商略庄周、出入道家的思想轨迹却是十分明确的。在此，辛弃疾赋予秋水观这一空间的人文内涵直接跨越了陶渊明，和诸子中的庄子直接对话，用道家超越物我的时空观、价值观来重新打量自己的荣辱得失，也就超越了荣辱得失带来的苦闷和焦灼，眼中只剩下清溪一曲、山峦苍翠的自然美景而已。这篇长调词反复论证、来回劝解，目的只有一个，在外在地理空间中安顿自己的心灵，以求取灵魂深处的释然。

从以上分析可见，辛弃疾的瓢泉词有着显然不同于带湖词的特点：罢官初期的焦灼日渐被山水抚平之后，年龄老大、闲居日久的词人视野由居所之外的广阔地理空间内转，更加关注居所范围内的山水庭院，并且赋予其情感和精神的力量，从儒家的安贫乐道、独善其身到道家的超越物我、返璞归真，从屈原的忠君爱国到陶渊明的随缘自适，辛弃疾在瓢泉闲居的亭台楼阁、山水林泉中寻觅着寄寓着安顿心灵的精神养料，这一时期的词作风格更趋平静淡然。

辛弃疾生命结束后选择了永远栖息于信州这方异乡的土地上，这包含了一个齐鲁人对信州山山水水的热爱、融入和感激之情。从某种角度来说，异乡何尝不是另一个故乡！

第三节　南北文化融合中的稼轩词风

唐代魏征曰："江左宫商发越，贵于清绮；河朔词义贞刚，重乎气质。气质则理胜其词；清绮则文过其意。理胜者便于时用，文华者宜于咏歌。"① 今人梁启超在《中国地理大势论》中也有类似表达："长城饮马，河梁携手，北人之气概也；江南草木、洞庭始波，南人之情怀也。"② 无论古今，都肯定了地理环境因素对文人创作的影响，即使在地域差异渐趋缩小的当代，南北差异依然是一个难以否认的客观事实。辛弃疾北人南渡，出生成长于齐鲁之地，成熟衰老于江南水乡，其中以信州闲居时间最长。齐鲁和信州，气候、地理环境乃至于人文环境都有着天然的差异，"平生塞北江南，归来华发苍颜"（《清平乐·独宿博山王氏庵》）的辛弃疾，其词的创作必然会打上两地的不同烙印。然而这绝不是两个边缘清晰可辨的烙印，齐鲁和信州的山水自然人文习俗等特点必然会在辛弃疾身上碰撞融合，最终呈现为一个你中有我、我中有你的融合叠加的地理空间，影响到词人生活、交游、创作等方方面面。具体到填词这种创作行为，也必然会打上这种地理空间融合交织的印记。

对于南北地理空间对词风的影响清人况周颐这样表述："南宋佳词能浑，至金源佳词近刚方……南人得江山之秀，北人以冰霜为清。南或失之绮靡，近于雕文刻镂之枝。北或失之荒率，无解深裘大马之讥……宋金之词之不同，固显而易见者也。"③ 南宋词章因江南水乡滋润而清秀温婉，金源词章受塞北秋风劲吹而清刚质朴，这种不同地理环境造成的文学差异虽非绝对，但是整体上并无甚差错。辛弃疾，一个北方志士，人生大部分的时间包括生命的结束都在江南水乡度过，铁马秋风和杏花春雨两种有代表性的地理空间合力影响着他，其词融南北词风于一炉也就有了某种可能，以下几则词评都承认了

---

① （唐）魏征：《隋书·文学传序》，北京：中华书局1973年版，第1730页。
② 梁启超：《中国地理大势论》，见《饮冰室文集点校》第三集，昆明：云南教育出版社2001年版，第1807页。
③ （清）况周颐：《蕙风词话》卷三，见唐圭璋编：《词话丛编》，北京：中华书局1986年版，第4456页。

辛弃疾词风格的多样性这一事实：

> 公所作大声镗鞳，小声铿生旬，横绝六合，扫空万古，自有苍生以来所无。其秾纤绵密者亦不在小晏秦郎之下。
>
> ——宋·刘克庄《辛稼轩集序》

> （南宋词人）有花柳而无松柏，有山水而无边塞，有笙笛而无钟鼓，斤斤株守，是亦只得其一偏矣。辛刘之派，安可废哉！
>
> ——清·谢章铤《赌棋山庄集词话续编五》

> 稼轩由北开南，梦窗由南追北，善乎周氏之言也。南宋诸家，鲜不为稼轩牢笼者，龙洲、后村、白石皆师法稼轩者也。
>
> ——陈洵《海绡说词》

> 稼轩词，豪放师东坡，然不尽豪放也。其集中，有沉郁顿挫之作，有缠绵悱恻之作，殆皆有为而发。其修辞亦种种不同，焉得概以"豪放"二字目之。
>
> ——蔡嵩云《柯亭词说》

稼轩词词风多样性的最突出表现就是亦刚亦柔。这里的亦刚亦柔有两重含义：其一是指辛弃疾词中既有刚性的作品，又有柔性的作品；其二是指辛弃疾词中还有两种风格并非泾渭分明而是熔铸到一首词中，呈现出刚柔并济的整体风格。在此，我们以信州词为切入点分别来看。

第一个方面，信州词中或刚或柔的单独词篇均为数不少。首先，信州词并不乏刚性的作品，作于闲居带湖与陈亮唱和的《破阵子·醉里挑灯看剑》一词，熔铸各种军事意象塑造出一个铮铮铁骨、忠君爱国的英雄形象，辛弃疾自称"壮词"，词中的英雄连同英雄失意的叹息都充满了一股豪气。再如《水龙吟·渡江天马南来》本是一首赠韩元吉的寿词，词人却直指南北分裂、遗民望恢复的国家现实，发出"待他年整顿，乾坤事了，为先生寿"的豪壮语，一反祝寿词善颂善祝的路子，而注入一股沉痛的豪气，也是一首不折不扣的壮词。这类壮词诞生于江南东路的信州大地上，呈现出的却是质朴刚直的北方地域文化色彩。信州山水不同于齐鲁，即使济南也有泉水奔竞，但其山文水脉也会呈现出北方地貌质朴大气的特点，信州的山水林木却是秀气柔和的，水田梯田环绕，呈现出的是江南水乡秀丽柔婉的特点，所以稼轩信州词中的山水闲居词就呈现出明显的柔性词风。描写江南乡村生活的词是充满柔性的,《清平乐·村居》中五口之家和平宁静的乡村生活就在水草摇动、流水潺潺的小溪边,茅屋几间、莲叶田田、吴音软侬,清新秀丽的环境催生同样清秀的词风,温暖柔和;《清平乐·博山道中即事》写词人夜行博山道中所见,柳密露浓的山道、白鹭栖息的沙洲、溪边浣纱的身影、小孩子稚嫩的啼哭,构成了一幅动静相生的溪山风景画,清淡幽远不乏勃勃生机,词有春风拂面之柔。总之,信州词中的刚性词调导源于辛弃疾成长过程中受重事功崇规范的北方文化熏染,这种词风往往表现于词人与志同道合者的往来唱和词中;那些柔化词风则是信州的柔美山水及世俗人情日渐浸润词人的结果,这种柔化词风多出现于辛弃疾的山水词、闲居词中。

第二个方面,闲居期间,辛弃疾身上的北方文化记忆和信州的柔山软水朝夕相会,必然带来信州词中刚性词风和柔化词风的彼此渗透和相互影响,从而使信州词中数量更多的词篇很难用某一种风格来直接界定,辛弃疾词呈现出一种融合南北词风后的刚柔相济风格。以下列三首信州词为例:

贺新郎·别茂嘉十二弟。鹈鴂、杜鹃实两种,见《离骚补注》

绿树听鹈鴂。更那堪、鹧鸪声住,杜鹃声切。啼到春归无寻处,苦恨芳菲都歇。算未抵、人间离别。马上琵琶关塞黑,更长门、翠辇辞金阙。看燕燕,送归妾。　将军百战身名裂向河梁、回头万里,故人长绝。易水萧萧西风冷,满座衣冠似雪。正壮士、悲歌未彻。啼鸟还知如许恨,料不啼清泪长啼血。谁共我,醉明月。

沁园春·再到期思卜筑

一水西来,千丈晴虹,十里翠屏。喜草堂经岁,重来杜老,斜川好景,不负渊明。老鹤高飞,一枝投宿,长笑蜗牛戴屋行。平章了,待十分佳处,著个茅亭。　青山意气峥嵘。似为我归来妩媚生。解频教花鸟,前歌后舞,更催云水,暮送朝迎。酒圣诗豪,可能无势,我乃而今驾驭卿。清溪上,被山灵却笑,白发归耕。

沁园春·灵山斋庵赋,时筑偃湖未成

叠嶂西驰,万马回旋,众山欲东。正惊湍直下,跳珠倒溅,小桥横

截,缺月初弓。老合投闲,天教多事,检校长身十万松。吾庐小,在龙蛇影外,风雨声中。　　争先见面重重。看爽气朝来三数峰。似谢家子弟,衣冠磊落,相如庭户,车骑雍容。我觉其间,雄深雅健,如对文章太史公。新堤路,问偃湖何日,烟水濛濛。

第一首词作于辛弃疾移居铅山瓢泉时,是词人送别堂弟茂嘉的词。词人先从春归之恨写起,众芳摇落、啼鸟声切,营构出一幅春意阑珊、愁肠百转的伤感气氛。由春归去联想到人别离,用昭君、陈皇后、庄姜三个女性典故,写缠绵悱恻的人间别离之恨。词之下阕由百战将军领起,连用李陵抗击匈奴送归苏武、荆轲刺杀秦王两个有关将士的典故,词风猛然间由缠绵悱恻走向慷慨壮烈,最后切题,以杜鹃啼血、我醉明月结束全篇。春愁与别恨,缠绵与慷慨,词人笔法腾挪迅速,短章之内变化开阔。这是唱和词中以柔笔起势以刚烈熔铸而成的刚柔相济词风的代表作。

第二首词亦作于瓢泉闲居时。一条自西向东的溪水从瓜山流过,与瓜山相连的武夷山脉郁郁葱葱,花鸟歌舞,白鹤高飞,云水相映,瓢泉一带风光如此优美,引发词人诗兴大发。如此美景如此闲情,奠定了这首词平淡自然的基调,风格趋向柔化一路。但被迫闲居的英雄内心的郁闷总是难掩的,在词尾处一句"被山灵却笑,白发归耕"陡然打破了和谐静谧的气氛,郁闷不平之气注入平淡自然的意境中,如一石激起千层浪,刚直的气质与柔化的风格使得该词极具审美张力。这是山水闲居词中以柔笔为主又有刚直之语植入其中的刚柔相济词风的代表作。

第三首词乃闲居带湖之作,写的是上饶西部的灵山风光。灵山"高千有余丈,绵亘数百里"[1],长松茂林生长其上,郁郁葱葱,千峰万壑间有飞瀑直泻而下,在溪面上溅起晶莹的水珠。就在这清澈的溪流之上,一架小桥如新月般横架其上。这样一幅丛山叠嶂苍翠欲滴的画布上还有弯月小桥的玲珑俊秀,若化为文字,该是怎样一篇山水作品?辛弃疾作为一个北方词人,用自己的方式描画着信州挺拔秀润的灵山美景:重峦叠嶂变成了万马奔腾,长松茂林屹立成了十万将士,朝辉沐浴中的山峰翩翩若谢家子弟,主峰巍峨壮观

---

[1]《江西通志》卷十一,文渊阁四库全书本。

似司马相如的气派车队，一切山水都因为辛弃疾式的表达方式而拥有了龙腾虎跃般的生命。所谓辛弃疾式的表达就是创作主体把自己的豪气和胸襟投射到山川溪涧上，用虚笔描绘的方式让自然景物呈现出创作主体的精神风貌。这种表达方式可以称为"我见青山多妩媚，料青山见我应如是"式的表达，南方的山水和北方词人之间用这特殊的审美方式进行着交流，从而使稼轩词中的信州山水别具一种北方气质。

　　基于地理空间转移的词风多样性是辛弃疾词一个非常突出的特点，如果说刚性词是词人在尽情挥洒他性格中的北方文化尤其是齐鲁文化的因子，那么柔化词则是词人在南方风物的濡染中融入南方文化的表现。两个不同地理空间在词人身上不断地彼此渗透着、融合着：一词之内，柔化婉丽处如溪水潆洄曲折，豪放直陈处似巨石激浪滔天，刚柔相济、豪婉兼备。南宋词坛上的这一独特现象的出现，与宋室南渡、南北文化碰撞交流的时代大环境息息相关，也传递出在南北分裂、南北文化交流中南宋词发展日渐多元化的发展态势。

第十一章
后村词与梦窗词
——南宋后期词坛的两种文学地理空间范式

辛弃疾之后的南宋词坛再也没有出现过诸如苏轼、辛弃疾这样的一流词人,但是这并不意味着南宋后期词坛的消歇,相反,南宋后期词坛呈现出色彩纷呈的面貌来,这主要是因为到了南宋后期,词坛开始分流为风格趋向十分明显的两个大方向:一者我们往往称为辛派后劲,另一脉称为典雅词派或者骚雅词派、格律词派、江湖词派等。如若在这两脉之中选取两个最具代表性的词人,刘克庄和吴文英应该是合适的人选,他们的生活时间大体一致:刘克庄(1187—1269 年),吴文英(约 1205—1270 年),他们的词作成就大体相当,分别代表了当时词坛豪放和婉约两个向度上的最高成就。当我们跳出单纯以流派的眼光或者文学史词史的眼光,转而在文学地理学的视域下来审视他们的词作,会发现他们代表的不仅仅是两种迥异的风格,更代表了两种更宏阔视域中的词作书写方式,在此我们称为开放式书写和内敛式书写。对这两种书写方式的研究分析,会增加我们对晚宋词坛文学生态的更加全面的认识。

第一节 立体与单一:两种人生图景

南宋后期词坛,已经难觅辛弃疾这样北人南渡的词人身影。即使北人南渡的后裔也都在江淮以南的地理空间中扎根发芽了,视为南人已不为过。刘克庄,福建莆田人,吴文英,浙江四明(今宁波)人,他们的词坛成就和籍贯所在整合在一起恰恰证明了我们的这一看法。土生土长的南方文人，从小沐浴在南方水乡泽国的自然环境中，按照"江左宫商发越，贵于清绮；河朔词义贞刚，重乎气质"①等关于自然地理对文学风貌影响的经典表述，我们似乎可以得出他们的词作会呈现出大致相似的风貌这样的结论。事实上却不然，他们的词风一个豪放慷慨一个秾挚婉丽，竟然走向了迥异的方向。可见地理空间对于文学作品的影响并非一个简单直接发挥作用的问题，而我们对文学地理空间的认识似乎也不应该局限于自然地理空间一个方面，从而把问题过于简单化。应在考虑之列的人文地理空间也应该同时予以关注，把自然地理空间和人文地理空间整合起来，才能够还原每一个词人独具的人生图景。

刘克庄八十三年的生命中有五十余年是在家乡莆田闲居度过的，其中除了他出生成长十四年时间外，其余大部分时间都是因为政治谤讪的原因被多次罢归奉祠里居。如此长时间地闲居家乡，并不意味着刘克庄生活的莆田是一个封闭性的地理空间，因为其余三十余年的时间里，刘克庄以一种开放的姿态一次次从莆田离开，走进多个不同的地理空间，从而也丰富了他的文学创作空间。这一次次的离开，包括青年游历时随父亲寓居过临川、去江淮制置使李钰军幕府时在金陵，去广西经略安抚使胡槻幕府时在桂林、因改秩入过临安，入仕以后任过福建路建阳县令、江南西路、袁州知州、多次到临安任职到过中书舍人、工部尚书兼侍读等，这一次次的游历和外任使得莆田这一主要居住空间并不闭塞，相反，从北边金陵战争前线到南边桂林的异域风光，莆田成为一个呈扇面状放射的开放性地理空间，它涵盖了游历、出幕、战争、仕宦、闲居等极其丰富的人生图景。在这一图景之中，刘克庄的身份则处于从游士到小吏、从小吏到官员、从小吏官员再到乡绅的不断变化之中，可以说从江湖到魏阙，刘克庄的人生角色具有多层次性、立体性的特点。

吴文英则不同，"一生布衣"四个字就可以概括他的人生图景。吴文英生于浙江四明，四明乃宁波府旧称，属两浙东路，临近南宋都城临安，是南宋重要的对外贸易港口。不知是因为不乐科举还是应试不中抑或其他原因，他一生未仕，布衣终生，这恐怕也是他生平资料缺乏的根本原因。据杨铁夫

---

① （唐）魏征：《隋书·文学传序》，北京：中华书局1973年版，第1730页。

《吴梦窗事迹考》、夏承焘《吴梦窗系年》载，其一生足迹不出江浙两省地理空间范围，北到过淮安，南止于绍兴，常州、常熟、吴兴等地他也去过，但主要集中在苏州、杭州两地，早年徜徉在杭州湖光山色间，后来赴苏州仓幕供职，而后再重返杭州，先后任浙江安抚使吴潜和嗣荣王赵与芮的幕宾，往来苏杭间，并未见远足的痕迹。游士词人的生活内容不外乎游赏、宴饮、酬唱，其间值得提及的是吴文英在杭州、苏州的两段情事。杭州"十载西湖"的情事大致是：吴文英与一歌女西湖邂逅相爱，将之纳为小妾，后因故分手，最后该女子病故；苏州"十载寄吴苑"是吴文英于苏州入幕时遇到一能歌善舞的美丽歌女，纳之为妾同居西园，数年后该女子亦因故离去。这两段热烈而不圆满的爱情经历成为词人单调游士生活中的亮色，并洋溢到梦窗词的创作中去。一生布衣的吴文英在社会身份方面根本不存在转换的可能，单一的游士身份也反映出其生活空间的逼仄以及生活内容的单调。

在南宋后期词坛，刘克庄和吴文英的人生图景代表了当时文人的两种生存方式：一者如吴文英，词章没有成为他们科举取士的工具，却成为他们干谒游走时必不可少的媒介，他们拥有诗才却一生浪迹江湖，依附权贵，依附性的生存状态和江湖游士的单一身份使得他们的生活简单而缺乏自我。一者如刘克庄，虽然也有过一段时间的游士经历，但是拥有的才华和社会关系使他得以进入仕宦体制之中，从而摆脱江湖这一漂泊无依的生存环境进入宦海之中，或为州府长官或为朝廷重臣，拥有了一定的话语权，从而尽可能去实现自己修齐治平的人生价值，即使因故罢官闲居，当初的仕宦经历也会作为光环为他的经济来源提供各种保障，比如奉祠里居，从而不至于依附他人再回到江湖游士的境地中去。吴文英之前的著名词人姜夔也是一生布衣、依附他人，晚景凄凉，但是其词比之梦窗词多了些清气和孤傲之气；而吴潜、李曾伯、吴渊等南宋后期词人不专意为词，词风慷慨，属于刘克庄一路。

第二节　开阔与狭窄：两类文学地理空间

不同的人生图景里孕育了不同的文学地理空间，立体丰富的人生图景必然带来开放的视野和词情内容，相反，单一平淡的人生图景所产生的词作数量未必少，但是视野所及的空间是有限的，词情内容也必将会缺少广阔的覆盖面。

如前所论，刘克庄闲居家乡莆田的时间约占其生命的百分之六十以上，但这并没有把后村词局限在莆田闲居的狭小天地之中，相反，其词中的地理空间反而呈现出超越于同时代词人的广阔性。词人足迹向北过长江随李钰巡边到过扬州，写下《沁园春·维扬作》一词，记录下金人数次南侵后的扬州城破败凋敝的景象，今昔之感、爱国之情油然而生，"檄草流传，吟笺倚阁，开到琼花亦懒看"则把词人投笔从戎、为报国立功而忙碌的积极状态表达了出来，向南到广南东路的广州，并用词《贺新郎·题蒲涧寺》记录下广州七月二十五日游蒲涧寺的粤俗。在建阳任上，他写下《满江红·送宋惠父入江西幕》《贺新郎·送陈真州子华》送别宋惠父和陈子华，目光已经放眼于江南西路的峒民叛乱和淮南东路的真州前线局势。即使闲居莆田，他听闻淮西制置副使兼转运使杜杲（字子昕）与蒙古军大战的庐州之捷，喜出望外，欣然作《贺新郎·杜子昕凯歌》热烈祝贺；他与同乡挚友王实之关怀岌岌可危的国运提出了"未必人间无好汉，谁与宽些尺度"（《贺新郎》）用人建议以为国家命运搜寻救国良才。由以上词作内容可以见出，刘克庄的词并没有局限于乡土这有限的地理空间中，他放眼南宋衰微的天下局势，焦点总在那些有外敌入侵的边关前线和有内乱发生的地理空间。他闲居莆田，却内心焦灼不安，在出处行藏的人生选择中犹豫不决，从52岁自寿词中"南岳后，累任作祠官。试说与君看"（《最高楼·戊戌自寿》）的愤懑不满，到57岁自寿词"儿时某丘某水，到如今、老矣可渔樵"（《木兰花慢·癸卯生日》）的自我宽解，再到72岁自寿词中"拣人间、有松风处，曲肱高卧"（《解连环·戊午生日》）的优游度日，刘克庄需要用多少时间来慢慢安抚那颗忧国忧民、胸怀天下的焦灼心，从而让自己的视野渐渐回收到莆田的天地中来。

吴文英一生活动的主要地理空间不出苏州和杭州两地，以杭州所居最久。在南宋后期，杭州作为政治中心、经济中心和文化中心，其发展是飞速的，宋人笔记《梦粱录》载："柳永咏钱塘词曰'参差十万人家'。此元丰前语也。自高庙车驾自建康幸杭，驻跸几近二百余年，户口蕃息，百万余家。杭城之外城，南西东北各数十里，人烟生聚，民物阜蕃，市井坊陌，铺席骈盛，数日经行不尽,各可比外路一州郡,足见杭城繁盛耳。"①《武林旧事》;"西湖天下景,朝昏晴雨,四序总宜。杭人亦无时不游,而春游特甚焉。"② 杭州城轻歌曼舞、游赏山水的享乐生活吸引着吴文英这样的词人留恋驻足,他在杭州与歌女发生的那段有始无终的爱情也是以这种享乐生活为背景和前提的,无怪乎宋人林升在《题临安邸》中直呼"暖风熏得游人醉,直把杭州作汴州"了。与杭州比,历史悠久、人文荟萃、山水清嘉的苏州也毫不逊色,小桥流水的园林之胜直超越杭州,馆娃宫、姑苏台、沧浪亭等名胜古迹成为文人墨客登临必赋的游赏地,范成大《吴郡志》"上有天堂,下有苏杭"③ 的断语足见苏杭两地在南宋整个地理空间中举足轻重的优越性,吴文英选择浪迹苏杭江湖的行为本身也显示了苏杭人对于自己所处地理空间的一种认同感和优越感。清人谢章铤批评"南宋词家于水软山温之地,为云痴月倦之辞,如幽芳孤笑,如哀鸟长吟,徘徊隐约,洵足感人。然情近而不超,声咽而不起,较之前人,亦微异矣……有花柳而无松柏,有山水而无边塞,有声笛而无钟鼓,斤斤株守,是亦只得其一偏矣。"④ 谢章铤的词学批评放之整个南宋词坛明显有违词坛实际,其将置辛弃疾、刘克庄辈于何地。但若用在吴文英身上,针砭倒多有得当处。

得苏杭江山之助的词人文思泉涌,前有周邦彦,后有吴文英。一部梦窗词奠定了吴文英南宋后期词坛举足轻重的地位,但梦窗词中的文学地理空间也因词人的地理优越感而缺乏向外拓展的努力,呈现出相对封闭的文学地理空间特点。虽然梦窗词中诸如酬赠词、寿词、咏物词、节序词等题材类型与刘克庄基本相同,但是其表达方式和寄寓的情感却有着很大的不同,以咏物词为例,后村词和梦窗词中咏物词均以咏花卉的词为多,后村咏花卉词有的纯然表达对花卉的喜爱之情,但也有一些是别有寄托的,往往寄托着词人的忧国之情和今昔之感,《昭君怨·牡丹》堪为代表,下阕"旧日王侯园圃,

---

① (宋) 吴自牧:《梦粱录》卷十九,文渊阁四库全书本。
② (宋) 周密:《武林旧事》卷三"西湖游幸"条,北京:中华书局1991年版,第48页。
③ (宋) 范成大:《吴郡志》,南京:江苏古籍出版社1986年版。
④ (清) 谢章铤:《赌棋山庄词话续编》卷五,见唐圭璋编:《词话丛编》第四册,北京:中华书局1986年版,第3561页。

今日荆榛狐兔。君莫说中州，怕花愁"借中州洛阳牡丹限于沦陷区的情况来表达神州沉陆、恢复无望的人之愁，寄托之意强烈而鲜明。梦窗词中的咏花卉词遵照咏物词"最忌说出题字"的规矩，描摹花容月貌往往透过女子的姿容体态来间接表达，构思精巧，辞藻艳丽，典故密集，使很多词学家认为吴文英在咏花卉的词中也别有寄托，只是寄托的不是广阔的时代情感，而只是个人情事之悲；酬赠词的情况大致也如此，虽然吴文英的酬赠范围很广，不下六十余人，既有吴潜、贾似道、嗣荣王赵与芮那样的达官贵人，又有尹焕、周密一类的文期酒会之友。交游范围广却并不意味着人生视野广阔开放，尤其是与朝廷政要的交往，游士身份和政要达官的身份地位明显不对等，而其酬赠的词作中也看不到姜夔身上还有的清傲之气，反而是揣摩着酬赠者的身份地位、胸怀好尚来精心构制词篇，投其所好，并没有要像刘克庄那样要借词表达自我怀抱的意味，反而多了些依附文人的谀颂气息，将自我淹没消失在酬赠之中。除了同样题材不同表达的情况之外，更为突出的问题是梦窗词中明显缺乏后村词中那种向扬州、真州等抗战前线投射无比关切的内容，缺乏向江西叛乱地发出关切信号的内容，缺乏突破自己所居住的有限空间去放眼天下、关心国运的胸襟和眼光。这种种题材内容的缺失，与那个风雨飘摇的时代显得有些格格不入，从地理空间的角度入手寻找这种缺失产生的原因将是一个很好的思路。有人也许要提出梦窗词中《金缕歌·陪履斋先生沧浪看梅》《齐天乐·与冯深居登禹陵》《八声甘州·陪庾幕诸公游灵岩》《高阳台·过种山》《古香慢·赋沧浪看桂》等寓有今昔之感、兴亡之叹的词加以反驳，来说明吴文英是一个爱国词人。但是具体到每一首词中的登临地，都因苏杭两地的悠久历史兴亡故事而具有深厚人文内涵，这些兴衰成败的历史故事所沉淀下来的人文内涵本身就包含了今昔之感和兴亡之叹的情感意蕴，无论哪一个登临的文人士子都会在这些厚重的历史遗迹前兴发诸如此类的感叹，不独吴文英为然。所不同的地方也许在于吴文英所处的日渐衰微的时代正将走向掌故中覆亡的命运，但这种国脉微弱的命运对于一个只选择浪迹"暖风熏得游人醉"的苏杭江湖、靠投赠达官权贵词章生活的游士文人而言，到底程度如何，这真的是一个难以解答的问题。这种难以回答和刘克庄词中的慷慨直言、文辞激烈形成了鲜明的对比，答案似乎又不言自明。

第三节　开放与内敛：两种词学观念

词人人生图景广阔与否和空间视野开放与否将直接影响其词学观念，这种词学观念又决定着词人的词风词貌。刘克庄和吴文英都有明确的词学观念流传至今。

刘克庄的词学观念散见于他为同时代人的诗词文画集所作的题、跋、序、引之中，《后村诗话》中也可辑得二十多则词论，姑录几则有代表性的词论如下：

> 呜呼，以孝皇之神武，及公盛壮之时，行其说而尽其才，纵未封狼居胥，岂遂置中原于度外哉！机会一差，至于开禧，则向之文武名臣欲尽，而公亦老矣。余读其书而深悲焉。世之知公者，诵其诗词，而以前辈谓有井水处皆倡柳词，余谓耆卿直留连光景、歌咏太平尔。公所作大声鞺鞳，小声铿鍧，横绝六合，扫空万古，自有苍生以来所无。①

> 长短句当使雪儿、啭春莺辈可歌，方是本色。……余谓君当参取柳、晏诸人以和其声。②

> 长短句昉于唐，盛于本朝。余尝评之：耆卿有教坊丁大使意态；美成颇偷名句，温、李诸人，苦于捍扯。近岁放翁、稼轩，一扫纤艳，不事斧凿，高则高矣，但时时掉书袋，要是一癖。叔安刘君落笔妙天下，间为乐府，丽不至亵，新不犯陈，借花卉以发骚人墨客之豪，托闺怨以寓放臣逐子之感。周、柳、辛、陆之能事，庶乎其兼之矣。③

第一则词论表明刘克庄重视词作内容的现实性和时代感，强调词作如诗文等其他文学样式一样有反映现实的功能。第二则词论可以见出刘克庄并不否认词体和乐可歌的本色。第三则词论把前两则词论打并在一起，以更加开放的视野来评论词人得失，认为词作的理想状态是兼备各家之长而弃其短，

---

① （宋）刘克庄：《辛稼轩集序》，见《后村先生大全集》卷98，四部丛刊影印本。
② （宋）刘克庄：《翁应星乐府序》，见《后村先生大全集》卷97，四部丛刊影印本。
③ （宋）刘克庄：《跋刘叔安感秋八词》，见《后村先生大全集》卷99，四部丛刊影印本。

婉丽而不粗俗，创新而避沿袭，用香草美人的婉曲手法来含蓄表达文人墨客失意英雄的丰富情感。整合来看，刘克庄的词学观念是一个开放的系统，他在尊重词学传统的同时又要求词体能承载真实丰富而不乏时代感的情感内容，是一种继承与创新兼顾的词学观念。在这一词学观念的引导之下，后村词中既不乏《卜算子·惜海棠》《满江红·丹桂》《汉宫春·秘书弟家赏红梅》等本色当行的婉约词，又有《满江红·送宋惠父入江西幕》《贺新郎·送陈真州子华》《贺新郎·杜子昕凯歌》一类关怀国事、慷慨激励的豪放词，还有数量庞大、词风平淡的闲适词，以及将一股不平之气贯注于闲适之中的非豪非闲的苦闷词章。后村词中风格多样的文学世界，折射出词人广阔开放的空间视野和人生图景。词人在各种风格内容的词作中腾挪转身，并非"辛派词人"这一名号能概括殆尽的。但是在南宋国势不振、文坛低迷的大环境中，其直冲云霄的豪气显得弥足珍贵，所以才被人们推重，对刘克庄辛派后劲的判断和评价反而有一叶障目之憾。

吴文英虽无单篇词论流传，其词学观念却有幸通过沈义父间接地留存下来：

> 余自幼好吟诗。壬寅秋，始识静翁于泽滨。癸卯，识梦窗。暇日相与唱酬，率多填词。因讲论作词之法，然后知词之作难于诗。该音律欲其协，不协则近乎缠令之体；用字不可太露，露则直突而无深长之味；发意不可太高，高则狂怪而失柔婉之意。意此，则知其所以难。①

吴文英和沈义父相识于苏州，梦窗词中有三首词酬沈义父，可见两人乃诗文酒会的友人，多有酬唱往来。《乐府指迷》中的"论词四标准"完全归功于吴文英似乎有些不妥，但若说这体现了吴文英的词学观念总不为过。这四标准从"协律""下字""用字""发意"四个方面严格区分词与诗歌及缠令的界限，保护词体纯正性的目的是显而易见的。就协律而言，词本是协律可歌的文学样式，周邦彦、姜夔都精于音律。吴文英也晓音律，在词学观念和创作实践两个层面都贯彻不已。他"深得清真之妙"，用清真词调竟有七

---

① （宋）沈义父：《乐府指迷》，见唐圭璋编：《词话丛编》第1册，北京：中华书局1986年版，第277页。

十余调，而且还自度曲如《霜花腴》《西子妆》《梦芙蓉》《澡兰香》等，皆委婉动听，他甚至还不无得意地用"霜花腴"来作词集的名称。可见，在词体音乐属性的钻研方面吴文英颇下功夫。再就下字用字的字面而言，吴文英、沈义父主张下字要雅，用字不要太露，并且举了很多例证加以说明。这些词学主张贯彻到梦窗词中的结果，就是梦窗十分注重炼字炼句，艳字、僻字、代字、喻字用起来乐此不疲，刘永济《微睇室说词》仅归纳其代字使用情况就不下五种之多①。以"娉婷"代爱姬、以"檀栾"代楼台、以"婀娜"代柳、以"绣幄"代海棠花、以"鸳鸯柱"代连理树，用"粉河"指天河、用"嚼花"指灯花渐尽等不胜枚举，这种善于锤炼字面、多用代字典故的艺术手法带来的结果就是梦窗词风密丽幽深，从而以一种新颖独特的艺术风格驻足南宋词坛，过处往往光怪陆离，以致晦涩难解，而少了超逸的空灵，以致张炎有"七宝楼台"②之讥。最后再说用意，吴文英主张"发意不可太高，高则狂怪而失柔婉之意。"这种词当以柔婉为主的词学主张在南宋后期词坛颇有代表性，立足词体婉约的本性，是南宋尚雅风气的写照。

  吴文英立足词体纯正性的复雅归宗词学观恰恰契合他作为游士文人人生视域不宽、人生图景不立体的现实，在这一观念指引下，梦窗词的爱情词成为最大的亮点。吴文英对情事的叙写深婉有力，在那低回深婉的怀旧词中，女性形象不再是词人笔下泛化的她者，而是词人生命里最重要的部分，深入词人的私人情感领地的最深处，表达着深挚的心灵感悟和深邃的人生感受，成为爱情词发展史上的一个高峰。

  在南宋后期词坛上，刘克庄、吴文英的词学观念具有代表性，折射出了南宋后期两类截然不同人生视域、两种截然不同的文学地理空间。刘克庄的词学观念是一个内外兼顾的开放的系统，既向内关注词体本色特征，又向外拓展填充进丰富生动的现实内容，在这一有诗化倾向的词学观念引导下，后村词呈现取径宽广、内容丰富、风格多样的面貌。吴文英的词学观念立足词体自身，维护词体的雅正和婉，拒绝词体被诗化被散文化乃至于被俗化，这

---

① 刘永济：《词论·宋词声律探源大纲·唐五代两宋词简析·微睇室说词》合订本，武汉：武汉大学出版社2013年版，第318-319页。

② （宋）张炎：《词源》，见唐圭璋编：《词话丛编》第1册，北京：中华书局1986年版，第259页。

种向内观照的文学观念引导下的文学创作取径较窄但挖掘亦深，为爱情词、咏物词的纵深发展贡献了一己之力。

第四节　不同书写范式与相同生成背景

南宋扁狭窄的地理空间和日益衰微的国势是两种文学地理空间书写范式生成的宏阔背景。

因其扁狭窄，视野开放的词人意欲有所突破，于是在立足一隅的同时，刘克庄心之所系会纵横南北，北方真州、扬州等战争前线、南方桂林、广州等南疆状况，江南西路的峒民叛乱等都有他关注的目光。这些地理空间连缀起来就是一个以福建莆田为出发点的扇状地理空间，也是后村词所呈现的文学地理空间。不仅如此，后村词中的地理空间还不满足于这一较为广阔的扇形地理空间，他在《贺新郎·杜子昕凯歌》中批评朝廷中以为靠长江天堑作保护就可无忧的思想说："也莫靠、长江能限"，目光越过长江向北推进又跨过淮河防线，直指北方广大被异族蹂躏的领土，"两河萧瑟惟狐兔"（《贺新郎·北望神州路》）、"塞地无欢"（《沁园春·辽鹤重来》）的词句表现出在偏安江南的时代，刘克庄依然不局限于偏安江南的地理空间，把目光投射到黄河南北乃至于边塞地区的沦陷地以示不忘国耻的决心，在国势衰微、万马齐喑的南宋后期其气节可嘉。刘克庄的开放性视野带给词坛一股豪气，慷慨激烈，响彻南宋后期词坛。但是在"国脉微如缕"（《贺新郎》）的时代局势下，再开阔的文学地理空间没有朝廷政策、政治现实及国家实力的有力支撑，总显得有些力不从心，所以刘克庄的豪气词中有一种沉痛愤懑的情感，虽弥足珍贵，但毕竟不成气候，其词中数量上占上风的并非豪气词，而是那些表达词人日渐安于罢归里居生活的闲适词，闲居一隅舔舐伤口、安顿心灵，融于日常生活之中，"鬓毛都秃，齿牙频堕"（《解连环·戊午生日》）、"秃似葫芦，辣于姜桂，衰飒同蒲柳"（《念奴娇》）、"眇难揽镜，跛尤难穿履"（《洞仙歌·和居厚弟韵》）、"跛子形骸，瞎堂顶相，更折当门齿"（《念奴娇·丙寅生日》）、"眼瞎背驼方引去，羞杀陈抟种放"（《念奴娇》）、"目力已茫茫，缝菊为囊"（《浪淘沙·素馨》），从脱发、堕齿到目眇、腿瘸，再到驼背、失明，如此种种年老病痛衰弱的景象在后村词中历历在目，虽无审美的愉悦，但有写实的真纯自然。此前的宋词中很少出现如此大规模高频次的年老体衰诸相，堪为宋词中的新现象。这些日常化的书写展示出宋词贴近日常生活的泛俗化发展趋势。

同样是处在这一狭窄的地理空间之中，吴文英拥有的却是另外一种视域。疆域虽然狭窄，却并不妨碍文人士子们的生活和享乐。相反，靖康南渡的特定历史背景反而促成了苏杭地区政治、经济、文化、教育等多方面的迅猛和畸形发展，歌儿舞女、山水宴游的文雅生活有了一时坚实的保障，国势衰微的现实更加加强了这种得过且过及时享乐的想法，吴文英词中的地理空间局限在更为狭窄却不乏享乐的苏杭之间，局促的词境迫使词人向着词境的更深处、词艺的更精处出发，在词体内部腾挪辗转，创造出一种精致工巧典雅远俗的南宋后期词风。

由此可见，文学地理空间的不同书写范式有着多方面的促成因素，既非环境决定论能独自解释，也非性格决定论能一贯到底，宏阔视野中的综合考量会更能切中问题要害。

结 语

无论是从单个词人入手进行个体考量,还是从题材内容、风格特色、词学观念等角度入手进行宏观研究,地理空间对宋词发挥的影响力都是显而易见的。在深化地理空间对宋词影响这一研究课题时,广度和深度是两个极为重要的研究维度。

从广度这一研究视角来审视地理空间对宋词的影响,我们特别重视词人词作中对地理空间的拓展力度。两宋词人因为游学、科举、仕宦、避乱等种种原因而不断游走穿梭于不同的地理空间之中,这对于词史的重要意义和价值就在于他们词作中地理空间因此而得以拓展,文学地理空间的拓展一方面说明了北宋时期词体在文人笔下日渐获得了开阔的表达空间,相对开阔的空间范围正是词体发展的一个重要表现,正如初唐四杰的诗坛贡献恰在于"宫体诗在卢、洛手里由宫廷走到市井,五律到王、杨时期的时代是从台阁移至江山与塞漠"①,宋代文人士大夫对词体的贡献也有必要从其文学地理空间拓展的广度入手来加以衡量;另一方面也显示出作家人生足迹的广度与其词作中地理空间的广度紧密相关,词作中题材类型、风格特色的变化恰恰与其文学地理空间的广阔度形成了一种正相关关系。司马迁在《史记·太史公自序》中称自己"二十而南游江淮,上会稽,探禹穴,窥九疑,浮于沅湘。北涉汶、泗,讲业齐、鲁之都,观孔子之遗风,乡射邹峄,厄困鄱、薛、彭城,

---

① 闻一多:《四杰》,见《唐诗杂论诗与批评》,北京:生活·读书·新知三联书店1999年版,第31页。

过梁、楚以归。"《太史公自序》称为"网罗天下放失旧闻",王国维《太史公行年考》称为"宦学之游",试若没有司马迁在西汉广阔的地理版图中探奇寻幽的丰富游历,《史记》中上自帝王将相下至诸子百家、三教九流的广阔历史图景和精彩人生画轴恐怕会淡然许多。在两宋词坛上,诸位词坛大家的人生足迹都没有局限于一时一地的有限地理空间中,由南北上抑或由北南下所绘制的广阔人生地图是其词史贡献的重要基石。北宋词坛柳永、苏轼、周邦彦等南方词人因为游学科举仕宦等原因的北上行为对长安、密州、徐州等北方地理空间的捕捉和描绘；南宋词坛上李清照、辛弃疾、朱敦儒等北方词人因为时代乱离和政治格局的变化而居于南方,其词作中的地理空间在广度上也有了很大的拓展,江浙一带甚至是岭南地区的山水物候在这些北方词人笔下地方特点更加鲜明典型。正因为这纷繁复杂的地理空间变化,宋词的园地才会如此百芳竞艳、色彩纷呈。

在考量地理空间对宋词影响的广度的同时,同样不能忽略从深度这一研究视角来审视地理空间对宋词影响的重要性。从影响的深度入手,我们会发现不同地理空间对词人的影响深浅有别。在"地理空间—词人—文学地理空间"这一组关系中,词人是举足轻重的媒介和力量。地理空间如何转化为词人笔下特征鲜明、印象深刻的文学地理空间,取决于这一地理空间对词人影响的深刻程度。考量这种深刻程度的尺度应该是作家的精神世界,也即心灵世界。外在地理空间通过与作家心灵的冲突与调和而发生影响,文学地理空间恰恰就是冲突与调和后的产物与表达。往往是词人所处的外在地理空间与其心灵世界发生的碰撞越激烈,调和的过程越艰难,这一外在地理空间转化为文学地理空间的能动性就越大,因之而生的文学作品也就会越精彩,越具艺术感染力。以苏轼为例,他从四川眉州走入京都开封,一生宦海浮沉,足迹几乎遍及北宋版图。若从其填词的起点长安算起,长安、汴京、眉州、杭州、密州、徐州、湖州、黄州、常州、汝州、颍州、扬州、定州、惠州、儋州等地理空间连缀成苏东坡广阔的人生地图,每一处地理空间都有或长或短的驻足,每一处地理空间都给词人留下了不同的印象。在这诸多的地理空间中,能够在苏轼的词作中光耀千古的恐怕非黄州莫属。考察黄州一地,作为乌台诗案后词人的贬谪地,其地穷山恶水、地僻民贫,甚至词人还要靠开垦荒地来养家糊口。本无足取的僻陋之所却以七十余首黄州词造就了苏东坡词的创作高峰，引领宋词进入"无事不可入，无意不可言"的新境地。苏东坡词中的赤壁矶、东坡、雪堂、临皋亭、栖霞楼等黄州山水风物，共同把黄州营造成一个审美的文学地理空间，"竹杖芒鞋轻胜马。谁怕？一蓑烟雨任平生""门前流水尚能西，休将白发唱黄鸡""敲门都不应，倚杖听江声"等名句唱彻词坛。黄州何以从一个僻陋之所转变为东坡词中一个极具艺术感染力的文学地理空间？这要取决于此间苏轼的精神世界。乌台诗案的政治灾难过后，词人的内心世界经历了幻灭与重生、痛苦与达观的煎熬与考验。在这一特殊的人生境遇中，僻陋的黄州贬所放大着词人内心的压抑苦闷而到达了极点，同时黄州又以其贫瘠的山水来抚慰和拯救词人的心灵，于是在这紧张矛盾的人地关系中，苏轼被置之死地而后生，开始从压抑苦闷中解脱出来，日渐走向超脱自适的心灵境界。伴随着这种精神的解放，苏轼的黄州词呈现出前所未有的情感深度，完整地展现出一个封建士大夫如何由积极入世转而压抑苦闷最终又能够超脱达观的心路历程，这种用词的形式向自我内在心灵世界的深入的程度是苏轼之前的词从来不曾到达过的深度。同样，嘉禾之于朱敦儒、信州之于辛弃疾正如黄州之于苏轼一样，在这些具有标志性的地理空间中，词人的精神世界与外在的地理空间之间达到了前所未有的共生状态，地理空间以自己的山水风物与词人心灵达到了两相悦的共鸣状态，"我见青山多妩媚，料青山见我应如是"便是这种人地关系的最形象表达，在这种状态之中，词人的精神得以解放，开始向心灵世界的最深处挖掘，在释放词人内心的同时，也引领宋词走向了一个前所未有的精神高地。

综合看来，地理空间对宋词影响这一研究课题的展开，首先要考量词人词作中文学地理空间拓展的广度，准确认识和总结词人一生游历仕宦所到过的地理空间；然后要在此基础之上深入探求词人笔下不同地理空间情感表达的深挚程度、情感内容的丰富程度，并以此为据判断词人和不同地理空间之间关系的亲疏与张弛，从而总结出地理空间对词人精神世界产生影响的客观规律，进而描绘出地理空间与宋词之间奇妙关系的生动画卷。

事实上，除以上两点外，地理空间对宋词的影响这一课题尚有许多亟待深入且富有学术价值的问题尚未展开。即使如本书，地理空间对宋词题材内容、风格特色、词学观点等诸多方面的研究也还有许多更加细致有趣的工作尚待深入，以风土词所展示的各地民俗特点而言，西湖词、钱塘江词等也不过是沧海一粟，宋词中比较集中地展示地域文化的词作还有哪些？词人们又是以何种方式表达的？词作对各地的能动作用何在？因时间和精力有限，这些只能有待来者了。

主要参考文献

著作

（宋）陈振孙. 直斋书录解题［M］. 上海：上海古籍出版社，1987.

（宋）晁公武. 郡斋读书志校证［M］. 上海：上海古籍出版社，1990.

（清）永瑢等. 四库全书总目［M］. 北京：中华书局，1965.

（清）纪昀. 四库全书总目提要［M］. 上海：商务印书馆，1933.

（清）阮元校刻. 十三经注疏［M］. 北京：中华书局，1980.

（西汉）司马迁. 史记［M］. 北京：中华书局，1959.

（东汉）班固. 汉书［M］. 北京：中华书局，1962.

（西晋）陈寿. 三国志［M］. 北京：中华书局，1982.

（南朝）范晔. 后汉书［M］. 北京：中华书局，1965.

（唐）房玄龄等. 晋书［M］. 北京：中华书局，1974.

（唐）魏征等. 隋书［M］. 北京：中华书局，2008.

（唐）刘昫等. 旧唐书［M］. 北京：中华书局，1975.

（唐）欧阳修，宋祁. 新唐书［M］. 北京：中华书局，1975.

（宋）张敦颐. 六朝事迹类编［M］. 南京：南京出版社，2007.

（宋）欧阳修. 新五代史［M］. 北京：中华书局，1974.

（宋）司马光. 资治通鉴［M］. 北京：中华书局，1956.

（宋）李焘. 续资治通鉴长编［M］. 北京：中华书局，1979.

（宋）徐梦莘. 三朝北盟会编［M］. 上海：上海古籍出版社，1987.

（宋）李心传．建炎以来系年要录［M］．北京：中华书局，1988．

（宋）李心传．建炎以来朝野杂记［M］．北京：中华书局，2000．

（宋）曾巩．隆平集［M］．影印文渊阁《四库全书》本．

（宋）王称．东都事略［M］．影印文渊阁《四库全书》本．

（宋）江少虞．宋朝事实类苑［M］．上海：上海古籍出版社，1981．

（宋）赵汝愚．宋朝诸臣奏议［M］．上海：上海古籍出版社，1999．

（宋）杜大珪．名臣碑传琬琰集［M］．四库全书本．

（宋）李昉．太平御览［M］．北京：中华书局，1960．

（宋）王应麟．玉海［M］．影印文渊阁《四库全书》本．

（宋）朱熹．五朝名臣言行录［M］．四部丛刊本．

（宋）谢维新．古今合璧事类备要［M］．上海：上海古籍出版社，1991．

（元）脱脱等．宋史［M］．北京：中华书局，1977．

（元）脱脱等．辽史［M］．北京：中华书局，1974．

（元）脱脱等．金史［M］．北京：中华书局，1975．

（元）马端临．文献通考［M］．北京：中华书局，1986．

（明）陈邦瞻．宋史纪事本末［M］．北京：中华书局，1977．

（清）黄以周等辑补．续资治通鉴长编拾补［M］．上海：上海古籍出版社，1986．

（清）徐松等辑．宋会要辑稿［M］．北京：中华书局，1997．

（清）丁传靖．宋人轶事汇编［M］．北京：中华书局，1999．

（清）黄宗羲．宋元学案［M］．上海：商务印书馆，1934．

（北魏）郦道元．水经注［M］．上海：上海古籍出版社，1990．

（唐）李吉甫．元和郡县图志［M］．北京：中华书局，1983．

（唐）谭峭．化书［M］．北京：中华书局，2009．

（宋）乐史．太平寰宇记［M］．王文楚等点校．北京：中华书局，2008．

（宋）王存．元丰九域志［M］．北京：中华书局，1984．

（宋）欧阳忞．舆地广记［M］．成都：四川大学出版社，2003．

（宋）王象之．舆地纪胜［M］．扬州：江苏广陵古籍刻印社影印本，1991．

（宋）祝穆．方舆胜览［M］．北京：中华书局，2003．

（宋）孟元老．东京梦华录［M］．郑州：中州古籍出版社，2010．

（宋）周密．武林旧事［M］．北京：中华书局，1991．

（宋）吴自牧．梦粱录［M］．杭州：浙江人民出版社，1984．

（宋）范成大．吴郡志［M］．南京：江苏古籍出版社，1999．

（宋）耐得翁．都城纪胜［M］．北京：商务印书馆，2013．

（宋）张世南，张茂鹏点校．游宦纪闻［M］．北京：中华书局，1981．

（宋）陆游．入蜀记·老学庵笔记［M］．上海：上海远东出版社，1996．

（宋）司马光．涑水记闻［M］．北京：中华书局，1989．

（宋）范镇．东斋记事［M］．北京：中华书局，1980．

（宋）宋敏求．春明退朝录［M］．北京：中华书局，1980．

（宋）王辟之．渑水燕谈录［M］．北京：中华书局，1981．

（宋）欧阳修．归田录［M］．北京：中华书局，1981．

（宋）苏轼．东坡志林［M］．上海：华东师范大学出版社，1983．

（宋）苏轼．仇池笔记［M］．上海：华东师范大学出版社，1983．

（宋）文莹．湘山野录［M］．北京：中华书局，1984．

（宋）陈师道．后山谈丛［M］．上海：上海古籍出版社，1989．

（宋）吴处厚．青箱杂记［M］．北京：中华书局，1985．

（宋）邵伯温．邵氏闻见录［M］．北京：中华书局，1983．

（宋）邵博．邵氏闻见后录［M］．北京：中华书局，1983．

（宋）赵令畤．侯鲭录［M］．北京：中华书局，2002．

（宋）方勺．泊宅编［M］．北京：中华书局，1983．

（宋）李廌．师友谈记［M］．北京：中华书局，2002．

（宋）朱弁．曲洧旧闻［M］．北京：中华书局，2002．

（宋）陈鹄．西塘集耆旧续闻［M］．北京：中华书局，2002．

（宋）何薳．春渚纪闻［M］．北京：中华书局，1983．

（宋）叶梦得．避暑录话［M］．上海：上海古籍出版社，1992．

（宋）叶梦得．石林燕语［M］．北京：中华书局，1984．

（宋）魏泰．东轩笔录［M］．北京：中华书局，1983．

（宋）洪迈．容斋随笔［M］．北京：中华书局，2005．

（宋）龚明之. 中吴纪闻 [M]. 上海：上海古籍出版社，1986.

（宋）蔡绦. 铁围山丛谈 [M]. 北京：中华书局，1983.

（宋）王楙. 野客丛书 [M]. 上海：上海古籍出版社，1991.

（宋）曾敏行. 独醒杂志 [M]. 上海：上海古籍出版社，1986.

（宋）陆游. 老学庵笔记 [M]. 北京：中华书局，1979.

（宋）王明清. 玉照新志 [M]. 上海：上海古籍出版社，1991.

（宋）庄绰. 鸡肋编 [M]. 北京：中华书局，1983.

（宋）赵彦卫. 云麓漫钞 [M]. 北京：中华书局，1958.

（宋）叶适. 习学记言序目 [M]. 北京：中华书局，1997.

（宋）王栐. 燕翼诒谋录 [M]. 北京：中华书局，1981.

（宋）陈鹄. 西塘集耆旧续闻 [M]. 北京：中华书局，2002.

（宋）罗烨. 醉翁谈录 [M]. 上海：古典文学出版社，1957.

（宋）黄裳. 演山集 [M]. 影印文渊阁四库全书本.

（宋）沈括. 梦溪笔谈校正 [M]. 北京：中华书局，1959.

（宋）周密. 浩然斋雅谈 [M]. 永乐大典本.

（梁）萧统编，李善注. 文选 [M]. 北京：中华书局，1977.

（晋）陶渊明，袁行霈笺注. 陶渊明集笺注 [M]. 北京：中华书局，2003.

（唐）白居易. 白居易集 [M]. 北京：中华书局，1979.

（五代）赵崇祚编，华钟彦注. 花间集注 [M]. 郑州：中州书画社，1983.

（宋）郭茂倩. 乐府诗集 [M]. 北京：中华书局，1979.

（宋）周济辑. 宋四家词 [M]. 济南：齐鲁书社，1988.

（宋）范仲淹. 范文正公集 [M]. 影印文渊阁《四库全书》本.

（宋）欧阳修，李逸安点校. 欧阳修全集 [M]. 北京：中华书局，2001.

（宋）王安石. 临川先生文集 [M]. 北京：中华书局，1959.

（宋）苏轼，孔凡礼点校. 苏轼诗集 [M]. 北京：中华书局 1982.

（宋）苏轼，孔凡礼点校. 苏轼文集 [M]. 北京：中华书局 1986.

（宋）刘克庄. 后村先生大全集 [M]. 四部丛刊本.

（宋）吕祖谦编. 宋文鉴 [M]. 北京：中华书局，1992.

（宋）胡仔编. 苕溪渔隐丛话 [M]. 北京：人民文学出版社，1962.

（宋）刘克庄撰．后村诗话［M］．北京：中华书局，1983．

（金）元好问．元好问全集［M］．太原：山西人民出版社，1990．

（元）方回著，李庆甲集．律髓汇评［M］．上海：上海古籍出版社，1986．

（明）毛晋辑刻．宋六十名家词［M］．上海：商务印书馆，1933．

（清）顾祖禹撰，贺次君，施和金点校．读史方舆纪要［M］．北京：中华书局，2005．

（清）范能濬编集，薛正兴校点．范仲淹全集［M］．南京：凤凰出版社，2004．

（清）王文诰辑订．苏文忠公诗编注集成［M］．台北：台湾学生书局，1987．

（清）况周颐撰，孙克强辑考．蕙风词话广蕙风词话［M］．郑州：中州古籍出版社，2003．

（清）刘熙载．艺概·词曲概［M］．上海：上海古籍出版社，1978．

（清）朱彝尊，汪森编．词综［M］．上海：上海古籍出版社，1989．

（清）朱孝臧辑校．彊村丛书［M］．上海：上海书店，1989．

（清）彭定求等编．全唐诗［M］．北京：中华书局，1960．

程俊英，蒋见元注．诗经注析［M］．北京：中华书局，1991．

洪兴祖撰，白化文等点校．楚辞补注［M］．北京：中华书局，1983．

张草纫笺注．二晏词笺注［M］．上海：上海古籍出版社，2008．

薛瑞生校注．乐章集校注［M］．北京：中华书局，2012．

吴熊和，沈松勤校注．张先集编年校注［M］．上海：上海古籍出版社，2012．

邹同庆，王宗棠校注．苏轼词编年校注［M］．北京：中华书局，2002．

周义敢，程自信，周雷编注．秦观集编年校注［M］．北京：人民文学出版社，2001．

罗忼烈笺注．清真集笺注［M］．上海：上海古籍出版社，2008．

孙虹校注．清真集校注［M］．北京：中华书局，2002．

黄墨谷辑校．重辑李清照集［M］．北京：中华书局，2009．

邓子勉校注．樵歌校注［M］．上海：上海古籍出版社，2010．

邓广铭笺注．稼轩词编年笺注［M］．上海：上海古籍出版社，1993．

邓广铭辑校．辛稼轩诗文钞存［M］．上海：上海古典文学出版社，1957．

邓广铭辑校审订，辛更儒笺注．辛稼轩诗文笺注［M］．上海：上海古籍出版社，1995．

夏承焘笺注．陆放翁词编年笺注［M］．上海：上海古籍出版社，2012．

陈书良笺注．姜白石词笺注［M］．北京：中华书局，2009．

杨铁夫笺注．吴梦窗词笺释［M］．广州：广州人民出版社，1992．

吴蓓笺笺注．吴梦窗词集校笺释集［M］．杭州：浙江古籍出版社，2012．

钱仲联笺注．后村词笺注［M］．上海：上海古籍出版社，2012．

祝尚书．宋人别集叙录［M］．北京：中华书局，1999．

祝尚书．宋人总集序录［M］．北京：中华书局，2004．

曾昭岷等编．全唐五代词［M］．北京：中华书局，1999．

唐圭璋编．全宋词［M］．北京：中华书局，1999．

唐圭璋编．全金元词［M］．北京：中华书局，1979．

傅璇琮等主编．全宋诗［M］．北京：北京大学出版社，1991．

曾枣庄，刘琳主编．全宋文［M］．成都：巴蜀书社，1991．

李修生主编．全元文［M］．南京：江苏古籍出版社，1997．

唐圭璋编．词话丛编［M］．北京：中华书局，2005．

张惠民编．宋代词学资料汇编［M］．汕头：汕头大学出版社，1993．

王兆鹏主编．唐宋词汇评（唐五代卷）［M］．杭州：浙江教育出版社，2004．

吴熊和主编．唐宋词汇评（两宋卷）［M］．杭州：浙江教育出版社，2004．

施蛰存编．词籍序跋萃编［M］．北京：中国社会科学出版社，1994．

吴文治主编．宋诗话全编［M］．南京：江苏古籍出版社，1998．

郭绍虞辑．宋诗话辑佚［M］．北京：中华书局，1980．

夏承焘．唐宋词人年谱［M］．北京：商务印书馆，2013．

王兆鹏．两宋词人年谱［M］．台北：台湾文津出版社，1994．

王兆鹏．两宋词人丛考［M］．南京：凤凰出版社，2007．

吴洪泽，尹波．宋人年谱丛刊［M］．成都：四川大学出版社，2003．

邓广铭．辛稼轩年谱［M］．上海：上海古籍出版社，1957．

程章灿. 刘克庄年谱 [M]. 贵州：贵州人民出版社，1993.
中国地方志集成 [M]. 南京：凤凰传媒出版社，2012.
袁行霈. 中国文学概论 [M]. 香港：香港三联书店，1987.
钱穆. 中国文学史 [M]. 北京：中华书局，1993.
方智范等. 中国词学批评史 [M]. 北京：中国社会科学出版社，1994.
罗宗强. 隋唐五代文学思想史 [M]. 上海：上海古籍出版社，1986.
张毅. 宋代文学思想史 [M]. 北京：中华书局，1995.
傅勤家. 中国道教史 [M]. 上海：上海人民出版社，1989.
王运熙，杨明. 隋唐五代文学批评史 [M]. 上海：上海古籍出版社，1996.
顾易生，蒋凡等. 宋金元文学批评史 [M]. 上海：上海古籍出版社，1996.
程千帆，吴新雷. 两宋文学史 [M]. 上海：上海古籍出版社，1991.
孙望，常国武主编. 宋代文学史 [M]. 北京：人民文学出版社，1996.
王水照. 宋代文学通论 [M]. 开封：河南大学出版社，1997.
王水照，熊海英. 南宋文学史 [M]. 北京：人民文学出版社，2009.
曾枣庄，吴洪泽. 宋代文学编年史 [M]. 南京：凤凰出版社，2010.
杨海明. 唐宋词史 [M]. 天津：天津古籍出版社，1998.
陶尔夫，刘敬圻. 南宋词史 [M]. 哈尔滨：黑龙江人民出版社，1992.
刘扬忠. 唐宋词流派史 [M]. 北京：中国社会科学出版社，2007.
杨海明. 唐宋词论稿 [M]. 杭州：浙江古籍出版社，1988.
吴熊和. 唐宋词通论 [M]. 杭州：浙江古籍出版社，1989.
陶然. 金元词通论 [M]. 上海：上海古籍出版社，2001.
王易. 中国词曲史 [M]. 北京：团结出版社，2006.
刘毓盘. 词史 [M]. 上海：上海书店出版社，1985.
唐圭璋. 唐宋词论丛 [M]. 上海：上海古典文学出版社，1956.
吴梅. 词学通论 [M]. 北京：中国书籍出版社，2006.
许伯卿. 宋词题材研究 [M]. 北京：中华书局，2007.
程民生. 宋代地域文化 [M]. 开封：河南大学出版社，1997.
程民生. 宋代地域经济 [M]. 开封：河南大学出版社，1996.
乔力，李少群主编. 山东文学通史 [M]. 济南：山东教育出版社，2002.

王志民，徐振宏主编．中国地域文化通览（山东卷）［M］．北京：中华书局，2013．

袁世硕．山东历代文学家评传［M］．济南：山东人民出版社，1983．

王琳．齐鲁文人与六朝士风［M］．济南：齐鲁书社，2008．

王嘉良主编．浙江文学史［M］．杭州：杭州出版社，2008．

吴海，曾子鲁主编．江西文学史［M］．太原：江西人民出版社，2005．

陈庆元．福建文学发展史［M］．福州：福建教育出版社，1996．

张荷．吴越文化［M］．沈阳：辽宁教育出版社，1991．

李权时．岭南文化［M］．广州：广东人民出版社，1993．

沈松勤．北宋文人与党争［M］．北京：人民出版社，1998．

沈松勤．南宋文人与党争［M］．北京：人民出版社，2005．

陈元锋．北宋馆阁翰院与诗坛研究［M］．北京：中华书局，2005．

胡阿祥．魏晋本土文学地理研究［M］．南京：南京大学出版社，2001．

李浩．唐代三大地域文学士族研究［M］．北京：中华书局，2002．

李德辉．唐代交通与文学［M］．长沙：湖南人民出版社，2003．

尚永亮．贬谪文化与文学［M］．兰州：兰州大学出版社，2004．

汤涒．敦煌曲子词地域文化研究［M］．上海：上海古籍出版社，2004．

景遐东．江南文化与唐代文学研究［M］．北京：人民文学出版社，2005．

戴伟华．地域文化与唐代诗歌［M］．北京：中华书局，2006．

胡阿祥．中古文学地理研究［M］．西安：世界图书出版西安有限公司，2014．

张伟然．中古文学的地理意象［M］．北京：中华书局，2014．

张兴武．五代作家的人格与诗格［M］．北京：人民文学出版社，2000．

张兴武．两宋望族与文学［M］．北京：人民文学出版社，2010．

张剑，吕肖奂，周扬波．宋代家族与文学研究［M］．北京：中国社会科学出版社，2009．

杨胜宽．苏轼与苏门文人集团研究［M］．成都：四川人民出版社，2010．

祝尚书．宋代巴蜀文学通论［M］．成都：巴蜀书社，2005．

沈松勤．唐宋词社会文化学研究［M］．杭州：浙江大学出版社，2004．

黄杰．宋词与民俗［M］．北京：商务印书馆，2005．

李剑亮．唐宋词与唐宋歌妓制度［M］．杭州：浙江大学出版社，2006．

杨万里．宋词与宋代的城市生活［M］．上海：华东师范大学出版社，2006．

莫砺锋．江西诗派研究［M］．济南：齐鲁书社，1986．

郭英德．中国古代文人集团与文学风貌［M］．北京：北京师范大学出版社，1998．

陈庆元．文学：地域的观照［M］．上海：上海远东出版社，上海三联书店，2003．

黄文吉．宋南渡词人［M］．台北：台湾学生书局，1985．

王兆鹏．宋南渡词人群体研究［M］．北京：文津出版社，1992．

钱建状．南宋初期的文化重组与文学新变［M］．厦门：厦门大学出版社，2006．

侯体健．刘克庄的文学世界——晚宋文学生态的一种考察［M］．上海：复旦大学出版社，2013．

王述尧．刘克庄与南宋后期文学研究［M］．北京：东方出版社，2008．

杨海明．张炎词研究［M］．济南：齐鲁书社，1989．

王水照．王水照自选集［M］．上海：上海教育出版社，2000．

龙榆生．龙榆生词学论文集［M］．上海：上海古籍出版社，1997．

曾大兴．柳永和他的词［M］．广州：中山大学出版社，2001．

钱红瑛．周邦彦研究［M］．广州：广东人民出版社，1990．

钱红瑛．梦窗词研究［M］．上海：上海古籍出版社，2005．

辛更儒．辛弃疾研究［M］．北京：人民出版社，2008．

程继红．带湖与瓢泉——辛弃疾在信州日常生活研究［M］．济南：齐鲁书社，2006．

杨义．文学地图与文化还原［M］．北京：北京师范大学出版社，2011．

杨义．重绘中国文学地图［M］．北京：中国社会科学出版社，2003．

曾大兴．中国历代文学家之地理分布［M］．武汉：湖北教育出版社，1995．

梅新林．中国古代文学地理形态与演变［M］．上海：复旦大学出版社，2006．

周晓琳，刘玉平．空间与审美——文化地理学视域中的中国古代文学［M］．北京：人民出版社，2009．

曾大兴．文学地理学研究［M］．北京：商务印书馆，2012．

曾大兴，夏汉宁．文学地理学［M］．北京：人民文学出版社，2012．

陈正祥．中国文化地理［M］．北京：生活·读书·新知三联书店，1983．

严耕望．唐代交通图考［M］．上海：上海古籍出版社，2007．

谭其骧主编．中国历史地图集［M］．北京：中国地图出版社，1982．

邹逸麟主编．中国历史人文地理［M］．北京：科学出版社，2001．

李昌宪．中国行政区划通史——宋西夏卷［M］．上海：复旦大学出版社，2007．

［法］孟德斯鸠．论法的精神［M］．北京：中国社会科学出版社，2007．

［德］阿尔夫雷德·赫特纳，王兰生译．地理学：它的历史、性质和方法［M］．北京：商务印书馆，1983．

［英］凯·安德森，［美］莫娜·多莫什，［英］史蒂夫·派尔，［英］奈杰尔·思里夫特．文化地理学手册［M］．北京：商务印书馆，2009．

［法］丹纳．艺术哲学［M］．北京：人民文学出版社，1963．

［德］伽达默尔．真理与方法［M］．北京：商务印书馆，2007．

［英］迈克·克朗．文化地理学［M］．南京：南京大学出版社，2003．

［日］池泽滋子．吴越钱氏文人群体研究［M］．上海：上海人民出版社，2006．

［瑞士］卡尔·古斯塔夫·荣格．荣格文集第5卷［M］．北京：国际文化出版公司，2011．

［美］亚伯拉罕·马斯洛．动机与人格（第三版）［M］．北京：中国人民大学出版社，2007．

期刊论文

刘师培．南北文学不同论［J］．国粹学报，1905（3－10）．

王国维．屈子文学之精神［J］．教育世界，1906（24）．

唐圭璋．两宋词人占籍考［J］．中国文学，1943（2）．

唐圭璋. 唐宋两代蜀词 [J]. 文史杂志, 1944 (5、6).

夏承焘. 西湖与宋词 [J]. 杭州大学学报, 1959 (3).

章培恒. 从《诗经》、《楚辞》看我国古代文学中的地域区别 [J]. 中国文学, 1989 (1).

王水照. 北宋洛阳文学集团与宋诗新貌的孕育 [J]. 中华文史论丛, 第48辑, 1991.

王水照. 北宋洛阳文学集团与地域环境的关系 [J]. 文学遗产, 1994 (3).

程杰. 北宋东京文人群体及其革新实践 [J]. 文学遗产, 1996 (3).

陶礼天. 文学与地理——中国文学地理学略说 [J]. 北大中文研究（创刊号），1998.

何西来. 文学鉴赏中的地域文化因素 [J]. 文艺研究, 1999 (3).

卢敦基. 南朝浙江文学的兴盛及其原因试论 [J]. 浙江学刊, 1990 (1).

马强. 论唐宋蜀道诗的文化史意义 [J]. 成都大学学报, 1995 (3).

李浩. 从人地关系看唐代关中的地域文学 [J]. 西北大学学报, 1999 (4).

吴承学. 论文学上的南北派与南北宗 [J]. 中山大学学报, 1991 (4).

曾大兴. 农桑为本与舍本逐末——中国南北方民歌比较研究之一 [J]. 中南民族学院学报, 1991 (6).

曾大兴. 英雄崇拜与美人崇拜——中国南北方民歌比较研究之二 [J]. 广州教育学院学报, 1999 (3).

吴承学. 江山之助——中国古代文学地域风格论初探 [J]. 文学评论, 1990 (2).

杜晓勤. 地域文化的整合和盛唐诗歌的艺术精神 [J]. 文学评论, 1999 (4).

祝尚书. 论南宋文学的东西部差异 [J]. 四川大学学报, 2000 (5).

周帆. 地域文学的二重性——黔北文学个案分析 [J]. 文学评论, 2000 (4).

赵维江. 北宋后南北词坛互动关系之考论 [J]. 暨南学报, 2001 (5).

吴德岗. 地域文化与苏轼词的创作 [J]. 文史杂志, 2001 (2).

刘乃昌. 苏轼的齐鲁情结 [J]. 东岳论丛, 2001 (5).

巨传友．湖湘古文化对秦观诗词创作的影响［J］．湘潭大学学报，2002（1）．

巨传友．秦观的贬谪诗词与湖湘古文化底蕴［J］．萍乡高等专科学校学报，2002（1）．

杨义．北方文学的宏观价值与基本功能［J］．南京师范大学文学院学报，2002（4）．

曹道衡．关中地区与汉代文学［J］．文学遗产，2002（1）．

余恕诚．李白与长江［J］．文学评论，2002（1）．

陈广宏．万历文坛"楚风"之崛起及其背景［J］．中国文学研究，2002（3）．

祝尚书．南北文学异同论［C］．第二届宋代文学研讨会论文集，2002．

刘庆云．宋代闽北词人鸟瞰［J］．阴山学刊，2003（5）．

曾大兴．柳永《乐章集》与北宋东京民俗［J］．中山大学学报，2003（5）．

李浩．古代文学研究的困境与学术突围［J］．河南社会科学，2003（5）．

杨义．重绘中国文学地图［J］．文学遗产，2003（5）．

任文京．唐代北方尚武风气对诗人从戎及创作的影响［J］．内蒙古大学学报，2003（4）．

杨金梅．论词在宋代的地域性接受［J］．中国矿业大学学报，2004（1）．

王祥．试论地域、地域文化与文学［J］．社会科学辑刊，2004（3）．

许伯卿．论宋词题材演进的新型南方文化背景［J］．文学遗产，2005（6）．

刘影．论地域文化对宋词创作之影响［J］．湖南工业职业技术学院学报，2005（1）．

蒻伯象．汴京的词学史地位［J］．中州学刊，2005（2）．

陈引驰．地域与中心：中国文学展开的空间观察［J］．社会科学，2005（2）．

李德辉．从唐五代湖南文学看古代地域文学的二重性［J］．太原师范学院学报，2005（3）．

李浩．地域空间与文学的古今演变［J］．陕西师范大学学报，2005（3）．

赵维江．地域文化视野中的辽金文学研究［J］．学术研究，2005（3）．

周晓琳．古代文学地域性研究的回顾与前瞻［J］．文学遗产，2006（1）．

钱建状．南渡词人地理分布与南宋文学发展新态势［J］．文学遗产，2006（6）．

王祥．北宋诗人的地理分布及其文学史意义［J］．文学遗产，2006（6）．

曾大兴．广东历代文学家的地理分布及其文化背景［J］．学术研究，2006（5）．

乔力，武卫华．论地域文学史学的学术源流与学理观念［J］．清华大学学报，2006（6）．

梅新林．中国文学地理学导论［N］．文艺报，2006（61）．

王祥．宋代文学地域性研究述评［J］．沈阳师范大学学报，2006（1）．

戴伟华．区域文化传统与唐诗创作风貌的离合［J］．文学遗产，2006（1）．

王水照，张晶，余意．中国文学地理学三人谈［J］．文艺报·文艺争鸣，2006．

吕肖奂，张剑．两宋家族文学的不同风貌及其成因［J］．文学遗产，2007（2）．

吕肖奂，张剑．两宋地域文化与家族文学［J］．江海学刊，2007（5）．

薛玉坤．试论湖州地域文化对宋词创作的影响［J］．兰州学刊，2007（11）．

马强．唐宋诗歌中的"巴蜀"地理意象及文化内涵［C］．中国历史地理国际学术研讨会，2008．

冯小禄．我本海南民　寄生西蜀州——试析苏轼的故乡观［J］．乐山师范学院学报，2008（7）．

刘扬忠．略谈对词史的地域文化研究［J］．南阳师范学院学报，2008（1）．

王亚培．从《山谷词》看奇异的巴渝风情［J］．重庆工商大学学报，2009（5）．

邱美琼，闵孝琳．宋代洪州分宁黄氏文学家族的形成［J］．东方论坛，2009（2）．

詹伟强．宋代江西文学家地域分布分析方法浅探［J］．安徽文学（下半月），2009（6）．

伍联群．北宋入蜀文人地理分布与北宋文化状态分析［J］．社会科学家，2009（5）．

夏汉宁．试论宋代江西文学家的贡献及其地域分布特征［J］．江西社会科学，2009（9）．

杨义．中国文学地理中的巴蜀因素［J］．重庆师范大学学报，2010（1）．

刘保亮．河洛文学研究存在的问题与文化突围［J］．武汉理工大学学报，2010（6）．

罗时进．太湖环境对江南文学家族演变及其创作的影响［J］．社会科学，2011（5）．

袁志成．论元代北方少数民族词人群体创作特征［J］．广东广播电视大学学报，2011（5）．

姚惠兰．宋南渡词人群的地域分布与南渡词学的地域特色［J］．社会科学家，2012（3）．

张文利、张乐．宋词中的长安书写［J］．西北大学学报，2012（2）．

林松．西域词人李波斯在中国词坛上的地位和对宋词的影响［J］．北方民族大学学报，2012（3）．

刘云霞，甘鹏飞．论宋词与汴京节日文化——以柳永为例［J］．河南科技学院学报，2012（3）．

李金坤．宋词中的镇江魅力［J］．苏州科技学院学报，2013（3）．

姚惠兰．论庐山文化对宋词创作的影响［J］．甘肃社会科学，2014（3）．

姚惠兰．论唐宋词名山意象的文化内涵及其演变［J］．北方民族大学学报，2014（6）．

博士硕士论文

王祥．宋代江南路文学研究［C］．复旦大学博士学位论文，2004．

张春媚．南宋江湖文人研究［C］．武汉大学博士论文，2005．

庄占燕．论南宋都城临安文人群体的交游与唱和［C］．浙江师范大学硕士论文，2005．

王毅．南宋江西词人群体研究［C］．华东师范大学博士论文，2006．

黄世民．宋末元初江西庐陵遗民词人群体研究［C］．贵州大学硕士论文，2006．

白晓萍．宋南渡初期诗人群体研究［C］．浙江大学博士论文，2006．

曹冬雪．宋代词人江阴"三葛"研究［C］．南京师范大学硕士论文，2007．

王丽煌．宋代闽词三论［C］．厦门大学硕士论文，2007．

李香珠．两宋浙江遗民词人研究［C］．华东师范大学硕士论文，2007．

陈未鹏．宋词与地域文化［C］．苏州大学博士论文，2008．

王惠梅．唐宋岭南词研究［C］．苏州大学硕士论文，2008．

王慧敏．宋词与亭台楼阁考论［C］．苏州大学博士论文，2008．

姚惠兰．宋南渡词人群的地域性研究［C］．华东师范大学博士论文，2009．

于咏梅．宋代镇江词研究［C］．苏州大学硕士论文，2009．

张英．唐宋贬谪词研究［C］．苏州大学硕士论文，2009．

焦佳朝．唐宋湖州词研究［C］．苏州大学硕士论文，2009．

刘睿．两宋巴蜀词研究［C］．河北大学硕士论文，2011．

朱国伟．唐宋行旅词研究［C］．南京师范大学博士论文，2012．

钱晓燕．地域文化视野下的宋元竹枝词［C］．河北师范大学硕士论文，2013．

张超．《水经注》与汉魏文化地理［C］．陕西理工学院硕士论文，2015．

潘泠．汉唐间南北诗人对地域意象的不同形塑——以《乐府诗集》为中心［C］．华东师范大学博士论文，2015．

后 记

　　时光静静地流淌,"红了樱桃,绿了芭蕉"。转眼间,我已博士毕业四年了。把毕业论文修订出版,是对求学经历的纪念,也是和时间的告别。

　　宋词之美是一种诱惑,让人流连不已。引领我走进这诱惑中的,是我的硕士导师邓红梅先生。作为开门弟子,我见证了邓老师在宋词研究之路上的耕耘劳作,《女性词史》在山东教育出版社出版时邓老师的灿烂笑容还依稀可辨,山东师大古典文学上了博士点她当了博导的喜讯还回荡在耳边,我们一家三口去南京师大拜访邓老师共进午餐的场景还恍如昨日。但斯人已矣,昨日永不再来。

　　宋词之美是一种诱惑,在攻读博士学位时,我依然难以抗拒宋词的诱惑。正因为这份深深的沉迷,我放弃了杨亿诗文研究的最初选题,重拾起宋词研究的一份初心。我的博士导师陈元锋先生在学术研究上襟怀阔大,并不拿他本来侧重的宋代诗文要求我,反而十分尊重我对宋词的这份执着。在喧嚣浮躁的风气里,先生并不汲汲于功名富贵,其静心自守、真纯淡泊的品格引领我在求学路上心无旁骛,顺利完成了从地域文化角度研究宋词的博士论文。读博是一场深远的修行,所获岂止学问!

　　宋词之美是一种诱惑,"无可奈何花落去,似曾相识燕归来"。我依然站在三尺讲台上向青衿学子讲述着宋词之美,而今已是第二十个年头了。有幸在宋词的芬芳里韶华成白头,人生夫复何求!

　　师恩难忘,薪火相传。在博士论文出版之际,写下这些文字,是一种纪念,也是一场告别,还是一个崭新的开始。

朱长英

2020 年 6 月 18 日·燕子山脚下